9 787545 715484

钟道新文集

第九卷

电视连续剧剧本

黑　冰

编剧　张成功　钟道新

导演　王冀刑

二〇一七年

作家出版社
三晋出版社

一九九七年，电影《超导》剧照

电视连续剧《黑冰》海报

二〇〇六年五月十日,钟道新(前排左六)参加电视剧《山菊花》开机仪式;前排左五为《山菊花》原著、著名小说家冯德英;二排左五为著名导演王冀邢

黑　冰

第一集

一 海州国际机场。暮。外。

巨型波音宽体客机雷鸣般呼啸着轰然落地,沿飞机跑道缓缓滑行。

乌云低垂,金光可怖,夜幕即将降临。

职业杀手赵海、赵滨兄弟夹杂在旅客人流中走出机场大厅。

面带凶相的赵滨用手机拨通一个号码低声说了句:"袁大哥,我们到了。"

袁大哥(OS)简练地:"新亚大酒店一〇二五房间。"

阴沉寡言的赵海看了弟弟一眼,赵滨挥手拦住一辆出租汽车。

赵滨:"新亚大酒店。"

二 新亚大酒店。暮。内。

出租车飞驰而至,赵海赵滨兄弟直入酒店大堂,递上假身份证。

总台小姐热情地:"袁先生的客人?请到一〇二五房间。欢迎您来海州。"

赵海赵滨兄弟进入豪华套房,刚关上门,电话铃声准时响起来。

赵滨拿起话筒,立刻传来袁大哥低沉的声音:"家伙在壁橱里,密码四个九。"

赵海拉开壁橱门,取出一只沉甸甸的黑色密码箱。

袁大哥:"晚上七点,在粤海酒楼六号包房见面。"挂断电话。

赵海打开密码箱,一支精妙绝伦的微型冲锋枪及一柄灵巧雪亮的利斧出现在眼前。

三 粤海酒楼六号包房。夜。内。

赵海、赵滨兄弟被堂倌引入包房内,袁大哥把他们介绍给一个瘦得毫无风采的穿西装的中年男人:"这是赵海、赵滨兄弟,江湖人称'鬼斧神枪',都是武林高手。这位是吕老板。价钱你们自己谈。我失陪了。"袁说完一笑,恭身隐退。

吕安打量着傲然吸烟的赵海:"开个价。"

赵海没抬眼皮,赵滨伸出两根指头:"两万。"

吕安笑道:"这是个合理的价格。"掏出胀鼓鼓的牛皮纸袋。

赵海阴沉沉地补了句:"是美金。"

吕安慢慢摘下眼镜:"这有点离谱吧?"

赵滨:"一分钱一分货。中国我就不说了,在俄罗斯,我们灭过工业党的银行家;在金三角,我们肢解过坤沙的眼线。"

吕安赔着笑脸:"再商量商量?"

赵海:"我说话从不说第二遍!"

吕安:"恐怕没带够充足的现金。"

赵滨:"先付一半定金,剩下的完事再给不迟。"

吕安想试着开开玩笑:"你们不怕我赖账?"

赵海阴森森地一笑:"那你就是我们兄弟的下一个目标。"

吕安取出崭新的一万美金钞票和一张男人的彩照:"不要活的。"

赵海收了美钞却不接照片:"你把目标在指定的时间送到指定的地点就行。到时候,谁来就杀谁。等你的信儿。"说完,与赵滨扬长而去。

照片躺在桌上,那西装长发的男子(杨秋)笑得正欢。

四 花水湾温泉桑拿浴室。夜。内。

杨秋正赤条条地躺在高级包房里间的按摩床上享受异性按摩。

电蒸气炉不停地散发热气,香艳的屋子里雾气腾腾。

搁在床头的手提电话娇滴滴地叫起来。

杨秋拖长声音"喂"了一声后,忽然换成温柔的腔调:"啊,我是杨秋。"他挥手让按摩女离开:"听出来了。非常高兴。我随时随地都在想你。当然愿意!你是说现在?我不是做梦吧?好,我一定来!"眼里忽然闪过一丝警惕神情:"怎么?老板不在家?哦,香港。好,晚上八点,黄金海岸八号别墅。不见不散!"关掉电话,眼里闪出光辉。

五 海州大厦大堂内外。夜。外。

夜幕降临,华灯齐放。雄踞市中心闹市区的四星级酒店挺拔巍峨,富丽堂皇。

海州大厦副总经理吕安提着密码箱匆匆走出大堂玻璃转门,走下台阶。

他看了看表,钻进一辆出租车,对司机命令道:"去机场。"

出租车绕过音乐喷泉驶向海滨大道。一辆黑色凌志轿车尾随而去。

六 桑拿浴室外间。夜。内。

心事重重的杨秋站在梳妆镜前仔细打着领带,审视着允满疑虑的眼睛。

镜中的男人英俊潇洒,可惜眼神有些阴沉,折射出内心的黑暗。

想了想,把一支漂亮的手枪插进背枪带,斜挎在腋下,穿上深色西服。

他见镜中人腋下鼓鼓的似乎不和谐,犹豫了一下,拍了拍,决定维持原状。

七 花水湾温泉度假村。夜。外。

杨秋精神抖擞地走向白色宝马轿车,两名保镖模样的青年垂手肃立。

保镖甲恭维地笑道:"老板今天高兴。"

杨秋"嗯"了声:"今天放假。"

保镖一齐鞠躬:"谢谢老板。"

保镖乙小心地提议:"杨董交代,要我们寸步不离。"

杨秋坐进车里笑笑:"今晚这事必须我一个人干。"

猛然启动汽车,提速极快,飞驰而去。

八 三菱越野车内。夜。内。

隐藏在黑影里车内的"神探"李新建坐起身来,轻松离合器,尾随而去。

九 黄金海岸别墅区。外。夜。

黑沉沉的怒海涛声雷鸣,远方隐现天光一线。

八号别墅和新建成的豪华别墅区不在一起。它孤零零地蜷伏在海边,通向它的车道蜿蜒漫长。惨淡的月光穿越茂密的树叶,撒落在细碎的沙石车道上。

风高月黑,海浪呼啸,黑暗中隐隐传来夜鸟的嘶叫声,令人不寒而栗。

白色宝马轿车像暗夜中游荡的幽灵飘忽而至,悄无声息地停在八号别墅楼前。

杨春看见那辆熟悉的红色法拉利跑车已经先到,静静地停在楼旁阴影里;别墅楼里亮着柔和的灯光,门虚掩,艳丽的月季花在暗光下无声地怒放。万籁俱寂。

这时杨秋的手机响了,传来女人吸附力极强的声音:"杨老板,我看见你了。你能看见我吗?(笑)你看不见,我在楼上等着你呢。下车吧,快进来,人家等你好半天了。"

杨秋冷笑着拔出手枪,顶上子弹,缓缓走下车来,轻轻推开虚掩的别墅大门。

关闭的手机又响起来。

十 别墅楼内客厅。夜。内。

杨秋进入空荡荡的客厅,轻手轻脚地沿螺旋形楼梯拾级而上。

轻柔的音乐时隐时现,电话里女人的声音仿佛富有磁性,伴随着杨秋的脚步声引导他前进:"别害怕,亲爱的,到楼上来。你先在沙发上等我一会儿,我正在洗澡呢。"

　　杨秋轻轻推开主卧室门,哗哗的水声立刻清晰地传来。

　　杨秋站在门外,平举了手枪柔声道:"宝贝儿,我可等不及了。"

　　女人的声音充满了诱惑力:"我妈告诉我,有两件事需要慢慢地干。第一件,是饭要慢慢地吃。第二件……"女人拖长了声音:"是爱要慢慢地做。"

十一　别墅楼上卧室。夜。内。

　　杨秋慢慢进入香气弥漫,灯光暧昧的主卧室。散落在床上的女性内用品隐约可见。

　　杨秋举枪逼近虚掩的浴室门:"你妈说不了这种话。"

　　猛然一脚踹开浴室门冲进去,雾气腾腾的冲浪浴缸里突然站起赤身露体手持微冲的杀手赵海,枪口火光一闪射出密集的子弹;杨秋大叫一声仰后便倒,顺势翻滚出浴室门,连滚带爬翻过床面冲向落地玻璃阳台破窗而出跳下楼去,赵海密集的弹雨将窗玻璃击成粉碎。

十二　别墅楼外。夜。外。

　　杨秋浑身鲜血淋漓从天而降,又遇埋伏在楼下的杀手赵滨的袭击。赵滨挥斧一记猛劈,被杨秋闪身躲过,雪亮的利斧深深砍进廊柱难以自拔;杨秋发疯般地冲向宝马轿车,拉开车门蹿入车内。赵滨拔出利斧追杀,李新建突然闪现,举枪对准赵滨的脑门厉声喝道:"警察!放下武器!"赵滨连劈带砍,被李新建闪过,手起枪响,赵滨死于非命。

　　杨秋趁乱猛地发动汽车,白色宝马箭一般射出数十米远。

　　李新建大喊一声:"站住!"枪声骤响,赵海手持微冲赤条条冲下楼来;李新建就地一滚躲过弹雨,在翻滚腾跃中向赵海连开数枪,枪枪命中,赵海将余弹全部射向天空。

李新建敏捷地跳上远离别墅的三菱越野车迅速发动,急甩方向盘掉头追击。

三菱越野车如脱缰野马驶向海滩,发动机功率输出达到最高值。

十三 狂奔的宝马车内。夜。内。

死里逃生的杨秋已进入疯狂驾驶,从倒车镜中看见紧追不舍的三菱越野雪亮的大灯和闪烁的警灯骂道:"妈的!今天倒多亏了这个雷子!"

说话间,他把油门一踩到底,宝马车顿如喷气式战斗机起飞。

白色宝马和三菱越野的距离渐渐增大。

车载电话突然响起铃声。

杨秋抓起电话咬牙切齿地骂道:"臭婊子!老子跟你没完!"

话筒里传出女人冷冰冰的报数声:"五,四,三,二,一。起爆!"

十四 海滩上。夜。内。

白色宝马轿车突然变成一团极其耀眼的火球,接着一声巨响,车毁人亡。

李新建紧急刹车猛拍一下方向盘,用手机拨出一个经过压缩的号码。

电话立刻接通。李新建大声命令道:"强民,快带人到黄金海岸。出事了!"

十五 "110"报警值班室。夜。内。

报警电话惊心动魄地响起来,一位年轻的值班值班警官拿起话筒。

报警者是一位年轻女性:"喂,'110'吗?我是海州大厦总经理刘眉。今晚二十点十分左右,保安发现我的法拉利红色跑车被盗,车牌号是BB1688。请尽快查找。谢谢!"

值班警官认真记录后核实道:"核实一下,您听有没有出入:海州大厦总经理刘眉,被盗法拉利红色跑车一辆,发现时间在今晚二十点十分左右。联系电话

68468888。好,没有出入。我们尽快查找。一有消息,我会马上通知您。再见!"

十六 市公安局小会议室。夜。内。

  局长张啸华听取刑警支队副支队长李新建及大案队队长强民等紧急汇报海滨别墅谋杀案案情,分管副局长和刑侦处长及刑警支队长等主管警官出席,桌上摆着台式电脑。

  李新建:"被害者杨秋为海州春秋兄弟影业公司总经理,他的孪生哥哥杨春为公司董事长和法人,过去是个演员,现在居住在国外;该公司表面上经营影视广告文化方面的业务,而真正的业务是走私贩毒,并通过投资影视文化事业和房地产业洗黑钱,长期逍遥法外。杨氏兄弟涉嫌毒品犯罪已经引起国际刑警组织的注意。杨春很少回国,行踪诡秘,杨秋则一直被我严密监控,并获得一定的证据。今晚的突发事件,是我们始料未及的。"

  张啸华简捷地:"说说案件详细经过和你的意见。"

  李新建:"杨秋去黄金海岸别墅是应人之约,而这个人极有可能是位年轻女性。"

  张啸华用手中的铅笔点点桌面:"我要定量分析。"

  李新建:"约会电话来自女性已被花水湾桑拿按摩小姐证实;别墅楼前停着一辆红色法拉利女式跑车,卧室床上有好些女性用品,而且杨秋显然是被女人用电话引进浴室的。"

  张啸华点头:"尽管这一切对谋杀来说都可能是假象。你接着说。"

  李新建:"杀手是来自东北号称'鬼斧神枪'的赵海、赵滨兄弟,傍晚乘东航一四四五航班抵达海州,被黑道人物袁大哥安排住进新亚大酒店一〇二五房间。袁显然是受人之托,真正的老板隐身幕后,运筹帷幄;除提供微型冲锋枪等尖端级凶器外,在主卧浴室内埋伏杀手,别墅外围也被封锁,汽车里安放了遥控炸弹。三重保险,计划得相当周密。"

  张啸华:"有没有黄金海岸八号别墅的背景资料?"

李新建翻看笔记本:"这座别墅建于一九四七年,属国民党一军长,建国后被没收。改革开放后落实政策,还给了他的后代。后来又被转卖好几次,最后被春秋兄弟影业公司买下,成为杨秋包养'二奶'的外宅。因这位'二奶'耐不住寂寞,染上毒瘾,被杨秋送去了国外。因此近半年多来,除杨秋偶然带女人去过夜外,这里实际上已成为一座空宅。"

强民汇报:"红色法拉利跑车是海州大厦总经理刘眉的,她已于今晚二十点十八分报失。另据电信部门查实,杨秋最后的三个电话,都显示海州大厦副总经理吕安的手机号码。"

张啸华:"两线一点……"他浓眉一动:"海州大厦?"

李新建:"它归属本市最大的民营企业:海州药业集团。"

张啸华沉吟着,用铅笔轻轻敲击桌面。

李新建:"另外,从杨秋遗留物中找到一份冰毒配方单,笔迹为杨秋本人,内有不明含义的代号。据此分析,这场谋杀很可能与毒品有关。"

张啸华:"立刻拘捕吕安,调查海州大厦。我马上向省厅缉毒处汇报。"

李新建、强民等站起来立正回答:"是。"

十七 城南小区住宅楼吕安套房。夜。内。

门被踹开,李新建率强民等刑警持搜查证闯入住宅:"公安局。奉命搜查。"

一个穿睡裙的年轻女人惊望着警察:"吕安不在家。"

强民:"上哪儿去了?"

女人:"说是去北京出差。"

强民:"什么时候走的?"

女人:"天黑来的电话。没回家。"

李新建命令道:"你马上去机场查一下。开始搜查!"

强民立刻率两名刑警冲出房间,其余刑警熟练地进入各房间搜查。

李新建:"你是吕安的什么人?"

女人:"太太。"

李新建打量着这位与吕安年龄相差很大的年轻女人:"法律上的?"

女人不很情愿地回答:"当然。"

刑警们一无所获走出各个房间:"队长,没人。"

李新建向女人点点头:"打扰了。"率刑警们撤离。

十八 海州大厦总经理办公室。夜。内。

刘眉快步走进办公室关好房门,坐到写字台后的大班椅上低声打电话。

刘眉:"吕安出事了。"

听筒里传来一个沉着镇定、略显低沉的男声:"具体一点。"

刘眉:"警察正在找他。"

男声:"切除病变,确保安全。"

刘眉:"让他躲一躲?"

男声:"完全切除。"

刘眉似乎不忍:"他不会惹什么事吧?"

男声用循循善诱的口吻,说出冷冰冰的话:"他已经惹事了。关键时刻,漫说壮士断腕,就是断腿剜心,也在所不惜。只要头脑还在,就能继续思想。"

刘眉拿听筒的手微微发抖:"什么时间?"

男声:"今天。"说完,径自挂断电话。

刘眉拿出一支烟,正准备点,忽听外面传来脚步声,忙把烟收起。

李新建和强民率刑警走进来:"刘总还没下班?"

刘眉笑眯眯地将客人让到沙发上,利索地倒茶、递烟:"李队长可是稀客。"

李新建:"听上去,刘总是欢迎我们常来啦?"

刘眉笑道:"当然欢迎。"她这似嗔非嗔的一笑,略带些风尘味道。

李新建冷冷地反问道:"不会是欢迎我们常来办案吧?"

刘眉不动声色:"有案子尽管办,我们全力配合。"

李新建："今晚八点多钟,有一杨姓男子在黄金海岸八号别墅被人杀害,你知道吗?"

刘眉不惊不诧地笑道:"我一直在酒店值班,业务繁忙,也算是日理万机的人;除去在影视上,从来没见过打打杀杀的场面。再说,我也从没去过那个地方。"

李新建盯着刘眉:"可你的红色法拉利跑车出现在案发现场。"

刘眉并不回避李新建的目光,坦然回答:"我晚上八点准备回家时,发现汽车被盗,马上就报了案。如果警方对此表示怀疑,可以向值班保安和'110'报警值班室调查。"

强民拿出赵海和赵滨的计算机画像放到刘眉面前:"这两个人你认识吗?"

刘眉仔细看了看画像,摇头道:"没有印象。"

李新建突然问:"你的副总经理吕安先生现在何处?"

刘眉很自然地回答:"早就下班回家了吧?他是个很恋家的男人。"

李新建:"可他太太说,他被派到北京出差去了。"

刘眉很意外地睁大了好看的眼睛:"不可能吧?我怎么不知道?"

李新建目光与她对视了一会儿,冷不防问道:"你们老板是谁?"

刘眉:"郭小鹏。海州药业集团董事长兼总裁。"

李新建:"能不能请你给他拨个电话,通报一声?"

刘眉:"他在香港。我可以打到他的酒店房间试试。"拿起话筒。

李新建突然改变了主意:"不用了,谢谢。打扰了。"

刘眉起身送客:"如果李队长有什么需要的话,请随时吩咐。"

十九 刑警支队技术室。夜。内。

巨大的工作台上摆满了爆炸现场取来的汽车碎片,李新建和强民等围站在工作台旁。

一位穿白大褂的技术员讲述道:"经反复模拟实验,已初步查明宝马车爆炸起火的原因。罪犯将磁性炸弹吸附在车底驾驶员的位置处,将遥控引爆装置与车载电话开机按钮相连,在设置规定时间内,只要驾驶员拿起电话接通电源,在几秒钟内就会引起爆炸。"

强民:"既然这样,何必又请杀手又用女人,半道上把杨秋炸死不就完了吗!"

技术员:"这正是幕后凶手处心积虑、万无一失的精心设计。遥控引爆装置必须定时,如果稍有闪失,很可能在被杀对象没上车而其他人接电话时被引爆,就达不到杨秋必死无疑的预期目的;而又请杀手又用女人,虽增加了作案风险和复杂性,却能保证势在必得,万无一失,多重保险,让杨秋死无葬身之地。这是典型的高智商犯罪。"

强民频频点头道:"你的分析当然很有道理,可这动静也忒大了点儿。"

一直沉默的李新建自说自问道:"闹这么大动静,就为杀个杨秋?"

强民:"杨秋后面,必定有毒品犯罪的重大背景。"

李新建的手机响了:"是我。什么?"勃然变色:"保护好现场,我马上就到。"

强民:"又出事了?"

李新建:"去九号海滩!"

二十 九号海滩。晨。外。

天将破晓,数辆警车风驰电掣般赶到案发现场,警灯闪闪,警笛长鸣。

海滩浅水里泡着一具男尸,衣着完好,身体蜷曲,摆成一副很痛苦的姿势。

李新建和强民等刑警站在男尸旁,技侦人员在勘查验尸,镁光灯频频闪烁。

强民:"是吕安,海州大厦副总经理。"

李新建阴沉着脸,一声不吭。

技侦人员报告:"初步鉴定,系溺水窒息死亡。"

李新建:"死亡时间?"

技侦人员:"大约三到五小时之内。"

李新建略略弯腰,用手电照着吕安扭曲变形的脸,冷冷地说:"不明不白地死在这种地方,真是死不瞑目啊!"他关闭手电,在半明半暗的晨光中,沉重地叹了口气。

成群的海鸟凄厉地叫着在头顶上飞舞盘旋。天快亮了。

二十一 香港。维多利亚海湾摩天大楼。日。内。

极目远望,高楼林立,维多利亚海湾沐浴在灿烂的阳光下,一片生机。

一间巨大的豪华办公室里布满了珍稀植物,阳光透过落地窗玻璃撒满了房间。

一位年近古稀、满头银发的老者客气地招呼客人落座:"王兄别来无恙?"

字幕:香港华龙集团董事局主席戴天。

客人双手抱拳:"托戴主席的福,还算过得去。"他约五十多岁,身材瘦削。

字幕:香港某中资机构总裁王放。

与他同来的还有一位年轻女性,二十多岁,身着深色套裙,挎一精致的CD坤包,典型职业女性装束。她矜持地一笑,无语落座。

戴天:"王兄客气了。"他让茶:"香港回归,已经三年,人心稳定,百业兴盛。像贵公司这样背景坚深,实力雄厚的金融财团,必定会更加兴旺发达,前程无量啊。"

王放并不愿坐,环屋踱步:"戴主席这一房珍稀植物,集全球之精华,不论时令,常年怒放。若无上帝的青睐,恐怕也难得此无限的生机。天遂人愿哪。"

戴天目光追随着王放,琢磨着来客话中之内涵。

王放坐下:"长话短说:今天拜望戴主席,有一事相求。"

戴天:"王兄请讲。"

王放:"海州药业集团在向贵公司融资?"

戴天:"确有此事。郭小鹏董事长已经数次来港寻求资金合作。接触几次以后,我也考察了海州药业的资信和郭的能力,目前达成合作意向,批准了可行性报告,签订了协议。"

王放:"如果不涉及商业机密的话,戴主席能否透露合资的大致规模?"

戴天:"首期投入三千万港币。共四期。规模约在一亿五千万港币。"他往沙发背上靠了靠,望着王放试探说:"如果海州药业有什么问题的话,我可以设法收回成命。"

王放:"没有问题。我只是想知道,贵公司这么大一笔钱放出去,不派个人去监管?"

戴天似乎已经明白了对方的来意,迅速调整着思维定式:"当然要派。"他扫了一眼安然静坐一旁的那位年轻女性:"不知王兄是否有合适的人选推荐?"

王放笑了:"知我者,戴主席也。我正想向您推荐汪静雯小姐。"

汪静雯不失时机地将自己的简历递上,仍一语不言地旁坐静观。

戴天大致浏览一番后说:"想不到汪小姐的学历和资历可与花容媲美。"

汪静雯得体地欠欠身:"戴主席过奖。"

王放起身告辞:"不耽误您的宝贵时间。"他看看手表:"如果戴主席方便的话,汪小姐就留在贵公司熟悉一下情况,也请戴主席进一步考察。我们希望她能尽快赴任。"

戴天也起立送客:"请王兄放心。我们会对汪小姐委以重任。"

王放走到电梯旁回身致谢:"非常感谢戴主席鼎力相助。"

戴天握住王放的手笑道:"区区小事,何足挂齿。一九八三年香港资金外逃和一九九八年亚洲金融风暴这两次大危机中,若非王兄内外斡旋,雪中送炭,华龙公司早已不复存在了。"

二十二 海州机场。日。外。

波音客机以标准的三点式平稳降落,发出巨大的轰鸣声。

海州药业集团董事长兼总裁郭小鹏面带微笑走出机场出港口。他三十四五岁,挺拔消瘦,着一套休闲装,白衬衫笔挺,但未系领带;手提一只没太多内容的羊皮包。

　　他的身后是海州药业总工程师兼研发部主任费经纬。此人年纪与郭小鹏相仿，一副典型的知识分子模样，右手提便携式电脑，左手拖一只蓝色航空箱。

　　刘眉激动地迎上前去，眼眶有些潮湿："回来了。"看着郭小鹏目不转睛。

　　郭小鹏默不作声地点头示意，将包递给他的同母异父兄弟林小亮。然后与热情迎候的集团其他核心人物一一握手，走向汽车。

　　郭的司机段海驾驶奔驰车缓缓启动，豪华车队驶出机场大道。

二十三　机场出港口行李输送带。日。内。

　　戴墨镜的杨春出现在等候取行李的旅客人群中，阴沉的目光一直注视着郭小鹏的背影。

　　西服革履，风度翩翩，手提名牌箱包，摘去墨镜，与其弟杨秋几乎一模一样。

　　远远看见郭小鹏等上车，快步走出港口招呼出租车钻入，尾随而去。

　　穿警服的强民追出港口，向广场一交警借了警标和头盔，骑摩托车紧随而去。

二十四　机场高速公路奔驰车内。日。内。

　　激光唱机立体声音响放出一曲节奏感极强的迪士音乐。

　　郭小鹏半躺在后座沙发上，刘眉依偎在他身旁。

　　林小亮从前座回过头来笑问："二哥这次去香港，没鼓捣回几个钱来？"

　　郭小鹏板着脸，但口气并不严肃："作为海州药业集团的总裁助理兼销售中心主任，说话别总像个农贸市场的二道贩子。你现在也是有身份的人。"

　　林小亮笑嘻嘻地说："我本来就有身份。总裁助理该怎么说？"

　　郭小鹏显然很喜欢这位同母异父兄弟，教导说："你的高干子弟身份受益于世袭制，你现在应该这样问：'总裁，此次海外融资收益如何？资金何时到位？'"

　　林小亮鹦鹉学舌般地重复一遍，车上的人都笑了。气氛变得轻松起来。

刘眉注视着郭小鹏问:"完成预期计划了吗?"

郭小鹏舒展一下身体,轻描淡写地回答:"超额完成。首期投入三千万港币。"

刘眉高兴地:"这回该给我们海州大厦建一个保龄球馆、一个微型高尔夫球场了吧?"

郭小鹏摇头:"好钢要用在刀刃上。"

刘眉反问道:"你的'刀刃'是什么?"

郭小鹏开始高屋建瓴的长篇大论:"美国和欧洲的一批科学家研制出PCR,也就是聚合酶链锁反应,这是当代生物学上最伟大的发明,其科学意义远远超过了克隆技术。"

林小亮插嘴道:"比'伟哥'还要伟大吗?"

郭小鹏没有理睬,继续宣讲:"据此发明,一批药物学家研制出了'聪明基因'。"

刘眉和林小亮显然头一回听说,神情专注。

郭小鹏:"简单地说,此药物能够到达神经细胞膜的神经末梢的NR2B次单位。这是一种生物天线,所有的哺乳动物都具备。它接收到聪明基因发出的信号后,产生的神经蛋白质的量就会增长。而这种增长,有助于人类联想能力的扩张。你们能听懂吗?"

林小亮摇头:"有一点好像听懂了:这药很来钱吧?"

郭小鹏:"来钱是后话,现在讲的是投入。不投入,焉有产出?"

林小亮:"肯定来大钱! 俗话说:除了劫道,就是卖药!"

郭小鹏笑笑:"你哪来的这么些俗话!"突然转换了话题:"老爷子最近怎么样?"

林小亮:"老样子,他还能怎么样? 前些时候腿不好,可他偏不吃药,而是专门锻炼那条病腿。我怕练坏了,就劝他,可他说:'这叫以毒攻毒,抓住要害,哪里有问题,就要针锋相对地迎着困难上。'我说:'您这么大岁数了,老抓要害干什么呀？'"

车内的人都笑了。郭小鹏笑得含蓄而意味深长。

林小亮被笑声所鼓励，接着说："老爷子还夸二哥来着。"

郭小鹏显然很在乎继父的赞扬，但矜持地不肯问。

林小亮懂得郭小鹏的心理："他说二哥到底是美国博士，比小强大哥强多了。"

郭小鹏勃然变色，低声喝道："不要提他！"

林小亮立刻噤了声。车内气氛又沉闷起来。

刘眉的手机响了："喂，是我。李队长，你好。我现在在车上，马上就回大厦。"她关闭手机后对郭小鹏说："公安局刑警支队副支队长李新建。"

郭小鹏："什么事？"

刘眉："吕安溺水身亡，他要了解一些情况。"

郭小鹏："吕安？"

刘眉面不改色地回答："海州大厦副总。"

郭小鹏眉一扬："事故？"

刘眉不置可否地："可能吧。"

郭小鹏很原则地指示道："你要全力配合公安部门的调查。"

二十五 机场高速公路出租车内。日。内外。

杨春乘坐的出租车紧跟在豪华车队后面。

杨春对司机命令道："超过去！"

司机猛加油门，出租车如离弦之箭飞速射出，超过豪华车队，与奔驰车并行。

出租车连按喇叭超车，引起郭小鹏等人注意，只见一张似曾相识的面孔忽闪而过。

紧接着，一交警骑摩托车飞速驶过，追上出租车逼到路边故障区停住。

郭小鹏的豪华车队"唰唰"地超过出租车远去。

身材魁梧的强民走到出租车面前,把头盔风挡往上一推,伸手道:"驾驶证。"

司机乖乖地把本儿递上:"大爷,您忙着?"

强民瞥了一眼车内,把本儿收入衣袋:"知道犯什么事儿吗?"

司机:"超速行驶。"

强民:"明知故犯?"

司机指指车后座:"是他让我超的。人家有急事儿。"

强民伏身看车内的人。杨春脸扭到一边,纹丝不动。

强民:"谁让你超也不行。交通规则是法律。法律,你懂吗?"

司机:"懂。"

强民挥手放行:"到交警四大队办手续。"摩托一甩头向回开去。

司机叫苦不迭:"哎哟,大爷!这说罚就罚呀!"

二十六 刑警队审讯室。日。内。

黑道人物袁大哥戴着手铐,低头坐在铁栏杆后的刑椅上。

李新建嘲弄地:"姓袁的,一年多没见,能耐见长啊!"

袁谦卑地直点头:"不敢不敢。"

李新建:"原先不过是领导个把小偷、妓女啥的,现在修成正果,干开杀人的买卖了。这买卖特来钱吧?"

袁着急地辩解道:"凭我这胆量,哪敢杀人啊。李队长别开玩笑。"

李新建:"你看我是开玩笑吗?抬起头来!"

袁赶紧抬起头,一副很委屈的样子。

李新建:"我告诉你,现在说,我也许还能帮上忙,待会儿怕是想帮也帮不上啦。"

袁汗流如注:"是,是。"眼珠子贼溜溜乱转。

李新建一合记录本,起身准备离开。

袁急忙说:"我说我说。"

李新建重新坐下,袁又犹豫起来。

李新建生气地一拍桌子站起来往外走。

袁可怜巴巴地:"我说。我全说。真的。"

李新建不耐烦地又坐下:"我见过遛马、遛狗,还没见过遛警察的!"

袁抢着说:"吕安让我给他找两个杀手,说不怕贵,要最好的。"

李新建:"杀谁?"

袁:"您知道我们这行的规矩,他没说,我也没问。"

李新建:"你们的行规确实够大,比《刑法》还大。得了多少钱?"

袁:"两万。"

李新建:"不少。"他突然把语调变快:"吕安的老板是谁?男的女的?"

袁苦着脸说:"这我可真不知道。吕安说他跟那姓杨的有仇。"

强民风风火火地推门进来,向李新建使使眼色又退出去。

李新建:"把事情经过给我写清楚。带下去!"

二十七 公安局李新建办公室。日。内。

李新建进门调侃道:"看你那惊弓之鸟的样儿,让情人的丈夫给逮住啦?"

强民喝了一大口凉水说:"见鬼!我看见杨秋了。"

李新建:"我可是无神论者。在哪儿看见的?"

强民拿起李新建的烟就抽:"在机场。我想盯刘眉,没想到活见鬼了,杨秋人模狗样从国际航班下来了!我心想杨秋不是死了吗?后来才想起可能是他的孪生哥哥杨春。"

李新建:"后来呢?"

强民:"这小子不愧当过演员,化装盯梢样样都会,见刘眉他们和刚下飞机的董事长上了车,坐上出租就跟上去。我一看来不及,向巡警要了辆摩托也跟了去。"

李新建不耐烦了："他到底去哪了？啰哩啰唆！"

强民把出租车司机的本子往桌上一扔："你自己去问司机吧。"

李新建心事重重地："杨春？看样子，他是从国外回来给兄弟报仇来了。"

二十八　海州药业集团总部所在地。日。内外。

这是一个颇具规模的高新技术工业园区，开阔舒展。

新搭的彩门上悬挂着巨幅标语："热烈欢迎省市领导暨政协考察团莅临视察指导。"

警车开道的豪华车队鱼贯驶入大门，停在总部大楼前的广场上。

郭小鹏率公司领导列队迎接。他一改休闲风韵，西服考究，风度翩翩。

金市长率先下车后，将于副省长介绍给郭小鹏："于副省长，这位是海州药业集团董事长兼总裁郭小鹏先生。东南亚金融危机以来，我市的出口大幅度萎缩，但海州药业的出口、利税非但未减，反有相当幅度的增长。现在是我市民营企业中的龙头老大。"

于副省长幽默地说："咱们先看看老大的全貌如何？"

郭小鹏略一欠身："请于省长指导。"随即带领导和政协委员们参观。

二十九　海州大厦大堂酒吧。日。内。

刘眉驾驶失而复得的红色法拉利跑车赶回酒店，见李新建已在大堂等候。

刘眉满面春风地迎上去："李队长，久等了。请坐，请！"将李新建请到酒吧靠窗的位置落座，随即吩咐服务员："来两杯哥伦比亚咖啡，味道浓一点。"

李新建笑微微地调侃道："刘总果然是日理万机，走路都带一阵风啊。"

刘眉不露声色地回敬道："李队长召见，我一分钟都不敢耽搁。"

李新建话锋一转，直奔主题："刘总对吕安之死有什么看法？"

刘眉沉着镇静："这事很突然，我深感遗憾。"

李新建:"你对你的副手了解吗?"

刘眉莞尔一笑:"了解是相对的。我并不了解每位员工的私人生活。"

李新建:"那么,他工作上有困难吗?和你相处怎么样?"

刘眉耸了耸肩:"我倒没看出什么反常。吕安为人口碑不错。"

李新建:"他介入了杨秋谋杀案,而且背景很深。"

刘眉惊讶地反问:"他介入了杨秋谋杀案?这怎么可能?"

李新建:"兔死狗烹,杀完杨秋,也就轮到他自己。"

刘眉敏感地:"凶手找到了吗?"

李新建嘴角露出微笑:"我并没有说吕安是他杀。"

刘眉从容反击:"你用'兔死狗烹'的寓言否定了自杀。"

李新建对刘刮目相看:"刘总能为我们提供些线索吗?"

刘眉一笑,在纸上迅速写下若干人名:"这些人和吕安私交很好,不妨问问。"

李新建收起纸条:"谢谢。打扰了。"起身告辞。

刘眉送到大堂门口:"如果需要配合,请尽管吩咐。"

李新建好像突然想起什么,回头问道:"杨秋有个孪生哥哥叫杨春的,你认识吗?"

刘眉不动声色地回答:"不认识。听说过。"

李新建意味深长地:"万一他来找你,麻烦通报一声。"笑着转身离去。

刘眉站在原地,后心升起一股凉气。

三十 海州药业集团制药基地。日。内。

于副省长和金市长等在郭小鹏等人陪同下进入现代化厂房车间。

一条条高速运转的生产流水线。身着白大褂的工作人员实施电脑操作,井然有序。

郭小鹏与费经纬等技术人员在庞大的进口设备前研究技术问题。

于副省长满意地点头对金市长说:"这位年轻的董事长蛮能干的嘛!"

金市长如数家珍:"小鹏是普林斯顿大学化学博士,学成回国后盘下一家小型国营药厂,不过六年功夫,就发展成今天的规模,被誉为海州的经济奇迹。现在他拥有净资产十多个亿,员工近两千人,其中有博士、硕士二十多名,大专以上学历者占员工总数的百分之六十以上。他本人是博士生导师,全国劳动模范,省政协委员,海州大学客座教授。"

于副省长突然想起什么,问道:"你刚才说他老爷子,他老爷子是谁?"

金市长:"原省委副书记、省政协主席林子烈同志。"

于副省长沉思地:"林老的儿子不是被判刑了吗?"

金市长:"您刚从北京调来,可能不太了解。被判刑的是林老亲生的大儿子林小强。郭小鹏是他的第二任夫人带过来的。后来他们又生了个小儿子林小亮,也在这儿工作。"

于副省长笑起来:"嗯,还蛮复杂的。"他是位头脑灵活的人,旋即把敏感的话题切换到其他领域:"听说他们最近研制出一种与戒毒有关的新药?"

金市长对技术细节不甚了了,赶紧招呼正往这边走来的郭小鹏等。

郭小鹏介绍道:"于省长,我们研制的戒毒灵,已经通过专家鉴定,一旦获得卫生部批准,立刻投入批量生产。"

于副省长:"临床效果如何?"

郭小鹏:"不夸张地说,应该是目前国内同类药物中效果最好的。"

于副省长点头称赞:"你们做了件大好事啊,郭小鹏同志!"

郭小鹏:"另外,我们准备投资兴建一座戒毒疗养院,第一个疗程全部免费。"

于副省长饶有兴趣地看着郭小鹏:"民营企业家有你这样胸怀的还不多。"

郭小鹏:"取之于民,用之于民,这才是财富的唯一归宿。"

三十一 市郊某低档娱乐城。夜。外。

李新建和强民身着便衣,沿着崎岖、潮湿、肮脏的小巷行走。

李新建:"我真不知道海州还有这种鬼地方。"

强民:"藏污纳垢,比这脏的地方多了。"

到了小巷尽头,忽然"柳暗花明":霓虹灯闪烁,路两旁橱窗前,一些浓妆艳抹、身体暴露甚多的小姐搔首弄姿,与面目阴暗的男人进行着某种"交易"。

李新建:"这种地方真该彻底清理。"

强民:"万恶淫为首。苍蝇不叮没缝的蛋。它对像我这样结过婚、知道男女之事的人影响倒不大,关键是它引诱无知的青少年和像你这样的光棍儿。"

李新建:"我看嫖娼的人多半都结过婚,至少知道男女之事。"

说话间,已来到娱乐城门口,霓虹灯闪着"夜巴黎"字样。

一穿保安制服的彪形大汉拦住两人,命令道:"买门票!"

强民:"没听说过到歌厅还要买门票的。"

大汉:"没听说过的事多了。"

李新建:"我们找一位姓焦的。"

大汉:"你想找人'性交',更得买票。"

强民忍无可忍:"我这儿有样东西,不知道好使不好使?"他拉开皮茄克克取警官证的同时,顺便把腋下的手枪背套也露了出来。

大汉赶紧说:"好使,好使。里边请!"

三十二 娱乐城经理办公室。夜。内。

所谓经理办公室,不过是个用三合板隔离出来的小空间,灯光幽暗,陈设简陋。街面的嘈杂声,刺耳的音乐声,醉汉的唱歌声,小姐的娇笑声等等噪声,声声入耳。

焦经理是个身材不高、四十多岁的男子,热情地递烟倒茶:"二位队长,我们一贯遵纪守法,从来不搞'三陪'什么的,更不要说卖淫嫖娼了,那犯法不是?"

强民先声夺人:"你是睁着眼睛说瞎话!"他指指外面的声源。

被戳穿谎言的焦经理却毫无尴尬之意："强队，这世道就是这样。您想想，有买的，就有卖的。现在不是市场经济吗？别出格就行。您需要什么尽管吩咐，人、财、物都有。"

李新建正色说："需要和你谈谈。"

焦经理认为自己开歌厅的，没什么把柄，大大咧咧地说："您随便问。只要我知道。"

强民："你谈谈海州大厦的情况。"

焦经理一怔："海州大厦？你们找错人了吧？"

强民："听说你当过海州大厦娱乐部经理？"

焦经理圆滑地："那是老皇历了。"

李新建："就翻翻这老皇历。"

焦经理仰头做回忆状："也没什么好说的，又不是革命经历。"

强民勃然变色道："你是林小强的铁杆，你没说的，谁有说的？姓焦的，你别以为刑警管不了治安。把警车往你门口一停，警灯一亮，看谁他妈的还敢来唱歌？"

焦经理被唬住了，嘟囔道："你们想问什么？"

李新建："从海州大厦的来历说起。"

焦经理："你们知道，海州大厦的首任老板是林小强。林总趁他老爹当海州市委书记时，用没法再便宜的价格买下了刚建成的大厦，他家老爷子也升到省里当副书记去了。一开张，生意就火的不得了，当然包括色情服务。可没折腾几年，就昙花一现地给败了。"

李新建："什么原因？"

焦经理含糊其辞："大概是他老爷子退休了吧？"

强民又想发火："看样子你是不想在这儿好好说？"

焦经理不由自主地摆手，加快语速道："后来刘眉来了。她先当大堂经理，然后没几天就变成了副总经理，我们林总就一天天地败下去。先是吸毒，把大厦的流动资金都吸光了,他只好借高利贷,利滚利,驴打滚,一两年功夫,大厦就成别人的了。"

李新建:"别人是谁?"

焦经理被逼到死角,喃喃地:"知道您还问?他那'拖油瓶'的弟弟。"

李新建说出一个名字:"郭小鹏?"

三十三 香港。某中资机构大厦。夜。内。

汪静雯乘电动扶梯缓缓地出现在灯火辉煌的大厅里,换乘高速电梯直达顶层。

电梯门开处,一秘书已欠身恭候:"汪小姐,总裁在办公室等您。请。"

秘书引汪静雯穿过办公室外间进入密室,总裁王放站起身来。秘书隐退。

汪静雯坐定后说:"我还是头一次进总裁的办公室。"

王放亲切地给汪静雯倒茶:"你是在批评我高高在上?"

汪静雯指指窗外:"三十三层,确实够高的。"

王总感慨:"'高处不胜寒'啊!"

汪静雯目光浏览着满满当当的书橱:"这些书您都读过?"

王放:"我是学历史的,《二十四史》还是读过,卡片就做了几千张。英文书只是读个大概,因为它们大都涉及科技领域。总而言之,我是好读书,而不求甚解。"

汪静雯:"对工作很有帮助吧?"

王放:"研究《二十四史》,就是研究人性。有史以来,人性的变化不是很大。举个例子,《诗经》中描写的爱情和现代爱情,没有本质的差别,而科技却是日新月异。"

汪静雯一时跟不上总裁的思路。

王放:"海州药业是一个大系统中的局部。不要孤立地看待它,要搞清楚它输入和输出的途径。你的任务十分艰巨。作为一位年轻女性,承受力是有限的。

你要坚强些。"

汪静雯深感责任重大,轻声说:"我有思想准备。"

王放忽然问:"听说你有一位男朋友在海州?"

汪静雯激动地反问:"他在海州吗?"

王放点头,目光有些热烈。

汪静雯努力使自己平静下来:"我们失去联系已经多年了。"

王放:"你还爱他吗?"

汪静雯泪水晶莹,但她很快地摇了摇头:"我可以放弃。"

王放不无同情:"我没有让你放弃,只是需要暂时的牺牲。"

汪静雯点点头:"我知道应该怎么做。"

王放:"这我就放心了。"他的语调严肃起来:"海州药业是个拥有数亿资产,几千职工的高科技企业。如果这个企业垮了,将会给国家带来不可弥补的损失。之所以派你去,目的就是把有关它的一切都……"他挥了挥手:"数字化了。明白吗?"

汪静雯:"明白。"

三十四 城外公路奔驰车内。夜。内。

沉默寡言的段海驾驶着汽车飞驰在黑夜中,路在车灯的照射下无尽地延伸。

郭小鹏在后座闭目养神,刘眉依偎在他身边。

刘眉轻声问:"回家吧?"

郭小鹏:"不,去西山。"

刘眉柔声:"我很想你。"

郭小鹏不无敷衍地:"我也想你。"他睁开眼:"可你知道我的规矩:先看母亲。"

刘眉幽怨地:"规矩就不能改改吗?"

郭小鹏的声音变得冰冷："不能。"

激光音响的音量放得很小,一个女人哀怨的歌声在飘荡。

汽车驶入别墅区大门,沿着树影婆娑的坡路开了一段,停在一幢孤立的小楼前。

郭小鹏对段海说了句："送刘总回公寓。"也没跟刘眉告别,径自下车走去。

奔驰车原地打了个弯原路返回,郭小鹏头也不回地走上楼前台阶。

汽车在黑夜中飞驰。刘眉落下了伤心的眼泪。

三十五　西山别墅。夜。内。

郭小鹏蹑手蹑脚走上楼梯,进入灯光幽暗,房门虚掩的卧室。

郭母问了声："是鹏儿？"声音柔软悦耳。

郭小鹏走到沙发前慢慢蹲下："妈。"

正窝在沙发里看电视的郭母坐直身体,面向儿子问："今天刚回来？"

郭小鹏"嗯"了声,仔细看着母亲的脸。这张脸虽历经苦难,但仍可称风韵犹存。

郭母无言地抚摸儿子的脸,这动作只能出自亲情："去咱们从前住过的地方了吗？"

郭小鹏："去了,还给您拍了相片回来。"他取出相片给母亲看。

郭母看着相片,顿生伤感："真是'物在人亡'啊！"

郭小鹏拿出一张激光唱片："我把您以前演出的录音带和影像资料,都灌到这张光盘里了。咱们看看？"

郭母恍然点头。郭小鹏将光盘插入 DVD 中。

房间里立刻回荡起柔曼悦耳的越剧《梁祝》,屏幕上出现了郭母年轻时扮相。

郭小鹏趁母亲沉浸其中,到浴室打来一盆热水,轻轻为母亲洗脚。

郭母闭着眼睛说："录音带我都听腻了,效果哪有这么好？你哄妈妈吧？"

郭小鹏强忍心酸安慰说："您自己唱的,听不出来了?我只是做了些技术处理。"

郭母无力地靠躺在沙发上,双目紧闭,泪水无声地涌流。

音乐如诉,阅尽人世悲欢。郭小鹏柔肠寸断,泪如泉涌。

三十六 高级电梯公寓刘眉寓所。夜。内。

刘眉回到独居的豪华套房,心乱如麻,备感孤独,徐徐宽衣解带,进入浴室。

淋浴喷头无声地喷射出温热的水雾,冲洗着洁白细腻的肌肤。

刘眉双目紧闭,泪水长流,忍受着刻骨铭心的寂寞。

落满水雾的梳妆镜被擦出一片清晰,露出刘眉美丽的脸庞。

她久久地看着自己,禁不住百感交集。

刘眉裹着浴巾赤脚走出浴室,忽然瞪大了眼睛。

杨春端坐在落地灯旁的沙发上,幽灵般阴森的目光隐含冷笑。

刘眉顿觉魂飞魄散,发出一声尖叫。

杨春指指床沿,阴沉地命令道:"刘小姐,请坐!"

刘眉下意识地遵从他的指令,慢慢坐到床沿。

杨春冷笑道:"刘小姐果然漂亮,难怪我弟弟会鬼迷心窍。"

刘眉神情稍有缓和:"你,你不是杨秋?"

杨春:"废话!"

刘眉:"那你是谁?"

杨春猛地起身:"再多问一句,就让你永远闭嘴!"他猛吸一口粗大的雪茄,慢慢逼近刘眉,把浓烈的烟雾喷到刘眉脸上:"说说看,你是怎么干掉我弟弟的?"

刘眉毕竟是女流之辈,面对暴力,恐怖使她浑身颤栗:"不,不是我。"

杨春猛抽一个耳光,将刘眉打倒在床上:"臭婊子!我废了你!"

一把拽掉刘眉的浴巾,纵身骑到刘眉身上,双臂一发力,将其掀仰朝上。

刘眉放声尖叫,拼命挣扎,活如落入陷阱的母兽。

杨春一把揪住她的长发,咬牙切齿地恨道:"我已经查得清清楚楚,就是你这个臭娘们儿,把我弟弟勾引到八号别墅,又派杀手又炸车,你今天必须偿命!说吧,想怎么死?!"

面临绝境,刘眉反倒镇静了:"你想怎么杀,就怎么杀吧!"突然转成歇斯底里:"反正我早晚要死在你们这帮猪狗不如的臭男人手里!杀呀!"

杨春被她突然的疯狂给镇住了,一时不知所措。

刘眉大声叫喊:"害怕了?没用的东西!"猛然翻身压住杨春。

杨春不敢怠慢,奋力翻身又压在刘眉身上,双手掐住她细弱的脖颈。

门突然被撞开,李新建和强民持枪冲入:"不许动!"

刘眉大惊失色,忙用毛毯裹住赤裸的身体。

面对黑洞洞的枪口,杨春也不敢妄动。

强民命令:"把衣服穿上。"

刘眉一扭身子:"当着这么多男人,你让我怎么穿啊?!"

李新建命令强民:"把他铐上。"

强民上前给杨春戴上手铐。

不料,刘眉裹着毯子,平静地说话了:"李队长,你们误会了。"

李新建回头诧异地望着刘眉。

刘眉:"你们进来得太突然,所以我没来得及向你介绍。这是我的男友杨春。"

强民下意识地反问:"男友?"

刘眉已经完全恢复常态:"对,我们相爱多年,他刚从国外回来,久别重逢,亲热亲热不犯法吧?"

绝处逢生的杨春赶紧说:"对,是这样,是这样。"

李新建不理睬杨春,问刘眉道:"亲热到杀人的程度?"

刘眉眼角一挑："您难道不知道,这是很时髦的做爱方式？"

强民推了杨春一把："李支队,先把这家伙带回局里再说。"

刘眉正色道："李队长！你们没有搜查证,随便闯入我的私人住宅,这是其一；你们没有逮捕证和拘留证,就要把人带走,这是其二。我提醒你,现在是法治社会。"

李新建冷冷地："如果发现犯罪嫌疑人正在实施犯罪,我们有权制止并实施拘捕,然后补办手续。杨春先生,现在,我以强奸、杀人未遂嫌疑拘留你。带走！"

强民抓住杨春后衣领将他推出门去。

刘眉猛地扯开毛毯喊道："你这是滥用职权！"

李新建蓦然回过头来,眼里闪出愤怒的火光。

第二集

一 舰桥半岛郭小鹏住宅。夜。内。

奔驰车无声无息地驶入豪宅大门,沿着树影婆娑的曲径缓缓行驶。

一座隐伏在暗夜中的爬满攀缘植物的平房别墅出现在眼前。

郭小鹏下车走进门厅时,发现那辆红色法拉利跑车停在暗影里。

郭小鹏走进宽阔豪华的客厅,脱掉西装换上吸烟服。刚坐到沙发上,电话响了。

郭小鹏拿起话筒:"我是郭小鹏。戴主席,您好。您的全权代表明天下午就到?太好了。我一定亲自去接。有关背景资料的电子邮件?我马上打开电子信箱。好,就这样。"

放下电话后,郭小鹏立刻打开手提电脑,查阅电邮资料。

汪静雯的玉照出现在电脑屏幕上:天生丽质,神采飞扬,有一种摄人心魄的力量。

郭小鹏无形中被强烈地吸引,目不转睛,心驰神往。

刘眉穿着轻纱睡裙,双手捧着一盅微烫的参翅汤暗出,含情脉脉如贤妻良母。

郭小鹏关闭电脑,接过参翅汤,用金质小勺斯文地吃着。家庭气氛温馨。

刘眉守在一旁看着他吃,整个身心无不透出深刻的眷恋。

郭小鹏用刘眉递上的小毛巾擦擦嘴后表扬道："你做的鱼翅手艺见长。"

刘眉粲然一笑："哪儿是我做的。我把上次唐兄送来的整翅拿到东海饭店，请阿威师傅一下子全做了。然后把它们密封包装，放到冰箱里，想吃的时候，用微波炉一热就行。"

郭小鹏："阿威师傅？我怎么没听说过？"

刘眉："他是从香港来客串的，听说是鱼翅、鲍鱼名家杨先生的高徒。"

郭小鹏笑道："那这碗参翅汤就价值连城了。"

刘眉一副当家主妇的口吻："我没给他们钱，用碎翅抵了工时费。"

郭小鹏起身走向卧室："他们把碎翅一粘一压，又变成整翅去哄人，没给你剩多少。"

刘眉："没多少就没多少，反正你一年到头在家里也吃不了几餐饭。"

郭小鹏似乎很不愿意听这个"家"字，面露不悦之色。

二 张啸华住宅。夜。内。

已熄灯就寝的张啸华被床头电话铃声惊醒，只好开灯拿起话筒接听："新建啊？紧急汇报案情？你看看几点了，我还不睡？什么，你们就在门外？那好吧。等着啊。"

张啸华边穿睡衣边对妻子说："这不是逼宫吗？当年彭德怀从朝鲜回来闯进毛泽东的香山别墅，虽说军情紧急但也逼人就范，惊了主席的好梦。我平常太娇惯新建了，待会儿得给他点颜色看看。要不然，见局长就跟回他们家似的，手下这几千弟兄就没法管了。"

张啸华打开房门，李新建和强民笑嘻嘻地整进客厅里来。

李新建："打搅首长休息，不好意思。"

张啸华："那就别打搅。坐下说吧。"

李新建坐在沙发上："案子的大体轮廓，我们已经基本清楚了。"

张啸华拿出中华烟招待："抽烟。"

李新建:"杨秋被杀,显然是制贩毒集团内部黑吃黑的结果。"

张啸华言简意赅:"说具体点儿。"

李新建:"杨秋涉嫌毒品犯罪,并且暗中控制着海州及通向海外的毒品市场,证据确凿;而另一个利益集团为了争夺这块肥肉,就必须消灭杨秋,独占鳌头。杨秋被杀后,吕安也就必死无疑,线索完全被掐断。可没想到,杨春从国外回来为弟弟报仇,这匹识途老马顺利地将我们带进了刘眉的卧室里,使那个利益集团的犯罪背景初露端倪。"

张啸华浓眉一蹙:"谁?"

李新建胸有成竹:"海州大厦。"

张啸华简洁地:"主谋?"

李新建:"总经理刘眉。"

张啸华:"证据?"

李建新:"海州大厦副总经理吕安出面雇请杀手,杨秋被神秘女人诱到八号别墅死于非命,而杨春千里迢迢回国直奔刘眉处复仇,这一切都证明:刘眉有重大犯罪嫌疑。"

张啸华:"可为什么在逮捕杨春时,刘眉说他是自己的情人呢?"

李新建:"这更从反面证明了杨和刘之间存在的共同利益关系。杨春现被拘押,我建议,立刻逮捕刘眉,双管齐下,突破缺口,迷雾重重的海州毒案就会真相大白。"

张啸华把身体往后一靠:"说了半天,你们除了死去的杨秋外,对两名所谓的犯罪嫌疑人没有拿到任何过硬的证据。你们不想想,光凭想象和推理,检察院能批准逮捕吗?"

强民插嘴道:"可以先拘留,如果在规定时间内没有突破,咱就申请延期。反正他们的屁股也不干净,把各种疑点汇总起来慢慢查呗!关他们半年,一点问题没有。"

李新建也觉得强民的话"出格"了,赶紧训斥道:"你这是警察说的话吗?法盲！"

强民被噎得够呛，不服地嘟囔道："事事都照规矩办，鬼知道哪天才能破案。"

李新建："那也不能胡来！我个人以为，此案将涉及海州药业集团主要负责人。"

张啸华马上划定范围："海州药业是我市高科技龙头产业，不能轻举妄动。对郭小鹏，更不能随便怀疑。你们的调查范围，目前到刘眉这个层次为止。凡涉及更深的犯罪背景，由上级领导机关统一部署侦破工作。对刘眉采取任何重大行动，都必须通过局党组批准后实施。考虑到杨春的华裔美籍身份，如无确凿罪证，不宜长时间拘留。马上放人。"

李新建和强民嘴张了张，没说出话来，同时起身立正："是！"

三 舰桥半岛郭小鹏住宅卧室。夜。内。

郭小鹏和刘眉站在巨大的梳妆镜前，互相凝视着镜中对方的眼睛。

温柔写意地爱抚，激情渐涌，终于演变为黑暗中惊心动魄的狂潮。

急风暴雨后的平静中，刘眉小鸟依人般偎在郭小鹏怀里。

郭小鹏似无意中提起："香港华龙集团将派出全权代表介入海州药业高层管理。这么大一笔钱放进别人口袋里，派个人来监管也属天经地义。这位全权代表明天就到海州。"

刘眉闭着眼睛温柔地"嗯"了一声。

郭小鹏渐渐逼近主题："华龙集团董事局和戴主席要求这位全权代表担任实职和正职。海州药业集团大小二十多个企业，其核心是制药生产和销售。这一块，容不得旁人染指。金融证券和房地产也还实力雄厚。但与政府部门和特殊客户关系密切，外人也很难插手。其他企业，虽不影响重大商业机密和经济命脉，可又分量太轻，恐怕难表我方的合作诚意。选来选去，四星级酒店海州大厦倒是一个最合适的位置。华龙集团也有此意。"

刘眉身子微微一抖，郭小鹏把她抱得更紧些。

身体语言比苍白的对话更有力量。刘眉忽觉有些委屈，泪光闪烁。

郭小鹏吻了吻她的秀发："我当然不会委屈你。你将进入集团董事会，兼任海州药业总裁助理，分管海州大厦和集团财务。另外，你会得到增加的百分之三的公司股份。"

刘眉浑身微微颤抖，晶莹的泪水无言地滚落。

郭小鹏似乎良心上有些不安："眉儿，你还想要什么？"

刘眉猛然翻身扑到郭小鹏身上："我只要你！要你的爱！"

两个人的体位变换。隐约中可看出，双方都竭尽全力。

四　刑警大队办公室。夜。内。

李新建把双脚搁在写字台上，一脸官司地抽烟。强民在长椅上假寐。

李新建自语似的说给强民听："我听说，美国总统罗斯福在与下属讨论问题时，开头总是很平等，可一旦超过他的忍耐限度，他马上就用第三人称说总统认为如何如何。这张牌一出，别人就没法玩了。官大一级压死人哪！"

强民考虑得很实在："张局不让立案，咱们就没有授权，还得偷偷摸摸地干。"

李新建无可奈何地叹了口气："你大小也算个官，知道一把手最大的权力是什么？"

强民摇头。

李新建："头一个是开会权：我这个副支队长，除去支队长授权外，顶多能召集我分管的你小子开个会，而不能召开全队大会；然后是批准权：平时咱们管这个、管那个的，可张局一声：这事要经过我，咱就什么他妈权也没了，只剩下服从权。"

强民忽然来了灵感："咱玩个曲线救国如何？从毒案外围入手，慢慢挖它的根儿。"

李新建来了情绪："可以。小案子不用惊动大官,你报给我批就行!"

强民站起来："说干就干。我先去摸摸底。哎,杨春怎么办?"

李新建拉下脸想了会儿："局长让放,那就放吧。再进来也是早晚的事儿!"

五　海州国际机场。日。外。

阳光灿烂。波音喷气客机徐徐驶入停机坪,巨大的轰鸣声震耳欲聋。

郭小鹏率费经纬、刘眉、林小亮等公司领导在出港口迎候。

汪静雯杂在旅客人流中走出港口,与郭小鹏为首的楔形队伍完美对接。

郭小鹏将手伸向汪静雯的一刹那,仿佛心灵感应,浑身涌起一股热流。

刘眉顿时脸色黯然:郭小鹏并没说港方代表是位女性,而且是位年轻漂亮的小姐。

郭小鹏脸上浮起灿烂的微笑,伸手握住汪静雯的手:"汪静雯小姐?"

汪静雯点头微笑,目光闪闪地望着郭小鹏:"郭小鹏总裁?"

郭小鹏握手的时间稍嫌长了些:"欢迎汪小姐莅临海州。"

汪静雯的握手和微笑是纯商业式的:"劳动总裁大驾,实不敢当。"

机灵的段海接过汪静雯的行李。一行人走向广场车队。

汪静雯:"郭董是怎么在人海中认出我来的?"

郭小鹏与汪静雯并肩而行:"汪小姐毕业于香港中文大学法律专业,又获得工商硕士学位。一般来说,读工商学位的女性,都不会很漂亮。但汪小姐正是我心中所想。"

汪静雯笑问:"郭博士的理论有何根据?"

郭小鹏:"漂亮女性,容貌就是资源。她和海湾国家的石油一样,几乎不用脱蜡,装桶就能卖。而容貌一般的女性,则像含有杂质的原油,需要脱蜡数次,方能上品级。"

汪静雯向刘眉笑道:"郭董这种理论,简直是污蔑我们女性。"

刘眉勉强报以应付性的微笑。女性视美丽同类为天敌。

林小亮已拉开奔驰车门,恭请贵客登车;段海则已轰响八缸的发动机。

郭小鹏请汪静雯上车时停住问:"汪小姐又是如何认出本人来的?"

汪静雯:"权力、金钱、智慧,三个参数交叉,便能确定空间的任意一点。"

郭小鹏矜持一笑,请汪静雯登上汽车。他似乎怠慢了女友刘眉。

豪华车队鱼贯驶出广场,迅猛提速,驶入机场高速公路。

六 高速公路奔驰车内。日。内。

豪华车队飞驰在车流穿梭的高速公路上,郭小鹏和汪静雯在后座相谈甚欢。

郭小鹏:"汪小姐是第一次来海州?"

汪静雯:"来过半次。"

郭小鹏:"有些事只有整体,不能切分。"他破天荒地感到说话的欲望:"比方说,计划完成了一半,饭吃了一半,这都成,但不能说我有半个太太或者情人。"

林小亮回头插话道:"半个儿子就说得过去:比方说女婿或者过继的儿子。"他不过是在郭小鹏面前随便惯了,可话一出口,即觉出大不妥,赶紧闭上嘴巴。

郭小鹏果然有些变色,冷言道:"半个兄弟,有他还不如没有。"

对郭小鹏经历了如指掌的汪静雯马上接续刚才的话题:"我在大陆上的中小学,曾经坐火车路过海州,在车站待了半小时,所以说是半次。但我对海州也并不是完全陌生。"

郭小鹏情绪恢复,饶有兴趣地:"请汪小姐略予赐教。"

汪静雯侃侃而谈:"海州市人口约三百五十万。亚热带气候。沿海沿江,通路通航,同时又是两条铁路干线的交汇点,交通十分便利。它的经济优势主要体现在轻工业,其中医药产业又占主导地位。而在医药行业中,海州药业则为龙头老大,举足轻重。"

林小亮恭维道:"汪小姐对海州的情况,比我这个这土生土长的海州人还要熟悉。"

郭小鹏颂歌盈耳,心情舒畅:"现在是资本运营的时代。贵公司的巨额资金将与海州药业的优良资产融为一体,更有汪小姐这样的高智慧人才尽展才华,前景不可限量。"

汪静雯感到谈话渐入佳境,主动出击:"不知郭董对我有何见教?"

郭小鹏一笑反问道:"汪小姐希望获得什么位置?"

汪静雯不动声色:"家有千口,主事一人。您安排吧。"

郭小鹏:"如果没有异议,想请汪小姐屈就海州大厦总经理一职。"

汪静雯不惊不诧:"我是学管理的,也当过五星级酒店集团的总裁助理。"

郭小鹏:"我是不是可以认为汪小姐已经接受了这个职务?"

汪静雯:"这也是董事局和戴主席同意接受的安排。谢谢郭董。"

郭小鹏觉得时机已到,将皮包中的《海州商报》递给汪静雯。

报纸头版有汪静雯的玉照和她即将出任海州大厦总经理职务的报道。

红色法拉利跑车忽然超过奔驰车,刘眉示威似地按了几声喇叭,扬长而去。

林小亮话里有话:"时速至少在一百八十公里以上。刘总是不甘人下啊!"

郭小鹏猛然想起今天对刘眉有意无意地冷落,不觉摇头苦笑。

七 市公安局局长办公室。日。内。

张啸华的办公室宽敞明亮,强烈的阳光透过落地窗斜射进来,满地金辉。

李新建在向局长汇报案情:"我们调查了众多林小强时代海州大厦管理人员,并获得了确凿的证据,现在基本上可以认定,刘眉入主海州大厦具有预谋犯罪的嫌疑。"

张啸华紧盯着李新建和强民,但没有发话。

李新建边看笔记边说:"刘眉,一九七二年出生。祖籍浙江奉化,毕业于中国建筑大学建筑机械专业。一九九二年,她与郭小鹏先后来到海州。两人何时相识不详。次年,应聘进入海州大厦担任娱乐部经理、公关部经理、副总经理等职。其上升速度之快,与海州大厦衰败和林小强堕落的速度成正比。林小强被捕判刑后,海州大厦被海州药业集团兼并和收购。"

张啸华:"这段历史早有结论。林子烈同志大义灭亲,把儿子送上了法庭。"

李新建:"林小强吸食毒品,皆从杨秋处购得,中介就是刘眉。刘以其美色迫使林小强就范,最终导致了海州大厦的彻底破产。此外,刘还有侵吞和抽逃资金的嫌疑。"

张啸华站起身来踱步:"说来说去,总体给人以商战的印象。证据基础不足,猜测、臆想的成分过多。况且,并无现行罪证。以此定罪,不足为凭。"

李新建显然火了,但又不便发作,强忍道:"您毛主席的书读得多,一定记得他老人家说过:结论来自调查研究的结尾。您不让我们调查,证据从天上掉下来吗?"

张啸华并不生气,用长者口吻道:"毛主席还说过:我们的原则是党指挥枪,而绝不允许枪指挥党。他还说:局部服从全局,全党服从中央。"

李新建已无回击之力,强民不停地悄悄拉他的衣角。

张啸华改用命令语气:"我再强调一下:凡有关海州大厦行动,必须经我本人批准。"

李新建站起来还想争辩,张啸华桌上的专线保密电话响了。

张啸华对李新建和强民挥挥手:"请二位回避一下。"

李新建和强民闷头走出,带上房门。

电话显然是来自相当高级别部门的首长,声音亲切而沉稳:"啸华同志,海燕已经顺利起飞,到达指定位置。你们要确保她的安全并不要干扰她的工作。绝对保密。"

张啸华肃然道:"我们全力配合。请首长放心。"

电话声:"海州的毒品案,刚露出冰山一角;从国家安全的角度看,它只是一场局部战役。全案的侦破,涉及与国际刑警组织的密切合作,要服从大局,统筹安排。"

张啸华:"明白。"

电话声:"知情者要控制在最小范围。有事请通过专线与我联系。"

张啸华:"是。"

电话挂断,留下一串忙音。

张啸华深吸口气,拿起内线电话:"命令百灵鸟执行原定任务。"

八 公安局办公楼楼道。日。内。

李新建百无聊赖地靠在暖气片上,抽着烟说:"假设有一天,我进了那个办公室……"他指指张啸华的房间:"你来找我汇报工作。我不爱听了,只要电话响,我就让你回避。"

强民:"怕你没这个机会。"他把手中刚拿到的当天报纸递给李新建:"等你进了那个办公室,哥哥我早就退休歇菜了。"

李新建随手翻阅《海州商报》,突然看见汪静雯的照片和报道,脸色骤变。

强民也看出不对来了:"你不会心肌梗死吧?"

李新建没理睬他的调侃,转身冲进了楼道盥洗间。

九 盥洗间内。日。内。

李新建激动得双手发抖,眼睛直愣愣地盯着报纸上汪静雯神采飞扬的脸,简直不敢相信,喃喃自语:"汪静雯?海州大厦总经理?香港人?真他妈活见鬼了!"

自动冲洗系统发出惊天动地的冲洗声,李新建呆呆地站在那里,如堕五里雾中。

十 海州大厦高级商务套间。傍晚。内。

汪静雯被值班经理和客房小姐引入宽敞华丽的高级套房。

值班经理介绍说:"汪总,这是董事长亲自为您安排的,希望您满意。"

汪静雯:"谢谢。你们忙去吧。"

众人知趣地告退。

汪静雯开始仔细观察这套含办公、起居、卧室及双卫的豪华房间。

很快即发现分别暗藏在客厅屋顶及卧室电话内的微型摄像镜头和窃听设备。

汪静雯不动声色地笑了笑,坦然宽衣进入卧室的卫生间。

热雾弥漫,水花翻涌。汪静雯舒舒服服地躺在按摩浴缸里,尽情享受。

墙挂式电话发出悦耳的蜂鸣音,汪静雯伸手拿过话筒。

郭小鹏的声音仿佛近在咫尺:"汪总吗?我是郭小鹏。"

汪静雯:"董事长,你好。"

郭小鹏:"今晚七点在大厦西餐厅给您接风,肯赏光吗?"

汪静雯:"董事长太客气了。"

郭小鹏:"那就见面谈。"

十一 海州药业集团公司总部总裁办公室。日。内。

郭小鹏轻轻放下话筒,仰靠在宽大舒适的大班椅上,望着笔记本电脑屏幕上汪静雯那张神采飞扬、生动美丽的脸,按动鼠标不停地将画面放大,直至只剩下她那双性感的嘴唇。

宽敞华丽的办公室里很安静。郭小鹏全神贯注地凝视着电脑屏幕,心驰神往。

财务部长老毕悄没声儿地蹩进门来,笑眯眯地将一叠报表递给郭小鹏:"郭董,本季度的收支状况都在这里了。"他是个四十多岁的男子,显得狡猾但并不深刻,态度谦卑。

郭小鹏冷着脸关闭电脑:"以后进来,最好先敲敲门,别跟做贼似的。"把报表推到一边:"基本情况,我已经从计算机上看到了。谈谈这个季度的财务分析吧。"

财务部长显然不善于做抽象的概括,说了句"总体看来没什么问题"后,就带着讨好的神情说:"这是咱们自己人看的报表。给税务局的报表上,我把这笔收入转到香港华龙公司的账上;而以后发生的费用,仍可以重复报销,摊入成本,冲销所得税的数额。"

郭小鹏把双臂交叉在胸前,注视着财务部长。

财务部长继续汇报:"还有这笔三百五十万的收入,我先把它藏起来。然后再把它放到出口账上,这样就可以增加退税十几万。算下来,总共可节约税款四十多万元。"

郭小鹏等他说完后,带着嘲讽的微笑问道:"你当会计多少年了?"

财务部长:"我插队回来,在工厂当会计。财经大学毕业后,当过财务科副科长。"

郭小鹏打断地:"你当财务部长多久了?"

财务部长觉察董事长脸色不对,说话谨慎起来:"副部长三年,部长七个月。"

郭小鹏"嗯"了声,沉吟片刻后说:"美国有一部《洗钱控制法》,构成洗钱罪有五大要素:一,明知。二,某种非法活动。三,金融交易。四,收益。五,故意。我在选修 MBA 课程时,教授总喜欢做案例分析。咱们也来分析一下。"他拿起那张假报表:"你显然是明知,骗取退税当然是非法;广义的金融交易,不仅指金融机构间的交易,凡票据交易就算,而这收益进了公司的账,如果我再不加以制止的话,那就完全是故意了。"

财务部长嘴巴慢慢张大,推了推眼镜,露出尴尬的苦笑。

刘眉风风火火地闯进来,见有人在座,压住满腔怒火,坐到旁的沙发上。

郭小鹏口气变得缓和了些:"我承认你是一片好心。但我想告诉你:只要有经济活动存在,就必须承担纳税的义务。你可以合理避税,但不能故意逃税,那是一种犯罪行为。"

财务部长是个骨头不硬的人,见董事长如是说,只有点头的份儿。

郭小鹏公事公办地商问:"咱们先谈到这儿?"

财务部长赶紧站起身来,点头哈腰退出。

刘眉气呼呼地关上房门:"世上最难看透的东西,就是男人的心!"

郭小鹏冷冷地发问:"你在说谁?"

刘眉一屁股坐在郭小鹏对面的软椅上:"我面前就坐着一个喜新厌旧的陈世美!"

郭小鹏皱起眉头:"你我都是受过高等教育,在大型企业担任高级职务的人,我们之间应该有共同的语言。"他语调虽温和,但态度很冷漠。

刘眉盯着他的眼睛:"你为什么突然变心?"

郭小鹏起身离开大班椅:"这是一个很无聊的话题。"

刘眉妒火中烧的目光追着他的背影:"你没告诉我来的是个年轻漂亮的女人!"

郭小鹏觉得无聊透顶,提高了声音:"你也没问过啊!"

刘眉见郭眉毛拧成一团,便知其忍耐已到了极限,而她又并不想真的和他闹翻,就自找台阶退道:"我要知道她是个女的,绝不把总经理的位置让出来。"

郭小鹏毕竟手腕圆通,深谙进退,释然笑道:"那就让她担任集团公司副总裁,天天在我身边。你还当你的酒店高级领班,给我创造一个喜新厌旧的外部条件。"

刘眉"喷儿"地笑了,情绪迅即转换:"我是怕你被那个狐狸精给迷住了。"

郭小鹏知道"危机"已过,轻松笑言:"要不然孔子说:唯女子——"

刘眉接话:"唯女子与小人难养也。"

郭小鹏:"后面还有话呢:近则不逊,远则怨。"

刘眉显然没听明白:"什么意思?"

郭小鹏:"你对她好,她就桀骜不驯;稍一疏远,她又埋怨个没完。"

他扶着她的后背往外走,刘眉忽然停住了脚步。

刘眉认真地:"你是不是觉得汪静雯比我年轻漂亮?"

郭小鹏替她打开房门:"我觉得故宫漂亮,晚霞漂亮,巴黎也很漂亮,但绝不想把它们据为己有。你这人,从来就不自信。今晚给汪总接风,不知刘总有没有兴趣?"

刘眉转怒为喜道:"我倒想见识见识,她有多大能耐。"

十二 三菱吉普车内。日。内。

李新建阴沉着脸高速驾驶。迈速表指示一百六十公里。两边的树木迅速倒退。

强民想说又不敢说。

李新建为躲避障碍,猛打方向,接着又打回。

强民实在忍不住了:"您敢情一人吃饱了,全家不饿,我可是老婆孩子全有!"

李新建放慢速度:"车快了,就觉得道路窄了。"

强民不理他。

李新建也觉得不能过于不理智,便和强民讨论工作,转移自己的心思:"我断定海州必有一个制毒集团,而且规模还不小。"

强民不想讨论这问题:"张局长毕竟是一局之长,他怕是有他的难处。"

李新建带点不讲理地反问:"他有什么难处?"

没有多少理论基础的强民只好现身说法:"别看我只是一个小小的大案队队长,但用你的话说,我也是个一把手。一把手不管他大小,都有他的难处。有的时候,方支队一个命令,我的分管领导您,又是另外一个命令,你说我该听谁的?更何况,底下一些不了解情况的同志还跟着瞎嚷嚷。"

李新建拿眼睛斜强民。

强民不理,继续说:"但最后我还是要把矛盾平衡了,把事情办了。"

李新建说:"我在刑警学校上学时,一位日本高级警官,给我们上《警察管理学》这门课。别的我都忘了,只记得他讲的警界处世三原则。"

强民毕竟尊敬李新建,洗耳恭听。

李新建腾出一只手,点划着说:"第一,不与上司对抗。第二,具有可依靠的上司。第三,对自己的势力范围要有足够的兴趣。"

强民不屑地说:"也没啥新鲜玩意儿!"

李新建:"今天你可千万不要惹我!我惹不起局长、部长的,所以在他们那受的气,急需一个撒的对象。"

强民:"就是,你也没个媳妇,想撒气,就冲大哥我这撒吧!"但旋即他灵机一动,转入正题:"从咱们抓获的零星小毒贩手中的货分析,大部分是冰毒。如果你这些日子以来的瞎猜有点边的话,他们必定要在某个地方加工麻黄素。"

李新建一拍方向盘,叫一声"对!"然后继续推论:"冰毒需要大量的麻黄素,而麻黄素的提取在市区的可能不大:它污染严重,极容易暴露。"

强民:"顺这路子往下猜,这个加工点必定在荒野,而且有河流的地方。"

李新建将帽子扶正,比较严肃地说:"本支队长命令强队长:查找麻黄素加工点的一切有关事务,均划归你的势力范围。"

强民:"真他妈的作茧自缚。"说完他看了一下李新建没开朗多少的脸色说:"你今天不高兴,是不是因为报上的那位港姐?"

李新建下意识地反问:"你怎么知道?"

强民:"没这两下子,还能当一把手?"他打开录音机。车厢里响起有关爱情的流行歌曲:"我当所长的时候,手下有一个条件特好的兄弟,看上了一个女的。这女的叫我说不怎么样,可在他心里和女神似的。他老是叫大伙帮助他制定计划。计划是一个比一个周密,快赶上美国飞船上月亮了。可一年下来,他愣是没敢实行那关键的一步。这人和人要想接触,就和踢足球一样,你功夫再好,老他妈的在中场、禁区盘带,也没用。关键是射门。"

李新建听到这,猛然好几把方向,车几乎是在原地掉了一个头,向城里驶去。

十三　海州大厦二楼西餐厅。夜。内。

郭小鹏、刘眉引领汪静雯穿越灯火辉煌的大厅,步入西餐厅。

郭小鹏居中,汪静雯居郭之右的主客位置,刘眉居其左,为主陪。

郭小鹏一落座便说:"北京发展银行的成行长明天要走,我该给他饯行。"

刘眉此刻已俨然集团公司领导:"发展银行给我们集团不少资金方面的帮助。"

汪静雯:"那就请董事长把成行长请来一起吃。"

郭小鹏:"我也这么想过。可有这样一个故事:美国总统想宴请坎特伯雷大主教、法国外长和智利大使,他就问外交部礼宾司该怎么办。礼宾司的官员说:不能这么请。因为坎特伯雷大主教是英国两个最老的教区之一的精神领袖;智利大使是国家的代表;外长是部级官员。一起请连座位都无法安排。"

汪静雯表示领情。

郭小鹏举杯对汪静雯说:"我谨代表海州药业集团公司和我本人,对汪女士的到来表示欢迎。"

两人碰杯。

刘眉也跟着举杯:"我代表我和小鹏,欢迎汪总。"

郭小鹏的眉毛一皱,但忍耐下来。

汪静雯和刘眉碰杯:"谢谢海州药业的所有同仁。"

郭小鹏指指头一道大菜:"汪女士请用。这是法国牡蛎。"

郭小鹏和汪静雯熟练地使用刀叉品尝。

与他们相比,刘眉就相形见相形见绌了。但她是个不甘寂寞的人,问刚进来的餐厅领班:"我好像从来没在这见过这菜。"

领班低声对刘眉耳语道:"这是董事长专门安排,从滨海路新开的普罗旺斯西餐店调来的。"

刘眉较大声地说:"来两道咱们自己的拿手菜。"

郭小鹏实在忍不住了:"上等人从来不在餐桌上谈论食品本身。"

刘眉无法忍受郭小鹏在另外一个女人面前批评自己:"那他们说什么?"

郭小鹏:"说天气、政治、体育、文学、音乐,有无穷的话题。"

汪静雯知道自己必须圆场,否则宴会将蜕变成一场"家庭内讧":"董事长知道我们戴主席的太太是什么地方人吗?"

郭小鹏:"我虽然原来不知道,但你的问题本身就隐含答案:海州人?"

汪静雯:"董事长果然聪明过人。"

刘眉:"戴夫人有多大年纪?"

汪静雯:"这个我不太清楚。"

刘眉:"看上去有多大?"

汪静雯不得不回答:"估计有五十多?"

刘眉:"资料说戴主席七十三了。"

郭小鹏摆弄着手中的餐刀。

汪静雯再度扭转谈话方向:"戴夫人是电子学家高锟的学生。"

郭小鹏放下餐刀:"是不是那位第一个提出用光信号代替电信号,并使之在弯曲的介质中传播的那位高博士。"

汪静雯:"董事长确实博学。戴夫人很希望在海州建立一个光纤网络。"

郭小鹏:"这也是我的希望。汪女士肯定知道,信息产业将成为主导产业。"

刘眉再度插话:"我在江西农村见过一条标语:光缆没有铜,偷了要判刑。你们说这生动不生动。"

郭小鹏这次倒没生气:"这标语对文化不高的人的界面确实很好。"

刘眉:"不知道汪总结婚了没有?"

汪静雯:"没有。"

刘眉:"那肯定有男朋友。"

汪静雯:"不知刘总指的是什么样的男朋友。"

刘眉看着郭小鹏说:"就和我们俩一样。"

被触动心事的汪静雯,忧思上脸:"有,也没有。"

十四　西餐厅外大厅。夜。内。

李新建随电梯上升,出现在大厅里。他隔着玻璃窗,仅能看见汪静雯和郭小鹏。

他走到门口,又退回来。最后只好坐到大厅的沙发上,一支接一支地抽烟。

一个妓女模样的年轻女子观察了他一会儿,走过来坐在李新建身旁。

她身上浓烈的香水味道迫使李新建往旁边挪了挪。

妓女:"先生,不要害怕嘛,我可是个良家妇女。"

李新建不耐烦地说:"这我知道。"

妓女往李新建跟前凑了凑。

李新建皱眉道:"请你离开我远点好吗?"

妓女:"先生不要害羞嘛……"

李新建眼盯西餐厅的出口,随口问道:"我害的什么羞?"

妓女:"看得出先生是个负责的男人,我也是个负责的人,保证先生的人身安全。"

李新建瞟了一眼这个浓妆女士,眼神中厌恶和怜悯成分都有:"你干什么不好,偏偏干这一行?"

妓女:"我爹爹病重,我妈妈去世得早。"

李新建打断道:"还有你弟弟或妹妹要读大学。千篇一律,一点创造性也没有。"

妓女显然不想与李新建务虚:"任何服务我都可以做。"

李新建怕耽误事,搪塞道:"我没钱。"

妓女显然不认识李新建腕子上的军表,但它的光亮显然吸引了她:"东西也行啊。"

她投向手表的目光使得李新建很不舒服:"我这还有一样比这表还值钱的东西,你要不要?"

妓女撒娇道:"那我要看看什么东西了。"

李新建把茄克的拉锁拉开一些露出手枪的背带。

妓女赶紧提起包跑开。

郭小鹏和汪静雯、刘眉吃完饭走进大厅。

李新建这次把汪静雯看了个清清楚楚。

十五　小饭店。夜。内。

强民坐在屋角桌子旁,把玩着打火机,眼睛看着门外。

一中年人匆匆而入。

强民向他招手。

中年人向强民双手抱拳道:"强队长,让您久等了。"

从打扮上无法分清楚中年人的身份:像干部,也像知识分子,也像有些江湖中人。

强民:"我也是刚到。周总挺忙?"

周总:"忙也是瞎忙。忙来忙去,费用和利润差不多。"

强民把一本油腻的菜单递给周总:"我请客,你点菜。"

周总把菜单推回:"哪有这个道理!我请客。"

强民:"你刚才不还哭穷吗?说什么费用和利润差不多。"

强总:"在这种地方吃上十顿、百顿的,费用也还是和利润差不多。"

强民:"我今天可有事求你?"

周总:"我好赖也算个企业家,比您这个人民公仆多少要强一些。"

十六　海州大厦商务套房。夜。内。

屋内相当昏暗。

传来走路声、开门声。

汪静雯进入房间,将房卡插入电源开关,顿时一片光明。

她似乎感觉到什么,沿途巡视,见卧室的门关着,她猛地推开进入。

一只手搭在她的肩膀上。

她条件反射地返身擒拿。

四手相握,呼吸可闻。

汪静雯激动地说:"新建!"

李新建一个热吻压了过去。

汪静雯躲避了一下。仅仅是一下,之后就变成互吻。

但马上汪静雯推开李新建,故作冷淡地说:"对不起,我认错人了。"

觉得突然的李新建稍许冷静后指指房顶:"我已经让那些东西突然死亡了。"

汪静雯捋捋头发后问:"你是怎么进来的?"

李新建:"你当我白干了这么多年的刑警?小把戏还是会几套的。"

汪静雯此刻已经完全平静:"你有什么事?"

李新律:"你改名了?"

汪静雯故意想把距离拉大:"改名是我的自由。"

李新建已经开始激动:"你为什么五年前突然离开刑警学院,而且连个招呼也不打?"

汪静雯把头偏移:"我讨厌警察这个职业,瞒着你向学校递交了退学申请。不打招呼是怕伤害你。告别最简单的方法就是马上离开。"

李新建板住汪静雯的肩膀:"晓飞,你这不是实话!有什么难事,告诉我,我一定办好!"

汪静雯把李新律的手拿开:"以我现在的身份,还有什么难事办不了,需要你帮忙?"

李新建固执地扳住汪静雯的肩膀:"你说的不是实话!我从你的眼睛里能看出来!"

江静雯闭上眼睛:"你能阅读我的眼神?"

李新建认为找到了突破口:"你在我怀抱里说话的时候,我从来都是看着你

51

的眼睛的。你就是在睡觉的时候,我也能通过你的眼睛,看到你的梦想。"

汪静雯用力摆脱李新建,转过脸去:"那都是少年时期的情感冲动的荒唐举动,现在还提它干吗?"

李新建:"荒唐?我看你现在才叫荒唐呢!"

汪静雯的嘴唇哆嗦了一下。

这个动作立刻被李新建捕捉到,他的希望之火重新燃起,从茄克口袋里取出钱包,然后又从钱包中取出一张塑封的相片。

李新建:"晓飞,这是咱们的合影。五年来,它从没离开过我一步。前年,一伙歹徒绑架了一群孩子,用炸药相威胁。我一人上车去谈判,就是这,我也把它放进了防弹衣。"

汪静雯控制住面部表情。

李新建:"这后面还有你写的字。你应该记得!你那也有这样一张,后面的字是我写的。"

汪静雯用更冷的声调说:"时过境迁,提它一点意义也没有了。我有权选择自己的生活道路。请你再也不要干扰我。"

因为愤怒,李新建已经失去了分析能力:"看起来,我真是自作多情了。"他把照片揉成一团:"现在人可以为钱不择手段,但看在相爱一场的份上,我还是想送你一句话:别为了钱把命给送了。"说完,他狠狠地抡起胳膊,把照片摔在地上:"你可以忘了我,也可以忘了咱们的爱情,但是你要是忘了你爹,那个为了崇高事业牺牲的老警察,你就不能算个人了!"

门"咣当"一声巨响。

十七 某小饭店。夜。内。

周总举杯向强民:"一听您的召唤,我立刻放开一切事,赶到这里来。"

强民和他碰杯后,两人都一口喝干。

酒杯相对,展示杯底。

周总:"有事您说?"

强民:"我想在化工方面打上些日子工,您是这方面的大拿,还望指条路。"

周总给强民斟酒:"化工的分类比较细,不知道强队长想打入哪一类?"

强民:"腐蚀性比较强的那一类。"

周总拿出电话拨号:"范明吗?我是老周。请你到西二道巷顺来小酒馆一趟。马上。"

放下电话后,周总对强民说:"他手下有一帮广西、贵州的民工,多危险的活也敢接。"

强民:"我就想往这里面钻。范明能来吗?"

周总很有把握地说:"手里没有米,就叫不来鸡。他常从我这里弄点活,我干不完的、危险的,就全都给了他。"

强民显然想听听奉承:"我手里没米,可您也不是一叫就来?"

周总赶紧举杯:"强队长的大恩,我是不敢忘的。我自残一杯!"

喝完后周总说:"当年要不是强队长舍生忘死把我从那帮绑架者手里救出来,哪来我老周今天?"

强民:"舍生忘死我不敢当,认真负责自信还是能做到的——"他给周总斟酒,周总双手举杯接应——"当有钱人也不光是好滋味吧?"

周总借酒散愁:"我九〇年从化工设计院下海,要说钱,多少也弄下几个。可您知道,现在干工程有多难?假设有个二十万的工程,毛利润也就五六万。发包方伸手就要一半的回扣。可他们根本没想到,我的车在跑,饭在吃,别说鲍鱼、鱼翅、法国酒,就是鳜鱼、闸蟹、五粮液,一顿也要一千多。更别说还要请他们唱歌、洗桑拿了。"

强民:"我见过的买卖人不少,没一个说自己赚钱的,全都是赔。可只要一听说哪有买卖,个个跑得比王军霞还快。"

周总笑着说:"我不过是给您算个账。利润还是有,但全来自管理。"

强民一副司空见惯的口吻:"您说的管理,就是偷工减料吧?"

53

周总不置可否。

强民:"上个月,我老丈母娘家的水龙头坏了,图便宜,我到批发市场买了一个。可没用一个星期,就又坏了。我去找后账,老板告诉我:这儿的东西是供应包工队的。您要是自己用,到五金商店去买。您这么一说,我才明白:因为有你们偷工减料,才有假冒伪劣。两样是配套的。"

范明进入。

周总招呼他坐下。然后将强民介绍给他:"我的一个亲戚,想找一份活干。"

范明颇有些江湖气,上下打量一番强民,就像牲口贩子在打量一匹马:"从骨架上看,像个干活的。说吧,想干点什么?"

强民巴结地给范明点烟、倒酒:"什么活能赚钱,我就干什么。"

范明:"大钱我想赚还赚不来呢!"然后他转向周总:"我手头的几个活都在收尾,要不等两天?"

周总:"你再好好想想,危险的、累的,他都不怕。"

范明对强民说:"真的不怕?"

强民很老实地点头。

范明说:"那你就到卢辉那干去吧。"

周总问:"这卢辉是干什么活的?我怎么没听说过?"

范明得意地说:"他干什么活,也就我知道。"

人情练达的周总,明白有些话要自己问:"危险有多大?"

范明:"要多危险就有多危险!"

周总在自己的脖子上比划了一下:"能危险成这样?"

范明:"如果让人查出来了,也差不多。"

强民压抑住兴奋说:"咱们不怕危险,就干这个。"

十八 海州大厦商务套间。夜。内。

汪静雯把揉成一团的相片打开,上面是她娟秀的字:生死相依。

她又取出自己的那张。后面是李新建粗放的大字:爱到永远。

大滴的泪水滴在相片上。

她用火柴把相片点燃。

她的手在颤抖。

十九 城市街道。夜。外。

三菱吉普车脱缰野马一般地在街道上行驶。

李新建发疯一样地把握这方向盘,轮胎和地面摩擦,发出刺耳的啸叫。

前面明明是红灯,可他没看见似地冲了过去。

一交通警记录下他的车号。

二十 市公安局局长办公室。夜。内。

张啸华问刚进来的强民:"李新建回话了没有?"

强民:"没有。"

张啸华:"呼他。"

强民:"我已经呼了他一百八十回了。"

张啸华:"再呼。"

值班警官进来报告:"交警反映,有一三菱吉普车,闯过数个红灯,以一百三十公里以上的车速,向滨海大道驶去。车号是 56834。"

强民:"李支队的车。"

张啸华用铅笔敲击着桌子,问强民:"他最后一次与你通话时,说了些什么?"

强民:"他就说他在海州大厦守株待兔。"

张啸华:"时间?"

强民:"大约在下午五点左右。"

张啸华:"以你对他的了解,在他遇到痛不欲生的事情,会到哪去?"

完全不了解内幕的强民说:"我从来没见过李支队痛不欲生。"

张啸华不耐烦地强调:"回答我的问题!"

强民:"大概是海滩吧。一个老警察曾经牺牲在那里。"

张啸华起立后命令:"去海滩!"

二十一 海滩。夜。内。

一轮圆满的月亮挂在天幕上。

海涛拍岸的声音。

张啸华的肩章在月光下闪闪发亮。

张啸华停步,面向大海:"金黄色的沙滩上,升起一轮碧绿的月亮。这是谁写的来的?"

李新建不很情愿地说:"大概是您吧?"

张啸华:"我不相信我的诗才会这样好。"

已经基本平静下来的李新建问道:"张局怎么知道我在这里?"

张啸华:"交警说有辆三菱闯红灯且超速,直向海滨。强民又呼你不出来,我一分析,就知道你跑到这里来了。"

李新建:"我在跟踪。"

张啸华:"交警说你前面并没有车辆。"

李新建:"要是交警就能发现,要刑警干什么?"

张啸华:"你是警察又是领导,应该注意影响。"

李新建有激动起来:"警察怎么了?警察就不是人?就不能有喜怒哀乐?"

张啸华是明白李新建内心的,可又不便说,只好随便指着旁边的一块石头说:"你看这块石头,在这个地方少说也待了好几亿年了。人这点喜怒哀乐和它比算什么?"

李新建掏出烟,递给张啸华一根。

张啸华:"我今年四十九岁了,你也知道这处级干部也就干到五十五。你是可造之才,千万别因小失大啊。"

李新建不很理直气壮地回答:"我什么也不因为。"

张啸华说:"要是一个人越走越快,那他就肯定有心事。为了女人?"

被猜中心思的李新建惊诧地反问:"您怎么知道?"

张啸华:"在这个星球上任何一个经纬度,一位青年男子如果痛不欲生的话,百分之百是为了一位青年女子。"

李新建:"既然您已经把话说到这份儿上了,我也索性全说了。"

俩人一同坐在一块大石头上。

二十二 海州大厦商务套房。夜。内。

汪静雯茫然地站在巨大的落地窗前,听任风吹拂她的满头秀发。

她在房间里转,四处观察。

二十三 海滩。夜。外。

李新建:"我在刑警学院读书的时候,和一位女同学恋爱了。这一爱就是三年。"

张啸华:"爱有多深?"

李新建:"不能再深了。当警察,是我的梦想,也是出身于警察世家的她的梦想。可谁知她在临毕业前,突然消失了,就像一滴水被蒸发掉了一样,无影无踪。打那以后,我发疯一样地在全国找她。我通过各地的同学,像人口普查一样,把有电脑户籍的城市都查遍了,硬是没有她的一点信息。"

张啸华给了李新建一支烟。

李新建叼在嘴巴上,并不抽:"今天她突然以港商的身份出现了,珠光宝气不说,还进入了海州大厦那个旋涡里。"

张啸华:"你们接触上了?"

李新建点头。

张啸华:"她有什么表示?"

李新建用疑惑的口吻说:"她嘴上说不爱我了,可从身体语言分析,好像又不是那么一回事。"他有点不好意思:"我也说不清。"

张啸华:"我媳妇是搞电子的。四年前,她奉命给省里研制一套选举用的电子投票系统。她率领十多个工程师,干了三个月,赶在省里开两会前完了事。可政协选举投票投到半截,系统突然死了。这下把她急坏了,赶快抢修。好不容易修好了,没用两下,系统又罢工了。只好再修。一共四次,才算把票投完。会后,领导指示:务必在第二天人大选举之前,将系统调试好。"

李新建:"这领导也真是的,换成人工计票不全结了。"

张啸华:"你说得倒容易,票你就印刷不出来。"

李新建一胡撸脑袋:"说也是。"

张啸华:"她一直实验到半夜,系统一点故障也没有。但她心里没底得很,打电话给我这个没受过正经教育、她平常不大看得起的人。技术咱不懂,可擅长逻辑分析。你别孤立地看待系统,要把它放到投票时的大系统中鼓捣。她不耐烦的反驳:我就在系统旁边。我只好说:本局长说的大系统,是指你的设备,外加代表、声音、温度。我刚说完,媳妇立刻叫了声'对',扔下电话就跑了。"

李新建也进入故事,着急地问:"后来怎么啦?"

张啸华:"人大投票顺利完成。现在系统仍然在工作。"

李新建:"您别卖关子了。"

张啸华:"那玩意儿是根据光电原理设计的,他们试验时,没有记者,当然也就没那么多的镁光灯;系统受了那么多光信号,当然不能正常工作。"

李新建很失望地说:"这和我有什么关系?"

张啸华:"我的意思是:爱情也是一个大系统,要从系统的角度考虑问题。"

李新建:"我还是不懂。"

张啸华:"你他妈的怎么这么笨!还没我媳妇聪明呢!不让你当接班人了。"

李新建:"还望局长指点。"

张啸华:"我的意思是,她的突然消失和突然出现,一定有一个你目前不知道的原因。"

李新建:"什么原因?"

张啸华:"目前我还不知道。半年以后,一定给你个圆满的答复。"

李新建:"半年?太长了吧?"

张啸华:"你小子五年都等了,到我这半年还嫌长?"

李新建:"好,半年就半年。"

张啸华:"我有一个附带条件。"

李新建:"您说您说。"

张啸华:"在这半年之内,你千万不要去接触她,以免干扰我的调查。"

李新建:"只要您能帮我把事情办好,我保证绝不干扰您的系统运行。"

二十四 海州大厦商务套房。夜。内。

穿睡衣的汪静雯,在用笔记本电脑发电子邮件。

屏幕上显示:我已经到位。一切顺利。工作已经开始。

不过片刻,回复的电子邮件就到:安全抵达的消息,已从海州方面获得。工作以查境内外方面的关系为第一。

汪静雯关闭屏幕。

电话响。她接听。

授话人为郭小鹏:"汪总对房间还满意吗?"

汪静雯:"谢谢董事长的关心。一切都比我想象的要好。"

郭小鹏要言不烦地结束电话:"有什么需要,可以随时给我来电话。晚安。"

汪静雯:"晚安。"

第三集

一 城外一家破旧的小旅馆楼上客房里。日。内。

隐身蛰伏的杨春与两名萍水相逢的流窜犯合住一屋,双方边赌博边互相摸底。

老狼阴沉健壮,城府很深。瘦肉皮胖眼肿,酒色过度。都是浪迹江湖之人,彼此心照不宣。

关键时刻,杨秋手捏三张"J",老狼是三张"A"、瘦肉为三张"Q"。

老狼使个眼色,瘦肉开出天价:"一千。"

杨春不动声色地一扣牌道:"我跟了。"

老狼紧跟其后:"我加倍。"

杨春盯着那张倒扣的底牌略一沉吟:"我跟了。"

老狼势在必得:"我再加倍!"

杨春:"翻牌吧。"

瘦肉按住杨春的手:"四千块钱外加保底一千块,你他妈有那么多的钱吗?"

杨春:"你放你妈的一百个心好了!"猛地翻开底牌:是一张"J"。

瘦肉一声痛叫,老狼嘴唇颤抖,分别输给杨春五千块钱。

杨春把钞票放进"登喜路"钱包里,仰天躺到床铺上,点燃一支粗大的雪茄烟。

老狼叼着"万宝路"阴沉地问:"吴先生以前是干什么的?"

杨春吐出烟雾:"吴先生以前是做小生意的。"

老狼摇头:"我看不像。"

杨春:"凭什么?"

老狼慢声说:"你穿法国衬衫,华伦天奴皮鞋,用登喜路钱包,抽哈瓦那雪茄烟。"

杨春笑道:"没想到在这破旅馆里,还有人认识这些玩意儿。"

瘦肉忍不住夸耀:"我们兄弟俩落难以前,也是玩大钱的主。"

杨春略带嘲讽地斜他一眼:"有多大?让兄弟开开眼?"

瘦肉:"反正是喝法国酒、抽英国烟、开美国车、泡俄国妞,天天四大强国伺候着。"

杨春弹掉雪白的烟灰:"现如今这四大强国都哪儿去了?"

瘦肉感慨道:"钱这玩艺儿,你顺的时候,想不要都不行,它就像'鸡'一样地围着你转。可要说声不顺,分分秒秒就跑得无影无踪,连它的味儿都闻不着。"

杨春随口问:"为啥就不顺了呢?"

瘦肉:"不瞒你说,我们玩儿了点儿出格的活儿。"

杨春警惕起来:"白粉?"

瘦肉有些忘乎所以:"比那邪乎!倒腾了点儿武器。"

老狼黑下脸厉声喝道:"你他妈吃饱了撑的?"

地位显然不如老狼的瘦肉立刻噤声。

老狼笑问杨春:"您老哥一身名牌伺候着,躲这儿干吗来了?"

杨春爽快地回答:"女人呗!"

老狼不相信地:"女人能把你弄成这样?"

杨春的移动电话响了。他从口袋里掏出精致的摩托罗拉"网上通",起身出门接听。

老狼和瘦肉交换着心照不宣的眼色。

61

二　小旅馆楼上过道。日。外。

　　杨春看了看手机来电号码,低声骂道:"小妖精!你还没把老子害够啊?"

　　电话里传来刘眉的笑声:"杨大哥,你可别恩将仇报啊。要不是我,你这会儿还蹲在大牢里啃窝头呢!"她完全变成一派江湖语气,与平素判若两人:"你在哪儿呢?"

　　杨春迟疑了一下:"香港。"

　　刘眉笑了:"你骗得了别人,骗不了我,接通香港电话,那声儿都不一样。"

　　杨春咬牙切齿:"早晚一天,我要先干了你,然后再杀了你。"

　　刘眉风情万种地:"不要这样嘛,一点怜香惜玉的绅士风度都没有。"

　　杨春被软化了:"有事快说,我这儿正忙着呢。"

　　刘眉意味深长地:"没事就不能交流交流?"

　　杨春立刻"接招":"那你选个没人的地方交流交流?"

　　刘眉:"你现在在哪儿?"

　　杨春:"这你别问,我随叫随到。"

　　刘眉:"那好。我方便的时候找你吧。别把手机关了。"

　　杨春不等答话,主动收线,快步向楼梯走去。

三　海州市电信局办公室。日。内。

　　李新建亮出警官证对办公室主任说:"我是公安局的,查一个案子,希望你们配合。"

　　办公室主任是个爽快的年轻人:"没问题。请讲。"

　　李新建把一张纸条递给主任:"请绝对保密。"

　　主任看了一下说:"可以。我们全力配合。"

　　李新建:"我什么时候能看到记录?"

　　主任:"我随时通知你。"

　　李新建握住他的手:"都说你们脸难看,事难办,我看都是谣言。"

主任见惯不惊地："都一样。您现在是不是办一下手续？"

李新建："说办就办。"从皮夹中取出公函。

四 电信大楼营业大厅外。日。外。

李新建快步走出营业大厅，移动电话响了。强民的声音像跟谁吵架。

李新建把电话离远些："我知道是你。你也别用电话，直接冲着我喊就行。"

强民的声音很兴奋："首长，我查到麻黄素厂的线索了。"

李新建坐进三菱越野车里："别开玩笑。我心情特别不好。"

强民嚷嚷："谁开玩笑！我通过一个叫范明的人，找到了卢辉。这个卢辉，很可能就是做毒品粗加工的包工头。他们约我一会儿在城外见面。"

李新建一拍方向盘："干得好！"

强民："我准备打入卢辉的包工队，查他个底掉。"

李新建："我批准了。但要注意安全。"

强民："咱啥时候玩过玄的？"

李新建："等案子结了，我给你报功。"

强民："功不功的，我不稀罕。能升升警衔儿就行，小四十的人了。"

李新建："没功能升警衔儿？尽说废话。随时跟我保持联系。"

强民："没法联系！你还让我带着手枪电话深入虎穴呀？范明来了。"挂断电话。

李新建收起电话，暗自一笑："驴也有聪明的时候。"把车开走。

五 小旅馆附近的低档"洗头房"。日。内。

杨春将分头推成"板寸"，戴上墨镜，一改儒雅形象，活如黑道杀手。

忽听手机铃响，杨春见是一个陌生的本市号码，沉思片刻决定不接，由它响去。

理发小姐引诱地："先生不想按摩一下？保证让你爽透。"她指指挂着门帘的小屋。

杨春:"先生想养精蓄锐,做件大事,胡子就别刮了,给我留着。"

六 城外公路旁。日。外。

一条彪形大汉斜靠在路边一辆破吉普车旁,范明把背铺盖卷的强民带到他面前。

范明:"卢老板,我给你把人带来了。马铁柱。"

卢辉上下打量着强民:"嗯,块头不小。哪儿人哪?"

强民:"山东。"

卢辉:"以前在哪儿混?"

强民:"修马路、修下水道、下煤窑、码头搬运,啥力气活儿俺都干过。"

卢辉突然伸手:"身份证。"

强民乖乖地把身份证递给他。

卢辉对照一番后,把身份证放进自己的口袋:"按照公司章程,身份证归我保管。"

强民连声说:"行。行。您保管,俺放心。"

卢辉打起官腔:"我的工厂保密性很强,不光要出大力流大汗,还要耐腐蚀战高温。"

强民:"这些范老板都说过,俺知道。"

卢辉:"知道就好。"他扔给强民一支烟:"我这儿有我这儿的规矩。"

强民从地上把烟捡起来放进嘴里:"只要能挣钱,啥规矩都成。"

卢辉:"真他妈的山东人啊,一根肠子通屁眼儿,二两猫尿一灌,啥话也往出说。"

范明给卢辉点烟:"卢老板也是山东人吧?"

卢辉:"要不我知道山东人的德行?"他转向强民:"我的规矩就是:不该说的别说,不该问的别问。一句话,你就是那磨道里的瞎驴,只管听主人吆喝。明白吗？"

强民点头："明白，明白。"

卢辉对范明说："咱们还是按老规矩：你推荐的人你负责，钱我和你月底结算清。"

范明："我什么时候给你推荐过孬货？"

卢辉："这些日子山下风紧，不得不多个心眼儿。"他指指破吉普："我送你回去？"

范明："我谢您卢老板，我还是打的吧。您那破车，只配拉拉牲口啥的。"

卢辉："你也没坐过啥好车，不坐拉倒。"他招呼强民："兄弟，上车！"

七 小旅馆楼上客房。日。内。

瘦肉推开门缝往外面看了看，回头对坐在桌旁独自玩牌的老狼低声说："大哥，一不做二不休，咱们把这位吴先生给……"他做了个恶狠狠的劈杀手势："嗯？"

老狼阴沉地点头："嗯。看样子，这家伙是个肥仔，闹好了顶个小银行。"

瘦肉摩拳擦掌："这就叫时来运转了。说干就干？"

老狼把牌铺在桌上算命："我计划计划再说。"

瘦肉："上回要不是你周密计划，我哥还进不去呢！"

老狼深沉地摇头："计划难免出错，但还得有。咱都是命案在身的人，得想个万全之策。"

瘦肉："万全之策？这他妈的像是诸葛亮说的话。"

老狼拿起一根细克的钢丝演练示范道："这样，那家伙一进屋，你就给他一闷棒。万一没打倒，我就趁他对付你的时候，把这钢丝往他脖子上一套……"他辅之以动作："你用什么家伙？"

瘦肉："用那根日本玻璃钢的棒球棒？"

老狼摇头："用木棒。玻璃钢是空心的。看这家伙的块头，生命力挺旺。"

瘦肉虚张声势地："万一你勒不死他,我就冲上来补他一刀。"他把一柄闪亮的匕首像握剑那样握在手里比划着："我这是美国堪博尔军用搏击刀。这刀的特种钢,全是论公斤卖的。"

老狼："它就是和黄金一样论盎司卖,也没这么拿的。"他接过匕首教训道："你把刀尖朝前,就跟鬼子进村似的,显得自己害怕不说,别人一抓住你的手腕,你就全他妈瞎了。应该这样……"他刀尖向下握住,做出若干凶猛的劈杀动作。

瘦肉钦佩地看着："大哥真是武林高手。"

老狼矜持地："我在江湖行走多年,从没栽进去,就是一靠头脑,二靠武艺。"

瘦肉接过匕首："大哥在跟我们合作倒卖军火之前,干过什么买卖?"

老狼简洁地："抢银行。"

瘦肉睁大眼睛："像香港电影那样?"

老狼不屑地："他是用暴力,我是用头脑。"

瘦肉不解："不用暴力,银行让你抢吗?"

老狼："开一家公司,用若干个虚拟的项目,分别向银行贷款。"

瘦肉完全听进去："一共贷出多少来?"

老狼："一两个亿总是有的。那时候,一晚上花个十万八万的也不是新鲜事。"

瘦肉替古人担忧："那银行找你还钱怎么办?"

老狼嗤之以鼻："我又不是不承认。不过是没钱还给他们罢了。"

瘦肉咂舌道："都像你这样,那银行还不垮了?"

老狼："我告诉你:凡是住大别墅、开奔驰车、养二奶小蜜的,十有八九,全他妈玩的是银行的钱。你想想,什么买卖能让你在几年之内就畸形膨胀、身价过亿?除非你卖毒品。"

瘦肉感慨："看起来,要养活一个骗子,先得养活一群傻瓜才行。"

老狼忽然竖起耳朵,低声道："注意!那家伙该回来了。准备!"

各就各位。老狼迅速放下窗帘,瘦肉举棒贴靠门后,细腿儿有些哆嗦。

老狼冷笑道："杀人这事儿，就别想留后路。杀得越多，你的存活期就越长。"

八 小旅馆附近街道。日。外。

杨春换了身新买的深色西装，皮鞋锃亮，光头墨镜，杀气腾腾地大步向旅馆走去。

进了旅馆院子，先问门房："楼上八号客房的客人在不在？"

门房看了他一眼，没认出谁来："三个人出去一个，还剩俩。"

杨春暗自庆幸化装成功，抬头见八号客房窗帘严捂，冷笑着登上楼梯。

九 小旅馆楼上客房间。日。内。

杨春脚步沉稳，吹着口哨走过杀机四伏的楼道，轻轻推开虚掩的房门。

房门无声地洞开，屋内一片昏暗。窗帘偶然被风吹动，不时射进一线强光。

刚跨进门，就觉脑后骤起阴风，头一偏，一记闷棒重重地砸在右肩上。

杨春猛然转身，用握在手中的房门钥匙狠狠戳向瘦肉的双眼。瘦肉捂眼痛叫倒地。

几乎同时，老狼以迅雷不及掩耳之势，从背后用钢丝猛地套住杨春脖颈。

钢丝勒肉，甚于利刃切割。杨春腹背受敌，身陷险境，被老狼拖拽着往墙角退去。

瘦肉满脸鲜血，哇哇乱叫着挥动匕首扑过来，被杨春一脚踢中睾丸，再受重创。

杨春左手拽住钢丝，右手拔出贴身暗藏的瑞士军刀猛戳老狼腹部。

老狼剧痛难忍，钢丝松动，杨春仰起头来，用后脑勺猛烈撞击老狼面部。

老狼顿时满脸开花，被杨春转身重拳打倒在地，不能动弹。

杨春拽掉钢丝，冲到捂着下身弯腰跪地的瘦肉面前，飞起一脚把他踢翻。

两名浪迹江湖的流窜犯栽在杨春手里，东倒西歪，再无还手之力。

杨春上前踏住老狼胸膛，尖刀直指他的面部，低声喝问："谁派你们来的？"

老狼面无人色,气喘吁吁:"没人派。"

杨春在他脸上划了一刀:"不说实话,老子要你的命!"

老狼到底有些文化根底,逻辑思维清晰,忍痛道:"真没人派。您想想:我们先住这儿,您是后加入进来的。要是我们预谋害您,该是您先来才对。"

杨春摸摸脖颈伤口,想想也有道理,又问:"为什么杀我?"

老狼实话实说:"丧家之犬,见财起意。老哥多担待。"

杨春狠狠一脚跺下去:"见财起意!你也不挑挑地方!"

这一脚肯定踢断了老狼的肋骨。他痛极但不敢喊叫:喊叫很可能惹来杀身之祸。

瘦肉吓得跪地求饶:"我们狗眼不识泰山!求大爷饶命!"

杨春见好就收,指着两名流窜犯骂道:"看在同屋住了几天的份上,老子今天饶你们两条狗命。否则再过三百六十五天,就是你们的周年。"他从容不迫地收拾好行李,走到房间门口又回过头来:"量你们也是重案在身,不敢去报案。回见。"说罢扬长而去。

十 海边荒原芦苇荡深处。日。外。

乌云蔽日,金光恐怖,狂风骤起,枯黄的芦苇似海浪般奔腾翻涌,一派肃杀。

卢辉驾驶的破吉普车如汪洋中漂浮的小船,在密密的苇丛中颠簸前行。

强民假装憨厚地东张西望,如刘姥姥进大观园:"这是啥地方啊?怪吓人的。"

卢辉叼着烟没吭声,强烈的颠簸差点把强民甩出座位去。

强民:"老板,您不是要把俺弄到外国去吧?"

卢辉"呸"地把烟头吐出车窗外:"你想的美!把人倒腾到外国,那是要收费的。"

强民作糊涂状:"是俺给你收费,还是你给俺收费?"

卢辉骂道:"你他妈忘了老子的规矩了?不该问的别问!"

强民赶紧点头:"不问不问。"

然而卢辉自己却忍不住了:"你知道毛主席当年为什么选择井冈山吗?"

强民把破衣服往紧裹了裹,拨浪鼓似地摇头:"毛主席?"

卢辉:"井冈山地处三省交界,属于三不管。我选这地方,也是三个地市交界处。反正是这边一扫黄,'鸡'们都跑到那边去;那边一打非,她们就候鸟似地又飞回来。"

强民装傻:"您又不是上山打游击,有啥管不管的?"

卢辉眼珠子一瞪:"你他妈真是记吃不记打,刨根问底的干吗?!"

强民赶紧闭嘴,打了自己一个嘴巴:"叫你贱!"

吉普车冲出苇丛,来到海边。早有一摩托快艇等候。

卢辉率强民弃车上船。一马仔发动快艇飞速向几里远的海中孤岛驶去。

十一　海边荒岛上。日。外。

孤岛怪石狰狞,寸草不生,鸟兽绝迹,毫无生命气息。

空气中飘散着强烈的刺激性异味,几间冒出浓烟的简易工棚隐约可见。

强民被卢辉带进一间光线昏暗的大屋,刚进门,就被几根包皮大棒猛击倒地。

卢辉大喝一声:"给我捆起来!"

几条大汉仿佛从地下冒出来,七手八脚将昏死的强民捆得像一只粽子。

十二　海州大厦总经理办公室。日。内。

汪静雯边翻阅文件,边往电脑中输入数据。

漂亮精干的客房部女经理敲门进入:"汪总叫我?"

汪静雯点头示意,女经理规矩地坐到汪静雯对面的座椅上。

输入完毕,汪静雯关闭电脑:"你送来的客房部月报表我已经看了。"

不摸汪底细的女经理小心地问:"有什么问题吗?"

汪静雯:"你还记得住房率吗?"

女经理:"百分之九十四点七。"

汪静雯:"问题就在这里。"

女经理:"这是一个相当高的数字。"

汪静雯:"问题就出在这个'相当高'上。"

女经理不解地:"难道高不好吗?"

汪静雯:"凡事都有个度,过度就不好了。"

女经理认为汪在故作高深,便反问:"怎么就不好了?"

汪静雯起身踱步:"我在希尔顿和香格里拉酒店集团都工作过。即使是这些驰名世界的酒店,住房率也很少有超过百分之八十的。何况现在是旅游淡季。"

女经理大概是骄横惯了,不服地:"汪总说的是外国名牌酒店。海州有海州的特点。我费了九牛二虎之力,才拉来了若干旅游团队和会议,达到了目前这个数据。"

汪静雯绵里藏针:"主要客源是团队和会议,看上去住房率确实喜人,但实际的利润都被高额回扣所抵消,甚至出现负增长。更重要的是,这种回扣不是对顾客的优惠,从正常渠道支出,而是以现金的方式,从餐厅、商场和娱乐业等处坐支。这些钱,显然是到了个人手里。严格地说,这是变相的行贿。你承认这一点吗?"

被击中要害的女经理只好喃喃:"现在都这样干。没有回扣,任何旅馆也玩不转。"

汪静雯不依不饶:"你犯了一个概念上的错误:商业上所说的回扣,是一种正常的优惠,可以计入成本;而你们所说的回扣,则属于少数人暗箱操作甚至私分,这叫贪污和贿赂。"

女经理脸色发白,无言以对。

汪静雯得理让人:"从今天起,一切按照规矩办。"

女经理赶紧点头:"是,汪总。"

汪静雯坐下,递还报表:"你回去吧。"

女经理满面通红退出门去。电话铃声响了。

汪静雯拿起话筒:"董事长,您好。"

郭小鹏的声音:"原本想我们俩一起吃顿饭,随便聊聊。今天怎么样?"

汪静雯立刻响应:"我也正准备拜访董事长呢,当面讨教。"

郭小鹏愉快地:"心有灵犀一点通?"

汪静雯岔开话题:"您是东家,定个时间和地点吧。"

郭小鹏:"晚七点,我去大厦接你。"

十三 市中心闹市大街。日。外。

阳光灿烂,车水马龙。繁华大街上行人拥挤,五光十色。

刚洗完发的刘眉在街头 IC 电话亭拨打磁卡电话。

刘眉:"杨大哥吗?我是刘眉。今天晚上见个面好吗?"

杨春的声音居高临下:"你收费高不高?"

刘眉反唇相讥:"如果你表现好,本小姐也可以出高价。"

杨春:"这年头,也不知道是谁玩谁!什么地方?"

刘眉:"老地方。黄金海岸八号。"

杨春重复:"黄金海岸八号?"

刘眉:"怎么?不敢去?"

杨春:"还没有我不敢去的地方。几点?"

刘眉:"天黑以前你到那儿就行。"

拌机后,刘眉招呼出租车迅速离去。

一直在暗处监视她的李新建出现。刚走近 IC 电话亭前,移动电话响了。

电信局办公室主任告诉他:"李队长,我是电信局办公室小高。我们在检修微机线路终端时,碰巧听到你提供的三个电话中的一个。你有没有兴趣过来听听录音?"

李新建高兴地："当然。我马上就到。"

十四 海边荒岛大屋内。日。内。

衣衫褴褛的强民被打得遍体鳞伤,吊在房梁上大口喘息,一大汉玩弄着一把明晃晃的剔骨尖刀:"臭雷子,在局子里扛个啥警衔儿啊？"

无法挣扎的强民做可怜状:"弟兄们,别拿俺老实人开涮,俺听不懂。"

大汉用刀在强民两腿间比划:"不说实话,把你这节多出来的花花肠子割下来喂狗。"

打手们果然牵着两条狼狗,吐着血红的舌头冲强民直想扑过来。

卢辉坐在太师椅上喝酒抽烟,打手们簇拥身后,颇有座山雕的味道。

卢辉:"说吧,你的真实姓名,真实身份。当警察多少年了？"

强民:"俺是想当警察,可人家不要。"

卢辉冷笑:"我这人,警察离我十步之内,我就能嗅出他的味道。"

强民:"除了汗臭屁臭,俺身上哪儿有警察味道？活天冤枉！"

卢辉阴沉地许愿:"你要是现在交代,能让你死得痛快些,少受些罪。"

强民抢着表态:"俺交代。俺啥都交代。"

卢辉:"姓名？"

强民:"马铁柱。"

卢辉:"年龄？"

强民:"三十六。"

卢辉:"啥地方人？"

强民:"山东枣庄。"

卢辉:"枣庄哪个县？"

强民:"滕县。"

卢辉转头问众打手:"你们听说过滕县吗？"

打手们显然多次演练过这套把戏,异口同声:"没有。"

卢辉冷笑："我一摸那身份证就知道是假的。老子就是做假证件起家的。姓名？"

众打手如狼似虎齐声怒吼："快说实话！"

强民喊冤："俺真是山东枣庄滕县马家沟村的马铁柱啊！"

卢辉勃然大怒："好，算你小子有种！来人啊！把他拖出去办了！"

打手们一拥而上，七手八脚地把强民扛起来飞快地抬出门外，扔进一个事先挖好的大坑里，然后不由分说便开始往坑里挥锹填土，很快就使强民黄土没身。

强民满脸鼻涕眼泪，嘶声喊叫："俺冤枉啊！冤枉啊！卢大爷饶命啊！"

卢辉笑眯眯地："说实话，我就饶你小命。"

强民喘着气交代："俺在老家烧砖窑，把一个小闺女干了。俺怕她说，就把她杀了。"

一大汉感兴趣地追问："多大的小闺女？"

强民嗫嚅："十二三。"

大汉一锹土甩在强民脸上："你他妈老牛吃嫩草，强奸幼女啊？"

卢辉制止众打手："别打岔！说重要的。"

强民灰头土脸，声泪俱下："公安局到处抓俺，老家待不下去了，俺就跑到安徽。在安徽被警察当盲流抓住，好不容易在遣送回老家的路上逃跑，到海州投奔娘家表舅周老板。"

卢辉看看旁边一个一直没说话的文人模样的中年人，那人点了点头。

强民满脸求生欲望："卢老板，俺不要钱，俺白给你干，能让俺活着比啥都强啊！"

卢辉示意打手把强民从坑中拉出来："量你也没处跑，死心塌地给老子干吧！"

强民浑身泥土，被打手们架出大坑，一屁股坐在地上放声大哭。

十五 海州大厦广场。夜。外。

华灯初放,夜幕降临。四星级酒店巍峨伟岸,富丽堂皇。

汪静雯淡妆白领,文静高雅,款款走下金碧辉煌的大堂门前台阶。

郭小鹏一身休闲便装,清秀潇洒,破例上前为汪静雯打开奔驰车门。

奔驰轿车无声地滑入灯光璀璨的海滨大道,消失在暗夜中。

十六 黄金海岸八号别墅。夜。外。

海涛怒吼,夜鸟凄鸣,阴风呜咽,又是"风高月黑杀人天"。

红色出租车远远地停住,杨春独自下车后缓缓走向杀机四伏的凶宅。

昏月出没于乌云,婆娑的树影如仙女和恶魔起舞;远远望去,暗夜中蛰伏的别墅灯火通明。

杨春轻松地吹着口哨走近空无人迹的别墅,但见房门虚掩,屋内隐闻水声。

迎着门缝透出的一线光亮,花台上几簇暗红的玫瑰在无声地怒放。

杨春慢慢走上门前台阶,果断地推开房门,强烈的灯光使他立刻成为飘忽的剪影。

十七 别墅楼内。夜。内。

灯火辉煌的客厅里空空荡荡,打开的电视机音量很小地播报着本市新闻。

隐约的水声来自楼上浴室,刺激着人的想象;安静的空调微风送暖,令人浮想联翩。

杨春稍事停留,沿木质旋转楼梯拾级而上,穿过空旷的过道,推开主卧室房门。

卧室里依然空空如也,卧具整洁,纹丝不乱,华丽的落地窗帘垂落井然。

杨春慢慢走近虚掩的浴室门,猛然推开,水声突如喷泉。

浴室里热雾弥漫,空无一人,淋浴喷头被开到极限,水花四溅。

忽听身后一声轻响,杨春浑身一颤,蓦地回过头来。

"神探"李新建端坐在靠窗的沙发上,用打火机点燃香烟。

杨春有些意外,但也并未惊慌失态:"李队长?您怎么在这儿?"

李新建吐出烟雾:"看来是你的朋友失约了。我来保护杨先生的安全。"

杨春笑道:"没人约我,我也没约别人。李队长保护谁呢?"

李新建反问:"既然无人相约,杨先生到这儿来干什么?莫非是梦游此地?"

杨春有些奇怪:"据我所知,这栋别墅是属于春秋兄弟影业公司的资产。我回自己的家来看看,难道不是很正常吗?倒是李队长的出现令人费解。您到这儿来干什么?"

李新建答非所问:"杨先生是来凭吊令弟?"

杨春反守为攻:"不可以吗?你们警察花着纳税人的税款,应该尽快抓住杀人凶犯。"

李新建笑了:"到底美国公民,知道警察花纳税人的钱。您这身衣服好像不那么高档?"

杨春被牵着鼻子走:"穿名牌的不一定是大款。人民警察也衣帽取人吗?"

李新建又转换了话题:"杨老板国内国外来回地跑,都做些什么买卖?"

杨春:"第一赚钱,第二守法,凡经济文化领域无所不及。"

李新建话锋一转,又到千里之外:"杨先生既然和刘小姐相爱,为什么不结婚呢?"

杨春反问:"相爱不一定结婚。李队长想必也爱过某个女人,不也是独身吗?"

李新建笑笑站起身来,走到门口又回过头来,脸色变得肃然:"杨先生,作为警察,我想提醒你一下。甭管你拿着哪个国家的护照,只要在中国,就必须遵守中国的法律。"

杨春冷笑:"这个我懂。法律就是规矩。不按规矩出牌,谁都玩儿不转。"

李新建点点头:"再见。"转身下楼。

十八 东海饭店顶层旋转餐厅。夜。内。

郭小鹏和汪静雯凭窗而坐。窗外是灯火辉煌的城市夜景。

胡桃木餐桌上摆着精美昂贵的法国菜和一瓶红葡萄酒。

郭小鹏亲手为汪静雯倒酒:"此酒产地是法国的普罗旺斯,时间是一九六六年。"

汪静雯转动着酒杯赞叹:"多漂亮的颜色,可惜我不会品酒。"

郭小鹏:"你是说我投资投错了方向?酒不能品,只能喝,往嘴里倒就行。"话虽这样说,但仍是举杯示意,很文雅地品了一小口。

郭小鹏用筷子指指凤爪:"这可是你钦点的菜。国人在饮食上,真是费尽了心机:鸡爪子叫凤爪,猪蹄子则叫猪手。前者用总体美化局部,后者用局部美化总体。"

汪静雯一笑:"看来董事长对餐桌文化没少下功夫。"

郭小鹏:"这一点,我倒想斗胆篡改一句'最高指示':革命就是请客吃饭。"

汪静雯不置可否,把谈话引向正题:"董事长对我有什么要求?"

郭小鹏:"我和汪总在机场一见,就有相识很久的感觉。"

汪静雯知道她必须表态,便积极响应说:"我也有这种感觉。"

郭小鹏:"能与汪总这样漂亮、聪慧的小姐在一起共事,确实是难得的缘分。"

汪静雯:"任何女人,听到别人夸她漂亮时,都会动心;至于聪慧,好像就无所谓了。"

郭小鹏懂得这后一句话,是保持距离的表示:"希望咱们能同舟共济,合作愉快。"

汪静雯:"既然董事长已经把我划入自己人的行列,能不能讲一讲今后发展的方向?"

郭小鹏把谈话引入高屋建瓴的科技领域:"当今世界,尖端的技术不外乎生物工程和互联网络。在生物工程方面,我们与贵公司合作开发的'聪明基因'等系列基因产品是第一步。另外,我还准备与上海基因研究所和美国赛莱拉基因组公司合作,继续开发基因药物。"

汪静雯显然对此领域不很熟悉:"赛莱拉基因组公司?"

郭小鹏:"赛莱拉基因组公司和美国政府在揭开人类基因图谱方面,是并驾齐驱的。从美国政府方面获得先进的技术比较困难,而从私人公司方面,就比较容易了:毕竟被利益所驱动。互联网络方面,汪总已很熟悉,我就不多说,海州药业现在已经建有若干个网站。"

汪静雯:"利用基因图谱、互联网络赚钱,恐怕还是比较遥远的事吧?"她的眼睛转动开始变得灵活起来,也有了生气和光彩。

十九 海边荒岛。夜。内。

随着一声尖锐的哨音,房灯熄灭,工棚大屋内数十名沙丁鱼般紧密排列的马仔整齐地倒在地铺上蒙头睡觉,顿时无声无息。绝对的军事化管理。

岛上一团漆黑,严禁灯火;带狼狗的武装人员巡逻值班,偶见雪亮的手电闪动。

经过高强度折腾和重体力劳动的强民,慢慢地进入浅睡眠状态。

强民杂在汗臭难闻的人堆里假寐,在黑暗中闪着眼睛,紧张地思索着对策。

突然房灯大亮,几名打手手持大棒冲进大屋命令道:"全体起立!"

似乎经过训练的马仔们光着身子齐刷刷地站起来,垂手肃立。

打手们手持颤悠悠的胶皮大棒穿过人巷,一直走到强民面前突然站住。

强民不知道又发生了什么事,暗自攥紧了拳头。

一打手头猛地伸手从强民身后拽出一个细高瘦弱的半大孩子,劈头盖脸一顿暴打。

孩子被打懵了,发出尖声叫喊:"干啥?你们干啥?别打我呀,叔叔!"

打手们把孩子扔在地上:"你还敢问?"当头重重一棒。

孩子立刻头破血流,抱着脑袋哭喊:"我啥也没干呀,啥也没干呀!"

打手们如狼似虎:"你他妈还装傻!"高举大棒迎头痛击。

这一棒像是打在水囊上,声音闷中有脆。

孩子嘶声哭喊:"我的眼睛看不见了!我的眼睛看不见了。"

强民觉得血直往上涌,双拳紧攥,拼命忍耐着。

打手头教训道:"眼睛看不见就好了,省得你偷偷给家里捎信了。"

孩子总算明白了挨打的原因,哭喊着:"我就写了几个字,我爹要死了。"

打手头又是一闷棒:"我看你要死在你爹前面!把他拉出去!"

打手们倒拖着孩子往外走,孩子起先还喊叫哭泣,渐渐地就没有了声息。

一屋子赤身裸体的马仔谁也不敢吭声,就那么低头垂手肃立。

二十 东海饭店顶层旋转餐厅。夜。内。

已经喝到"话多"状态的郭小鹏感慨:"海州不算小,但能对话的人还真不多。"

汪静雯巧妙地把烈酒换成饮料:"董事长的意思是——'高处不胜寒'?"

郭小鹏又把酒换回来:"管理企业和管理国家是一个道理。在海州药业,我要负最后的责任,根本不允许我去和别人商量。遇事你总去和下级商量,慢慢地,他们就会看不起你。"

汪静雯不无真诚地:"可以和朋友商量嘛。"

郭小鹏长叹一声:"哪里有朋友!从小到大,我都是孤独一人。"

汪静雯预感到郭小鹏会自动诉说历史,便没有去引导。

但郭小鹏并不像她所想的那么简单,话题一转:"但这仅仅是一个方面,更重要的是,没有人能有与我对话的水平。"他看了汪静雯一眼:"我是不是很狂妄?"

汪静雯温和地一笑:"你这样说,总有这样说的道理。"

郭小鹏点了点头:"幸好汪总来了,今后总算有了知音。"

汪静雯:"董事长有事,请尽管吩咐。"

郭小鹏目光飘然:"没事就不能在一起聊聊?"

汪静雯把话题引开:"董事长是海州人,在此地谋发展,想必是如鱼得水吧?"

郭小鹏:"我的历史说来话长。"

汪静雯很感兴趣地洗耳聆听。

郭小鹏:"我的父亲是一位作家,十八岁就发表了一部长篇小说。可惜的是,他被打成右派,于是从北京发落到了海州。当时的海州县,远没有今天这样的繁荣。说它是不毛之地有点过分,但也相差无几。而我的母亲是誉满江南的越剧名旦。"

汪静雯展开想象:"她一定长得很漂亮。"

郭小鹏:"就是这漂亮给她带了来诸多麻烦。"

汪静雯:"漂亮女人总会遇到麻烦。"

郭小鹏深沉地:"你现在遇到的麻烦,就算骚扰方势力大,惹不起,起码也躲得起。可我母亲那会儿,躲都没地方躲。当时,她已经离开上海,来到父亲身边。"

汪静雯露出不相信的神情。

郭小鹏平静叙述:"父亲在农场监督劳改,来骚扰母亲的人就多了。更加上劳改右派是没有工资的,连吃饭都是问题。我的大哥,就是因为贫病交加,在两岁头上死去了。"

汪静雯:"难道没有遇到好人?"

郭小鹏:"这是一个很复杂的问题:什么是好人?"

汪静雯:"能真心帮助你的就是好人。"

郭小鹏:"这样说,也算遇到过:当时有一个地委副书记兼宣传部长,就多方面照顾过母亲。要知道,宣传部长是分管剧团的。没有他,我的父母恐怕都熬不过那场天火人祸。"

汪静雯开始制止郭小鹏继续喝酒:"董事长,别喝了。"

郭小鹏放下酒杯,眼圈有些发红:"但这种援助是有附加条件的。"

汪静雯多少被震撼和感动:"你母亲肯定是至死不从。"

郭小鹏停了一会儿,慢声说:"这也很难讲。"

汪静雯大概从来没听过任何人这样评价自己的母亲,眼睛不由地睁大。

郭小鹏:"当一个人的生存成了头等大事的时候,通常是会屈从的。"

汪静雯的眼睛仍然不复原位。

郭小鹏:"你要知道,这位副书记兼宣传部长,就是我后来的继父。"

汪静雯心灵颤动:"在您父亲去世之前,还是之后。"

郭小鹏又停了一下,吐出两个字:"之后。"

汪静雯暗中松了口气,泪花无端地隐隐闪动。

郭小鹏冷静得近乎冷酷:"从我记事起,有关这件事,就听到过许多种说法。最权威的版本是'英雄落难,美人有情'。说我的继父在"文革"初期被打倒,发配海州监督劳动,与我的母亲在苦难中相遇相知直至相爱,结为患难夫妻;后来继父又官复原职身居高位,夫贵妻荣,而我的母亲却断然离他而去,带着幼年的我远嫁香港,再次落下'水性杨花'的骂名。"

汪静雯不忍卒听,柔声劝慰:"别说了,董事长。"

郭小鹏咽回一丝隐泪,惨然一笑:"我让汪总伤感了。"

汪静雯努力使自己平静下来,停了会儿又问:"父亲是什么时候走的?"

郭小鹏低声:"在我未满周岁的时候。"

汪静雯同情地给他倒了杯鲜果汁。

郭小鹏仰脸眺望星空:"父亲临终时嘱咐母亲:儿子将来干什么,哪怕做个手艺人,也不要做文人。中国有五千年漫长的历史,那也是知识分子的血泪史。"

汪静雯尽量使话题轻松些:"所以董事长后来就学了理工科。"

郭小鹏:"你肯定不能想象,我在我的高干继父家里,过的是什么样的日子。"

汪静雯确实难以想象:"他们打你?"

郭小鹏："我的继父作为出身豪门的进步学生领袖，作为高级干部，肯定不会亲手打人。但那种深入骨髓的歧视，那种精神摧残，常人难以想象。那是一种超越阶级仇恨的蔑视。"

刘眉突然在他们身后出现："没想到董事长和汪总在这儿谈工作！可以吗？"

汪静雯愣了愣，赶紧起身让座："你好，刘总。"

刘眉不请自坐，动作有些张扬："董事长痛说革命家史，感人至深哪！"她把脸转向郭小鹏："我追随您这么多年，从来没听你讲过。"她招呼服务生："来，让乐队奏一支曲子。"

服务生赶紧把装帧精美的曲谱递到她面前。

郭小鹏脸色阴沉，心情沉重，把头扭向一边。

刘眉故意视而不见，笑容满面："来一段越剧《梁祝》。"

服务生赔着笑脸："对不起，小姐，乐队不会演奏。"

刘眉从随身拎包里取出一大沓百元大钞："拿去，问问他们会不会？"

汪静雯显然没经过这样的场面，一时不知所措。

刘眉给自己倒了一杯酒，一饮而尽："你不知道，这些人都是专业团体的艺术家，为了挣口饭吃，不惜放下架子到各种娱乐场所来屈尊卖艺。除了故作清高，他们什么不会？"

不伦不类的越剧《梁祝》音乐响起。艺术家们果然委曲求全。

刘眉倒了第二杯酒，看着汪静雯笑道："听说董事长亲自为汪总开车门，这可是海州的一大新闻。要让那些小报记者们知道了，那还不成为海州人民茶余饭后的上等佐料？"

汪静雯不动声色，沉着微笑。郭小鹏脸色冷峻，目光中透出厌恶。

刘眉倒了第三杯酒，兴致勃勃地："有个外国笑话说：如果一个男人给自己的太太开车门，那只有两种可能：一种是车是新的，另一种是太太是新的。真逗！"又一口喝干。

郭小鹏突然冷冷地问："你喝好了吗？"

刘眉一时没反应过来,顺口答道:"喝好了。"

郭小鹏命令道:"那就请你走开!"

刘眉下意识地站起身来,但站起来后又有些后悔:"凭什么让我走?"

郭小鹏语气严厉:"如果你不走,我和汪总就马上离开!"

刘眉毕竟慑于郭小鹏的权威,尴尬片刻,猛地扭头快步离开。

汪静雯同情地望着郭小鹏,轻声道:"其实刘总和咱们一起谈,也能谈得很好。"

郭小鹏余怒未消:"但她加入的途径错了:我是一个从来不向任何压力低头的人。"

也许到这时,汪静雯才真正开始认识面前这个有血有肉的陌生的男人。

二十一 海州大厦广场。夜。外。

奔驰轿车无声地行驶在冷冷清清的海滨大道上,路在脚下无尽地延伸。

激光音响音量很小地播放出一首流行歌曲,女歌手伤感的歌声在暗夜中飘荡。

没人说话。车厢里空气有些沉闷。

汪静雯悄悄看了看郭小鹏,那张线条生动的侧脸令人怦然心动。

时光流逝,奔驰轿车已悄然停在富丽堂皇的大堂门前。

郭小鹏慢慢转过脸来,正碰上汪静雯沉静的目光。

汪静雯垂下眼帘,轻轻道一声:"晚安。"开门下车。

郭小鹏始终凝目注视,见汪静雯在车外挥手致意,示意让她先走。

汪静雯转身走进旋转玻璃大门,穿过大堂走上台阶,消失在电梯间里。

郭小鹏轻松离合器,奔驰车无声地滑下坡道,美丽的后排灯渐渐融入暗夜中。

隐蔽在远处暗影中的李新建抑制不住内心的激动,用手机拨通汪静雯房间的电话。

二十二　海州大厦商务套房。夜。内。

黑暗中响起电话铃蜂鸣声，打破了午夜的寂静。

刚进入房间的汪静雯顾不得接通电源，摸着黑跑上前去拿起电话。

她"喂"了几声，对方却默不作声。相持片刻，电话被挂断。

仿佛心灵感应，汪静雯冲到落地窗前向外俯瞰。

隐约可见垫伏在楼下树影中的三菱越野车一动不动，车内似有烟头闪亮。

汪静雯望着那时明时暗的红点，思绪万千。

电话铃声又响，汪静雯回身冲过去抓起话筒："喂，哪位？"

郭小鹏的声音低沉亲切："静雯吗？我没什么事。刚才忘了道晚安。"

汪静雯心情复杂，在黑暗中轻声说："晚安。"

放下电话，再次悄悄回到窗前，却发现三菱车早已无影无踪。

汪静雯不觉泪流满面，站在窗前陷入了无尽的深思。

二十三　郭小鹏住宅客厅。夜。内。

郭小鹏独自坐在巨大的客厅沙发上看书。客厅里很安静，只闻轻微的翻书声。

身穿睡裙、遍体飘香的刘眉终于沉不住气从卧室走出，双手捧着微冒热气的参翅汤，慢慢走到郭小鹏身旁，蹲下身去，将金质碗勺递到他面前，美丽的眼睛里饱含温情。

郭小鹏视而不见，冷若冰霜，旁若无人地专心看他的书。

刘眉像猫一样乖乖地蜷伏在郭小鹏腿旁，温柔而乞求地望着她的情人。

郭小鹏毫无反应，口中念念有词。那都是刘眉听不懂的外语。

刘眉完全没了脾气，柔声道："小鹏，你倒是和我说句话啊！"

郭小鹏说出的话又冷又硬："我从来不对花朵、石头、动物说话。"

刘眉摇着他的膝盖哀求道："我不是听你的话，走开了吗？"

郭小鹏勃然变色，把书摔到地上："你以为你是什么人？你原来不就是一个在最底层混的女人吗？是我给了你今天的一切！没有我,你什么也不是！"

刘眉把头埋在郭小鹏的膝盖之间,哭着说:"我知道错了还不行吗？"

郭小鹏痛斥道:"你改不了的小家子气！无耻！"

刘眉抱住郭小鹏的腿哭喊道:"原谅我,我再也不敢了。"

郭小鹏命令:"松手！"挣脱刘眉的纠缠,愤然快步走向卧室。

没等刘眉赶到门前,门已经"啪哒"一声反锁。

刘眉被无情地关在门外,痛哭失声。

第四集

一 海州药业集团厂区。日。内。

现代化制药车间内机声轰鸣,由电脑控制的生产流水线在有条不紊地运行。

穿白色工作服的郭小鹏在费经纬等技术负责人的陪同下视察生产情况。

郭小鹏:"费总,'戒毒灵'的批准程序到哪一步了?"

费经纬:"现在只等卫生部药品局的批文了。"

郭小鹏不满意地:"也就是说,还缺最重要的手续?"

费经纬认真地:"'戒毒灵'从构思、创意、研制到专家鉴定、申请人身试验、临床试验,总共不过一年半时间,这已经够快了。以前这个过程往往需要几年,甚至十几年。"

郭小鹏:"现在是信息时代,'一万年太久,只争朝夕'。不能等,要抓紧。"他对身后的林小亮说:"小亮,你们应该去北京多跑跑。费总不太擅长公关。"

林小亮大大咧咧地:"什么批准不批准的,我认识一个女孩儿,她爹原来是卫生厅厅长,她从德国搞回来一批药,这药别说没经过咱们国家批准,就是在德国,也还处在人身试验阶段。可她卖得好着呢!新特药要比普通药品的利润高得多,越新越来钱。"

费经纬显然不够世故,虽不想得罪林小亮,但还是说:"这样做是违法的。"

林小亮不屑地一撇嘴:"如果按照卫生部的标准,你的'戒毒灵'顶多也就到临床试验阶段,猴年马月才能进入大规模批量生产。"他扳着手指:"专家鉴定是我去公的关,申请人身试验也是我去公的关,药品局的那帮官员,谁不是买我的账?你们这些知识分子啊!"

郭小鹏制止道:"海州药业不是'打一枪换一个地方'的游击队,要杜绝急功近利的短视行为。费总说得对,作为现代化大型企业,我们一定要在现行法律允许的范围内工作。"

说话间,一行人已经走出厂房,来到停靠厂区大道旁的奔驰车面前。

与郭小鹏握手道别时,费经纬一副欲言又止的样子,引起郭小鹏的注意。

郭小鹏明察秋毫地主动问:"费总,还有什么事吗?"

费经纬红着脸喃喃地:"没什么,没什么。"

郭小鹏对其他人说:"你们忙去吧。"然后请费经纬上车。

二 奔驰车内。日。内。

司机段海见董事长和费总上车,估计有事密谈,知趣地下车离开。

郭小鹏:"经纬,你我从小同学多年,又在一起共事,还有不能说的话吗?"

费经纬扶了扶眼镜,不好意思地绕山绕水:"董事长,你知道,我是搞应用化学的,长期脱离理论研究工作,缺少'回炉、充电'的时间,恐怕在专业理论建树上难尽人意。"

郭小鹏已经明白了七八分,主动网开一面:"只要你不离开海州药业,别的都好说。"

费经纬赶紧表态:"只要你在海州药业,我绝不会离开,也绝对不会'跳槽'。"

郭小鹏点头:"那就好。你接着说。"

费经纬:"你也知道,我大学毕业后,没有再读硕士、博士,也就是个本科学历。"

郭小鹏不再插话,静听他"帽子"底下的文章。

费经纬仍不"直奔主题",话说得有些吃力:"后来进入海州药业,被你委以重任,我终身感激。因为我的几篇论文和几项科研成果,加上公司的努力,三年前被评上了副高职称。"

郭小鹏已经完全明白老费心中所想,并深知对方的性格,于是耐心等待。

费经纬终于和盘托出:"我的原单位省生物化学研究院,有一个正高名额。"

郭小鹏仍然不说话,向费经纬投来鼓励的目光。

费经纬只好硬着头皮说下去:"正高的条件您是知道的,需要出版过专著。我在化工领域工作多年,也积累了一些经验,找个选题出一本书,估计问题还不大。"

郭小鹏胸有成竹地浅笑:"出版社要钱?需要多少?"

费经纬摇头:"出书也就三两万块钱,为这点钱开口,对不起我的十万年薪。"

郭小鹏:"别吞吞吐吐的,有话直说。"

费经纬这才切入实质性问题:"评定正高职称的另一个条件,就是要参加一个国家级的科研项目。生物化学研究院正好有这样一个项目,但科研经费不足。"

郭小鹏简洁地:"他们开价多少?"

费经纬:"二十五万。"

郭小鹏:"这是一个什么项目?"

费经纬:"一种转基因产品。国家863计划的下游项目。"

郭小鹏转动着手中的铅笔,沉着脸好久没说话。

费经纬以为没戏唱了,准备下车:"董事长,我回车间去了。"

郭小鹏:"如果我给他们五十万,海州药业能成为这个项目的联合研制单位吗?"

费经纬喜出望外:"当然,当然没问题。这个项目的负责人吴雨生教授是我的老师,工程院院士,他对您和海州药业极为赞赏。这笔钱,您今后可以从我的年薪里逐年扣除。"

　　郭小鹏摆摆手："既然把钱给了你,就没打算往回收。再说作为联合研制单位,也应该做必要的投入。你顺便问问吴教授,愿意不愿意出任海州药业的高级顾问。"

　　费经纬："吴先生是西南联大毕业生,今年已经七十多了,恐怕干不了具体工作。"

　　郭小鹏："既为顾问,就是挂名。月薪三千元人民币。古人'千金买马骨',就是这个道理。有他这块院士的金字招牌,他每年只需陪我聊几次天,就能扩张海州药业的无形资产。"

三　海州大厦总经理办公室。日。内。

　　汪静雯在笔记本电脑前紧张地工作。

　　屏幕显示:海州大厦财务一九九八。

　　汪静雯按动鼠标,各种明细账目报表飞跑。

　　接着又出现了一九九九、二〇〇〇字样。

　　汪静雯自语:"壁垒森严,天衣无缝。"

　　屏幕显示:海州药业集团股份有限公司。

　　汪静雯输入密码,接通计算机中心。

　　屏幕显示:需要授权。

　　汪静雯拿起电话:"计算机中心吗? 我是海州大厦总经理汪静雯。"

　　一小姐的声音:"汪总,您好。请问有什么事?"

　　汪静雯:"我需要查阅公司销售汇总。"

　　小姐相当客气:"对不起,这需要董事长授权。

　　汪静雯:"我是香港华龙集团的全权代表,也需要授权吗?"

　　小姐:"这是集团的规定。再见。"礼貌地挂断了电话。

　　汪静雯倒吸一口冷气,感到面前的冰山坚不可摧。

四 城外一座废弃的工厂厂房。日。内。

厂区空旷荒凉,杂草丛生,高大的厂房屋顶上黑压压地站满了乌鸦。

废弃的锅炉塔下,穿一身油腻工作服的杨春坐在铁椅上擦着手枪。

一身材瘦小的男子蹲在旁边察言观色,显然是倒卖枪支的主儿。

杨春欣赏着擦得锃亮的手枪:"我就是喜欢七七式手枪。"

男子巴结地:"杨先生有的是钱,干吗不用支好枪?"

杨春:"什么叫好枪?好用就是好枪!这枪的子弹好找,警察也不容易查到枪主。"

男子顺坡下驴:"我好不容易花大价钱搞来的。警察查得特紧。"

杨春一伸手:"子弹。"

男子斜肩谄笑:"杨先生还没给钱呢。"

杨春把一只胀鼓鼓的钱包扔过去:"连包都给你。"

钱显然超过手枪价值,男子心里踏实多了,把两个沉甸甸的油纸包递给杨春:"杨先生这么躲来躲去的,到底躲的是谁呀?您不是说,公安局也不敢碰您一根毫毛吗?"

杨春脸色阴暗:"海州想除掉我的人,恐怕不是一个两个。"

男子:"我要是您,早就远走高飞,到外面享清福去了,永远别再回来。"

杨春拆开纸包,露出亮晶晶的子弹:"外面?你以为外面遍地黄金,只管弯腰拣就行啦?"他往弹匣里一粒一粒压子弹:"我就是要在这一亩三分地上跟对手见个高低。"

男子讨好地:"这一亩三分地上,还不是杨先生和秋哥说了算。"

杨春摇头:"过去是我们兄弟说了算,可现在被人挤了地盘。"

男子假装英勇:"查出是谁了吗?哥们儿把他废了!"

杨春抬头看他一眼:"就凭你?别他妈丢人了,你连门儿都摸不着。"

男子涎着脸笑笑:"您这把枪没有秋哥的好看。"他发觉说漏了嘴,不禁害怕起来。

杨春停止了动作,眼睛有些发直地自语道:"秋弟就是太喜欢摆派了,老用一支美国M15将官手枪,把子上还镶着珍珠,到用的时候,拔都拔不出来。"他把弹匣插入枪把。

男子赶紧弥补刚才的失误,拍胸脯说:"秋哥走了,还有咱哥们儿呢!"

杨春望了望窗外下午的阳光,深沉地说:"打虎还得亲兄弟啊!秋弟要是还在,我也不至于虎落平阳,与你们这帮小蟊贼为伍了。"他拉了拉枪栓,缓缓举枪向男子瞄准。

五 国防乐园射击俱乐部。日。内。

"砰!"一声震耳欲聋的巨响,人形靶心窝洞穿,枪中十环。

郭小鹏头戴耳罩、平端装有红外瞄准器的AK47狙击步枪连发连中,赢得周围一片喝彩。

枪声一落,被打成蜂窝状的人形靶迅速跑到射手面前,除两个九环外,其余全是十环。

俱乐部经理恭维道:"郭董百发百中,不愧是当代精英,文武全才。"

郭小鹏却有些不以为然:"只要眼睛没毛病,谁用这种枪都能百发百中。"

经理强调介绍:"这是我国最新研制和装备的AK47狙击步枪,有效射程达到一千米,野战部队每个排配备一支,专门用来射击敌人的指挥官和火箭炮手。郭董用过这枪?"

林小亮吹嘘地:"我哥什么枪没用过?他在美国驾驶过F16战斗机。"

经理顿时肃然起敬:"我当兵十六年,第一次遇见郭董这样的传奇人物。"

一身名牌运动装的郭小鹏戴上墨镜,前呼后拥地离开射击馆场。

林小亮头戴耳罩操起步枪吆喝道:"服务员,拿子弹来!"

服务员没认出他是"郭老板"的弟弟,递子弹时顺便报价:"子弹每发十五元。"

林小亮眼睛一瞪："你就是每发十五美元,老子也不在乎。"

六 馆场外的草坪上。日。外。

馆场内又响起震耳欲聋的自动步枪射击声,那是林小亮在过枪瘾。

刘眉驾驶法拉利跑车匆匆赶来,跑到郭小鹏面前叫了声："董事长。"

闲杂人等知趣地散开。郭小鹏皱了皱眉头,点燃一支香烟。

刘眉低声说："计算机中心向我报告,说汪静雯要求查阅集团公司财务总账。"

郭小鹏冷冷地仰着脸,墨镜后面一片漆黑,无法判断他的反应。

刘眉："你说她一个港方代表和酒店经理,查我们集团公司的财务总账干吗!"

郭小鹏仍然没说话,但烟抽得很凶,脸色冷漠而阴沉。

刘眉埋怨地："我劝过你多少次,不要把什么都放到计算机网上,别人要知道密码什么的,就等于拿到了进屋的钥匙,想偷什么就偷什么。我就从来不用电脑。"

郭小鹏说话了："那是因为你不懂。海州药业两千多名员工,三十多个企业,十几亿资产,几十亿总销售额,上千个销售点,业务涉及各种经济领域,没有计算机怎么管理?"

刘眉延续自己的思路："计算机肯定不如人可靠。"

郭小鹏摘下墨镜冷笑："你大错。世界上最不可靠的就是人了。"

刘眉也知道自己话中有错,补充道："经过考验的人还是最可靠的。"

郭小鹏带着嘲讽的口吻："经过考验?人是一个多元复变函数:今天你经受住了考验,明天你也许就会叛变。过去是战场上的仇敌,将来也可能成为政治上的盟友。"

刘眉换成娇声嗔道："别人怎么变我不管,我对你的一片真心永远不会变。"

郭小鹏不愿与她讨论此类问题,打发道:"你出去看看金市长来了没有?"

刘眉很不情愿地转身离开,眼里饱含幽怨。

林小亮打完枪跑过来,见法拉利跑车驶向高尔夫球场,喊了一声:"姐!"

郭小鹏脸色严峻地命令林小亮:"你马上去计算机中心通知陈然主任:海州大厦和集团公司财务总账系统,向汪静雯总经理全面开放,授权通知书明天上午交到他手里。"

林小亮不以为然地:"凭什么呀?哥,姓汪的背景高深,你得留个心眼儿。"

郭小鹏肃然:"你不懂。既然全面开放,就一定有全面开放的道理。汪总作为港方全权代表,有权对集团事务进行监督和咨询。别耽误时间了,赶快去吧。"

林小亮不敢怠慢,驾驶着丰田越野车一溜烟远去。

郭小鹏用手机拨通计算机中心主任电话:"陈然吗?你马上到高尔夫球场来一下。"

电话关闭后,郭小鹏心潮起伏,突然陷入沉思。

七 海边荒岛巨大的工棚里。日。内。

热气蒸腾,烟雾弥漫,数十名穿军用雨衣、戴胶皮手套、捂脏毛巾的马仔围着十来口大铁锅,用粗大的木棒使劲搅动着锅里乌黑黏稠的液体,进行着麻黄素原料粗加工。

已成为马仔头目的强民卖力地吆喝着:"大家快点儿干,把火烧旺点儿!熬完这几锅,咱们就开饭,今晚加餐,红烧肉管够。哟,老板来了。"

卢辉捂着鼻子进来,强民把凝结成大烟膏般黝黑发亮的成箱产品指给他看。

卢辉伸手在"烟膏"上抹了抹,放到嘴里尝了尝,满意地:"嗯,不错。铁柱,你小子还行。不光产量上去了,质量也上去了。你以前在家不光是烧窑吧?"

强民谦虚地:"在村办企业、乡镇企业都干过,还当过几天厂长呢。"

卢辉:"怎么又不干了?"

强民不好意思地："为女人呗。"

卢辉拍拍他的肩膀："也难怪，这么棒的身体。走，跟我一起进城去。"

强民赶紧推托："俺就不去了吧？要是遇到警察，就全完了。"

卢辉："走吧，跟着卢大爷没事儿。"

强民无奈地跟着卢辉走出工棚。

八 高尔夫球场。日。外。

下午的阳光温暖明媚，照耀在平展起伏的金黄色草坪上，令人心旷神怡。

金市长一身漂亮的运动装，更显年轻潇洒，在挑选球杆时对郭小鹏说："按照规定，公务员是不允许打高尔夫的。特别是上班时间。不过今天可以破例。"

郭小鹏："据我所知，是规定不允公务员持有高尔夫俱乐部的会员证。"

金市长挑好一副名牌球杆："不管是临时打球还是持有会员证，我都目标太大。"

郭小鹏笑了："美国总统也打高尔夫。请金市长开球。"

金市长挥杆击出一球，绝对的专业水平。

郭小鹏也随之一击。两人共同前行。

金市长："市法院执行庭有位庭长，刚从省里调来没两年，可高尔夫俱乐部会员证就弄了两个。那玩艺儿一个值多少钱？"

郭小鹏："那是个随行就市的东西，大概价值二十万左右。"

金市长感叹："仅此一张，就相当于我这样的干部十几年的工资。你说他一个小小的庭长，就有这么大的胆量。"

郭小鹏："权力这东西，看会不会用。我和我妈在农村下放时，火柴并不紧缺，可只要镇上几个小卖部的售货员一联合，把火柴放到柜台下面，一个类似欧佩克的组织就出现了。"

金市长："现在是立法易，判决难，而执行更难。"

郭小鹏："正因为难，权力就值大钱了。我见过那位章庭长打球。"

金市长:"跟我比,水平怎么样?"

郭小鹏:"差远了!他是连推带刮外带捞,把能违反的规矩都违反了。"

金市长动作协调地击出一球,脸上露出笑容。

高尔夫球滴溜溜地滚近球洞转了个圈,停在洞的边缘。

九　海州大厦总经理办公室。日。内。

汪静雯正在大班桌前敲击电脑,忽见刘眉推门昂然而入。

汪静雯多少有点诧异:"刘总?"

刘眉挑战性地一挑眉:"怎么,汪总不欢迎?"

汪静雯:"刘总这是什么话?请还请不来呢!我正有好多事情要向刘总请教。"

刘眉大大咧咧地坐在汪静雯对面,环顾四周后,带着江湖腔调侃道:"我虽然在这个办公室里盘踞了好几年,但基本没动以前的东西,汪总一进入,就面目全非了。"

汪静雯知道对方"来者不善",软中带硬道:"刘总接手时,大厦已经濒临倒闭,百废待兴,顾不上讲究。我呢,哪怕在这里工作一天,也要按照自己的意志改造周围的环境。"

刘眉锋芒并不收敛:"汪总到底是硕士,格调就是不一样。"她指着一只古董花瓶:"小鹏曾经说过:真正有钱的人,就要买没用的东西,比方买赛马,买古董,买宠物,买漂亮女人……"她的眼睛飞快地转动:"要是实在钱太多,干脆就买颗人造卫星。"

说到底,汪静雯也是女人,而女人对女人,尤其是漂亮女人对漂亮女人,天生就有敌意。她决定对刘眉进行"冷处理"。

刘眉江湖气越发显露,取出精巧的打火机点燃香烟:"汪总知道这大厦的来历吗?"

汪静雯不置可否,将身体尽量舒适地在沙发范围内伸展。

刘眉激情难抑:"这海州大厦,原本是市委书记林子烈为长子林小强安排的安身立命之地。后来林小强因为吸毒进了监狱,小鹏看在继父的面子上接手重建,发展到今天这样的规模。应该说,我刘眉是海州大厦的创始人之一,为海州大厦和海州药业集团的发展做出了不可磨灭的贡献。"她起身径直走到酒柜前,给自己倒了一小杯红酒。

汪静雯安静地注视着她,没有发表意见。

刘眉:"为了海州大厦和海州药业,为了小鹏的事业,刘眉我什么没干过?"她的声音突然有些哽咽,但旋即变得刚强起来:"我心甘情愿!我什么委曲、什么痛苦、什么屈辱都能忍受!只要小鹏永远不离开我,我愿意为他牺牲一切!"一口将酒喝尽。

汪静雯冷静地提议道:"刘总今天情绪好像不太稳定,改日再谈如何?"

刘眉失态地摔了酒杯:"我就要今天谈!"

汪静雯宽容地一笑,用手托住下巴,静听下文。

不料刘眉情绪陡转,又坐到汪静雯面前,诚恳地:"有件事,想请汪总帮忙。"

汪静雯不知其葫芦里卖的是什么药,沉着对应:"您说。"

刘眉推心置腹地:"汪小姐,您年轻漂亮,又是名牌大学硕士,又是香港永久居民,又是大公司的高级职员。而我呢?不怕您笑话,出身贫贱,毫无背景;学历虽说也有,但到底拿不出手。相比之下,你我一个天上,一个地下。您可以有很多选择,嫁给大阔佬、大学者的机会多得是。而我只有小鹏一个。如果您把他抢走,我将会一无所有。"

汪静雯变了脸色,严肃地:"刘总这话是从何说起?"

刘眉笑得有些凄凉:"我看你们有这个苗头。"

汪静雯站起身来:"这很无聊,也绝不可能。刘总还有事吗?"

刘眉也站起身来:"很好。顺便送给您一句忠告。"

已准备送客的汪静雯停住脚步:"请讲。"

刘眉冷漠的语气暗藏着威胁和杀机:"海州药业组织庞大,关系复杂,是个藏龙卧虎之地。这地方不比香港,法律之类的玩意儿,有时不是很管用。"

汪静雯针锋相对:"我相信,在中国的任何地方,都要依法行事。"

刘眉露底:"入乡随俗。到什么山就要唱什么歌,别把手伸得太长了。"

汪静雯反击道:"请问刘总,你想让我'唱'什么'歌'呢?"

刘眉回头:"你自己琢磨去吧!"说罢扬长而去。

十 海州城内生产资料市场。日。外。

卢辉带强民开车穿行在乱哄哄的人流中,最后停在卖橡胶制品的商店门前。

商店老板热情迎候:"哟,卢老板!您来啦?"

卢辉拿起胶皮手套样品:"这手套多少钱一副?"

老板递烟:"老主顾,老价钱,十八块。"

卢辉:"上次你就卖高了,龙瞎子那儿只卖十二块。"

老板:"就怕货比三家。我这是军工名牌,给你成本价。"

卢辉:"还跳楼价呢。"他一拉强民:"到龙瞎子那边看看。"

老板揽客:"您先别走,再商量商量。十五,怎么样?"

卢辉瞥他一眼:"十三。拿三百副,给你四千块。"

老板同意了:"算我白送给卢老板了。交钱吧。"

刚开好票,卢辉的手机响了。他跑到一边接听后回来对强民说:"老板要见我。你就在这儿等着,清点一下数目,不准离开半步。我去去就回。"说罢匆匆开车离开。

强民老老实实地守住一箱手套,一双一双地仔细清点。

老板:"你们做什么产品啊,一买就买这么多?"

强民和老板套近乎:"化工产品啊。需求量特别大,过几天我们还来。"

老板递给强民一支烟:"跟你们老板说说,买得越多越优惠。"

强民:"没问题。老板,俺使使您的电话成吗?"

老板爽快地："你使,随便使。"踱出门外。

强民拨通李新建的手机后大声说："小李侄子吗? 俺是你铁柱叔啊。俺在大发市场买货哩,立马儿得赶回厂子里去,夜黑打牌俺就不去了。哎哟! 不行! 肚子叫卢老板的猪头肉撑坏了,俺得到四路车站对过的茅房拉屎去。"他挂断电话,捂着肚子跑出门去。

十一 城外公路旁一大型洗车场。日。外。

卢辉开车赶到约定地点,见穿皮茄克的林小亮正不耐烦地靠在丰田车旁抽英国烟斗。

卢辉颠儿颠儿地跑到他面前请安："林老板,您忙着?"

林小亮："你他妈总是这么磨蹭,泡妞儿去了?"

卢辉喊冤："忙得屁股朝天,累个贼死,有那心,也没那精神。买胶皮手套来了。"

林小亮皱起眉头："怎么那么费呀?"

卢辉没好气地："您去干两天,就明白怎么费了。"

林小亮"进度怎么样?"

卢辉："快了快了。"

林小亮："你他妈总是快了快了,就是不见货。我告诉你:我也不过是一个中间环节,要是把上头给惹急了,你在海州就没法混了。"

卢辉似乎并不害怕："这玩艺儿污染太大,废气废水排放多了,怕引起环保局和警察的注意。再说,可靠又肯干的人手太缺。更重要的是……"他捻动手指:"还缺点儿银子。"

林小亮："定金不是给你了吗? 你怕我赖账?"

卢辉厚着脸皮："按说是不怕,可银子攥在手里,进度自然就快了。"

林小亮骂了声粗话,把一个厚厚的信封拍到卢辉面前。

卢辉喜形于色："痛快! 十天后开车来取货吧!"

林小亮坐进汽车,忽然问:"听说你那儿又进人了?"

　　卢辉:"是有一个。范明告诉您的?"

　　林小亮:"可靠吗?"

　　卢辉:"我审查过了。我这双火眼金睛,谁也逃不过去。"

　　林小亮不屑地:"就你这狗屁眼,还能把人看准了?"

　　卢辉不高兴地反驳:"矬子里拔将军。他还正经不错呢。"

　　林小亮阴沉地:"你这么说,我还真得见识见识。"

　　卢辉涎着脸笑问:"喂,您那位漂亮姐姐哪儿去了?上回在粤海酒楼吃饭,就远远地瞅了一眼,连句正经话都没搭上,害得我做梦老想她。您再给引见引见?"

　　林小亮骂道:"海州有多少人算计她,没一个得手。你别他妈癞蛤蟆想吃天鹅肉了。"

　　卢辉很执着地要求:"您给说说,我交货前一定得见她一面。"

　　林小亮敷衍道:"我说说看吧。别他妈成天琢磨那事儿!"开车离去。

十二　肮脏的公共厕所内。日。内。

　　强民捂着鼻子蹲坑,不停地调换姿势。看得出,他已经蹲了好一会儿了。

　　随着一阵急促的脚步声,穿便衣的李新建匆匆钻进来,蹲在强民隔壁也开始出恭。

　　李新建低声骂道:"你也真会挑地方,没个干净地儿?"

　　强民:"我想去东海酒店,人家也得让我进啊!给。"把一张破纸交给李新建:"这是我画的地形图。他们的主要产品是麻黄素提炼物,已经积累五十多箱了。"

　　李新建:"老板是谁?"

　　强民:"听说是个女的,年轻漂亮,可谁也没见过。出面的是个年轻人,老板的弟弟。"

　　李新建:"你继续潜伏。"

　　强民:"到什么时候?"

李新建:"查清老板是谁为止。"

强民叫苦说:"我他妈受不了啦,进去就挨顿黑打,差点儿没给活埋了。"

李新建鼓励道:"下半年升警衔儿,我投你一票。"

强民:"怕熬不到那天了。"他起身系好裤子往外走:"我得回去了,卢辉快回来了。"

李新建站起来,通过厕所的砖孔,看见强民回去后不过片刻,卢辉就出现了。

李新建把照相机长焦镜头对准卢辉,不停地按动快门。

十三 高尔夫球场。日。外。

金市长看了看西天落日,又看看表:"这球场有多大?"

郭小鹏:"长大约六千米,占地约六十公顷。"

金市长:"今天是打不完这十八个穴了。"

郭小鹏:"您说打多少,咱们就打多少。"

金市长:"就打这最后一个穴吧?"

郭小鹏:"好的。咱们赌个输赢?"

金市长:"作为政府官员,我从不和任何人赌任何东西。"

郭小鹏:"那就换个说法:您胜了,我送给您这套高尔夫球具;您败了,请我吃海鲜。"

金市长来了兴趣:"这还行。"挥杆击球。球在空中划出美丽的轨迹后,落到洞边。

郭小鹏一杆打去,球却落到一个故意设计的坑里。他跑到坑里拿杆左右比划,最后无可奈何地说:"这球就是世界第一的老虎伍兹来了,没三杆也打不出去。我认输了。"

金市长微笑:"你该不会是故意让我吧?"

郭小鹏指指远处发球地点:"我要能故意把球从那么老远一杆打进这坑里,不敢说英国公开赛,起码能在国内的爱立信杯比赛上拿个名次,早就不当这个劳什子董事长了。"

两人笑着把球杆递给球童,浑身轻松地往回走。

郭小鹏:"我有个事,顺便想跟您说说。"

金市长笑道:"凡是'顺便'的事,往往都很重要。"

郭小鹏:"戒毒疗养院开工典礼的时候,请您一定出席。"

金市长:"那当然。千秋功业嘛。"他盯着郭小鹏问:"还有别的事吗?"

郭小鹏坦然地:"能不能以市政府的名义借给我一点钱?"

金市长警惕起来:"什么意思?"

郭小鹏笑道:"您别紧张。我的意思是您借给我三两百万,我很快再给您打回去。"

金市长不解地:"这是何苦呢?洗一遍?"

郭小鹏:"狐假虎威而已。民营企业是您属下政府各个部门盯得最紧的地方。如果政府以支持民营企业投资慈善事业的名义借给我钱,那么工商税务等部门就不敢来骚扰了。"

金市长原则性很强,觉得有些刺耳:"嗯,'骚扰'这个词用得不好。"

郭小鹏:"是有些偏激。可现在政出多门,要把这些程序都走完,黄瓜菜也凉了。"

金市长表态:"你写个报告,交给我的秘书。我给银行批一下。"

十四 市公安局局长办公室。日。内。

李新建风风火火地闯入办公室,差一点撞在准备下班的张啸华身上。

张啸华训道:"越来越没规矩。每次进门都不喊报告,更别说立正敬礼了。"

李新建赔着笑脸:"我这不是有紧急公务嘛。"

张啸华坐回办公桌前:"你别管公务、私务,从来都是紧急的。"

李新建先把标有地下工厂位置的海州市地图指给张啸华看，再展开强民手绘的地形图。

李新建："这个黑工厂是提炼麻黄素的。麻黄素是加工毒品的基本原料。"

张啸华不抬头地："读中学的时候，我是化学课代表。"

李新建等张啸华抬头后，又把卢辉的相片递给他："这是我偷拍的卢辉照片。"

张啸华端详影像模糊的相片："就是你说的那个黑包工头？"

李新建："强民报告，卢辉的'老板'是个年轻漂亮的女人，我敢肯定是刘眉。只要您一点头，我立刻就捣毁底下黑工厂，把刘、卢二犯拿下，彻底揭开毒品大案黑幕。"

张啸华摇头："恐怕不这么简单吧？心急吃不得热豆腐。海州毒品大案背景很深，切忌处理案件简单粗放，操之过急，拣芝麻丢了西瓜。即使刘眉涉嫌毒品案，也仅仅是个幕前人物；真正的毒枭隐藏在幕后，并与海外贩毒集团有着千丝万缕的联系。与全局相比，你的工作只是局部；即使是局部战斗，你也要把握时机，稳操胜券，不要影响全局。我相信我已经讲得很透彻了，如果你还没听懂，不妨靠边休息几天，我派别的人来主持破案。"

李新建心悦诚服地直点头："虽然没有完全听懂，但局长的意图我已经完全清楚了。我最深的体会是局长真不好当，我还是当个刑警副支队长最合适，人暂时就别换了吧？"

张啸华闪开笑脸："你小子聪明透顶，可就是改不了性急的毛病。"

李新建："我准备密切监视卢辉和刘眉、杨春等人的行动。局长还有什么指示？"

张啸华："从卢辉入手，掌握确凿证据，时机成熟，可以实施逮捕，把外围打开。"

李新建很正规地立正敬礼："是。"

十五 高尔夫俱乐部大门口。暮。内。

　　晚霞瑰丽,日落西山。郭小鹏等人送金市长来到红旗轿车面前。

　　郭小鹏:"金市长,东海饭店有个香港来的阿威师傅,鱼翅做得很好。"

　　金市长停住脚步:"我已经五十七岁了,用老舍先生话说:'现在是花生米有了,可牙没了。'除了某些正式场合不得不应酬,还是回去吃老伴的手擀面来得舒服些。"

　　郭小鹏不再勉强,示意段海把十四根一套的进口球杆放到金的车上。

　　金市长发现后制止道:"虽说我赢了球,但不能真的把球具带走。"

　　郭小鹏:"不过是个运动器具而已,值不了多少钱。"

　　金市长:"它值多少钱,郭老板心里最清楚。"

　　郭小鹏笑着对段海说:"市长不要就算了。为官之本,讲究清正廉洁。"

　　金市长也笑道:"如果你们想让我平安降落,就请原谅我的谨慎。"

　　加长红旗轿车缓缓启动。郭小鹏一行挥手为市长送行。

十六 海州大厦广场。夜。外。

　　刘眉快步走出大堂旋转门,驾驶红色法拉利跑车疾驰而去。

　　隐蔽在出租车内的杨春命令司机跟上,紧随其后。

　　紧接着,李新建驾驶的三菱越野车也从暗处开出,尾随而去。

十七 海滨大道。夜。外。

　　性能优良的法拉利跑车提速极快,在宽阔平坦的大道上疾驰如飞。

　　桑塔纳出租车和三菱越野车顿时相形见绌,很快被拉开了距离。

　　进入城外冷清无人的高等级公路后,差距就更大了。

十八 法拉利车上。夜。内。

　　刘眉手握方向盘,用耳机接听移动电话:"好的。明白。"

从后视镜中看了看跟踪的汽车,恶作剧地一笑,突然加大了油门。

法拉利跑车如离弦之箭射向无尽的黑暗,转瞬即逝。

十九　桑塔纳出租车内。夜。内。

杨春命令出租车司机:"快,跟上!跟紧它!"

司机抱怨地:"您知道它是谁吗?它是法拉利。它有八个汽缸,驾驶舱跟飞机差不多。别的不说,光人家那四个轮胎就比咱这破车值钱。那轮胎跑到一百六十公里以上,才进入最佳状态。咱这破桑塔纳,玩了命也就是这个数。想上二百,除非从悬崖上往下掉。"

杨春:"我给你双倍的车钱,只要你能跟上它。"

司机保持原车速:"这车就是我的命。不能为俩小钱,把命给丢了。"

杨春明白"重赏之下,必有勇夫"的道理,拍出两张百元大钞:"再加二百。"

被利益驱动的司机猛踏油门,发动机狮吼般怪响,整个车震颤起来。

二十　三菱越野车上。夜。外。

李新建也把车速提到最高指数,但越野车毕竟跑不过轿车。

李新建骂道:"他妈的,下次老子要求装备赛车!"

二十一　法拉利跑车上。夜。外。

驾驶舱内,刘眉打开激光音响,把车开得更加潇洒,如喷气式客机起飞般。

节奏铿锵的迪斯科立体声音乐伴随着飞转的车轮,激情喷涌。

二十二　海滨大道。夜。外。

灯光灿烂的十字路口,法拉利突然掉头往回开,把刹车不及的桑塔纳和三菱甩在身后。

桑塔纳出租车和三菱越野车急忙掉转车头,开足马力向法拉利追去。

二十三　海州药业集团总部办公大楼。夜。外。

喷泉广场灯火辉煌,摩天大楼巍然耸立。

法拉利如同长跑冠军首先到达终点,刘眉下车后快步走进大楼。

桑塔纳出租车尾随而至,杨春跳下汽车追进大门,揉开上前询问的门卫。

片刻,三菱越野车不慌不忙地赶到,李新建下车后拿起手机拨号。

二十四　总部大楼大堂。夜。内。

杨春跑到刚刚启动的电梯门前,默数着迅速变换的楼层显示荧光数字。

电梯荧光显示停在第十五层。杨春精神抖擞,开启另一电梯进入。

李新建出现在电梯门前,看了看杨春乘坐的电梯也停在十五层,掏出了手枪。

二十五　第十五层楼道。夜。内。

杨春冲出电梯门,面对复杂幽深的楼道,不禁有些茫然。但稍作判断,便贴右墙走去。

空荡荡的大楼里悄无声息,房门紧闭,壁灯昏暗,楼道里只有杨春的脚步声。

刚走到楼道拐弯处,突然闪出几名高大魁梧的保安人员,将杨春双臂反扭。

灯光大亮。保安人员也不说话,迅速将杨春推进一间会议室大门。

二十六　总部会议室。夜。内。

硕大无朋的罩灯将强光直射在椭圆形会议桌面上,与四周的黑暗形成强烈反差。

董事长郭小鹏独自坐在椭圆形会议桌的主席位置上,身后站着两名保镖。

刘眉、费经纬、林小亮、汪静雯等十几位海州药业的核心人物分别围坐两旁。

所有的人,都默默地、冷冷地审视这位不速之客。气氛有些阴森。

杨春沉着镇定,甚至轻轻笑了笑,遥对郭小鹏不请自坐,旁若无人地点燃香烟。

沉默少顷,郭小鹏冷冷地发问:"你是谁?"

杨春放肆地冷笑道:"杀了我的亲弟弟,你还不知道我是谁!"

郭小鹏:"你的弟弟?"

杨春:"郭先生也是江湖中人,何必演戏?"一拍桌子:"别他妈装丫挺了!"

郭小鹏厌恶地皱起眉头:"我告诉你,这里是海州药业集团公司总部,不是街头无赖撒野斗殴的场所。坐在你对面也不是你的同类,而是大型高新企业的最高领导人。"

杨春把烟扔到地毯上,指着郭小鹏喝道:"姓郭的,我弟弟是怎么死的?"

郭小鹏靠在皮椅上居高临下地:"你弟弟死于非命,你应该去找有关司法部门,而没有权利在这里无理取闹。中国是个法治国家,你应该遵守中国的法律。我不认识你。请你出去。"

杨春噌地站起身来怒斥道:"你不认识我?你总该认识林小强吧?你是怎么把海州大厦搞到手的?你指使这个姓刘的臭婊子想把所有的对手都赶尽杀绝呀?你他妈做梦!"

林小亮手握裁纸刀,紧张地看着郭小鹏。刘眉和汪静雯面无表情,冷若冰霜。

郭小鹏冷冷地命令道:"好了。请这位先生出去。"

杨春不等身后的保安动手,突然拔出手枪直指郭小鹏喊道:"我废了你!"

话音未落,李新建率众刑警破门而入,迅速夺下杨春手中的凶器,将他按坐在椅子上。

郭小鹏眼睛一亮,嘴角浮起意味深长的冷笑。

第五集

一 海州药业集团总部会议室。夜。内。

警察的突然闯入缓解了室内的紧张局势,与会者都暗中松了一口气。

李新建接过杨春的手枪看了看,微微一笑,把枪收入怀里。

汪静雯漠然地看着李新建和众刑警,好像眼前发生的事与她无关。

李新建命令道:"把他带走。"

杨春冷笑着看了郭小鹏一眼,被刑警带出会议室去。

费经纬走到李新建面前,握住他的手真诚地说:"谢谢你。谢谢各位警官。"

李新建:"这是我们应该做的。"对郭小鹏点了点头:"请各位继续开会吧。"

费经纬和林小亮把李新建送出门外,几名保安人员也随之撤出。

郭小鹏始终阴沉着脸,坐在靠椅上纹丝不动。

费经纬和林小亮送人回来,发现气氛有些异常,忙收敛笑容默然入座。

罩灯的强光下,十几名集团核心人物屏息正襟危坐,屋子里突然静得可闻落针。

郭小鹏没有改变姿势,仿佛自言自语:"在资本原始积累阶段,难免使用一些低级手段。福特一世是这样,老洛克菲勒也是这样;比尔·盖茨在创建微软帝国之初,也用过不少摆不到桌面上的招法。这并不奇怪。"他突然抬起头来,目光如炬,加重了语气:"但这个姓杨的所说的一切,纯属对我本人和海州药业集团的无端污蔑!"

汪静雯迎着郭小鹏灼热的目光微微颔首,那双扑朔迷离的眼睛深不可测。

郭小鹏威严地审视着一张张熟悉而忠诚的面孔:"除港方代表汪静雯小姐外,在座各位都称得上是海州药业的元老和中坚。我们走过的艰苦创业之路光明磊落,凝聚着我们的汗水、心血、智慧和每个人的生命历程。我们问心无愧!我们要像爱护自己的生命一样,爱护海州药业的崇高声誉和企业形象。这是我们的立业之本。我希望在座各位同仁都能真正成为海州药业这条'诺亚方舟'上的忠诚水手,同舟共济,共同到达胜利的彼岸。"

刘眉眼里饱含爱慕和崇敬的泪水,在座各位同仁也被郭的真诚和激情深深打动。

汪静雯毕竟也是有血有肉的年轻女性,不得不为郭的真情表白而动容。

二 城外海滨大道。夜。外。

以三菱越野车为首的警车队闪着警灯、拉着警笛灯呼啸而至,忽然停靠在路边。

警笛停止尖叫,警灯无声地闪烁,后面警车上的刑警们纷纷跳下车跑过来。

被两名刑警夹在三菱车后座中间的杨春情知有变,眼睛紧盯着前座的李新建。

李新建嘴角叼着香烟,掏出杨春那支小巧精致的手枪来,轻轻一扣扳机。

"啪"的一声,枪口喷出一朵蓝色的防风火苗。

李新建点燃香烟后,回身把仿真玩具打火机手枪还给后座的杨春说:"自己玩玩可以,别拿它吓唬人,这是犯法的。去年有个疯子用这玩艺儿吓唬旅客劫持飞机,结果被判了半年徒刑。杨先生,我今天先放你一马,你好自为之。下去吧。"

刑警给杨春打开手铐,拉开车门放杨下车后"砰"地一声关上车门。

警车队闪着警灯、拉着警笛呼啸而去,把一头雾水的杨春扔在黑暗的旷野里。

三　海边孤岛对岸的芦苇荡。日。外。

灿烂的阳光下,一架军用直升飞机远远飞来,绕着海边孤岛转了几圈,掉头远去。

躲在芦苇丛中靠着丰田越野车抽英国烟斗的林小亮警觉地摘下墨镜,望着越来越远的飞机想了想,用手机拨通卢辉的电话:"卢辉吗?你把新来的马大个儿带过来。"

不一刻,卢辉带着强民乘摩托快艇飞快地向这边驶来。

隐蔽在芦苇深处的林小亮用高倍望远镜观察"马大个儿",不禁大吃一惊。

望远镜中,破衣烂衫、灰头土脸的强民的影像越来越清晰可辨。

林小亮紧张地放下望远镜,用手机命令已靠岸登陆的卢辉:"听着,你一个人过来。"

透过苇丛缝隙,只见卢辉对强民说了句什么,一个人晃晃悠悠地向这边走来。

林小亮努力使自己镇定下来,用很随便的口吻问:"什么时候交货?"

卢辉:"昨天不是说好了吗?最晚十天以后。"

林小亮把一个信封扔给卢辉:"能不能提前到五天?"

卢辉衡量了一下钱的数量后说:"六天吧。我玩玩儿命,估计差不多。"

林小亮:"别玩虚的,到底行不行?"

卢辉:"没问题。"

林小亮:"这地方以前来过飞机吗?"

卢辉想了想:"好像没有。"

林小亮:"那个马大个儿到底可靠不可靠?"

卢辉看了他一眼:"他不在那儿吗?叫他过来你亲自问问。"

林小亮阴沉地:"你调查过他的来历吗?"

卢辉:"一个强奸杀人犯,还要怎么调查?他说的和我派人在公安局内线搞到的情报严丝合缝,没一句假话。"他不高兴地眉毛一扬:"你他妈的总是不相信人!"

　　林小亮坐进汽车轰响油门:"是你们这帮家伙让人放心不下。"

　　卢辉赌气道:"那你自己来干好了,我还不想伺候呢。"

　　林小亮显然加入不想激怒卢辉,忍气道:"好了好了。用人不疑,疑人不用。下午六点,你叫马大儿把粗加工的样品送到冷水坑接头处,我派人准时到那儿接货。"

　　卢辉:"没问题。不过我有个条件。"

　　林小亮皱起眉头:"什么？"

　　卢辉无耻地笑了笑:"让你那漂亮姐姐和我一起吃顿饭。"

　　林小亮像吞了只苍蝇差点没恶心死,但马上掩饰着随机应变:"你不说我还差点儿忘了:昨天我跟姐姐说了说,她约你今晚在城里见面,具体时间地点,她用电话通知你。"

　　卢辉大喜过望,不敢相信地追问:"她怎么说来着？是单独见面吗？"

　　林小亮不耐烦地:"你还想集体接见啊？犒劳犒劳你呗,熊样儿!"说完开车走了。

　　卢辉一拍大腿迈开八字步,哼着淫词小调儿晃晃悠悠地朝海边走去。

四　市公安局局长室。日。内。

　　李新建在门外高喊一声:"报告!"

　　张啸华:"进来。"

　　李新建精神饱满地递上一沓照片:"局长,这是今天航拍的九号海岛照片。"

　　张啸华仔细审看照片,抬头问:"特警队准备得怎么样？"

　　李新建:"特警队准备完毕,加上武警一个侦察班,随时听候调令。"

　　张啸华满意地点点头:"很好。你要密切注视卢辉及其老板的行动,掌握确凿证据后,立刻实施逮捕。不管这位老板是谁,通过突击审讯,一定要打开缺口。"

李新建忍不住提问:"什么时候对加工厂采取行动?强民还在里面呢。"

张啸华:"抓不住卢辉和老板的尾巴,捣毁一个毒品粗加工作坊没有任何意义。岛上还有武装力量,晚上行动怕有误伤。如果今晚案情有突破,可在明天清晨行动。"

李新建举手敬礼:"是。我这就回去准备。"

张啸华忽然叫住他:"等等。"拿出一张请柬递过去:"海州大厦有个庆祝开业十周年的盛大酒会,请我和局领导出席。局党组研究决定,我们就不去了,烦你代劳。"

李新建有些生硬地:"如果不是命令的话,我拒绝'代劳'。"

张啸华笑道:"这可是有吃有喝出风头的好机会,金市长要亲自出席。"

李新建转身往外走:"咱小萝卜头一个,您另请高明吧。"

张啸华板起脸:"成天嚷着要调查海州大厦,真让你去,还摆起谱来了。拿着。"

李新建极不情愿地接过请柬:"您不怕我假公济私,去重温鸳梦?"

张啸华笑了:"你要'假公济私',我就'大义灭亲'。孰轻孰重,你自己掂量。"

五 城外公路上。日。内。

林小亮驾驶丰田越野车横冲直撞,频频越线超车,高音喇叭长鸣。

路边一被掀翻小摊的老板冲着飞驰而过的汽车大骂:"你他妈奔丧啊!"

眼看就要进城,偏遇路口红灯,车流被阻,一时动弹不得。

林小亮急得骂娘:"操你妈!你倒是走啊?"高频率地猛按高音喇叭。

见交警远远地指他,忙停止违章动作,掏出手机拨号。

好容易接通电话,刚说了声:"姐,出事了!"即被对方打断话头。

刘眉的声音:"我在大厦正忙着呢,你快过来,有话见面说!"说完挂机。

林小亮骂骂咧咧地再拨电话,却被电脑小姐告知:"用户已关机,请稍后再拨。"

林小亮愤怒地一摔手机:"小命都攥人家手里了,关他妈什么手机啊!"

红灯亮了,车流启动,丰田越野车如离弦之箭射出,强行超车。

六　海州大厦广场。日。外。

丰田越野车风驰电掣般驶入音乐喷泉广场,已在大堂等候的刘眉立即迎出。

大厦张灯结彩,员工们正在为大厦开业十周年庆祝活动进行准备,一派节日气氛。

刘眉上车后命令道:"别说话,往城外没人的地方开。"

林小亮马不停蹄地调转车头,驾驶"巡洋舰"迅速离开大厦。

七　飞驰的三菱越野车内。日。内。

李新建听见寻呼机铃声响,拿起寻呼机按键查看即时信息。

电子屏幕显示:"林、刘在大厦接头后离开。请注意。"

李新建百思不得其解,掉头向大厦方向驶去。

八　丰田越野车内。日。内。

汽车驶上宽阔平坦的海滨大道,林小亮正准备接听手机,被刘眉一把夺过:"用这个。"她递给林一个新手机:"你的电话很可能被监听,这是用假名新买的。"

林小亮更加紧张,急促地:"姐,我在岛上看见刑警大案队的队长强民了。"

刘眉大惊:"你没看错?"

林小亮气急败坏地:"没错儿!我上中学的时候,他就是我们那儿的片警,三天两头把我们这帮坏小孩儿叫去训一顿,别提有多恨他了。扒了他的皮,我也认识他的骨头。"

刘眉感到头皮都快炸开了："这可是大事。他认出你来了吗？"

林小亮："他没看见我。现在最危险的，就是这个强民，还有卢辉。"

刘眉果断地示意林小亮把车靠向路边停下来。

刘眉："不行！得赶快想办法掐断这条线，让警察抓住把柄就全完了。"

林小亮杀气腾腾地："那就把这两个人都干掉！"

刘眉毕竟是女流之辈，背心有些发凉："干掉卢辉倒是小菜一碟，强民有没有必要？他可是警察，杀了警察，尤其是大案队队长，公安局还不把海州市掀个底朝天？"

林小亮阴沉地："除恶务尽，不能留半点隐患。"他看看刘眉："姐，害怕了？"

刘眉脸色暗淡："姐是死过几回的人了，怕过谁？我是怕毁了你哥的千秋大业。"

林小亮黑着脸："什么千秋大业？过一天算一天吧，我们不能俯首就缚。"

刘眉点燃香烟，冷冷地问："你有什么计划？"

林小亮兴奋地："咱们分头行动。你干掉卢辉，我干掉强民。"

刘眉："怎么干？这可是人命关天的事，不是小孩子过家家。"

林小亮得意地说出杀人计划："我早就安排好了：下午六点，卢辉派强民把粗加工样品送到芦苇荡深处的冷水坑，那是个杀人越货的天然场所，强民将在那儿神不知鬼不觉地结束生命。与此同时，我会通知卢辉今晚和你单独见面的时间和地点，剩下的活儿，就看姐姐精彩的创意和表演了。卢辉是个色中饿鬼，对姐姐垂涎已久，杀他还不跟玩儿似的。"

刘眉听得笑起来："你要是早生半个世纪，戴笠和毛人凤也当不了军统局长了。"

林小亮谦虚地："二哥是帅才，姐是将才，我顶多也就是个歪才。"

九 城外海堤大道吉普车内。日。外。

换了身笔挺西装、油头锃亮的卢辉开着破吉普车匆匆往城里赶，不停地打手机电话。

可林小亮的电话老也打不通,气得卢辉直骂娘:"他妈的,敢玩你卢大爷!"

刚想摔电话,铃声响了。卢辉见是个陌生的号码,开口就骂道:"你他妈等会儿再打!"

不料电话里传来林小亮的声音:"你他妈骂谁呢?不想接,我挂了啊?"

卢辉赶紧停车道歉:"哎哟哟,林老板!该死该死,我正给您打电话呢。您说!"

林小亮通知他:"晚上七点,我姐约你在舰桥影城纽约厅见面。"

卢辉连声答应着:"好的好的,请告诉你姐姐,我准时去。谢谢林老板!"

林小亮:"我姐目标太大,认识人多,你别让人给盯上了,影响不好。明白啦?"

卢辉点头如鸡啄米:"明白明白,这个我懂。咱也是老鬼了。哎,您换手机了?"

林小亮说了句:"我手机没电,用我姐的。"随即挂断电话。

卢辉轰的一声把车开走,顿觉天高地阔,心情舒畅,把小调哼得有滋有味。

十 海州大厦广场。暮。外。

鼓乐齐鸣,彩旗飘飞,鞭炮炸响,花灯怒放。海州大厦一派喜气洋洋。

一辆辆高级轿车接踵而至,达官贵人衣冠楚楚地走下汽车。

郭小鹏春风满面地率刘眉和汪静雯两位女将及酒店员工笑迎嘉宾。

加长红旗轿车徐徐驶入欢乐的人海,金市长气宇轩昂地走下汽车,被记者们包围。

拍照的,拍电视的,拍马屁的蜂拥而至,郭小鹏忙上前解围,将市长引入大堂。

李新建坐在远离人群的三菱越野车里,冷眼观望着眼前这浮华的场面。

他自言自语:"眼见你起高楼,眼见你宴宾客,眼见你楼塌了。"

十一 海边荒原芦苇荡深处。暮。外。

残阳如血,冷风萧瑟,苇海涌波。芦苇荡深处的冷水坑杀机四伏。

强民扛着木箱子,在落日余光中穿过苇丛迎面走来,浑身落满了金辉。

冷水坑是一小块苇中空地,四周芦苇如黑墙耸立,强劲的秋风吹落片片黄叶。

强民已预感到危机即将来临,放下木箱,警惕地聆听着四周的动静。

身后突然"扑棱棱"一声巨响,强民就势卧倒,却见一只硕大的野鸟飞去。

一场虚惊。强民慢慢坐起,摸出一支压扁的劣质香烟。

十二 海州大厦宴会大厅。暮。内。

庞大的管弦乐队开始演奏传统中国乐曲《茉莉花》,长方形餐桌上堆满了美味佳肴和各色名酒;侍者穿梭如云,宾客笑语欢声,整个大厅洋溢着喜庆的气氛。

郭小鹏率汪静雯和刘眉等助手陪着以金市长为首的一大群政府官员及社会名流端着鸡尾酒谈笑风生,各新闻媒体记者趋之若鹜,不停地闪灯拍照,气氛祥和而热烈。

李新建端了杯红酒独自站在角落里冷眼旁观,显得与眼前的场景格格不入。

大厦保安部经理向他走过来:"李支队,您不多少吃点儿东西?别客气。"

李新建摇摇头:"您忙您的去吧,别惦记我。"

保安部经理圆滑地:"您是贵客,虽说平时跟大厦没有直接的业务联系,可您的鼎鼎大名如雷贯耳,特别像我们这些搞保卫工作的,对您真是打心眼儿里崇拜。"

李新建不愿听他的无原则吹捧,岔开话问:"金市长旁边那个胖子是谁啊?"

保安部经理虚起眼睛看了看介绍道:"哦,是计经委刘主任。市长左边那位高个子是海关的吴关长,再过去是银行的胡行长,背对我们的那个秃顶是国税局的薛局长。"

李新建看他如数家珍的样子,嘴角露出一丝讥讽的微笑:"真是'冠盖如云'啊!"

保安部经理没听懂:"李支队说什么?"

李新建矜持地:"啊,没什么。"

忽然,郭小鹏率刘眉、汪静雯等人照直向李新建这边走来。

李新建欲回避,但不想"掉价",便拿着空酒杯,斜靠在装饰柱上。

保卫部经理连忙介绍:"董事长,这位是公安局刑警支队的李支队长。"

郭小鹏不提"杨春事件",而只是伸出手:"久仰久仰。"

李新建与之握手:"保安部经理丢了一个字:是'副'支队长。"

郭小鹏真诚而热情地:"李支队的大名,我确实是久仰。您领导并指挥了侦破市区抢劫运钞车案、滨海绑架儿童案、栖村投毒案等海州大案,声名远扬,被誉为'神探'。"

李新建惭愧地:"名不副实。杨秋和吕安被杀案,就是我的一大败笔。"

刘眉眼睛闪了一下,微微颔首;汪静雯大智若愚,望着李新建目不转睛。

郭小鹏神态自如,侃侃而谈:"胜败乃兵家常事。李支队不必心里欠安。我做第一笔生意就被人骗走了三十万元,几乎倾家荡产。我相信李支队的智慧,一定会力挽狂澜。"

李新建:"谢谢董事长的鼓励。这位是?"他忽然不很礼貌地指了指汪静雯。

郭小鹏:"啊,忘了介绍。"他改用郑重的语气:"香港华龙集团的全权代表、海州大厦新任总经理汪静雯小姐。工商学硕士。"

汪静雯在她认为恰当的时候主动伸出手来。

李新建却视而不见,仍对着郭小鹏说:"我从来不和女人握手。"

在场的人都有些惊讶,汪静雯极为尴尬,但也就一瞬间的事。

李新建大概也觉出有些过分,自圆其说:"要说从来,也不太准确。"

郭小鹏很感兴趣地:"这里面有什么故事吗?"

李新建:"一个很乏味的故事。郭老板日理万机,快忙您的去吧。"

郭小鹏:"我真的很想知道。为什么?"

李新建:"很简单。"他仍不看汪静雯,却看着刘眉说:"因为我曾经被女人拒绝过握手。而且这个女人曾经是我的朋友。刘总应该知道,我大概没跟您握过手吧?"

刘眉意味深长地笑了:"或许是我和汪小姐不配和您握手。"

郭小鹏打趣地:"这倒大可不必。拒绝握手,总有其特殊的原因。"

汪静雯始终保持得体的微笑,好像他们在说别人的事。

李新建看看表,忽然开始告别:"对不起,我还有事,告辞了。"

郭小鹏好像很随意地:"那就请汪总代我送行。"

李新建这才把脸转向汪静雯:"不敢劳动汪总大驾。"

汪静雯纯职业性地做了个"请"的手势。

十三 海州大厦广场。暮。外。

汪静雯送李新建走出大堂旋转玻璃大门,走下一步台阶的李新建回过头来。

李新建:"请留步。"

汪静雯默默地看着他,缓缓伸出右手。

李新建双手插在裤兜里,冷冷地说了句:"请原谅,我不能破例。"转身扬长而去。

汪静雯怅然若失,眼里隐含着委屈的泪水。

郭小鹏悄悄出现在她的身后,望着李新建远去的背影,轻轻叫了声:"静雯。"

汪静雯猛然惊醒,但并未回过头去,掩饰地:"董事长。"

郭小鹏柔声劝慰道:"外面凉,你要注意身体。你没事吧?"

汪静雯转过头来,已经恢复了平静:"没事。董事长,咱们回去吧。"

郭小鹏小心地搀了她一把,两人走向金碧辉煌的大堂。

十四　芦苇荡深处冷水坑。暮。外。

天色渐暗,冷风凄厉,苇影狂舞。四周静得有些异样。

破衣烂衫的强民冻得瑟瑟发抖,守着样品木箱来回转悠,不时仰脖观望。

密集的苇丛中,林小亮双手端着装有瞄准器和消音器的小口径手枪,以卧姿瞄准。

残阳余光中走动的强民进入瞄准器十字线中心,枪口微微颤抖。

毕竟是第一次杀警察,林小亮难免紧张心跳,难以瞄准目标。

屏住呼吸再次瞄准,强民的影像被套在瞄准器中央,没有障碍物。

林小亮扣动扳机,发出"噗"的一声闷响。

子弹从强民耳边呼啸而过。野鸟惊飞。

强民应声就地一滚,却并不逃跑,反而迎着枪声方向呈"之"字形迅跑。

林小亮大吃一惊,慌乱中又开一枪;强民又是倒地一滚,迅猛逼近。

虽杀人不眨眼,究竟是公子哥儿,林小亮哪儿见过这种阵势!

林小亮拉下摩托头盔面罩起身仓皇逃跑,跨上隐藏在苇丛中的摩托车狂奔而去。

强民闪电般一跃而起迅跑直追,其惊人的速度宛如丛林中飞驰的猎豹。

林小亮超人的摩托车技术发挥得淋漓尽致,沿羊肠小道急驶如飞。

黑色的苇海掀起狂潮,苇海深处的人车大赛动魄惊心。

强民截取近道箭一般射出苇丛,一个饿虎扑食飞取猎物,可惜扑了个空。

趁强民滚地翻腾,摩托车飞过丈余宽的壕沟,很快驶上海堤大道。

一上大道,摩托车优势尽显,如野马狂奔,霎时不见踪影。

强民追上海堤大道,从地上拣起凶手丢下的英国烟斗,遗憾地挥了挥手。

始终没看清凶手的真面目。强民心潮难平。

十五　城内繁华街道。夜。外。

夜幕降临,街灯通明。繁华大街上行人熙攘,一片热闹景象。

卢辉驾驶破吉普车在车流中穿行,忽然发现一辆三菱越野车远远地跟在后面。

他脑子一转,突然猛打方向盘,拐进另一条街道。

抬眼看看,三菱越野车依然在他的反光镜中。

卢辉感到有些不妙,紧张地思考对策。

他故意放慢了速度,待绿灯即将变成红灯的一瞬间,猛然加速冲过路口。

李新建欲闯红灯,但被横行的车流所阻隔,耽误了一分钟。

卢辉利用这宝贵的一分钟,开足马力与三菱拉开了距离,东拐西钻,神出鬼没,将车开到一家大型娱乐城外的停车场内,迅速下车混入人群,很快就不见了踪影。

片刻,三菱越野车飞驰而至,李新建几乎是凭本能跟踪到娱乐城。

他把车停在娱乐城门口,追进大门。

十六 娱乐城内。夜。内。

大型娱乐城地上地下好几层,各种娱乐设施齐全,宛如迷宫。

卢辉快步穿过人山人海的电玩厅、劲歌狂舞的迪斯科广场、健影如飞的旱冰场、歌声起伏的卡拉OK包房,捉迷藏似地从楼上跑到地下,钻进一间废弃的女厕所不见了。

李新建嗅着卢辉的气息跟踪而至,目标忽然消失,开始推门乱找,闯进一间卡拉OK包房,里面漆黑一团,他打开手电照射。

两名穿着很暴露的小姐赶紧用手遮脸,一男客人也埋下头去。

另一男客却冲上来将李新建的手电打到一边:"你他妈瞎照什么?"

李新建没工夫与他废话,扭头就走。

男客不依不饶地揪住他的皮茄克后领:"你他妈看完西洋景就走?"

李新建只好解释:"我是警察,执行紧急公务。"

男客揪住不放,口吐狂言:"你警察算他妈老几?给老子跪下道歉!"

李见此人已不可理喻,反手给了他一倒拐。

男客捂住鼻子,踉跄倒退到沙发上方才止住。

十七 娱乐城后门外一条阴暗小巷。夜。外。

卢辉溜出娱乐城后门跑到大街上,挥手拦了辆出租车迅速离去。

十八 城外海堤大道旁一小商店。夜。外。

强民气喘吁吁地拿起柜台上的公用电话,拨通李新建的手机。

强民:"大侄子,俺是你铁柱叔啊。俺刚才险些遭人暗算,情况有变啊!"

李新建的声音:"谁暗算你?"

强民:"没看清楚啊。大侄子在哪儿呢?"

李新建:"我正找卢辉呢。你他妈别一口一个大侄子的占便宜!你马上回加工厂去,卢辉已经进了城,那里现在群龙无首,你赶快回去把他们稳住,等候总攻命令!"

强民还想说什么,对方已经挂了电话。

十九 舰桥影城纽约厅。夜。内。

银幕上正在放映美国大片,激烈刺激的追车枪战场面震人心魄。

卢辉的身影出现在放映厅门口,摸着黑东张西望,见看客寥寥无几,多为成双成对的情侣,根本没有"姐姐"的踪影。看看表,已接近七点半,不觉低声骂起娘来。

忽然手机响了,卢辉打开一看,是个似曾相识的号码,赶紧溜出放映厅接听。

果然是个年轻女子的声音:"卢老板吗?我在西二环'公子酒吧'等你。"

卢辉顿觉全身酥软,刚叫了声:"姐姐!"对方已挂了电话。

二十 公子酒吧。夜。内。

灯光昏暗,气氛暧昧,烟雾弥漫,音乐低沉,同性恋者如幽灵出没,鬼影婆娑。

刘眉独自坐在阴暗的角落里,黑衣黑裙、黑帽黑镜,更衬出肌肤雪白,摄人心魄。

卢辉被一个涂膏唇、文眼线的女性化少年领到刘眉面前。尚未落座,立刻被刘眉的惊人美艳吸引,贪婪的目光神不守舍地大胆"抚摸"着她那过分暴露的乳胸。

少年给卢辉送上一杯色彩斑斓的鸡尾酒后,妩媚地一笑,扭着腰肢离去。

卢辉毕竟自惭形秽,搓着大手讨好地问:"我怎么称呼你?"

刘眉摘下墨镜,嫣然一笑:"你不是叫我姐姐吗?"

卢辉连连点头:"对,叫姐姐。没想到姐姐喜欢同性恋酒吧。"

刘眉挑逗地一飞眼:"谁也没说这地方异性恋不许来呀?"

卢辉立刻上了道,眼珠又开始盯着刘眉胸部乱转:"姐姐皮肤真白。"

刘眉嗔道:"眼睛老实点儿!"

卢辉胆子大起来:"就见姐姐一回,心里憋得难受。咱们玩玩?"

刘眉秋波闪动地低声说:"你也不看看,这是玩的地方吗?"

卢辉用手指指:"旁边开个房间?这地方我熟。"

刘眉正色:"那怎么行?我是有身份的人。"

卢辉猥亵地笑了:"有身份也有欲望啊!姐姐看我怎么样?"

刘眉不屑地:"看你也是个银样镴枪头,中看不中用。"

卢辉越发欲火烧心:"是骡子是马,拉出来遛遛?"

刘眉认真地:"你要真有心,咱们找个海滨别墅待会儿?"

卢辉突然觉得好事来得太快,一时沉吟起来。

刘眉眉梢一挑:"怎么?不敢?"

卢辉色胆陡增："谁不敢？宁做花下鬼，死了也风流。走！"

刘眉："等等。你去花水湾要一幢别墅，然后打电话告诉我房间。"

卢辉疑虑地："咋的？还不一块儿去？"

刘眉："我在海州认识人太多，不能多露面。"

卢辉阴沉地盯住她的脸："姐姐不会耍我吧？我可是属猫的，毛不能倒着捋。"

刘眉娇媚地嗔道："煮熟的鸭子还能飞呀？快去呀！"

卢辉疑疑惑惑地起身离开，叮嘱道："你可快点儿，啊？"

刘眉含情脉脉地点头，待卢辉消失后，立刻拿起手机拨号。

二十一 高级电梯公寓林小亮住宅。夜。内。

林小亮独居的豪华套房内，空无一人的客厅突然响起电话铃声。

惊魂未定的林小亮正躲在浴室里照镜子，用药水涂抹脸上的挂伤。

电话铃声使他又紧张起来，犹豫了好一阵，才拿起壁挂式电话："谁呀？"

刘眉的声音："你马上开车到花水湾温泉度假村门外等我。"

林小亮："姐，你没事吧？"对方已挂断电话。

林小亮赶紧穿衣戴帽，把自己严严实实地包裹起来。

二十二 花水弯温泉度假村某别墅内。夜。内。

树影掩映的别墅小楼透出温柔的灯光，四周空寂无人，冷清而宁静。

刘眉如午夜玫瑰悄然闪入豪华套房虚掩的房门，卢辉迫不及待地扑了过来。

卢辉喘着粗气："小心肝儿，你想死我了！"搂住便要亲嘴。

刘眉挡住他的臭嘴："别急呀，又没人抢你的。跟我做爱得温柔些。"

卢辉显然不会温柔，欲火难耐地："不就那么回事儿吗！还能玩儿出什么花儿来？"

刘眉撅起嘴巴做生气状:"那你也得洗一洗啊!"

卢辉抱着不肯放手:"我又不脏。"

刘眉:"你成天花街柳巷出出进进,还能不脏?"把他往浴室里推。

卢辉边脱衣服边嘟囔:"跟知识分子做爱真他妈麻烦!"进了浴室。

片刻,浴室里响起哗哗的水声和男人愉快的歌声。

刘眉用戴着黑丝手套的手往酒杯里倒了些白色结晶体,使之溶化在酒液中。

二十三 温泉度假村外。夜。外。

黑色凌志轿车悄悄沿着度假村外的小马路无声地滑行,渐渐跟上一位在暗夜中独行的黑衣黑裙女人;待女人上车后,噪声极低的黑色轿车慢慢加速,消失在漆黑的夜幕中。

二十四 西山别墅。夜。内。

皮鞋轻轻踩着木质地板楼梯走上二楼,郭小鹏推门进入母亲的卧室。

母亲仍独自躺在沙发上看电视,见儿子进来,笑着点了点头。

屏幕上仍是母亲年轻时优美动人的扮相,却听不见声音。

郭小鹏默默地蹲在母亲面前,如远方归来的游子。

母亲温柔地抚摸着儿子的秀发,轻声问:"孩子,记得今天是什么日子吗?"

心事重重的郭小鹏摇了摇头,似乎显得很累。

亲母慈祥地:"一定是遇到了棘手的事,否则不会忘的。"

郭小鹏恍然大悟:"啊,今天是爸爸的忌日。"他跪在了母亲面前。

母亲:"是啊。他已经走了三十四年了。我也黄泉路近了。"

郭小鹏伸手去捂母亲的嘴,眼里含着泪水。

母亲把儿子的手握在自己手中:"你的手跟你爸爸一样,又软又细,讨女人喜欢。"

郭小鹏不想惊动母亲的回忆,便把脸放在母亲腿上假寐。

母亲绵绵的话音近在耳旁:"公司添新人了?"

郭小鹏略感惊讶地抬起头来:"妈妈怎么知道?"

母亲审视着儿子:"是个女的?"

郭小鹏点头。

母亲:"很漂亮?"

郭小鹏笑了:"妈妈真是料事如神,诸葛亮似的。"

母亲也笑起来:"妈哪儿是诸葛亮啊,不过多活了几年,把事情看得透些。"

郭小鹏:"妈妈能把看人看事的办法教给儿子吗?"

母亲:"一个男人活在世上,要过两大关:一个是金钱关,一个是女人关。"

郭小鹏:"金钱和女人对我都不重要。我过不了自己这一关。"

母亲语重心长:"你有钱,你也不在乎钱,这妈都知道。可你没有女人,这,妈也知道。妈最担心的是,你从小就过着一种黑暗的内心生活,长时间地忍受着一种精神上的折磨。可你又继承了你父亲的悲剧性格,似乎永远也无法解脱。只有女人,才能抚慰你心灵的创伤。可你没有。刘眉对你不合适。你的要求太高。这个女人,她究竟在哪儿呢?"

母亲的话轻柔悦耳,却如重锤砸在儿子的心上。

郭小鹏仰起脸来看着母亲,仿佛要从她脸上找到心灵的答案。

母亲捧住儿子的脸:"鹏儿,妈这辈子对不住你。妈把你带到林家的时候,你才五岁。有一次,林小强和你打架时说了句:你别穿我爸爸买的鞋。你立刻脱下来扔了过去。从此一直穿我做的布鞋。从这件小事,妈就看出你的性格来了。妈真是高兴啊!"

郭小鹏被刻骨铭心的往事所触动,把头埋进母亲的怀里。

母亲像哄婴儿一样轻轻拍打着儿子的后背:"孩子,你太累了,睡吧。妈将不久于人世,往后的日子让谁来陪伴你呢?没见到这个可心的人儿,妈是死不瞑目啊!"

郭小鹏在母亲的怀里悄悄流下了眼泪。

二十五　花水湾温泉度假村。夜。内。

午夜的黑暗中响起惊心动魄的警笛声,几辆警灯闪烁的警车从海滨大道飞驰而过。

以三菱越野为首的警车队开到别墅楼前,李新建率刑警们冲进二楼豪华套间。

强烈的灯光照射下,只见卢辉赤身裸体地死在床上。

李新建看了一眼,便阴沉着脸走出房间,站在过道里抽烟。

线索又被掐断,而且掐得这样迅猛和及时。

穿白大褂的法医和技侦人员勘查现场。刑警们紧张地进进出出。

李新建走进卧室冷冷地问:"怎么死的?"

法医:"初步鉴定是吸食冰毒过量,导致心肌梗死死亡。"

李新建略感惊讶:"冰毒?什么时间?"

法医:"大约一小时前,最多不超过两小时。"

技侦人员:"看来是个老手,现场没有留下任何毒品痕迹。"

刑警甲:"服务小姐和保安报告,曾见过一个黑衣黑裙的女人。"

刑警乙补充道:"这个女人很神秘,像个幽灵。"

李新建拿起卢辉脸旁的枕巾,发现上面隐约有一块口红的擦痕。

李新建又使劲抽了抽鼻子,嗅到一种特殊的气味。

刑警甲:"可能是妓女。"

李新建深沉地:"妓女有用上千块钱口红的吗?她们更用不起几千块钱的香水。"

二十六　海边荒岛。晨。外。

全副武装的特警部队在直升机和快艇配合下猛扑制毒黑窝,岛上响起激烈的枪声。

武装直升机在低空盘旋,用高音喇叭反复喊话:"岛上的人注意!岛上的人注意!你们已被包围!你们已被包围!马上放下武器!马上放下武器!"

从梦中惊醒的马仔和打手们慌成一团,几名武装人员冲进工棚大屋:"警察来啦!"

打手们企图组织反抗,突然被强民的铁拳打得东倒西歪。

强民端起双筒猎枪大喊:"都不准动!我是警察!

一大汉举起自制手枪向强民瞄准,被强民"轰"地一枪击中面部。

硝烟飘散,大汉浑身鲜血捂着满脸枪眼倒下。

强民:"放下武器!原地抱头蹲下!"

武装人员纷纷扔下手中武器,抱着脑袋蹲在地上。

几十名来不及穿衣服的马仔也抱头原地蹲下。

特警部队冲进工棚大屋,李新建一把抱住强民:"干得好!"

强民急着从李新建兜里掏出"红塔山":"快给我根儿好烟!把老子馋死了!快!"

李新建给他点烟后闻闻他的衣服:"你身上怎么这么臭?"

强民吞云吐雾:"有香艳的活儿,还能让我去干?你自己早干了。"

他们走出大屋来到海边,特警部队将"俘虏"们押上大船。

李新建打量着强民:"昨天被人暗算,没伤着碰着?"

强民:"开枪的大概是个新手,打不准不说,胆儿小得像兔子。"

李新建笑笑:"难道你想碰到一个老手?"

强民:"可惜没看清他的脸。那小子摩托技术不错,跑得比兔子还快。不过跑了和尚跑不了庙,我拿到了他丢下的英国烟斗。抓到卢辉,人证物证俱全,那小子跑不了。"

李新建脸色暗淡下来,猛吸一口烟说:"卢辉死了。"

强民并不惊讶,只是有些遗憾:"我估计也差不多:他们既然敢对我这个警察的大案队队长下手,卢辉也肯定活不成。看起来,对方真是一台庞大的杀人机器啊!"

李新建攥紧了拳头:"他妈的!一定要把这伙黑帮消灭掉!"

二十七 市公安局会议室。日。内。

张啸华主持案情汇报会。会议室里烟雾弥漫,显然会已经开了很久。

李新建发言:"既然张局让大家畅所欲言,我就再强调一下我个人的观点。大家知道,麻黄素是制造冰毒的基本原料。这次破获的麻黄素地下加工厂,规模虽不小,但它仅仅是个粗加工的手工作坊。我相信:在海州,必定有一个更高规格的地下冰毒制造中心。"

张啸华反问:"为什么一定在海州呢?"

李新建:"麻黄素是国家控制的特殊药材,主要产地是我国的西北部。从外地大批量地运往海州,可以利用海州某些大型制药企业的正当需求作为掩护;而某些大型制药企业本身就具备了研制、试验、加工、生产高纯度冰毒制品的资金和技术条件,完全可以堂而皇之地公开制造毒品。可以想象,那是一种多么可怕的情景!"

李新建的分析和判断新颖而大胆,引起与会警官们强烈的反响。

张啸华一直板着脸听他讲话,但眼里隐约闪动着欣赏的光辉:"你也不用说'某些',直接点海州药业集团的名就行了。你的观点很有创造性,但想象不能代替事实。如果将来事实证明你的想象完全正确,我会为你请功。怎么样?强民还有什么意见?"

强民:"李支队的意见值得重视。卢辉的老板是个年轻漂亮的女人;袭击我的凶手很可能是林小亮。杨秋、吕安、卢辉相继被害,刘眉和林小亮都留下诸多疑点,所以我认为,目前虽不敢说海州药业集团涉嫌毒品犯罪,但至少与这几起凶杀案有关。我建议,以'故意伤害'嫌疑拘捕刘眉和林小亮,打开缺口。'王子犯法,与庶民同罪'嘛。"

张啸华笑了:"看来两位队长对我有些意见。'王子犯法,与庶民同罪',但'王子'毕竟不是'庶民',他牵涉到很多人和事。一个贪污公款的科长被判刑,其社会影响肯定不如陈希同、王宝森、胡长清、成克杰等巨贪那么大。因此必须慎重,一定要重证据。"

李新建:"如果不把海州这个毒瘤连根挖掉,我们就是对人民犯罪。"

张啸华:"切除肿瘤当然要除恶务尽,但不要把原本健康的部位也一起切除掉。我也再次强调:必须遵守纪律,服从命令,在局党组统一部署和统一指挥下实施破案。"他改用轻松些的语气:"破获麻黄素加工厂是一个重大胜利,局里将为有关人员请功。用毛主席的话说:这只是万里长征走完了第一步。拘捕刘眉和林小亮,时机还不成熟。散会。"

李新建忽然举起右手:"局长!我要求与郭小鹏正面接触。请指示。"

张啸华略一沉思:"可以。"

二十八　舰桥影城香港厅。夜。内。

银幕上正在放映香港爱情喜剧片,偌大的放映厅里散坐着屈指可数的几对看客。

刘眉和林小亮紧紧依偎着坐在后排靠边的沙发里窃窃私语,宛如一对情侣。

林小亮:"真他妈危险,差一点就玩完了,吓得我今天连车也没敢开。"

刘眉:"这次你立了大功,否则起码你我就被那帮警察一锅端了。"

林小强又得意起来:"都说你们女人直觉敏感,老爷们儿也不弱。我一听说来了个大个子,立刻就联想到那个大案队队长,要不是因为天黑视线不好,他早见阎王去了。"

刘眉喃喃自语:"没有家鬼送不了家人。堡垒是最容易从内部被攻破的。"

林小亮一惊:"你的意思是,咱们公司内部有内奸?"

刘眉视而不见地望银幕："我怀疑在公司高层,隐藏着一个警方的卧底。"

林小亮："比咱们俩的位置还高？"

刘眉深沉地摇头："如果真是那样,海州药业就完了。"

林小亮忽然凑近她低声笑着问："你该不会怀疑是董事长吧？"

刘眉把他一推："都什么时候了,你还有心思开玩笑。"

林小亮："那你怀疑是谁？"

刘眉："难道你就想不出一个怀疑的对象？"

林小亮倒吸一口冷气："汪静雯？"

刘眉："你还没傻到被人卖了还帮着数钱。"

林小亮不敢相信地："她可是香港老板的大红人啊！"

刘眉刻薄地："鬼知道她是老板的什么人。鬼知道她的老板又是什么人。"

林小强不以为然地："就算她是卧底,也不知道毒品的事啊？"

一个穿风衣、戴口罩的男人悄悄坐到离他们不远的后排座位上,一动不动。

刘眉忽然烦躁地挥挥手："算了,不说她了。本来外面催货催得就紧,让雷子这么一闹,两个多月的辛苦全泡汤了。还得想办法去搞原料。"

林小强："还上甘肃？"

刘眉："甘肃不能去了。我想去趟新疆。"

林小亮："去新疆？找铁孜？"

刘眉点头："这家伙手里有经过粗加工的半成品,拿来直接就能用。"

林小亮："你认识铁孜吗？听说这家伙贪财好色,心狠手辣。你对付得了吗？"

刘眉："你们男人哪个不贪财好色？这倒正好可以利用。"

林小亮："警察早就注意你了,你恐怕出不了海州。"

刘眉胸有成竹地："我有我的办法。咱们走。"

两人悄悄起身,互相拉扯着摸黑向门外走去。

坐在离他们不远的后排座位上的男人慢慢摘下口罩。是杨春。

第六集

一 海州药业集团总部大楼。日。内。

　　三菱越野车开到总部大楼门前,穿警服的李新建和强民下车走进大楼。

二 海州药业集团总部总裁办公室。日。内。

　　两位警官在秘书的引导下,踩着厚厚的地毯走过楼道进入总裁办公室套间。

　　郭小鹏从大班桌后起身迎客:"不知两位警官驾到,有失远迎。请坐。"

　　李新建和强民坐到沙发上:"事先没通报,打扰董事长工作。"

　　郭小鹏:"无事不登门,谈不上打扰,愿听李支队指教。"

　　秘书端来两杯碧绿的龙井香茶后,躬身退出。

　　强民打量着豪华气派的办公室:"您这儿的警卫,比公安局的大门把得都严。"

　　郭小鹏:"中国的企业,无论大小公私,都有自己的特点。需要应酬的人和事实在太多,有时连思考问题的时间都没有。"他回到大班桌后坐下:"两位警官有何见教?"

　　李新建:"例行公事吧。"他开门见山地说:"我们正在调查一个毒品案,此案牵涉到贵集团公司所属的四星级酒店海州大厦。不知董事长对海州大厦发生的事清不清楚？"

郭小鹏："不太清楚。海州大厦发生了什么事？"

强民反问："难道海州大厦最近没发生过什么事吗？"

郭小鹏："我确实不太清楚，愿听指教。"

强民："打个不恰当的比方：儿子出了事，做父亲的好像不应该不知道吧？"

郭小鹏："我是海州药业的董事长兼总裁。我管理的是一个庞大的现代化企业；我关注的是整个企业的生死存亡和发展方向。没必要、也不可能事必躬亲，代替集团所属企业领导或部门经理分管的工作。我想，张啸华局长也不一定清楚你们每天的具体侦破工作。"

李新建："从杨秋和吕安被杀，到卢辉的地下加工厂被破获，许多线索都与海州大厦甚至海州药业某些背景有关。因此我们认为，有必要提前向董事长打个招呼。"

郭小鹏起身送客："感谢你们对我的信任。我会全力配合警方的调查。"

李新建："谢谢董事长的支持。今后我们可能会经常打扰。"忽然提起一个"题外"的话题："顺便问问，在海州药业的产品中，有没有需要使用麻黄素做原料的药物？"

郭小鹏面不改色："海州药业生产的药品达数十种之多，某些神经性药物也许会使用麻黄素做配料。即使需要这些原料，也会通过正常渠道进货。麻黄素是国家管制药物。"

李新建伸出手来："非常感谢。请董事长留步。"

郭小鹏送到门口时补充道："有关海州大厦的事宜，你们可以直接去找汪静雯总经理，集团董事会已委托她负责全权处理有关海州大厦的一切事务。恕不远送。"

两警官离去后，郭小鹏脸色阴沉地快步回到办公室，按对讲器命令秘书："请费总、汪总、刘总和林总马上到我的办公室来。"

三　三菱越野车上。日。内。

强民驾驶方向盘,李新建坐在旁边的座位上,把靠背放到最低限度。

强民:"我一看你这模样,就有我是轿夫、你是地主老财的感觉。"

李新建:"别人想抬还抬不上呢。说说对郭小鹏的印象。"

强民:"人挺实在,骨子里难说。我倒没看出什么问题来。"

李新建:"你是大案队队长,郭小鹏不犯案则罢,要犯就是大案。你既然看不出问题来,那就证明他没问题了。但前提要是错了,就全盘皆错。你怎么知道他没问题呢?"

强民:"他又生产'戒毒灵',又办戒毒疗养院,怎么可能再去制毒贩毒呢?"

李新建:"现象掩盖本质。天衣无缝的反面往往是事实的真相,要学会逆向思维。"

强民:"这太离谱了吧?堂堂海州药业集团的董事长是海州最大的毒枭?"

李新建固执地坚持着推理和想象:"麻黄素提取物必须经过加工和研制才能变成冰毒,而这一复杂的工艺流程,又必须依托于专业人才和高科技企业。郭小鹏具备这个条件。"

强民:"局党组要的是证据,而不是推理和想象。"

李新建:"刑侦是技术,也是一门艺术。没有推理和想象,就不会出现侦破的奇迹。"

汽车驶过高新区宽阔的大道,海州药业的巨幅路牌广告赫然醒目。

强民:"海州药业每年的广告费就是好几千万,这说明郭小鹏并不缺钱,至少不缺支持企业滚动发展的再生产资金。你看咱们抓住的毒贩子,哪个不是为了钱才豁出命干的?"

李新建:"缺钱不缺钱是相对的:你缺的是给自己买房买车,给儿子上好学校,给太太情人买时装首饰的小钱。这钱他当然不缺,他要缺就是缺大钱。"

强民:"你也别认为有钱就一定是坏人。我就希望有钱。"

李新建突然想起了什么:"我刚才在郭小鹏的办公室里看到一张相片,相片上的林小亮手里就拿着一只深棕色的英国烟斗。用强队长的话说:海州用这玩艺儿的人不多。"

强民立刻来了情绪:"是吗?我怎么没看见?"

李新建:"这就是为什么我是支队长,而你是大案队队长的原因。"

强民:"可咱们也不能光凭一个烟斗就抓他啊?"

李新建:"当然不能光凭烟斗。除了烟斗,他浑身都是尾巴。"

四 海州药业集团总部总裁办公室。日。内。

费经纬、刘眉、汪静雯、林小亮等正襟危坐,聆听董事长训词。

郭小鹏满面怒容,在屋子里来回走动:"海州药业是海州乃至全省最大的民营企业,是全省医药系统的先进文明单位。'木秀于林,风必摧之'。作为董事长和总裁,我每天都三省吾身,有时甚至要数省,悬梁刺股,居安思危,战战兢兢,如履薄冰,生怕有一点点差错,对不起全公司两千多位员工,对不起各位董事和股东,对不起政府和公众给予我们的极高的信任。可现在呢?现在是'山雨欲来风满楼',公安局竟然查到我的头上来了!"

费经纬有些紧张,汪静雯和刘眉却比较平静,林小亮则是一副无所谓的样子。

郭小鹏忽然目光炯炯地转向林、刘二人:"那个招惹是非的毒犯吕安是怎么混进集团内部来的?居然窃取了海州大厦副总经理的重要职位,使我们的企业蒙受了巨大的名誉损失,这是刘眉和林小亮两位总裁助理的严重失职!吕安的副总经理不是你刘总提的名吗?吕安本人不是你林总的'铁哥们儿'吗?你们就是这样给我这个总裁当助理的吗?!现在我宣布:从即日起,刘眉和林小亮两位总裁助理停职反省,配合公安部门澄清事实,消除影响,彻底解决海州大厦遗留的问题。今后发生的事,由汪静雯总经理全权负责处理。"

费经纬点头赞成,汪静雯不动声色,刘眉和林小亮忍气吞声。

郭小鹏乜斜着林小亮:"这里是无烟区,你把烟掐了。"

林小亮正叼着英国烟斗吞云吐雾,见郭如是说,只得把烟灭掉。

郭小鹏不依不饶:"身负重任,就要有责任感,别成天吊儿郎当的,玩物丧志。"

林小亮不服地收起烟斗:"我本来就没志,想丧也没得丧。"

郭小鹏提高了声音:"这像一个企业领导人说的话吗?"

林小亮还想说什么,被刘眉用眼色制止。

汪静雯说话了:"董事长的苦心我完全理解。但我个人认为,目前海州警方并未掌握海州大厦涉嫌毒品犯罪的确凿证据,而只是怀疑和试探,因此我们大可不必风声鹤唳,草木皆兵,而应该沉着镇定,静观事态的发展,维护海州大厦和海州药业集团的声誉。"

郭小鹏赞赏地望着汪静雯微微点头,眼里隐含着特殊的感情。

汪静雯继续发挥:"怀疑一切,本是警察的职业病。但现在的中国是法制社会,一切都要以事实为依据,以法律为准绳。我建议,这件事到咱们这个范围为止,不要再扩散了。否则又是毒品,又是凶杀,谣言也会杀死人,将给企业带来不可弥补的损失。"

郭小鹏:"汪总的意见很好。此事到此为止,大家要严格保守机密。"

刘眉怀着"毁了才好呢"的心情说:"恐怕想封锁也封锁不住。就是咱们不说,你能封住公安局的嘴吗?我和小亮不明不白地被停职反省,本身就会产生负面影响。"

郭小鹏打断刘眉的话重申:"两位总裁助理停职反省,从现在开始执行。有关海州大厦的日常业务工作,由汪总全权对董事会负责。有什么问题,请汪总直接向我汇报。"

刘眉忍无可忍地站起身来:"我最近身体不太好,家里也有些事,我请求休假。"

费经纬劝解道:"刘总不要意气用事嘛。"

刘眉冷笑:"这根本谈不上。明天董事会就会收到我的病假证明。"说完大步离去。

门重重地一响。郭小鹏旁若无人地拿起电话机。

五　夜总会歌厅包厢。夜。内。

一服务生托着两瓶洋酒穿过长长的卡拉OK包房过道,走进灯光幽暗的包厢。

包厢里烟雾弥漫,林小亮和几个哥们儿喝得烂醉,正与陪酒小姐们胡闹。

林小亮高举酒杯和哥们儿碰杯:"来,干!"

哥们儿甲:"亮哥,你已经喝高了。"

林小亮:"老子今天挨了训,心里高兴,就想往高里喝!"

哥们儿乙把酒瓶重重地往桌子上一顿说:"谁敢训亮哥,我废了他!"

林小亮瞪眼质问道:"你他妈想废谁?"

哥们儿乙丈二和尚摸不着头脑:"废那训你的人呀?"

林小亮也把酒瓶重重一顿:"你知道训我的谁吗?是我二哥!老子愿意!怎么着?"

哥们儿甲赶紧打圆场,把自己怀里的小姐往林小亮身上推:"亮哥,咱们换着玩玩?"

林小亮来了兴致:"对。换!大换班!爷们儿换换口味儿!"

两名新换过来的小姐立刻贴在醉醺醺的林小亮身上,媚态百出。

小姐甲:"咱们能不能再要一瓶洋酒?要最好的!"

林小亮口齿不清地说:"我知道你们喜欢的是大爷的钱。"

小姐乙:"大爷这是什么话?"她重重地亲了林小亮一下:"我们喜欢大爷的人。"

林小亮脸上满是血红的唇印:"说说看,你们喜欢大爷,到底喜欢什么?"

小姐甲:"喜欢大爷年轻漂亮,满身的男人味儿。"她也重重地亲了林小亮一下。

林小亮伸手抹了一把,脸抹得又红又花:"臭娘们儿!你们想在大爷脸上盖满了图章,好让我太太跟我吵架?我告诉你们,大爷没有太太,光棍一条。"

　　小姐乙把酒送到林小亮嘴里。林小亮发出很响的声音,把酒吸了进去。

　　小姐甲撒娇地:"再来一瓶 XO 嘛?人家已经第二回求你了。"

　　这个"求"字让林小亮豪气顿生:"来两瓶!"把两个小姐搂得更紧,酒气喷在人家脸上:"我知道你们可以从酒钱里提成。提!大爷有的是钱。想不想到大爷家里看看?"

　　两位小姐同时娇声抢答:"当然想啦!"

　　林小亮甩出整整一万元没拆封的崭新钞票,大声喊道:"给老子买单!"

六　夜总会门外。夜。外。

　　穿便衣的李新建和强民避开灯光,将三菱越野车停在夜总会对面的阴影里。

　　强民:"我媳妇问我:'现在歌厅里那么多妖里妖气的女人,花不了几个钱,就可以把她们带走,你干过这事吗?'我说:'我是警察,明令规定警察不能去歌厅。'她非要刨根问底:'你要不是警察,去不去?'我说:'不去。原因是不敢。'她可能是想听点我爱她之类的甜言蜜语,因此很失望。我就说:'不敢是什么?不敢就是觉悟。'那小子出来了。"

　　李新建扭头一看,见醉得东倒西歪的林小亮在两小姐搀扶下,上了丰田越野车。

　　强民:"怎么样?现在正是时候。动手吧?"

　　李新建:"现在动手,你可抓不住他的把柄。等他把女人带回家,嫖娼就成立了。"

　　忽见一小姐从车上退出来:"我不想去了。"

　　林小亮追下车来,一把抓住小姐的头发强行拉上车去:"你给老子上来吧!"

　　丰田越野车轰然启动,林小亮把车开得左右摇摆,一溜烟驶去。

李新建和强民对看了一眼,发动三菱越野车尾随而去。

七 舰桥半岛郭小鹏住宅卧室。夜。内。

身穿睡衣的郭小鹏将一碗微烫的参翅汤端到刘眉床边,柔声道:"来,喝点汤。"

刘眉负气地把脸扭过去:"我不喝。你给想喝的人端去!"

郭小鹏一边用金质小勺晾着汤,一边轻轻吹去热气,娓娓动听地讲道:"从前,有个人去拜佛。没想到他刚一拜,佛就要从神坛上往下走。慌得他赶紧磕头如捣蒜,嘴巴里不停地说:法地若动,一切不安。法地若动,一切不安。这才把佛给稳住。"

刘眉"噗儿"地一笑转过脸来:"你就是佛。你就是佛。佛可是从来不近女色。"

郭小鹏笑容依旧,但语气却渐渐严肃起来:"佛不近女色,那他又是从那儿蹦出来的呢?让你和小亮停职反省,实在是我的良苦用心。从杨秋到吕安到卢辉,毕竟是一条条原本鲜活的人命,我要是警察,能不怀疑和控制你这个海州大厦的总经理吗?如果你继续分管和参与大厦的事务,万一再出条人命,我怎么向警方交代?把你从是非窝子里摘出来,给你一些更大的自由和空间,让你承担更重要的业务,难道我这样做有什么不妥吗?"

刘眉渐渐转怒为喜,目光也变得温柔而多情。郭小鹏亲自喂她喝参汤。

郭小鹏:"怎么样?还要摔我的门请病假吗?我保证批准。"

刘眉娇嗔地靠在他怀里:"明知道你说的不是真话,可我就是爱听!"

郭小鹏拍拍她的背:"好了,去洗个澡,我还有重要的事情要交代给你。"

刘眉抱住他的脖子深情地吻了一下:"等着我。"起身下床向浴室走去。

八 高级电梯公寓大楼。夜。外。

丰田越野车和三菱越野车停在大楼门前,四周一片宁静。

九　林小亮住宅门前。夜。内。

　　李新建按动可视门铃,响了好几声,里面才有了反应。

　　林小亮通过对讲器粗声问:"谁啊?半夜三更敲老子的门!"

　　强民没好气地:"警察。"

　　林小亮骂道:"你冒充别的动物不行,非冒充臭雷子!"

　　强民把铜质警牌放到猫眼跟前:"睁开你的狗眼看看。"

　　林小亮不屑地:"就凭这破牌子,吓唬别人可以,吓唬你大爷没门儿。拿搜查证来。"

　　强民火了:"你开不开门?妨碍警察执行公务,你考虑过后果吗?"

　　林小亮不敢骂娘了,但口气仍很横:"爷们儿,没有搜查证,谁也别想进来。"

　　强民退后几步欲撞门,被李新建拦住。

　　李新建:"他这种四个方向的安全防盗门,光靠人力是撞不开的。"他拿出手机命令:"马上派人送一张搜查证到舰桥锦绣花园电梯公寓四栋十五层来。多带几个人过来。"

　　强民摩拳擦掌:"妈的,量这小子也不敢跳楼。"

十　高级电梯公寓大楼。夜。外。

　　一辆奥迪轿车急驶而来,停在大楼门口。

　　一个衣冠楚楚、夹牛皮公文包的中年男子匆匆下车走进门洞。

　　片刻,一辆警车闪烁着警灯接踵而至,停在奥迪轿车后面。

　　几名刑警跳下汽车,冲进单元门洞。

十一　林小亮住宅豪华套房内。夜。内。

　　林小亮虽醉意未消,但已穿戴整齐,跷着二郎腿坐在客厅中央的大沙发上。

　　那位刚进屋的中年男子坐在他身后的椅子上,活像一名翻译或保镖。

　　林小亮:"介绍一下,这位是我的律师韩李法先生。"

律师微微欠身致意,绕过沙发递来一张名片。

林小亮:"你们有什么事,可以跟我的律师谈。"

强民呵斥道:"你少学美国电影那一套。那两个女人呢?"

律师:"请问这位警官说的是哪两个女人?"

强民:"跟林小亮一起进来的两个妓女。"

律师:"是进了这座楼,还是进了这套房?"

李新建:"这有什么不同吗?"

律师高深地:"这有本质的区别。"

强民不等他解释,挥手对刚赶到的刑警们命令:"给我搜。"

律师和林小亮还想说什么,李新建把刚拿到的搜查证举在他们面前。

不过半分钟,强民和刑警就把那两名小姐带回到客厅里。

林小亮仍然毫无惧色,晃着二郎腿冷笑。

律师:"你们并不能证明她们是妓女。"

李新建:"那她们是谁?"

律师这下子无法越俎代庖,只好看看林小亮。

林小亮:"是我的两位朋友。"

李新建:"很熟悉的朋友?"

林小亮:"当然,否则也不会半夜到我家玩儿。"

李新建:"她们叫什么名字?"

林小亮胸有成竹地:"她叫王晶,她叫李丽英。"

李新建:"没记错?"

林小亮:"绝对不会错。"

李新建转向二女严肃地问:"王晶、李丽英,你们的身份证。"

"王晶":"我没带。"

"李丽英":"我也没带。"

李新建:"说出你们的地址,我派人去取。如果欺骗警察,后果自负。"

"王晶"和"李丽英"被李新建给威慑住了,怪怪地从随身小包里拿出身份证。

小姐们在拿证件的时候,包内的避孕套清晰可见。

李新建看了看身份证:"我订正一下她们的姓名。薛二妮?"

"王晶"答应:"是我。"

李新建:"瞿美美?"

"李丽英"答应:"在。"

李新建笑望着脸色发白的林小亮:"林老板大概是酒喝得太多了,把大脑喝糊涂了。即使真是这样,也不该记不住老朋友的名字啊?"他挥挥手:"把林小亮带走。"

律师赶紧挺身而出:"你们不能光凭林先生说错两个名字就抓人吧?"

强民:"林小亮嫖娼证据确凿,必须进行行政拘留。"

律师:"就算嫖娼成立,也是治安警察的事,和你们刑警无关。"

李新建冷冷地:"恐怕不只是嫖娼吧?"

林小亮急了:"你们还想给我安什么罪名?"

李新建一字一句地:"组织、强迫、引诱、容留、介绍卖淫罪。"

林小亮:"我组织谁、强迫谁来的?"

李新建:"你把薛二妮、瞿美美从歌厅带回你家里,这就叫'组织'。瞿美美不愿来,你抓住她的头发把她强拉上车,这就叫'强迫'。有这两条已经足够了。"

林小亮有点急:"我没有组织!我没有强迫!"

李新建:"你知道'组织、强迫、引诱、容留、介绍卖淫罪'可以判多少年吗?"

林小亮的耳朵立刻兔子般地竖起来。

李新建决定给他致命一击:"处五年以上、十年以下有期徒刑,并处罚金。强迫多人卖淫,或多次强迫他人卖淫的,处十年以上有期徒刑或无期徒刑。"

林小亮脸上不要说酒色,连血色都没有了。

李新建:"什么叫'多'?你自己会数数,不用我教你吧?"

强民"咔嚓"一声给林小亮戴上手铐。林小亮求援地看着韩律师。

律师喃喃地："我的专业是经济法，对刑法，尤其是新刑法不太熟悉。"

林小亮骂道："养你们这帮律师有什么用，白给你二十万年薪了。"他把脖子一梗："告诉我二哥，说老子进去了。让他想办法捞我。"被刑警们带出门去。

强民佩服地向李新建翘大拇哥："到底是大学生，刑法条文背得一套一套的。"

李新建："你要用心学学，也不至于穿着警服当法盲了。"

强民："法盲不至于，要学成你那水平可难。兔子能驾辕，谁还养活马呀？"

十二 舰桥半岛郭小鹏住宅卧室。夜。内。

黑暗中响起电话铃声，郭小鹏打开床头灯拿起话筒。

郭小鹏："啊，韩律师。什么事？"

韩律师的声音："董事长，小亮被捕了。"

郭小鹏立刻紧张起来："什么时候？"

律师："刚才。"

郭小鹏："为什么？"

律师："嫖娼。"

郭小鹏松弛下来："是这样。你有什么打算？"

律师："我正在想办法，把他往出弄。"

郭小鹏："要抓紧。不要怕花钱。"

放下电话后，一直旁听的刘眉关切地问："没事吧？"

郭小鹏淡淡地："没事。让他吃点儿苦，也许对他有好处。"

刘眉有些沉不住气："就怕他吃不了那苦，得赶快出面营救，否则凶多吉少。"

郭小鹏："这不正在想办法吗？"

刘眉："他不会屈打成招，胡说八道吧？"

郭小鹏胸有成竹地："不会。我的兄弟我了解。"说完,他关了床头灯。

十三 刑警支队预审室。夜。内。

酒劲儿过去的林小亮像剔了骨的肉一样,瘫在李新建和强民对面的铁椅上。

强民猛地一拍桌子,林小亮却一点反应也没有。

强民怒吼道："林小亮!你坐好!"

林小亮："我坐不好。我有病。"

强民："有病也得给我坐好。"

林小亮："这是我的权利。"

强民："到了这儿,你只有老实交代的权利。"

林小亮："我有沉默权,还有基本的人权。"

强民还要发火,李新建插入道："主动交代问题,对你自己有好处。"

林小亮一副见惯不惊的样子,调侃道："你没听人家说吗?坦白从宽,新疆搬砖;抗拒从严,回家过年。别说我什么也没干,就是干了也不能说。"

强民举起手中一粒亮晶晶的手枪子弹："这东西你总该认识吧?"

林小亮在聚光灯强光下故意眯缝了眼睛问："这是什么呀?"

强民："从你房间里搜出来的手枪子弹。"

林小亮摇头道："我从小听见打枪就害怕,要是有子弹在家里放着,觉也睡不着了。在我屋里搜出子弹?怎么没搜出机关枪迫击炮来?搜出个把女人,人家听了倒相信。"

李新建："这颗子弹,和我们在冷水坑找到的子弹壳属于同一型号和同一批号。况且,你不能提供你当时不在谋杀刑警大案队队长现场的证明。我们将对你提起公诉。"

林小亮无耻地笑笑："那子弹,就不能是强队长自个儿的?想陷害我?没门儿!"

强民怒目圆睁,铁拳紧攥,恨不得把满腔怒火喷向林小亮。

林小亮却浑然不觉,伸手讨要道:"哥们儿,能给一支烟吗?"

强民:"就凭你这态度,还想抽烟?抽风去吧!"

李新建:"香烟没有,烟斗倒是有一个。"他举起那只英国烟斗:"你抽吧。"

一刑警将烟斗递给林小亮,林拿在手里反复把玩,看样子喜不自禁。

林小亮很熟练自如地握着烟斗表示:"这玩意儿我喜欢,英国绅士派头,我家有好几个。没有烟丝怎么抽?你这儿有哈瓦那烟斗丝吗?登喜路的也凑合。那是一种高级享受。"

李新建再次提醒:"这烟斗也是我们在冷水坑现场附近捡到的。"

林小亮感慨:"看来到海边去玩儿的人,都有不低的格调。"

强民一把将烟斗夺回去:"我保证你很快就闻不到任何烟丝的味道了。"

林小亮用轻蔑的身体语言表示他的玩世不恭和破罐破摔。

强民忍无可忍地一把揪住林的长发:"你他妈的跟谁来这套?"

林小亮夸张地嚷嚷起来:"哎哟!警察打人啊?你这可是犯法的!"

李新建赶紧命令刑警:"把他带下去。"

十四 刑警支队办公室。夜。内。

李新建和强民快步走进办公室,摘掉帽子脱去外衣,迫不及待地点火吸烟。

强民磕打着手中的英国烟斗,余怒未消地骂道:"没想到这个公子哥儿还这么难缠。"

李新建把脚放在桌子上,摆成一个很舒服的姿势:"一是咱们没过得硬的证据:光凭一个烟斗、三颗子弹和一个他与卢辉简短的通话记录,想把他拿下,缺得太多。二是这小子认为他有靠山,有恃则无恐。第三,也是最重要的一点,他干了说出来就要杀头的买卖。"

强民:"分析得好。"他掐掉烟头站起身来:"明天再审?"

李新建:"最好一鼓作气,也许就没有明天了。"

强民看着李新建说:"我知道明天说情的就来了,你往我这一推不全结了?"

李新建:"我不怕说情,我是怕命令。上面叫放人,我只有服从的份儿。"

话未落音,电话铃声恰到好处地响起来。

李新建向强民苦笑一下,拿起话筒:"张局长,这么晚了还没睡?这小子又臭又硬,还没有实质性的突破。"他的脸色渐渐开朗起来:"是。随时报告突审结果。再见。"

强民试探地看着他的脸:"怎么着?没让放人吧?"

李新建信心大增,收拾东西起身往外走:"今晚非把他拿下不可!走!"

十五 舰桥半岛郭小鹏住宅卧室。夜。内。

卧室内一片安静,月光穿透薄纱窗帘,洒在地毯上。

床头电话铃声猛响,郭小鹏怒气冲冲地拿起话筒,打开床头灯。

郭小鹏:"谁呀?"忽然换成恭敬而冷漠的口吻:"是您啊?这么晚还不休息?"

电话里传来继父焦躁的声音:"我怎么睡得着?你知道你弟弟出事了吗?"

郭小鹏沉稳地回答:"知道。"

林子烈:"你准备怎么办?"

郭小鹏:"我已经派律师去了。"

林子烈:"光派个律师有什么用?中国的律师能起多大作用,你又不是不知道。"

郭小鹏反问:"您有什么建设性的指示?"

林子烈:"应该通过各种渠道,积极组织营救。"

郭小鹏笑了:"小克又不是为了什么理想主义进去的仁人志士,而是一个因嫖娼被警方拘留的坏人,以什么名义组织营救?要不以您老的名义?"

林子烈哑然,好半天没说出话来。

郭小鹏故意逗他着急:"像他这样被宠坏了的公子哥儿,应该尝尝铁窗的滋味。"

林子烈果然沉不住气了："如果仅仅是嫖娼，被拘留两天，罚两个款，也没什么大不了的。问题的要害是，他们想以强迫他人卖淫罪起诉他，恐怕还有其他连带关系。"

郭小鹏："现在离起诉还远着呢。您别着急，慢慢来，啊？"

林子烈："如果小亮都招了，将来改起来就很困难。一字入公门，九牛拔不转。"

郭小鹏适可而止，敷衍道："我想想办法吧。"

林子烈显然很不高兴："我知道你对我们林家父子有成见，可小亮也是你的血亲。你从来没叫过我一声爸爸，我完全可以谅解；可我总共就这两个亲生儿子，总不能都在你手里给送进大牢里去吧？你要报复，就报复我林子烈，别拿你亲弟弟的小命儿做砝码！"

郭小鹏也火了："您要认为我是报复，那就等着看结果吧！"用力挂断电话。

刘眉在一旁柔声劝道："你发什么火呀？小亮和林小强不一样。"

郭小鹏呵斥："你少提那个劳改犯的名字！"关掉台灯，屋内一片黑暗。

十六　西北某劳改农场犯人宿舍。夜。内。

一轮明月悬挂在铁窗上，照亮了阴暗潮湿的牢房。

通铺大炕上躺着十几名犯人，一个个屏声闭息，合目假寐，不敢大放鼾声。

胡须满脸的林小强端坐离门最远的炕头被窝上闭目养神，一个年轻犯人在给他洗脚。

外面忽然响起铁门开锁声，犯人们悄悄睁开眼睛偷看。

狱警把一个年约三十岁、戴金丝眼镜、白净面皮的知识分子模样的青年男子推进门来："这是新来的四〇八七号，你们腾个地方，把这儿的规矩给他介绍介绍。"

犯人们好奇地打量着新来的伙伴，待狱警锁门离开后，忽地同时起身坐起来。

林小强仍在旁若无人地洗脚,连眼皮也没抬一下。

犯人甲是个身高体壮的西北大汉,上去就给了四〇八七号一个大耳光,把他的眼镜打得不知去处:"管教让我们介绍介绍这儿的规矩。什么是规矩?这就是规矩。"

四〇八七号是个高度近视,眼镜没了,世界一片模糊。他本能地弯腰去摸索。

犯人乙一脚把他踢了个仰面朝天:"规矩没听完,别忙着给爷们儿下跪。"

四〇八七号忍无可忍地质问:"你们凭什么欺负人?"

犯人甲一个强有力的右勾拳:"你还敢顶嘴!"

被打得鼻青脸肿、七窍喷血的四〇八七号不再敢说话了。

犯人乙捏了一下他细白的脸蛋:"哟,该不是个男妓吧?"

四〇八七号连话也说不清楚了,连连摆手:"不,不是。绝对不是。"

犯人甲用手捏紧他的尖细的下巴:"莫非你和老子一样,犯了杀人罪?"

四〇八七号可怜巴巴地:"不是不是。"

犯人甲很自豪地松开手:"我看你也没这本事!"

犯人丙凑上来很感兴趣地:"强奸幼女?就在课堂上?"

四〇八七号脸更红了:"不,不,不是。"

人群后面的林小强发话了:"把他带过来。"声音不高,但极威严。

犯人们立刻让开一条道,露出盘腿坐在炕头的"老大"。

林小强靠着两床被子,跷着二郎腿,样子很像坐沙发,手中的胡杨木大烟斗,冒出缕缕白烟:"叫什么名字?犯的是什么事儿啊?"

四〇八七号立刻明白了此人的特殊地位,很恭敬地回答:"我叫靳铁。诈骗罪。"

林小强:"判了几年?"

靳铁:"三年。"

林小强:"念过大学?"

靳铁："财经大学金融学硕士。"

林小强来了兴趣,命令犯人甲说:"把眼镜给他找来。"

犯人甲用眼睛一扫,给林小强洗脚的那个年轻犯人赶紧弯腰把眼镜拣起,递给靳铁。

戴上眼镜,靳铁立刻精神起来,对林小强一鞠躬:"老大。"

犯人乙纠正道:"不能叫老大,叫林总。"

林小强宽容地说:"叫什么都一样,不就是个符号吗?"

靳铁巴结地叫了声:"林总,您有什么吩咐,我一定效尽犬马之力。"

犯人甲不屑地踢他屁股一下:"你他妈会干什么?臭老九一个!"

林小强正色道:"他有他的用途,你们有你们的用途。"

犯人甲喏声,对林点头哈腰。

林小强指了指自己旁边的位置:"今天晚上,你就睡在这儿。"

等众人依次移动铺位后,那个年轻犯人赶紧把靳铁的被盖卷铺好。

等他返回后,发现自己的地方已经没了,便一声不吭地把被窝铺在地上。

靳铁有些不忍地:"这合适吗?"

林小强:"没什么不合适的。这里面和外面一样,都是弱肉强食。"

十七 海州大厦高级商务套房。日。内。

门铃轻响。正在屋里晨练的汪静雯放下器械跑过去开门。

郭小鹏一身麂皮猎装,更显年轻潇洒:"我还怕打搅了汪总星期天的懒觉呢。"

汪静雯一笑:"我从来不睡懒觉。董事长请坐。喝点儿什么?"

郭小鹏摆摆手:"黎明即起,洒扫庭除,好习惯。"

汪静雯:"董事长的文化底蕴很深。"

郭小鹏:"别忘了,我的父亲是一位作家。"

汪静雯感兴趣地:"他手把手地教您?"

郭小鹏:"这倒没有。在我一岁的时候,他就去世了。"

汪静雯捂了捂嘴:"对不起,您给我讲过的。"

郭小鹏:"虽然没有手把手地耳提面命,但他的精神作为遗传基因给了我。"

汪静雯递给他一杯果汁:"但世界观还是您自己的。"

郭小鹏:"一个人的世界观,其实在少年时代就形成了。以后再怎么改,也很有限。"

汪静雯正想听下去,郭小鹏却改换了话题:"汪总每天早晨都锻炼?"

汪静雯:"我在读书的时候,就养成了跑步的习惯。每天早晨三千米,风雨无阻。"

郭小鹏随口问:"汪总在内地什么学校读的大学?"

汪静雯:"北京商学院。"

郭小鹏:"哪一年?"

汪静雯:"一九八八年入学,读了两年国际贸易专业,后来转到香港中文大学去了。"

郭小鹏不再深谈这个话题:"我在美国时,听过这样一个故事:说一位年轻的总经理在新婚的第二天早晨就从婚床上爬起来去外面跑步。看电梯的老头奇怪地说:我在你这个年纪,不要说新婚,就是在平时,也很难在这个钟点起床。总经理告诉他:这正是你活了一大把年纪仍然在开电梯的原因。"

汪静雯一笑:"各得其所而已。"

郭小鹏站起身来:"我今天来,想请汪总参加一个活动。"

汪静雯留有余地:"如果我感兴趣的话。"

郭小鹏:"我们去郊外森林打猎。"

汪静雯热烈响应:"好啊,这可是我的强项。"

郭小鹏做了个邀请的手势:"请。"

十八 城内老街古玩旧货市场。日。外。

穿便装的张啸华背着手在熙熙攘攘的人群中转悠。

李新建忽然出现在他身边："局长。"

张啸华："你怎么知道我在这儿？"

李新建："这点小事还能难住刑警队长？"

张啸华："你把那点招数都用上了吧？今天是上帝都不干活的日子，千万别谈工作。"

李新建机灵地回答："我就是想来跟您学学古玩方面的知识。"

张啸华："这可够你学的，不是朝夕之事。"

一把日本武士刀吸引了张啸华，他从皮鞘中抽刀仔细观看："日本武士刀闻名全世界。"他回头对李新建说："来，开开眼界。知道这叫什么刀吗？"

李新建用手指试了试刀锋："武士刀呗。看样子够快的，材料也不错。"

张啸华白了他一眼："你给我念念上面的字。'花不花，四十八'。我看不见了。"

李新建喃喃地念道："德川幕府。"

张啸华笑着对李新建说："幕府时代，日本炼不出这么好的钢材。"

摊主凑过来热情介绍："德川是日本的大将军，幕府就是司令。也就是说，这是德川司令用过的刀。'红粉送佳人，宝剑赠英雄'。您要是喜欢，就给个价儿。"

张啸华："德川将军确实不止一个，但你这儿也未免太多了点儿。"他转对李新建说："德川和西圆寺一样，都是日本贵族的姓氏。"

李新建心不在焉地点头："哦。这姓也分贵贱？"

张啸华："你哪儿来这么些名贵刀具？"

摊主笑容可掬、一脸诚恳地答疑道："您不知道，在百团大战的时候，八路军缴获了日军的一个武器库。这库房里有一箱子全是德川司令的备用战刀。您不信？"

张啸华摇摇头放下刀转身欲走，又被摊主拉住。

摊主："我有两只好瓷碗，您瞧瞧。"

张啸华:"凡是真古瓷,无论唐宋明清,我都买不起。"

摊主从箱子里拿出两只用多层棉纸包装的破碗。

已经戴上眼镜的张啸华拿着碗,费力地念道:"大明万历造、大清康熙年制。"他来回翻看了一下,笑着把碗还给摊主:"还有更好的吗?"

摊主把脸拉了下来:"我要是有唐代青釉、越窑瓷器,早就不摆地摊了。"

张啸华见摊主变脸,也把"纸"戳破:"想蒙人,必须有道。这瓶底的缺……"他指点着说:"全都差不多。换句话说,就算不是一个人磨的,也出自同一台机器。更要命的是你这落款。"他把"万历"、"乾隆"两瓶放在一起:"绝对是一个人写的。造假也要花成本。你应该找个真品,仿真放大,再贴到胎上去烧。人家买到赝品,心里也舒服些。"

摊主玩着一根铜戒尺说:"老家伙,你他妈说话注意点。随便说是要吃亏的。"

李新建把脸和肌肉同时绷紧:"你要是有动武的心思,不妨试试。"

摊主试了试李新建的实力,知趣地把脸扭开了。两人一笑离开了摊位。

张啸华:"古董这玩艺儿,不过是你花钱买了去,我再从你的墓里挖出来卖给他,他再倒手卖给你的儿子。因为这玩艺儿能变钱,大量赝品就应运而生,所以它才生生不息。"

李新建很真诚的样子:"局长不但博古通今,而且有很多真知灼见。"

张啸华笑道:"你拍马屁的时候特别扭。看在你救驾有功的份儿上,有话赶紧说。"

李新建言归正传:"林小亮软硬不吃,我准备上必要的手段,申请正式立案。"

张啸华:"林子烈找了金市长,金市长向我过问此事,要求我们慎重处理。"

李新建抵触地:"金市长不应该插手此事。我也不希望您又命令我放人。"

张啸华:"你想以嫖娼打开缺口,本身就欠火候,难免把饭煮成夹生。"他指了指身后那个摊位:"刚才我一拿起他的刀和碗,就知道八成是假的。他再漏洞百出地一解释,那更是铁定无疑。表演得越充分,暴露得就越彻底。这叫欲擒故纵。你还怕林小亮跑了不成?"

李新建仍有些不服:"一味地放虎归山,纵虎伤人,就怕我们越来越被动。"

张啸华耐心地:"金市长两袖清风,我们也不是贪官污吏,你要打消对领导无端的怀疑。有很多高级机密掌握在领导手里。我们做出的决定不一定多高明,但起码更全面一些。"

话说到这个地步,李新建也只有服从的份儿了。

十九 远郊森林狩猎区。日。外。

强烈的阳光透过树影宛如一把把闪亮的利剑,林中空地弥漫着缥缈的薄雾。

郭小鹏接过段海递过来的猎枪,把枪衣脱去后,忽然把枪扔给汪静雯:"静雯!"

汪静雯眼疾手快、潇洒利落地把枪接在手里,熟练地拉了一下枪机,赞叹道:"嘿,英国詹姆士猎枪。"她接过段海递来的红色粗圆体子弹装进枪膛:"这枪值多少钱?"

郭小鹏略感惊奇地看着她的动作,接过段海给他的另一枝猎枪:"一千。"

汪静雯含笑地调侃:"如果是美元或者人民币,那可真便宜。"

郭小鹏:"你说对了。是英镑。汪总对枪好像很内行?"

汪静雯坦然地:"因为种种原因,我还是小姑娘的时候,就不喜欢布娃娃而喜欢枪。我参加过少年女子射击队,还得过好几块奖牌呢!"

郭小鹏感叹:"人不可貌相,海水不可斗量。汪总的爱好得益于家庭的言传身教?"

汪静雯岔开了话题:"我记得在内地,持有枪支好像是犯法的?"

郭小鹏:"是犯法。未经批准叫'非法持枪'。所有的枪支都要上缴。在使用猎枪时,可以向公安局申请;经批准后,可以在规定的时间和地点正常使用。譬如现在。"

汪静雯跟在他身后问:"在此地打猎违反不违反有关法律?"

郭小鹏:"只要交纳费用,不打规定的动物,就合乎海州市人大制定的相关法律。"

两个人开始进入森林狩猎区。段海远远地跟在后面。

一只野兔直起身子张望,郭小鹏迅速举枪瞄准,"轰"的一声枪响。

硝烟散去后,野兔无影无踪。

郭小鹏解嘲道:"我这成了短跑裁判员的发令枪了。"

没想到那野兔并没跑远,换了个地方又直起身子冒出草丛,双爪吊在胸前。

汪静雯闪电般地举起猎枪,几乎没有瞄准,手起枪响,野兔翻了个跟头,摔出老远。

段海喊了声:"嘿!打中了!"敏捷地飞跑过去拾取猎物。

郭小鹏笑了笑:"到底是专业水平。"他指指旁边的一块空地:"坐下聊聊?"

汪静雯顺从地点点头:"好的。"选了块干净的石头坐下。

郭小鹏用绒布擦拭着猎枪:"我对动物非常外行。几年前,有人给我往家里送了一只杀好的动物,我左看右看,认不出究竟是什么,只好给海州大厦的厨师长打电话,请他来加工。厨师长让我在电话里形容一番,好准备相应的佐料。我对厨师长说:它比兔子大,好像比羊要小,但肯定不是猪。厨师长跑来一看就笑了:董事长,这不是狗吗?"

汪静雯也笑了,但她的笑声未落,就听见近处一声清脆的枪响。

汪静雯本能地伏身卧倒,郭小鹏却在四处张望。

段海一个箭步冲过来,张开双臂把郭小鹏压倒在地上。

几乎与此同时,第二声枪响接踵而至,子弹打中段海的手腕。

紧接着,响起了第三枪,子弹打在石头上,迸发出耀眼的火花。

段海就地一滚,猛然跃起时,手中已握着郭的五连发猎枪,向行刺者开了一枪。

一个矫健的身影向森林深处遁去。

段海持枪飞跑着追过去,又开了一枪。

汪静雯扶起郭小鹏,关切地问道:"你没事吧,董事长?"

郭小鹏仿佛还没完全清醒过来:"谁在打枪?"

片刻,段海持枪返回,遗憾地说:"手不利索,让他给跑了!"

郭小鹏急忙看他流血的手腕:"伤得重不重?"

段海笑笑:"可惜我这块美国将军表了。"解下血淋淋的手表。

子弹击中手表和手腕的分界处,表面已被击碎。

段海:"也幸亏这将军表。要不然,我这手就算报废了。"

汪静雯赶紧取下皮枪带勒住段海的上臂,撕下一块衬衣熟练地包扎伤口:"得赶紧去医院抢救。不要小看手腕,它的关节、肌肉、血管、神经结构非常复杂,不能耽误。"

郭小鹏脸色肃然:"兄弟,你救了我一命,我不会忘记你的。"

第七集

一 远郊公路丰田越野车上。日。内。

郭小鹏心事重重地驾驶着汽车，沿着山清水秀的远郊公路平稳地行驶。

汪静雯回头看了看靠在后排昏睡的段海："你说这个杀手，他的目标是谁？"

郭小鹏："比羊大，比牛小，但肯定不是猪。目标当然是我。"

汪静雯："这个段海，平常不言不语的像个闷葫芦，关键时候真还利索。"

郭小鹏平静地："他当过兵，也干过警察。"

汪静雯有些惊讶："警察？"

郭小鹏："段海是个苦孩子，从小没爹没娘，在部队当侦察兵复员后，分配到海州大厦所在的辖区，当了派出所治安民警。你知道，开酒店总有些不清不白的事情，他为人又仗义，当时帮过刘眉不少忙。后来不知被谁给举报了，警方给他罗列了一大堆罪名：泄漏国家机密、收受贿赂、执法犯法等等，结果被判一年徒刑，缓刑一年，被开除出公安队伍，老婆跟他离了婚，带着孩子远走他乡。你说他一个派出所民警，知道什么国家机密？"

汪静雯又看了段海一眼："那后来呢？"

郭小鹏："段海人挺实在，根本没去找过刘眉，隐姓埋名到码头干了三年装卸工。后来碰上林小亮，我才知道了真相。原想给他在公司安排个小职位，他说自己没文化，就喜欢开车。开始我并不太信任他，后来发现这个人很忠诚，又身怀绝技，守口如瓶，就正式让他给我当了司机和警卫。"

汪静雯感叹："养兵千日,用兵一时啊!董事长在海州还有仇人吗?"

郭小鹏："我一不夺人妻女,二不抢人钱财,三不争人权位,应该说没有。"

汪静雯："那这个人会是谁呢?"

郭小鹏深沉地望着前方:"估计是杨春,他要报杀弟之仇。"

汪静雯意外地:"杨春?他不是当场被警察逮捕了吗?"

郭小鹏摇头:"他至今逍遥法外。有些事,不是我们想象的那样简单。"

汪静雯:"应该马上报警,否则还会出事的。"

郭小鹏:"如果段海没什么事的话,还是不报为好。"

汪静雯疑惑地看着郭小鹏:"为什么?"

郭小鹏忽然有些伤感:"我在海州也算是个公众人物。公众人物就没有隐私可言。倘若报警,闹得沸沸扬扬满城风雨,有损企业的信誉。作为个人,就难以控制局面了。"

汪静雯:"那就让凶手逍遥法外?时刻威胁你的生命?"

郭小鹏:"凶手刺杀未遂,应该远走高飞才对,没有一而再,再而三的道理。"

二 西北某劳改农场采石场。日。外。

一声惊天动地的巨响,火光耀眼,石裂山崩,碎石块如冰雹般坠落。

爆炸后的浓烟尚未散尽,数十名犯人就冲到炸落的石堆前,汗流颊背地选料打方。

烈日当头,烟雾弥漫,犯人们挥汗如雨,从事着繁重的体力劳动。

林小强却独自坐在远离工地的阴凉地里喝茶抽烟,挥扇徐徐。

白面书生靳铁显然没干过重体力活儿,掌钎的双手虎口震裂,脸晒得通红。

此时正是最热的时候,犯人们又累又饿,很多体质弱的已快支持不住。

就在靳铁快要晕倒之际,犯人甲招呼他说:"喂,林总叫你过去。"

靳铁脑袋已经快不运转了:"林总?"他迷惑地睁大眼睛。

犯人甲:"就是老大。"一脸坏笑:"没准儿他看上你个小白脸了。"

靳铁晃晃悠悠地向树荫下的林小强走去。

林小强示意让他坐下,靳铁眼睁睁地盯着茶壶。

林小强当然看出了他眼里的渴求,但故意不发话。

靳铁终于忍不住了:"能给我喝点水吗?"

林小强笑了,恩赐地点点头:"喝吧。"

靳铁顾不得道谢,捧起茶碗咕嘟咕嘟一饮而尽。

他意犹未尽,但没敢喝第二碗。

林小强:"喝吧。"

靳铁又喝了第二碗。

林小强:"在最底层混,有一个好身体,要比有一个好脑袋管用得多。"

靳铁擦拭着眼镜,眼里含着泪水:"谢谢林总。"

林小强:"如果好身体外加个好脑袋,你到哪儿都是王。"

靳铁戴上破眼镜毕恭毕敬地:"您说得对。"

林小强:"你看这蚂蚁……"他用树枝划拉着地上奔忙的蚁群:"工蚁一辈子干活儿,甚至连享受性生活的权利都没有。蚁王一动不动,却享受着最丰富的蛋白质营养。"

靳铁蹲下身子伸头去看。

林小强吩咐道:"干活去吧。"

靳铁恋恋不舍地走开。

林小强眯着眼睛注视着他瘦弱的背影。

三 公安局看守所大门外。日。外。

大门打开一条缝,林小亮空着手从里面走出来。

"咣当"一声,铁门关闭。

林小亮钻进红色法拉利跑车后,对大门警卫抛了一个飞吻。

刘眉发动了汽车说:"别招人恨了,你还没待够啊?"

林小亮:"二哥派你来的?"

刘眉:"凭你家老爷子那张老脸呗,你二哥也出了面。"

林小亮感慨:"二哥就是二哥。他嘴上狠,心眼里对我最好。"

刘眉"轰"的一声把车开走。

四 市医院干部病房。日。内。

这是一间单人高干病房,宽敞舒适,室内彩电、冰箱、沙发、厨卫俱全。

郭小鹏把一块手表放在段海床头:"这是伯爵。等我出国,给你买块更好的。"

手缠纱布的段海感动地:"董事长,您花那么多钱干吗?"

郭小鹏做不高兴状:"你是说我的命不值一块表?还是你的命不值?"

段海喃喃:"这是我应该做的。"

郭小鹏对陪同前来的医院院长说:"院长,请安排最好的外科医生。"

院长:"请医生上手术,就和请明星出场一样,各有各的价码。您的上限是?"

郭小鹏:"没有上限。我的希望是让段先生的手腕复原如初。"

院长笑道:"我们争取让段先生的手腕比以前还要灵活。"

忽见刘眉和西装革履的林小亮满面春风地走进来。

林小亮:"二哥,我回来了。"

郭小鹏看看小弟,只绷着脸用鼻子哼了声。

院长知趣地告退:"郭董,你们谈,你们谈。"退出病房。

段海:"林总没受多大的罪吧?进去可没好果子吃。"

林小亮得意地吹嘘道:"我是谁呀,能吃他们那一套?对付那帮警察我可有经验,你就是马王爷长出三只眼,大爷我软硬不吃,你还能怎么着?不还得乖乖地放人吗?"

郭小鹏厉声呵斥道:"为这种事进去你还觉着光彩是吧?你少说两句吧!"

林小亮也自知给郭小鹏添了麻烦,赶紧问:"哥,看清楚开枪的人是谁了吗？"

郭小鹏不感兴趣地敷衍："我只隐约看见一个背影。"

林小亮又来了情绪："我在场就好了。我看背影堪称一绝：上次广东来了一批模特，我相中了一个，让穴头给我找来。穴头非得来个即兴表演：让二十多个小妞背对着我站成一排叫我猜。小弟我虽然一瓶人头马下肚，还是一眼就把我的'目标'给揪了出来。"

郭小鹏厌恶地："你看看你这份儿出息！改不了的声色犬马少爷习气。"

林小亮无遮无拦地："咱家有二哥出息就行了。每家总得有个垫背的。我们院儿的严菲菲和她妹妹严丽丽，一个嫁给了省委书记的儿子，一个嫁给了香港大亨的公子，可他们家的独生子却被汽车撞成了植物人。咱家幸亏有小强哥顶着，要不然倒霉的肯定是我。"

刘眉见他又"犯了忌"想制止，但已经来不及了。

郭小鹏脸色果然阴沉下来，一声不响地起身走出门去。

林小亮给了自己一嘴巴："他妈的，你这张臭嘴！"

五 海州大厦总经理办公室。日。内。

汪静雯坐在电脑前沉思有倾，拨通了郭小鹏的电话："董事长，您现在有空吗？"

郭小鹏的声音："我正在汽车上。你说。"

汪静雯："我有一个要求。"

郭小鹏："请讲。"

汪静雯："作为港方代表，我想了解海州药业的经营情况。不过分吧？"

郭小鹏："绝对不过分。您应该掌握全面的情况。"

汪静雯："如果这样，请您授权计算机中心，向我开放全部背景资料。"

郭小鹏："我已经正式授权计算机中心。现在就请你打开电脑。"

汪静雯："我已经打开了。"

郭小鹏:"请查看电邮信箱。"

汪静雯打开电邮信箱,屏幕上出现了海州药业局域网的全套口令及密码。

郭小鹏的声音:"海州药业不是间谍机构,一切都可以向您公开。"

汪静雯:"谢谢董事长的信任,但愿您不要产生误解。"

郭小鹏笑道:"谈不上,一切都很正常。再见。"

放下电话后,汪静雯仔细查看索引,从中调出"内部账目"文件。

查看后,她把"内部账目"界面缩小一半,再调出"公开账目"文件与之比较。

随后,她指令电脑:将不同的部分挑选出来。

电脑立刻列出一张长长的明细表。

表的栏目分别为:董事长特别基金;副董事长特别基金;总裁特别基金;总工程师特别基金;总裁助理特别基金;以及各董事特别基金,等等。

她再指令电脑:按数量大小排列。

电脑排列顺序为:林小亮、刘眉、费经纬、郭小鹏等。

她打开郭小鹏特别基金费用单,但见账目清爽,用途明晰,堪称无懈可击。

汪静雯面对电脑屏幕,陷入沉思。

六 海州市第一人民医院。夜。内。

郭小鹏在住院部病房过道里快步行走,陪同的科主任有点跟不上趟。

科主任:"郭董,我们请了上海最好的骨科和神经外科大夫,全都是教授级专家。他们看了片子全都埋怨我,说是'杀鸡焉用牛刀'。但最后一听手术报价,也就没话说了。"

郭小鹏微笑:"段海什么时候能出院?"

科主任:"保守的估计得一个星期。要说明天出院,也不是不可以。"

郭小鹏在病房门外站住:"我和段海有些工作上的事情要说。"

主任知趣地停步:"你们说,你们说。"转身退回。

正在看香港言情片的段海见郭小鹏走进来,赶紧起身让座。

郭小鹏趋前两步扶他躺下："别动,别动。"

段海感动地："董事长这么忙,还老来看我这开车的。"

郭小鹏："从你受伤开始,你我今后以兄弟相称。"

段海有些担待不起："我凭什么和董事长称兄道弟?"

郭小鹏："'问世间情为何物,直教人生死相许',难得啊!"

段海："您说的这两句,我好像在哪儿听说过。"

郭小鹏笑问："那你不简单。在哪儿听说过?"

段海："姜育恒的歌词。"

郭小鹏笑着摇头。

段海想了想："要不就是金庸的武侠小说。"

郭小鹏仍然笑着摇头。

段海老实地承认："那我就不知道了。"

郭小鹏："金人元好问的一首词。"

轮到段海摇头了："元好问?没听说过。"

郭小鹏取出一只精致的药盒子："这是青海产的旺拉。"

段海打开盒子看。盒内是呈人手状的植物若干。

郭小鹏解释："这东西长在雪线以上,深得日月之精华,没有任何污染,是强身补气上等药材。当年文成公主从长安去西藏后,体力不支,松赞干布就用它给公主进补。五十年代,周恩来总理曾经给苏联的宇航员弄过一些,现在已经濒临绝迹了。"

段海把盒子盖好递还给郭小鹏："您这不是'杀鸡用牛刀'吗?"

郭小鹏想起刚才科主任的话,不禁笑了起来："我就喜欢你忠诚、勇敢、不贪财。"

段海脸红了："我从小缺乏管教,挨老师的骂,挨领导的骂,很难得听到表扬。"

郭小鹏亲切地："医生说,你很快就可以出院了。"

段海:"赶快出院吧。这高干病房,住一天要好几百块呢。"

郭小鹏肃然:"你就是高干。别人还没这资格。"他长叹一声,推心置腹地:"别看我的麾下精兵数千,上将百员,真正靠得住的没几个,能说贴心话的就更少了。"

段海很敏感地:"董事长,您要是有话,请尽管对我说。"

郭小鹏看了他一眼,郑重地:"我们出去走走好吗?"

段海也肃然地:"我听董事长的。"

七 医院病区花园。夜。外。

月色朦胧,柔光普照,花园里树影婆娑,花香暗放,有一种神秘的安宁。

郭小鹏与段海在花前月下漫步,完全淡化了主仆之间的贵贱尊卑。

段海有些不安地问:"董事长,您想说什么?"

郭小鹏压低了声音:"那天有人打冷枪时,你看到汪总的表现了吗?"

段海摇头:"当时没太注意。怎么啦?"

郭小鹏深思地:"枪响得很突然,我们毫无准备,但汪总在一瞬间的本能的反应,是一个标准的原地卧倒动作,同时迅速出枪,搜寻危险的目标。面临突发事件,不惊不诧,冷静沉着,除了训练有素的军人,一个普通女性,尤其是来自香港的白领女性,几乎很难做到这一点。举个例子:当一只足球向一群女生飞过去时,女生们肯定是个个抱头惊叫。"

段海点头:"我也见过这样的场面。"

郭小鹏:"此外,她很熟练地为你包扎伤口。不经过专门训练,也绝对做不到。"

段海一脸迷茫地看着郭小鹏:"董事长的意思是?"

郭小鹏:"一个文科大学毕业的女硕士,不应该像一个军人。"

段海:"除非她当过兵,或者毕业于军事院校。"

郭小鹏:"所以,我总觉得有些奇怪。"

段海来了兴趣:"是个间谍?"

郭小鹏目光闪闪地看着他没说话。

段海:"间谍来咱们公司干什么?咱们又不生产飞机大炮?"

郭小鹏:"也有一种间谍,叫经济间谍,专门刺探经济情报。"

段海:"可汪总她,她是港方派来的全权代表。"

郭小鹏意味深长地:"海州药业的海外市场都要经过香港通道。"

段海深深点头:"我懂了。请董事长直接下命令吧。"

郭小鹏扶住他的肩膀低声道:"出院以后,你悄悄去一趟北京,调查汪的全部情况。"

段海性急地:"我明天就去。"

郭小鹏拍拍他的肩膀:"倒也没这么急。"

他的手机响了。他看了一下号码,没有接听。

八 海州国际机场。夜。外。

灯火辉煌的候机大厅映衬在深蓝透明的天幕上。

一辆出租车飞速驶入厅前跑道,乔装打扮的刘眉款款走下汽车。

齐耳短发,秀琅眼镜,深色西服,淡抹红妆,与平素的美艳判若两人。

她刚消失在候机大厅自动门里,林小亮驾驶丰田越野车匆匆赶到。

软绵的广播声时起时伏,人流车流如云,"人在旅途"的现实感十分强烈。

九 候机大厅二楼咖啡厅。夜。内。

林小亮转了一大圈才找到刘眉。他动作毛糙地拉椅子坐下,一口将咖啡喝光。

刘眉嗔怪道:"你总是这么风风火火的,跟你二哥学学,看他有多沉稳。"

林小亮点火吸烟:"他沉稳是沉稳,可他不来送你。"拿出一块很脏的手绢擦了一把汗:"虽说保密,我怎么也得来送送你,看着你安全地登上飞机。"

刘眉幽幽地："你们兄弟三个,就数你仁义。"

林小亮："那不假。我爹就说过,我们兄弟三个是老大狠,老二阴,老三傻。傻就是仁义,就是仗义,就是情义。只可惜老三晚生了几年,要不跟姐倒是天生一对儿。"

刘眉打他一下,叹了口气："姐的命苦啊。"她欲言又止,眼里泪光闪动。

林小亮赶紧把话岔开："姐,把你的金蝉脱壳之计教给兄弟几招?"

刘眉低声道："我用真身份证去北京,再用假身份证飞新疆。"

林小亮伸出大拇指："姐真是用兵如神。"

刘眉："我走了,有件事想拜托小弟。"

林小亮："姐尽管吩咐。"

刘眉："给我看住你二哥。"

林小亮："二哥怎么了?"

刘眉："别让狐狸精给迷住。"

林小亮不以为然地："姐是说那个姓汪的?看她那酸文假醋的样儿,我哥能迷上她?谁能比得上我姐呀?疏眉细眼,清清爽爽的,让人喜欢。"他不禁握住了刘眉的手。

刘眉并不把手拿开："你哥要这样看就好了。"

林小亮觉得很没意思,松开手说："你孤身闯新疆,胆子可够大的。"

刘眉伤感地："谁不愿意在家里舒舒服服地过安生日子?姐跟你们这些官家子弟不一样。姐生下来就会抓钱,穷怕了,姐得自己去挣啊。说这些有什么用。"她用手绢擦擦眼睛。

林小亮同情地望着她："听说新疆那个铁孜是个色胆包天、心狠手辣的家伙,你要能弄到货就弄,弄不到就打道回府,别搭上性命跟他较真儿。没必要。"

刘眉长叹一声："上了这黑道,想停也停不下来。姐该走了。"

她把脸送到林小亮面前,林小亮轻轻在她脸上吻了一下。

刘眉眼圈红了,起身头也不回地走向检票口,消失在过道深处。

林小亮也动了感情,眼巴巴地望着她单薄的背影,伤心落泪。

戴墨镜的杨春躲在暗处,冷冷地看着刘眉和林小亮的一举一动。

而李新建和强民则端坐在安检处密室里,通过摄像机监视器将这一切尽收眼底。

几台监视器屏幕分别出现跟踪拍摄刘眉、林小亮、杨春等人的图像。

强民感慨:"郭兰英唱得好,领导的主意高。抓了这帮人,就没好戏看了。"

李新建:"明天早上,刘眉飞新疆。海州可以安静两天,新疆该热闹了。"

十　西北某劳改农场采石场。日。外。

中午开饭时间。数百名犯人蹲在乱石堆旁端着饭碗狼吞虎咽。

靳铁见林小强独自坐在阴凉地里吃喝,便悄悄凑了过去。

林小强的饭菜明显比靳铁的多。他分了一筷子给靳铁。

靳铁与林已很熟悉:"林总是因为什么事儿进来的?"

林小强不太愿意地回答说:"事儿可多了去了。"

靳铁:"判了多少年?"

林小强:"已经待了五年零三个月又十天。"

靳铁:"您没想办法出去?外面多好啊。"

林小强:"外面多好啊,你他妈进来干吗?说说你自个儿的事儿。"

靳铁挪了挪屁股:"硕士毕业后,我分配到银行工作。两年后,我就当了证券部主任。您知道,中国的证券业很不规范,有漏洞可钻,我就帮朋友、也给自己弄了点钱。"

林小强:"你这一点有多少?"

靳铁:"总得有个两三千万吧,不多。"

林小强:"就这数,也够杀头的了。用的什么手段?"

说到专业,靳铁得意起来:"虚开账户,挪用客户保证金,向银行贷款,通过电子网络在香港、东京、纽约市场买卖期货,命令操盘手高买低卖。当然,是卖给自己人。反正现在的钱,和以前的钱不一样,成了虚拟货币,或者叫电子货币,旁人很难插手。"

林小强:"怎么露馅的?"

靳铁:"凭我的专业技能,暗箱操作称得上风调雨顺,如鱼得水。没想到在东京市场做的黄铜期货一下给赔了,而且赔得很惨。我看翻不了身,就给自己来了个'休克疗法'。"

林小强听得很有兴趣:"什么休克疗法?"

靳铁:"反正也捞不回来了,我索性来了个大甩卖,把钱捞到差不多时,一走了之。"

林小强很肯定地说:"这时就出事了。"

靳铁反问:"你怎么知道?"

林小强:"我有经验。"

靳铁:"我的一个合伙人在深圳被捕了,当晚就'叛变',我也就落入法网。"

林小强:"钱呢?全都没了?"

靳铁狡猾地眨眨眼:"您说呢?"

林小强:"按说该杀头的罪,却只判你三年;按说该就地服刑,却把你送到这儿。"

靳铁:"我判刑不要紧,很多人睡不安稳,所以才出现了这种奇怪的局面。"

林小强总结性地:"这种局面是暂时的,随时可能有人再翻船,案子就得重判。你实际上是坐在炸药桶上,小命捏在别人手里。要想好好活下去,就必须依靠一个新的合伙人。"

靳铁点头:"明白。这个人就是您。"

十一　海州大厦总经理办公室。日。内。

汪静雯用免提电话拨通计算机中心:"喂,是陈然主任吗?"

陈然的声音年轻而尖细:"是的。哪位?"

汪静雯："我是香港华龙集团的全权代表、海州大厦总经理汪静雯。"

陈然："喔。汪总，您好。"

汪静雯："我想和你见一面。"

陈然："电话里不能说？"

汪静雯："面谈更好一些。"

陈然："喔。谈什么？"

汪静雯："一起吃晚饭？"

陈然："我不习惯和别人一起吃饭。"

汪静雯："那就喝咖啡？"

陈然很勉强地同意了："好吧。"

十二 海州药业集团总部总裁办公室。日。内。

大班桌上的内部电话响了，郭小鹏拿起话筒："哪位？"

陈然的声音有些紧张："董事长，我是陈然。有件事向您报告。"

郭小鹏："说。"

陈然："海州大厦的汪总经理，以香港华龙集团代表的身份约我谈话。"

郭小鹏："那好啊。谈吧。"

陈然："如果在谈话中涉及网络机密怎么办？"

郭小鹏冷冷地："在网络运行开始时，我就向你们明确了条例，难道还要我复述一遍？"

陈然不安地："汪总的身份，比较特殊。"

郭小鹏："条例里说过身份特殊的人应该如何对待吗？"

陈然："没有。"

郭小鹏："按条例办。"说完挂断电话。

忽见李新建和强民推门而入，秘书跟在后面手足无措。

郭小鹏起身迎接："李支队，稀客，稀客。"对秘书板脸道："有重要客人来访，为什么不事先通报？"

秘书可怜巴巴地解释说："我事先也不知道,他们就进来了。"

郭小鹏打断她训斥道："你马上向办公室主任做检讨！"

秘书含着眼泪退出去。郭小鹏向两位警官示意："请坐。"

李新建坐到郭小鹏对面的软椅上："她讲的都是实话,请郭董息怒。"

郭小鹏公事公办地："二位警官有何公干？"

李新建："请问总裁助理刘眉小姐现在何处？"

郭小鹏："她现在已经不是总裁助理了。"

李新建有点惊讶："为什么？"

郭小鹏递给他一份由董事长兼总裁签署的任免文件。

李新建："她的职务没了,还算您的人吧？"

郭小鹏更正道："不是我的人,是海州药业的人。自然人和法人是有区别的。"

李新建承认自己措辞不当："您说得对。作为自然人,她应该还在海州。"

郭小鹏："她回老家探亲去了。没和我打招呼,只留下一张假条。你们看看？"

李新建摆摆手："总裁助理林小亮先生也有假条吗？"

郭小鹏的忍耐已近极限："他也同时被免职,您可以看看文件。他可能去省城探望他的父亲,也可能出去旅游,还可能躲在某个房间里闭门思过。如果您要找他,悉听尊便。"

李新建："这么说,郭董不能为我们提供更有价值的情况了？"

郭小鹏起身送客："很遗憾。事实如此。还有什么事吗？"

李新建站起身来正色道："郭先生,我代表海州市公安局正式通知海州药业集团:刘眉和林小亮因涉嫌有关刑事犯罪案,需随时接受警方的调查和询问。在此期间,他们离开海州市,需向警方报告；如果已经离开,请公司通知他们尽快返回,接受调查和询问。"

郭小鹏严肃地："海州药业集团将全力配合警方的公务。恕不远送。"

两位警官消失在门外后,郭小鹏将手中的 CD 圆珠笔撅成两段。

十三 金路易咖啡馆。傍晚。内。

这是一家地处僻静小街的高档咖啡馆,欧陆风情浓郁。

汪静雯晚妆艳丽,顾盼生辉,与陈然在咖啡馆雅座见面。

陈然三十多岁,眉清目秀,沉默寡言,骨子里有股傲气,令人难以接近。

汪静雯轻言细语地:"陈主任毕业于哪所大学?"

陈然目不斜视,简短地回答:"北方交大。"

汪静雯:"什么专业?"

陈然:"计算数学。"

汪静雯见他不碰咖啡,提议说:"来点红酒?"

陈然断然拒绝:"我从来不喝酒。"

汪静雯:"男士喝点法国红酒,也算一种时尚。"

陈然眼睛看着别处,没有反馈。

汪静雯感到对话艰难:"要不喝点红茶?"

陈然冷着面孔:"汪总有什么事,请直接说。我还有个约会。"

汪静雯见迂回难以接近,便决定直奔主题:"海州药业的计算机网络是你设计的吗?"

陈然坦然:"是的。"

汪静雯:"我所看到的财务文件,是不是唯一的文本?"

陈然:"我只管网络正常运行,至于文本是否唯一,不在我的职权范围。"

汪静雯:"海州药业的计算机网络系统,是否存在一个'网中之网'?"

陈然反问:"'网中之网'?什么意思?"

汪静雯点透:"也就是说,一些有特权的人,可以互相交换情报,达成某种默契,形成一个在海州药业局域网内部的秘密网络,进行某种暗箱操作,而旁人无法插手。"

陈然不动声色地："即使存在这样的'网'，也有它存在的道理。"

汪静雯："你能进入这个'网中之网'吗？"

陈然欲擒故纵："如果它确实存在的话，我想应该能进入。"

汪静雯渐感入港："你很坦率。我们不妨做个交易。"

陈然第一次正视汪静雯："什么交易？"

汪静雯："我为你提供到香港某财团发展的机会，你帮助我进入这个'网中之网'。"

陈然低头缄口不语，似乎内心活动丰富。

汪静趁热打铁："我本人并不需要这些材料，但这件事对华龙集团至关重要。我们把一大笔钱放在海州药业，想了解合作方真实背景的愿望也无可非议。你认为怎么样？"

陈然像受到人格侮辱般突然爆发起来，声音越来越激烈："我一不吃喝嫖赌，二不置房买车，三不卖身求荣，你投资投错了方向。我有技术。我不缺钱。我在海州活得很好。我没有理由背叛海州药业！别说弹丸之地香港，就是上天入地，对我也缺乏诱惑力！"他起身拂袖而去，忽又回头："如果汪总是最后一次向我提出这样的要求，我可以为你保密。"

汪静雯横遭重挫，呆呆地望着陈然单薄的背影。

十四　海州大厦商务套房。夜。内。

电脑屏幕上出现了陈然的头像，界面渐渐扩展，眉清目秀的脸上隐含冷笑。

汪静雯面对这张冷漠傲慢的面孔沉思有倾，又调出陈然的背景资料反复研读。

终不得其解，关闭电脑后拿起移动电话，宽衣进入卧室卫生间。

冲浪浴缸泡沫翻涌，汪静雯用手机拨通香港电话。

汪静雯："宋老师吗？你好。我是汪静雯。"

宋老师热情回应："你好，小汪。"

汪静雯:"我在《个人电脑》上看到老师的几篇论文,深感老师宝刀锋利。"

宋老师爽朗地笑了:"在香港这个鬼地方,上面有人踹你,底下有人拉你,旁边有人推你,要牢牢守住阵地前沿,就不敢有丝毫的懈怠。你怎么样?在内地还过得好吗?"

汪静雯:"我有一个问题,想请教老师。"

宋老师:"你说。"

汪静雯:"我认识一个网虫,想知道他经常访问什么网址,老师有什么办法吗?"

宋老师笑道:"想不到小汪这样漂亮的小姐,也干起黑客的活儿来了。"他笑了两声后指教说:"如果你能从网络管制人员那里获得此人密码的话,这将是一个很简单的问题。如果你不知道密码,我也有相应的办法。稍后,我会以电子邮件的方式,传送给你。"

汪静雯:"谢谢老师。"

宋老师问:"你在做什么呢?我怎么听见哗哗的水声?"

汪静雯不愿使对方产生联想,撒了个谎说:"外面下着雨呢。"

宋老师感伤地:"你走之后,我少了一个知心的朋友,香港也就真的成了文化沙漠。虽说'桃李满天下',但真正知心的朋友并不多。别误会。我没有其他的意思。哈哈。"

汪静雯:"我也很想念老师。今后还会经常向老师请教。"

宋老师:"请尽管吩咐。我随时愿为学生效劳。晚安。"

汪静雯:"晚安。"刚关闭手机,浴室的壁挂式电话响了。

郭小鹏的声音:"静雯吗?我是郭小鹏。"

汪静雯:"董事长,有什么事吗?"

郭小鹏:"对,想和你谈谈。我在大堂等你。"

汪静雯勉强地:"谈的时间长吗?我是说,大堂方不方便?"

郭小鹏:"我们出去。找个清静的地方。"

十五 奔驰轿车里。夜。内。

　　郭小鹏驾车驶上宽阔冷寂的海滨大道,车速加快,疾驰如飞。

　　汪静雯有些不安地问:"董事长要带我去什么地方?"

　　郭小鹏沉默不语,灯光闪烁的脸上隐现着一种难以压制的激情。

　　汪静雯感到某种潜在的危机:"请停车,让我下去。"

　　郭小鹏:"我们应该好好谈一谈。彻夜长谈。"

　　汪静雯:"我建议去您的或我的办公室。"

　　郭小鹏:"我希望由我来安排。"

　　汪静雯不再坚持,但仍有被迫就范的感觉。

十六 舰桥半岛郭小鹏住宅。夜。内。

　　奔驰轿车缓缓驶入豪宅院门,穿过树影婆娑的小径,停在巨大的别墅门前。

　　郭小鹏下车后,快步绕过车头,亲自为汪静雯打开车门。

　　汪静雯稍微犹豫了一下,走下汽车,随郭小鹏进入豪宅客厅。

　　华灯齐放,金碧辉煌。硕大无朋的客厅里空空荡荡,整座别墅寂静无声。

　　郭小鹏并没请客人就座,站在客厅中央对汪静雯建议说:"我一个人住这儿。如果不反对的话,我想先请你参观一下我的房间。作为合作伙伴,你应该对我有全面的了解。"

　　汪静雯抱着"既来之,则安之"的心态,表示很感兴趣地点了点头。

　　郭小鹏指着一幅奔放遒劲的书法:"避席畏闻文字狱,著书都为稻粱谋。"轻描淡写地介绍说:"这是家父用一本书的稿费,从上海一位资深的收藏家手里买下来的郁达夫的手迹。可惜他老人家没能真正领会书法的精髓,最后还是掉进了'文字狱'的陷阱中。"

　　汪静雯不动声色地听着,目光却落在一幅"与人奋斗,其乐无穷"的条幅上。

　　郭小鹏解释道:"这是林老爷子送给我的一幅写意。他的字不行,可意思不错,讲的是斗争哲学。卡斯帕罗夫输给 IBM 那台每秒两亿次的计算机,撒切尔夫人出动战略轰炸机群和航空母舰攻占马尔维纳斯群岛,一点都不丢脸。虽败犹荣。'斗'的过程才其乐无穷。"

汪静雯注意到书房墙上那块伤痕累累的镖靶,靶心密集的镖印又大又深。

汪静雯:"普通的飞镖好像没有这么大的力量。是什么?"

郭小鹏停了停:"是刀。"

汪静雯背心升起一股凉气:"游戏?"

郭小鹏突然极有力度地扬手一挥,一柄精巧雪亮的藏刀应声飞落在靶心中央。

汪静雯不由地喝彩:"太棒了!"

郭小鹏不动声色:"一个人的时候,我常常飞刀解闷。你来一下?"

汪静雯沉着地接过不知何时出现在郭手里的另一把匕首,略一目测,飞刀出手。

匕首紧挨着藏刀深深地插入红色靶心,两刀摩擦碰撞发出尖锐的啸音。

郭小鹏目光炯炯地望着汪静雯赞叹:"汪总真是穆桂英转世,佩服!"

汪静雯温和地一笑:"自古红妆不让须眉。何况此般游戏而已。"

郭小鹏意味深长地笑道:"很好。请到楼上看看。楼上又是一番天地。请!"

两人一前一后,沿着旋转楼梯走上二楼,进入宽敞舒适的主卧室。

柔和的月色流光如泻,透过圆弧形的落地玻璃窗漫进窗帘,朦胧而温馨。

郭小鹏摸到按钮,室内顿时一片光明,恍惚进入英国女王华丽的寝宫。

汪静雯随手拿起床头一本打开的精装书翻看书名,是捷克作家米兰·昆德拉的长篇小说《生命中不能承受之轻》,转问身后的郭小鹏:"董事长喜欢昆德拉的小说?"

郭小鹏答非所问:"生活是一面镜子。无论高尚还是卑鄙,每一个人都在这面镜子面前自惭形秽,无地自容。如果你不相信的话,不妨在我的这面'魔镜'面前试一试。"

汪静雯不知不觉地被引入装饰华丽的浴室,立刻被那面"魔镜"强烈地吸引。

站在巨大的梳妆镜前,因精心设计的镜面和特殊的光效,使镜中人显出惊人的美艳,营造出某种神秘暧昧的幻觉氛围,把年轻女性的温柔妩媚夸张得淋漓尽致。

汪静雯显然被魅力四射的幻影摄去了灵魂,仿佛被另一个"自我表现"所诱惑。

郭小鹏就在这特定的时刻,慢慢从身后揽住了她的腰身,显得自然而和谐。

汪静雯浑身颤栗了一下,但镜中的幻觉又使她感到微微眩晕,一时间心智迷乱。

郭小鹏目不转睛地凝视着汪静雯的目光,暗暗增加着双臂的力度。

汪静雯突然清醒,猛地分臂转身,竟把猝不及防的郭小鹏推倒在冲浪浴缸上。

郭小鹏站立不稳,险些摔倒,急用双手支撑住歪斜的身体,脸色骤变。

汪静雯稍事整理后,冷冷地看着他说:"请董事长尊重我的人格。"

郭小鹏突然冲过去拉住转身出门的汪静雯,低沉地问:"你到底是什么人?"

汪静雯冷静地慢慢拿开他的手:"香港华龙集团的全权代表汪静雯。"

郭小鹏失态地咆哮道:"我有权知道你的真实身份!"

汪静雯:"你可以向戴主席和香港警方调查验证。"

郭小鹏激烈地:"你伪造在北京商学院读过书的履历,隐瞒当过警察或者军人的真实经历,以港方代表的身份打入我的公司内部,究竟是什么目的?为什么要设立这个骗局?"

汪静雯也渐渐提高了声音:"以董事长丰富的学识和阅历,竟做出今天这样下作的举动,我替你感到羞愧!你可以不相信我,我也可以现在就向你提出辞职。但我要提醒你,不要疑神疑鬼,自作聪明,落入别人设置的商业陷阱,毁掉海州药业与华龙集团来之不易的合作局面,也毁掉了你自己的宏图大业!"她推开郭小鹏的手,转身快步离去。

郭小鹏听着她下楼远去的脚步声,慢慢抬起头来,失神地望着镜中的另一个郭小鹏,汹涌的激情渐渐冷落下来,一时陷入感情与理智的困境,无力自拔。

十七 冷清的海滨公路上。夜。外。

汪静雯在黑暗中快步疾走,呼啸的冷风将她的衣裙高高吹起,如暗夜中狂舞的幽灵。

奔驰轿车无声地从后面跟上来,郭小鹏将汽车停在汪静雯面前,走下车来。

汪静雯把头扭向一边,眼里含着屈辱的泪水。

郭小鹏诚恳地:"请汪总原谅我一时的冒昧和失态。我绝不是想伤害你。"说完,他打开了车门,像犯了错误的学生那样低下头,等待和解。

汪静雯似乎不愿意和解,仍把脸扭向一边。

一辆出租车路过想拉生意,郭小鹏赶羊似地挥挥手,司机知趣地开车离开。

汪静雯也觉得像小孩子斗气,想了一下,终于坐进汽车后座。

郭小鹏孩子气地颠儿颠儿地绕过车头上车,小心地启动汽车驶上大道。

十八 奔驰轿车上。夜。内。

宽阔平坦的大道在车头前方默默地延伸,车内的两个人默然无语。

郭小鹏悄悄从后视镜中观察汪静雯泪花晶莹的眼睛,禁不住心潮起伏,柔情隐动。

汪静雯似乎渐渐淡忘了刚才的不快,脸色平静地望着窗外,心驰神往。

郭小鹏真挚地:"我从来没对女人动过真心。我承认,这是第一次。"

汪静雯不为所动,仿佛沉浸在动心的如烟往事之中。

郭小鹏在后视镜里看着她的眼睛:"你强烈地吸引了我,但也使我感到害怕。如果我们之间能够坦诚相见,我们一定会成为事业和生活中最亲密的朋友。静雯,我喜欢你。"

汪静雯的目光终于与郭小鹏相遇,但她的眼睛深不见底,使人无法判断。

十九 海州大厦广场。夜。外。

奔驰轿车开到门厅前缓缓停住,郭小鹏和汪静雯下车后进入灯火辉煌的大堂。

保安熟练地把奔驰车开下坡道转了个圈,停泊在广场前的车群里。

郭小鹏和汪静雯的身影消失在大堂里,一切又恢复了平静。

隐匿在暗处三菱越野车的李新建和强民抬头仰望大楼高层窗口,只见汪静雯商务套房的灯光忽然亮了,但很快又熄灭,整座大楼重新陷入一片黑暗。

李新建难以忍受内心感情的折磨,不觉把手中的香烟攥成一团。

强民憨痴痴地望着那窗口,自语道:"实质性的关系开始了。"

李新建怒喝道:"你给我闭嘴!"猛然轰响油门,发疯似的把车开走。

片刻,郭小鹏独自走出大堂,接过保安递来的钥匙钻进奔驰车。

奔驰轿车无声地远去,美丽的后排灯消失在暗夜中。

二十:海州大厦高级商务套房。夜。内。

汪静雯站在落地窗前的黑影里,眺望着三菱越野车闪着警灯急驰而去,又见奔驰轿车分道扬镳,消失在暗夜里,不觉轻轻叹了口气,转身回到客厅打开房灯,倒了一小杯红葡萄酒一饮而尽。想了想,坐到写字桌前打开电脑,开始查阅电子邮件。

宋老师的邮件已经到达,并附带一句简短的问候:"小汪:看后请删除。宋。"

汪静雯渐渐被邮件内容所吸引,脸上露出欣慰的笑容。

第八集

一 乌鲁木齐国际机场。日。外。

　　波音飞机雷鸣般地降落。

　　刘眉随人流出机场。

　　她招呼出租汽车。

　　上车后,她吩咐司机:"海德酒店。"

二 乌鲁木齐国际机场外。日。外。

　　杨春进入一辆三菱越野吉普车。

　　吉普车与刘眉背道而驰。

三 乌鲁木齐海德酒店豪华标间。夜。内。

　　刘眉光着脚,斜靠在沙发上,手拿商务通,在查阅电话号码。

　　她拿出手机想了一下后,改用房间电话拨号。

　　刘眉:"铁孜先生吗?我是海州春秋兄弟公司总经理杨秋的朋友。半年前,他来新疆时,我让他对您提提我。我姓刘,叫刘眉。"

　　刘眉放荡地笑了:"您知道啊,那太好了。杨秋,他挺好的。现在他出国了。"

刘眉:"对,我已经到了乌鲁木齐。方便的时候,咱们见个面?嗯,嗯,好。我等您的消息。"

四 海州滨海公园。日。外。

汪静雯熟练地将手机的卡换成新卡,然后拨通电话:"宋老师,我是汪静雯。"

宋老师:"美丽的学生,你好阔气啊,天天新号码。"

汪静雯:"不怕一万,就怕万一,防患于未然。"

宋老师:"公务人员总是有机密。要是把它们都公开,公务人员的优越感也就荡然无存了。开玩笑,你说你的事。"

汪静雯:"我已查到需要的东西,但它太庞大了。您有筛选的办法吗?"

宋老师:"我撰写了一个软件,能很容易按使用频率排列。稍后发给你。"

汪静雯:"我有没有能截获对方电子邮件的可能?"

宋老师:"这个截获,不是半路抢劫,而是当文件抵达目的邮箱的时候,去阅读它。"

汪静雯用很女性化的声音说:"这个我懂。"

宋老师并没有生气:"都懂还请教我?"

汪静雯一笑。

宋老师:"你可以在对方的邮箱安排一位电子间谍,等他来取邮件时,把他的密码和口令都记下,这等于你拿到了邻居家门钥匙,想什么时候进去都行。如果这个方法不奏效,我还有一个自己编写的软件,可以组合各种数据,来测试对方的密码。"

汪静雯:"这么说,您是想进谁的门,就进谁的门了?"

宋老师笑了:"从理论上说,是这样的。顶多是个时间的问题。大陆人士,对电子间谍很少领教,他们的加密措施因之不很完善,想进去,易如反掌。你的侦察对象是计算机专业人员吧?"

汪静雯:"可以这么说。"

宋老师:"越是专业人员的密码就越简单。他们就像武功高强的人一样,不安装防盗门不说,有时候还敢虚掩着门睡觉。意思是:谁敢来!"

汪静雯:"再次谢谢宋老师,下次去香港,一定请你吃海鲜喝洋酒。"

宋老师:"这话可不敢让你师母听见。她来了,好,再见。"

汪静雯接收邮件。

她熟练地操作。

五　乌鲁木齐市海德宾馆。夜。内。

身穿睡衣的刘眉接听电话:"是铁孜先生?对,我是刘眉。好的。马上过去。"

六　海德宾馆广场。夜。外。

刘眉已经是一身牛仔。她招呼一辆出租:"去新疆饭店。"

七　新疆饭店大堂。夜。内。

刘眉刚进大堂,两名西装革履、文质彬彬的青年男子,就迎了上来:"请问,是刘眉女士吗?"

刘眉点头。

男子甲自我介绍道:"我们是铁老板公司的职员,来接刘女士。"

刘眉本能地问:"去哪?"

男子笑而不答。

八　桑塔纳轿车上。日。内。

汽车很快驶出城市,道路两旁已显得荒凉。

刘眉表面镇静,但内心却忐忑不安,笑容显得有些做作。

男子甲从精致的皮包中取出一块黑布,对刘眉说:"对不起,刘女士,我们有我们的规矩。"

刘眉看看黑布后说:"明白。"

男子甲蒙上刘眉的眼睛。

九 铁孜住宅。日。外。

面包车在一座新盖的两层楼前停住。

两名男子,一边一个,将刘眉带进楼门。

十 铁孜住宅。日。内。

男子甲解开刘眉的眼罩。

刘眉揉揉眼看去,顿时惊呆。

刺眼的灯光下,剃成贼亮光头的杨春正一脸阴笑打量她。

铁孜正用刮骨刀割取羊腿上的肉往嘴里送。

杨春端起碗吃了一大口:"没想到吧,小骚娘们儿。"

刘眉眼珠迅速转动,紧张地盘算。

杨春:"你觉得无论如何不该在这地方见到我?别瞎盘算了,那没用!"

铁孜:"冤家路窄。"

杨春:"对我来说是冤家路窄,对大哥你来说,就是'有缘千里来相会'了!"

铁孜粗鲁地笑笑:"还是你们南蛮子有文化。"

杨春:"从海州机场开始,我一直护送,用古戏的话说'杨经理千里送眉娘'啊!"他端起酒碗向铁孜。

铁孜虽不懂此典故,但知道是好话。与杨春相碰,一碗见底。

刘眉的额头开始冒汗。汗流到眼睛里,她无望地闭上眼睛。

杨春:"咱们是不是可以开张了?你先用人,我再夺命,各得其所。"

铁孜鹦鹉学舌般地说:"各得其所!谢谢你送来的鲜嫩小羊羔。"他行了一个新疆礼。

杨春也还了一个熟练的新疆礼。

两人再度干了碗中酒。

铁孜摇摇晃晃地一手拿剔骨刀、一手拿羊腿,走向刘眉。

刘眉惊恐地看着他。

羊油滴在刘眉的衣服上。

铁孜用剔骨刀将刘眉的衣服扣子一个一个地挑落。

刘眉紧闭双眼。

杨春色迷迷地凑过去说:"铁大哥,我杨春眼下虽说是山穷水尽,但这份礼物不薄吧?"

铁孜盯着刘眉看,顾不上回答。

杨春:"这个刘小姐的床上功夫好生了得!"

刘眉睁开眼,愤怒地瞪着杨春。

铁孜用刀敲敲肚皮:"好货!好货!"他转回身:"好吃的东西要慢慢吃。一口吞没味道。"他对大汉甲说:"带下去,先给刘小姐净净身,涂点上等香料。"

十一 海州大厦高级商务套房。夜。内。

汪静雯打开了陈然的电脑。

她一屏屏地翻阅。

不住地有色情的图像闪过。

汪静雯:"这个伪君子!"

她移动鼠标,打开一个文件。

屏幕出现:黑龙江莲池制药厂字样。

汪静雯立刻凝聚起注意力。

文件显示:RH 新药配方。

汪静雯继续操作。

屏幕出现:海州制药集团公司研发部字样。

然后是很复杂的化学公式。

汪静雯高兴地拍手。

接着,她自言自语道:"姓陈的,你也太狂妄了,原封不动地就将拿来的机密传走。"

十二 铁孜住宅。夜。内。

铁孜和杨春仍在对饮。

杨春朝楼上看看:"铁大哥,这酒多了要误事的。"

铁孜:"你还是不了解我。铁老大没酒什么事情都干不成。"他举碗。

两人对碰。

杨春为了保持清醒,偷偷地把酒洒在地上一些。

铁孜抹抹嘴:"我知道你小子等急了。这么亮的盘子,真舍不得让你毁了。"他站起:"好吧,我先痛快去了。你耐心等。"

杨春也起立,用尖刀在衣袖上来回磨蹭:"我今天要用她的心肝,祭奠我兄弟的亡灵!"

铁孜一副酒醉心里明的架势:"干掉她,海州市场真能回到你手里?"

杨春:"这个铁大哥放心。"

铁孜:"那我就放心了。"

杨春:"铁大哥在哪办事?"

铁孜:"我有一间密室。凡是来了好货,都在那开包。"

十三 铁孜住宅密室。内。夜。

铁孜所谓的密室,其实是他楼中顶层的一间普通房间。这房间除去中心位置一张大床外,并没别的特点。

刘眉手被铐在床的栏杆上,嘴里塞着布。

醉醺醺的铁孜进去,手拿钥匙,两三次方才打开。

刘眉第一件事,就是取出嘴里的布。

可还没等她回过神来,铁孜已经扑到她身上,撕扯她的衣服。

刘眉镇静自若地躺着说:"铁老板,我已经是你嘴边的肉了,何必这么着急?"

铁孜住手。

刘眉:"细嚼慢咽才有味道,急着往下吞,会卡着喉咙的。"

铁孜:"你说,怎么个细嚼慢咽法?"

刘眉抬起身子,倚在床头:"你看咱们先聊聊,加深一下感情,这样往下的事,才能身心合一,才能销魂啊。"

铁孜:"大城市的文化娘们儿,招数就是多。我这铁桶一般,谅你也飞不走!聊聊就聊聊,看能不能聊出点新鲜的来。"

刘眉嫣然一笑:"铁老板,你说这钱是不是好东西?"

铁孜:"废话!没钱就没房子、没汽车、没酒、没女人、没人听我的话。"

刘眉:"你是做生意的,不会不想挣大钱吧?"

铁孜:"废话。净是废话。没劲,还是来真的吧。"他搂住刘眉。

刘眉:"现在大钱就在你面前,你想让它飞了不成?"

铁孜:"在哪?"

刘眉指指自己:"就在这。"

铁孜定了定神:"杨春说了,你是狐狸精,把他弟弟的钱和命都骗走了。别在铁大爷面前玩花招了!"

刘眉:"杨春的话,你也能信?"

铁孜:"他们兄弟和我有五年的交情,是我的大客户。谁也挑不动我们关系。"

刘眉:"不错,以前他确是大客户,可现在却是一条一文不名的丧家狗。"

铁孜:"他说,海州的市场就会回到他的手里。"

刘眉:"海州的市场现在就在我的手里。"

铁孜："我凭什么相信？"

刘眉从衣服里取出一张汇票："这是一张五十万人民币的自带信汇。而且这仅仅是定金。"

铁孜伸手："我看看。"

刘眉给铁孜。

铁孜仔细地看数字，然后又对着灯光看水印。最后，他把汇票放进钱包。

刘眉："怎么样？绝对没问题。"

铁孜："我不管有没有问题，反正钱已在我手里了，先把你玩了再说。"他扑向刘眉。

刘眉喊叫："你这个大流氓！"

铁孜："你喊吧，越喊越有味儿！"

刘眉："你这个臭流氓！"

铁孜把刘眉衣服撕烂："咱们两都是流氓！不是流氓能到一起？"

刘眉挣扎。

一场力量悬殊的搏斗。

已经就范的刘眉闭上了眼睛。

突然，紧闭的玻璃窗被一个人撞开。

一人身披四溅的碎玻璃飞入。

一支乌黑的枪口，顶在铁孜多肉皱的后脑勺上。

刘眉惊喜地叫道："小亮兄弟！"

十四 铁孜住宅。夜。内。

杨春已经颇有些不耐烦了。

他百无聊赖地玩弄着手中的剔骨尖刀。

他扔下刀，起身高喊："铁大哥，完事了没有？"

没有回音。

他欲上楼。

被两条彪形大汉挡驾。

杨春："他妈的！他吃香的喝辣的，把老子一人晾在这！"

他回到座位，给自己倒了一满碗酒。

十五 铁孜住宅密室。夜。内。

铁孜被铐在暖气管道上，一副垂头丧气的样子。

刘眉惊魂始定："你怎么来了？"

林小亮神秘地笑笑："我怕刘姐一人应付不了。"

刘眉："那你从哪知道我在这？"

林小亮："本经理江湖行走多年，关系还是有一些的。"

刘眉："你二哥知道吗？"

林小亮的笑更神秘了："他要是知道，我还能来吗？"

刘眉很失望的样子。

林小亮像西部片中的牛仔一样，玩弄着手枪："把老铁给干掉吧？"

铁孜惊恐万分地注视着刘眉。

刘眉走到铁孜面前："按你所作所为，死上十次也不冤。"

铁孜从刘眉的话中听到了生机，马上说："我罪该万死！我罪该万死！"

刘眉给铁孜打开手铐："给你个立功赎罪的机会。"

铁孜："让我变牛变羊都行！"

刘眉："协助我们把杨春收拾了。"

铁孜："你不说我也要收拾他！"

刘眉："你先出去安顿住他，我马上就下去。"

林小亮用枪比比铁孜："别玩花招，周围都是我的人。"

铁孜诺诺而退。

林小亮："为什么不干掉他？"

刘眉:"做生意最重要的就是一进一出,把他杀了,上哪弄麻黄素去?"

林小亮:"把杨春杀了吧?"

刘眉:"你就知道杀人。"

林小亮指指天花板:"上面说,要'挥金如土,杀人如麻'。"

刘眉:"当挥金如土不顶用的时候,再杀人不迟。"

林小亮:"留着杨春,终归是祸害。"

刘眉:"上面还说过:敌人是打不完的,要拉。你看杀了杨秋,就来了杨春。杀了杨春,杨夏、杨冬又来了。可拉拢住他,就多个帮手。"

十六 铁孜住宅客厅。夜。内。

杨春坐在八仙桌旁,忐忑不安地看着客厅的入口。嘴中喃喃道:"妈的,干上还没完了!"他把刀子插向羊腿。

铁孜晃晃悠悠地走入。

杨春巴结地问:"铁大哥,味道怎么样?"

铁孜:"鲜!嫩!"

杨春:"我的话,没错!"

铁孜:"来人。"

两大汉应声而上。

铁孜:"上酒!上菜!"

两大汉答应"是"后退出。

铁孜对门外喊:"有请刘小姐。"

刘眉仪态万方地出现。

杨春愣了愣。

铁孜起身,恭敬地对刘眉:"请上座。"

刘眉当仁不让地坐下。

两大汉端烤全羊和大壶酒上后,垂手而立。

刘眉这才对杨春说:"杨大哥,我能不能吃完这最后的晚餐?"

杨春已经全傻了,看看刘眉,又看看铁孜。

铁孜无比恭敬地对刘眉说:"请用。"

刘眉:"杨大哥不发话,我不敢下手啊!"

杨春几乎明白过来,可还是问:"铁大哥,你这是?"

铁孜:"这新疆早晚的温差就是大,中午吃瓜,晚上抱火炉。"

杨春:"铁大哥是不是见色忘友?"

铁孜不回答,专心地用剔骨刀剜羊头的眼珠和脑子。

杨春欲拔枪,被两大汉扭住胳膊并极麻利地把他捆在客厅廊柱上。

铁孜:"你说对了,我见色忘友不算,还见利忘命。"

杨春咬牙切齿地说:"你真是个卑鄙小人!"

铁孜:"好人谁在刀尖上过日子?"

杨春:"算我瞎了眼!"

铁孜看着在刀尖上颤动的羊眼:"羊眼我吃多了,可从来没吃过人眼!"

杨春面露恐惧。

铁孜把羊眼一口吞下,然后猛地举起尖刀。

杨春闭上眼睛。

刘眉大声喊:"且慢!"

铁孜的刀停在半空。

杨春睁开眼睛。

刘眉:"我五十万定金之外,再加十万,买下这个人。"

铁孜惊讶地看着刘眉。

刘眉:"怎么样,铁老板嫌少?"

铁孜:"不敢!不敢!"

刘眉伸手。

铁孜把刀递在他手里。

刘眉持刀走向杨春。

杨春:"你动手吧!再过二十年,我老杨家又是一对好汉!"

刘眉手起刀落,杨春身上的绳索纷纷断裂。

铁孜一惊,倒退若干步,做防守准备。

杨春惊愕地看着刘眉:"你?"

刘眉:"我告诉你,杨秋不是我杀的。"她把刀递给杨春:"如果你非要栽在我头上,那就成全你!"

杨春持刀的手哆嗦着,不知所措地看着刘眉。

楼上暗窗中的林小亮瞄准着杨春。

杨春弃刀跪在刘眉面前,头深深垂下:"我……对不住你!"

刘眉扶起杨春:"杨大哥为弟报仇,我理解。如果你信得过我,我可以帮你查出凶手。"

杨春感动地泣不成声。

铁孜拍手大笑:"这满天的乌云散了。咱们喝酒!"

刘眉朝楼上喊:"小亮,下来吧!"

四人相对而坐。共同举杯。

十七 舰桥半岛郭小鹏住宅。夜。内。

郭小鹏拿出手机,抽出原来的卡,换上一张新卡,然后将其和手提电脑连接。

接着他开始写电子邮件。

屏幕显示:G,你好。从本月开始,使用第三套密码系统。现在我将生产、研制情况,作为邮件的附件发出。收到后,请更换邮箱地址(内容为英文)。

郭小鹏操作。

电话响。

正在操作计算机的郭小鹏接听。

郭小鹏:"戴主席,您好。"

戴天:"第一期投资的第二笔资金,已于昨天拨付了。"

郭小鹏:"我们已收到银行通知,现在正在办理相关的手续。谢谢戴主席。"

戴天:"作为一个企业家,资金的安全从来都是第一位的。"

郭小鹏:"请戴主席放心。我一定会竭尽全力,使您的利润达到最高值。"

戴天:"竭尽全力我相信,但'天有不测风云'啊!"

郭小鹏不知道戴天的葫芦里卖的是什么药,所以没回答。

戴天:"中国皇帝怕人误导远在边塞、掌握兵权的将领,就把一张画有老虎的符分成两半,他一半,将领一半。只有两个符对成只老虎,命令才能确认。"

郭小鹏拿铅笔在纸上写:虎符的故事。老狐狸。

戴天:"政治是什么？政治就是在能允许的范围内妥协、退让。"

郭小鹏言不由衷地说:"戴主席真是博学多才。"

戴天:"郭博士客气了。普林斯顿可是美国最著名的十所常青藤大学之一。"说罢,他语气一转:"一个篱笆三个桩,一个好汉两个帮。给你推荐一个副手如何？"

郭小鹏此刻已经完全明白了:"您说。"

戴天:"如果能给汪静雯一个副董事长的职务,那不光对华龙公司,就是对海州药业,也是很有利的。"

郭小鹏在"老狐狸"三个字上画圈:"明白。"

戴天:"如果郭董事长没有异议的话,我希望在第三笔资金到位之前,完成此事。"

郭小鹏:"我看用不了那么长时间。"

戴天:"把资金放到郭博士这样精明强干的后生手里,真是钱得其所。好,再见。"

郭小鹏:"老前辈多保重。"

放下电话后,郭小鹏在思索的过程中,将"老狐狸"三字,完全涂黑。

十八 海州药业集团公司计算机中心。日。内。

汪静雯进入。

干净、整洁的机房,透过玻璃窗可以看见运行中的大型计算机。

汪静雯敲主任室的门。

没有反应。

汪静雯问正好路过的一个小姑娘:"陈然主任在里面吗?"

小姑娘说:"在。"

汪静雯:"他为什么不开门。"

小姑娘笑笑。

汪静雯也自觉问得有些没道理,于是改问:"有什么办法打开这个'文件'吗?"她指指门。

小姑娘:"需要电话预约。"

汪静雯拿出电话:"你们内部的人找他也要这样吗?"

小姑娘又是一笑。

汪静雯:"我是汪静雯。"

陈然:"喔。"

汪静雯:"我就在你门外。"

陈然:"你有事?"

汪静雯:"能让我进去说吗?"

陈然放下电话。

过一会儿,门才打开。

十九 计算机中心主任室。日。内。

这是一间全封闭的房子,分里外两间,用双层玻璃窗隔开。

陈然也不让座,也不寒暄。

汪静雯:"陈主任忙什么?"

陈然单刀直入:"汪总有什么事?"

汪静雯仍然想用通常的做法打通渠道,她向陈然充满魅力地笑笑:"没事就不能进来看看?"

陈然不反馈,眼睛看着窗外的树枝。

汪静雯:"我可以坐吗?"

陈然点头。

汪静雯:"我敲门你没听见?"

陈然摇头。

汪静雯:"这不可能。"

陈然:"我在里面工作。这门是完全隔音的。"他指指大门:"这门也是。"他指指玻璃隔断。

汪静雯:"你一说,我就感觉到了。"她摸摸自己的心口:"我好像听到了自己的心跳。"

陈然得意起来,随手把一本书扔到地上。

发出的声响是普通人经验中的若干倍。

陈然:"这是海州市最安静的地方。"

汪静雯:"谁设计的?"

陈然:"我。"

汪静雯:"为什么要这样。"

陈然:"我不喜欢干扰,任何干扰。"他说话时,眼睛依然看着别处。但突然转向了汪静雯,生硬地问:"你有事吗?"

汪静雯:"我想请你吃饭。"

陈然生硬地说:"吃饭最没意思。"

汪静雯:"你既然不想吃饭,那我问你一个问题。"

陈然不置可否。

汪静雯:"对于一个系统,这个系统也许是国家,也许是一个计算机网络、也许是一个人,什么是最重要的?"

陈然:"我从不研究虚的问题。"

汪静雯:"是安全。"

陈然抬起眼,看着汪静雯。

汪静雯:"现在你的安全出了问题。"

陈然:"不可能!"

汪静雯:"哈尔滨你去过吧?"

陈然摇头。

汪静雯:"莲池制药厂总听说过吧?"

陈然一下子就紧张起来:"咱们到里面说。里面是全屏蔽的,任何电子侦听设备都无能为力。"

汪静雯:"我看得出,你非常缺乏安全感。"她看看手表:"我有个会,等我的电话。"

陈然可怜兮兮递给汪静雯一张纸片:"这个电话是我全部通讯设备的中心。一下子就找到我了。"

二十 舰桥半岛郭小鹏住宅。日。内。

郭小鹏手拿移动电话:"唐兄,拜托你给我查一个人。"

唐兄:"你说。"

郭小鹏:"汪静雯。据称是香港中文大学一九九五级毕业。我传一份电子邮件给你,麻烦你从她大学注册起,逐项查。记住,要查当时港英政府的档案。"

唐兄:"你想和她结婚?"

郭小鹏含糊其辞地答应道:"就算是吧。"

唐兄:"我在美国和你同学三年。三年我得出一个经验:没有一件事,你不是深思熟虑的。"

郭小鹏:"那也未见得不是好事情。"

唐兄："香港生意界喜欢读《三国》。司马懿问一个蜀兵俘虏：你们丞相日常都干些什么？蜀兵答道：丞相事无巨细都管。司马懿一听就笑了，说诸葛亮用心太过，恐怕不久于人世。"

郭小鹏不高兴了。

唐兄："我要的那批党参、黄芪，你按什么价格报的关？"

郭小鹏："你放心好了，我这个不久于人世的人，是不会让你吃亏的：按实际价格的一点五倍。所得的退税款多出部分，一人一半，从你的货款中核减。"

唐兄："晚安。"

郭小鹏："晚安。"

二十一　中信大厦高级茶室。日。内。

惶惶不安的陈然看一眼门外，看一眼手表。

然后端起茶杯，一口喝干。

转动茶杯。

一系列神经质的动作。

汪静雯进入。

她今天一反上回约会时的打扮，完全低调。

她直接走到陈然面前坐下，一句道歉的话也没说。

陈然巴结地给她倒茶。

汪静雯也开门见山："我在一个很偶然的机会，获得一些有关你的情报。"

陈然有些心虚地问："都是什么？"

汪静雯："你经常在一些交友的布告栏下溜达，用假身份和一些女孩子联系。"

陈然并不很紧张："这是闹着玩。"

汪静雯："作为一个已婚者，和一些上中学的女孩约会，也是闹着玩？"

陈然喃喃地说："她们愿意。"

汪静雯："那好。咱们不谈这些。"她从包中取出一张纸："请你好好看看。"

陈然看了一遍，再看一遍。虽然已经是深秋，他的脑门上沁出细微的汗珠。

他在把纸还给汪静雯时："你是怎么获得这些材料的？"

汪静雯一笑："无可奉告。"

陈然："那你想干什么呢？钱？"

汪静雯："易货贸易。"

陈然："要换什么货？"

汪静雯："进入网中网的全套密码。外加全部的真实进出口财务情况。"

陈然一哆嗦。

汪静雯："我还要你协助我取得郭小鹏计算机中的核心机密。"

陈然："你要得太多了。"

汪静雯："我认为不多。"

陈然："你可能听说过，他们从来不放过触犯他们的人。"

汪静雯挥动手中的纸："我当然知道。"

陈然猛地下了决心："你去告诉郭小鹏吧。顶多是开除我，损失十万年薪。"他的态度越发强硬："我这样的计算机人才，吃饭的地方还找得到。"

汪静雯知道陈然这是"垂死挣扎"，决定给他致命一击："根据新刑法第二百一十九条'侵犯商业秘密罪'规定，给商业秘密权利人造成巨大损失的，可处三年以上，七年以下有期徒刑。"

陈然低下头。

汪静雯："这将会给你的家庭带来多大损失，我不知道。但三年出来，你的计算机技术肯定过时了。"

陈然抬起头："我听你的吩咐。"

二十二 西北某劳改农场。日。外。

砖窑外忙碌的人群。烈日当空。

林小强和靳铁坐在荫凉处喝茶。

靳铁:"林总的势力范围,应该不止这一块吧?"

林小强:"五年修炼,当然不止。"

靳铁小心地试探:"那你为什么不想个办法出去?"

林小强把手中的芭蕉扇一挥:"他们中的任何一个都想马上出去,出得去吗?"

靳铁:"听说你家老爷子当过市委书记?"

林小强更正道:"省委书记!"

靳铁:"那怎么还出不去?"

林小强:"'当过'这两字把事都说透了。再说,我的案子一点余地都没有。证据搜集得要多全有多全。"

靳铁给林小强一支烟。

林小强:"三个五。真是'富在深山有远亲'啊!"

靳铁:"莫非你是被人算计了?"

林小强:"你小子确实聪明。"

靳铁:"谁?"

林小强:"我的一个亲戚。一个心狠手辣的亲戚。"

靳铁:"为了财产?"

林小强:"财产仅仅是一部分。"

靳铁:"其余的是?"

林小强:"你知道这些没用!"他喷出浓浓的一口烟。"你想出去?"

靳铁:"当然!你知道,我有个女友。原来是如胶似漆,你中有我,我中有你,海誓山盟。可我进来没几天,她就嫁给了一个外国老头。"

林小强:"有多老?"

靳铁:"这个老头在二次大战时,当过纳粹。后来逃到澳大利亚,慢慢地成了一个农场主。你自己算算有多大吧。"

林小强盯住靳铁:"那咱们做个交易?"

靳铁:"只要能出去,怎么都行。"

林小强:"这儿的张监狱长特别喜欢钱。只要他同意,你就能保外就医。我有渠道通他。"

靳铁拿出纯粹商人的劲头问:"那你要什么?"

林小强:"你出去后,想办法让他同意我出去看病。其余的我自己会办。"

靳铁:"他值多少钱?"

林小强伸出手掌翻了翻。

靳铁:"一百万?"

林小强:"十万。"

靳铁:"小菜一碟。"他转问林小强:"我要出去以后,不帮助你呢?"

林小强阴险地笑笑:"我总有一天会出去的。到时候,命碰命吧。"

二十三 海州药业集团公司董事长办公室。日。内。

郭小鹏拿起电话。

唐兄:"你要的材料,我已经全部搞到了。"

郭小鹏:"这么快?"

唐兄:"我有一个精干的班子。列宁说:给我一个革命家的组织,我就能把整个世界翻过来。"

郭小鹏着急地问:"她有什么问题没有?"

唐兄:"在香港中文大学的学历,没有问题。"

郭小鹏:"确实没有?"

唐兄:"我从几个渠道得到证实。她要想改,也没这么大的本事。"

郭小鹏长出一口气:"这下我就放心了。"

唐兄:"别这么快就放心。"

郭小鹏:"这关系到我的企业生死存亡,你别跟我逗!"

唐兄口气郑重地说:"汪静雯女士进入中文大学,似乎靠的是一个中资机构的力量。"

郭小鹏又紧张起来:"什么机构?"

唐兄:"什么机构搞不清。据说是一个公司。当然,这些是在传言基础上做出的分析,没有文件记录。但华龙公司,曾数次借助中资机构的力量,渡过难关,这在香港生意界,知道的人不少。"

郭小鹏又松懈下来:"香港回归以后,公司成分日趋复杂。不少公司,都有大陆资本的成分,这和当年许多公司有英国成分一样,不值得大惊小怪。"

唐兄笑着说:"观点决定一个人观察到什么。你希望汪女士没问题,我提供再多证据,你也会视而不见。"

郭小鹏:"我一定会充分利用你的材料的。"

唐兄:"用不用是你的事。"

郭小鹏:"我有一笔钱,想到你的账上转一转。"

唐兄:"然后再去日内瓦、苏黎世、哥斯达黎加?"

郭小鹏:"去哪再议。方便不方便?"

唐兄:"这要看它在转的过程中,能留下点痕迹不?"

郭小鹏:"当然。"

唐兄:"那就相当方便。"

郭小鹏:"银行方面不会留下什么痕迹吧?"

唐兄:"我自己就有一家银行。"

郭小鹏开玩笑道:"汇丰、渣打,还是中国银行?"

唐兄:"香港对银行业的管制,相当严格。我这是一家美国银行在香港的分行。你打听那么多干什么?反正让你的钱安全的来,安全的走就是了。问题的关键是……"

郭小鹏打断道:"给你留下多少?"

唐兄一点也不尴尬地笑了一声:"在商言商嘛!"

郭小鹏:"阿基米德说:给我一个支点,我就能撬动地球。看来我的支点就是钱啦。"

唐兄:"莫非你还以为是别的什么?"

放下电话后,郭小鹏不停地用笔敲击桌面。

二十四 海州大厦高级商务套房。傍晚。内。

汪静雯已经卸了妆,准备休息。电话响。

汪静雯:"哪位?"

郭小鹏:"我啊。"

汪静雯:"董事长。"

郭小鹏:"咱们一起吃个饭如何?"

汪静雯很为难地说:"我已经卸了妆了。"

郭小鹏:"那就再扮上。人生本来就是一个大戏台嘛!"

第九集

一 汉普顿庄园西餐厅。夜。内。

这是一家充满欧陆情调的西餐厅。轻柔、华丽的背景音乐弥漫,餐桌和餐桌之间间隔颇大。

郭小鹏很艰难地开口说:"日前的事,我很抱歉。"

汪静雯笑着问:"董事长为什么事道歉?"

郭小鹏:"你我的界面这么友好,我也就放心了。"

汪静雯瞥了一眼离开他们几张桌子上独自品酒的一个男子。

郭小鹏:"汪总也看见了?"

汪静雯显然没料到郭小鹏的观察力如此敏锐,只好说:"看见了。"

郭小鹏:"此人从我到大厦接你,一直跟到现在。"

汪静雯:"警察?"

郭小鹏:"要是就太拙劣了。"

汪静雯:"你的人?"

郭小鹏:"哪有我的人跟踪我的道理?"

汪静雯很有含义地笑笑。

郭小鹏:"不过也难说。"

汪静雯:"董事长统治下的海州药业,看来也不是铁板一块?"

郭小鹏:"国民党里还有军统、中统之分呢!"

汪静雯:"刘总的人吧?"

郭小鹏点头:"看来他是盯你的。"

汪静雯显然不想涉及男女,没有搭腔。

郭小鹏:"汪总几岁读的小学?"

汪静雯警惕起来,想了想后回答:"和正常人一样。"

郭小鹏很随便地问:"判断一所大学的好坏,不能看它有多少大楼,多少经费,而要看它有没有著名的教授。"

汪静雯不失时机地恭维道:"普林斯顿大学就有爱因斯坦、费曼等许多诺贝尔奖得主。"

郭小鹏:"香港中文大学法律系最著名的教授是谁?"

汪静雯不假思索地回答:"卞之元教授。他是国际法方面的专家,前些年,海牙国际法庭大法官出缺时,他是候选人之一。这法官要求在七十岁以上、国际法专业、一个洲一个。条件蛮高的。"

郭小鹏:"他去成了没有?"

汪静雯:"没有。北大的一个教授去了。不过,他参加了香港基本法的起草。这也是一个很高的身份。"

郭小鹏:"名师出高徒,难怪汪总如此精明。"

汪静雯动人一笑:"董事长仍然不相信我?"

郭小鹏赶紧转移:"别老董事长、董事长的,在私人场合,尽管叫我小鹏好了。"

汪静雯讥讽道:"有人听了会不高兴的。"

郭小鹏再度转移:"你在北京商学院读书时,有好的教授吗?"

汪静雯含糊地说:"大陆的商学院,少有好教授。只有一位从美国回来的硕士,还算可以。"

郭小鹏:"谁啊?"

汪静雯想了一会儿后问:"我有保持沉默的权利吗?"

郭小鹏也笑了:"你是否觉得像审讯?"

汪静雯撇了撇嘴。

郭小鹏:"这年头的人,对钱实在是太热爱了。"他给汪静雯倒茶:"我听小亮讲,'戒毒灵'的专家鉴定一开始,就有好几位专家不同意。晚饭后,他挨个房间里转了转,每人奉送一万块钱。再开会时,一片赞成声。"

汪静雯:"大陆的知识分子苦的时间太长了,也难怪。"

郭小鹏:"戴主席给我来了电话,希望你担任副董事长职务。你听说了吗?"

汪静雯:"两巨头间的事,我怎么会听说?"

郭小鹏:"你对董事费有没有想法?"

汪静雯:"当然是多多益善!"

郭小鹏:"如果你在资金使用方面,不过分苛求的话,你的利益我是会保证的。"

汪静雯:"如果你不过分胡来的话,我也不是个不能通融的人。"

郭小鹏举杯:"那我以茶当酒,敬你一杯。"

汪静雯:"我也敬董事长一杯。"

郭小鹏:"汪总是怎么进入华龙公司的?"

汪静雯:"这个问题,我很乐意回答:华龙公司需要管理人员,我又有得力的人介绍,于是就去了。就这么简单。"

郭小鹏欲问又止:"这个得力的人是?"

汪静雯:"我前男友的舅舅。"

郭小鹏笑了起来:"这是一层无法考证的关系。"

汪静雯也笑了。

郭小鹏小心地问:"这位舅舅,是哪个公司的?"

汪静雯:"华利公司的副老总。你听说过吗?"

郭小鹏摇头:"它有大陆背景?"

汪静雯:"它是上市公司,主要股份是游移不定的。"

郭小鹏怕一下子问得过多,就转移开:"说也是,就是海州药业的构成,我也只能搞清楚几个大的。"

汪静雯开玩笑道:"那你找一个人,不停地问啊问,就能搞清楚了。"

二　西北某劳改农场宿舍。日。内。

正在收拾行装的靳铁。

抽烟的林小强。

靳铁把东西都收拾好了之后,想了想,把 CD 圆珠笔拔出来,递给林小强。

林小强没接。

靳铁:"这是全世界最好的笔。在任何出售它的地方,都可以当下换到现钱。"

林小强仍然不接:"我玩这笔的时候,你还在大学的宿舍里梦姑娘呢!"

靳铁收也不是,不收也不是,陷入尴尬。

林小强:"你记着我托付给你的事就行。"

靳铁:"非常感谢林总指的路。"

林小强:"感恩是世界上最靠不住的东西。"他挥挥手。

靳铁提着包出去。

林小强呆呆地看着他的背影。

三　乌鲁木齐海德酒店。日。内。

正在睡懒觉的刘眉被手机响吵醒。她懒洋洋地接听。

一个阴沉的男声:"我前天晚上从七点一直跟踪到凌晨四点。汪静雯先和郭小鹏在舰桥半岛郭宅密谈半小时,然后一起进入海州大厦汪静雯的房间。郭凌晨四点出来。今天晚上,他们一起在汉普顿西餐厅就餐。"

刘眉着急地问:"他们在房间里都干了些什么?"

男声:"进入十五分钟后,汪静雯房间里的灯灭了。"

刘眉烦躁地问:"他们到底干了什么？"

男声刻板地说:"房间里的事,不在合同范围之内。"

刘眉也察觉到自己的失态:"对不起。"

男声:"到目前为止,我一共工作三十五个小时,以一小时二百人民币计,总数为七千元。"

刘眉:"我马上拨款到你的账上。"

男声:"还要不要继续？"

刘眉:"需要的话,会通知你的。"

电话断。

刘眉依旧拿着电话。

半晌,她失声痛哭。

四　西北某劳改农场接待室。日。内。

林小强见了林小亮,一点高兴的样子都没有。

林小亮真诚地伸出手:"大哥。"

林小强没有回应:"你来干什么？"

林小亮诧异地回答:"看看你啊！"

林小强居高临下地看着林小亮:"这么多年了,你才想起我来？"

林小亮:"爸老早就让我来。"

林小强:"官没了,透出人味儿来了！"

林小亮不高兴地说:"你别这么说他,他当年也实在是不得已。"

林小强:"你懂个屁！"

林小亮不吱声,把钱和香烟等物品递给林小强。

物流使得林小强态度好转:"你现在干什么？"

林小亮:"还在给二哥干。"

林小强故意问:"谁是你二哥？"

林小亮只好改换话题:"听说你因为表现好,减刑了?"

林小强点头。

林小亮:"什么时候能出来?"

林小强:"出监狱的办法共两种:当局放你出去和自己出去。"

林小强的表情,使得林小亮不敢插话。

林小强:"姓郭的小子,还是那么春风得意?"

林小亮不敢说出实情:"还算混得过去。"

林小强:"他买卖做得越大,撒手时就越难!"他收拾起东西:"你替我捎个话,说林小强在监狱里祝贺他!"

林小亮看着林小强的背影发呆。

林小强走了两步后,又停住问:"那个姓刘的烂女人还活着?"

林小亮点头。

林小强恶狠狠地说:"她可千万不敢死了!"

五 乌鲁木齐海德酒店。日。内。

敲门声。

只穿轻薄睡衣的刘眉有气无力地说:"进来吧。"

杨春进。很萎缩的样子:"刘总叫我?"

刘眉摆手示意他进来。

刘眉哀怨地问:"你还想要我吗?"

杨春退后两步:"刘总,你让我干什么都行,就是……"

刘眉拍拍床:"到这来。"

杨春依然在犹豫。

刘眉圆睁杏眼:"叫你来,你就来!别他妈的跟阉了的太监似的!"

杨春在往前走的途中,信心陡增。最后,他一个半鱼跃,扑上去,压在刘眉的身上。

刘眉避开杨春的狂热的亲吻，眼睛中泪水滚滚。

六　市公安局局长办公室。日。内。

张啸华手持专线电话："刘眉、林小亮、杨春在新疆会合，去采购毒品的原材料。在新疆同志们的配合下，基本搞清楚原材料的产地和运输方法。请指示。"

电话里是一个说话很慢、很稳重的男声："海州是冰毒加工基地，这确凿不移，而且很可能是目前国内最大的冰毒基地。冰毒将取代海洛因，成为二十一世纪主流毒品。"

张啸华的态度愈发严肃。

男声："目前它的进口基本清楚了，出口就转成了关键。"

张啸华："对于出口，我们知道的还很少。"

男声："他的出口不是一个，而是多个，通向国际、国内。"

张啸华："是的。'海燕'目前已进入探索出口的实质性工作。"

男声："我会指示国际刑警中国中心局配合你们的工作。待出口搞清后，全力摧毁之！"

张啸华："是。"

男声："务必使'海燕'安好。"

张啸华："请首长放心。"

七　海州药业集团总部财务部部长室。日。内。

财务部毕部长正在看一本印刷精美的英文色情杂志。

他空无一物的桌子上，放着一本厚厚的字典，他用手指比划着色情图像下面的文字，每遇到一个生字就查一查字典，并用铅笔在一张白纸上写下它的意思。

电话响。

他不接。

电话持续地响。

他嘟囔道:"真他妈的烦人!"接听。

毕部长:"喔,汪总。"他翻开杂志最后一页。

里面夹着一张汪静雯的照片。

照片上青春洋溢的汪静雯,正在美丽动人地微笑着。

汪静雯:"你今天该有空了吧?"

毕部长皮笑肉不笑地说:"汪总稍等,我查一下备忘录。"他用笔在汪静雯的相片上勾画了一阵后说:"碰巧今天没事。"

汪静雯:"晚七点东海饭店见?"

毕部长:"不要去东海。"

汪静雯没有回答。

毕部长:"东海的熟人多,饭菜也不怎么样。"

汪静雯:"那您说去什么地方?"

毕部长:"到时候,我去大厦接你。"

八 乌鲁木齐国际机场。日。内。

刘眉空手在前,杨春提包在后,进入候机大楼。

杨春:"你一人走,我真不放心。"

刘眉:"海州是自己的地盘。你放心好了。我不放心的倒是你!"

杨春真诚地说:"你现在又是我的上司,又是我的太太,双保险,还有什么不放心。麻黄素我一定安全运到。"

刘眉左右看看,训斥道:"别老提名字,要说货。"

杨春:"货,货。"

刘眉:"你以为我是不放心货?我是不放心女人。"

杨春得意起来:"不瞒你说,黑道上这么多年,女人没少搞过。乱七八糟地不算,正经场面上的就有模特、画家、运动员,还有个学动物的硕士。"

本来脸色阴沉的刘眉听到这也笑了："哪有学动物的,是学生物的吧？"

杨春傻乎乎地反问："不一样么？"然后他继续刚才的话题："可没一个像你这样的。"

刘眉笑着说："这话你都说熟了吧？"

杨春不高兴了："我这是真话。甭管她们嘴上怎么说，到头来还是一个钱字。"

刘眉："你身上也只有这项超过平均水平。"

杨春不理睬刘眉的讽刺："可你不一样,让我一辈子都忘不了。"

刘眉好像被杨春的真诚的语气感动，伸手拉住杨春的胳膊。

这投资收到了极大的回报。杨春动情指指远处的雪山："等这些山都变成海,我的心也不会变！"

到了检票口,刘眉接过行李："你一定要在规定时间,把货运到规定地点。"

杨春："你放一万个心好了。"

刘眉："你要是想和我一直好下去的话,我有一个条件。"

杨春："多少条件也行。这两天,我算看穿了：钱有什么用？保住命以后,最重要的就是有个贴心女人。"

刘眉："你还让不让我说话？"

杨春噤声。

刘眉："今后只许我找你,不许你找我。"

杨春嬉笑地反问："我要想你了呢？"

刘眉："那也得等着！"

九　海州大厦红外监测中心。夜。内。

数十台监视器显示着不同的画面,大厦的各个角落尽收眼底。

郭小鹏独自一人坐在一个办公室里,冷眼审视大堂内外的情景。

屏幕显示：盛装的汪静雯,走出电梯,进入大厅。

郭小鹏凝神察看。

屏幕显示:汪静雯径直出大门。

郭小鹏切换到门外。

汪静雯上了一辆黑色的别克车。

郭小鹏放大图像,试图看清楚车号。

可别克车已经扬长而去,脱离画面。

郭小鹏脸色阴沉地走出密室。

十　海州大厦工作区走廊。夜。内。

在空荡荡的走廊里独行的郭小鹏的手机响。

他听到"我是 G"一句后,神色大变,忙拐进临近的一个洗手间。

在自动冲水系统的声音中,他首先察看所有的间隔,确信无人,方才说:"可以讲话了。"

郭小鹏略有惊慌的表情:"你怎么会知道这个号码?"

G 说一口标准的普通话:"我的产值大概和日本三菱、三井差不多。做遍全世界的生意,当然要配有一个完善的信息网。这电话安全吗?"

郭小鹏:"应该安全。我一星期就一换。"

G:"你我通过邮件联系,已经两年。在做这么大的生意之前,我觉得无论如何也应该听听你的声音。"

郭小鹏:"生意的情况,我在邮件中谈。"

G:"你别紧张嘛!即使你的电话在监听之下,也只有在出现某些关键词时,此段落才会被计算机选出分析,剩下的全都'淹'了。"

郭小鹏:"听你的口音,好像北京人?"

G:"从某种程度上说,这也是对的。"

郭小鹏:"你今年四十岁?"

G 笑:"你再往下问,警方能据此画出模拟图来了。方便的时候,咱们见上一面。我对你个人很有些兴趣。"

郭小鹏不喜欢 G 这种高高在上的口气,马上说:"我对你也很有兴趣。"

G:"全世界有很多、很多人都对我怀有极大的兴趣。具体步骤,我会通知你的。"

郭小鹏再度反击:"你目前在什么位置上?"

G 哈哈大笑后说:"只在此山中,云深不知处。"

电话挂断。

电话立刻再度响起。

郭小鹏接听后,连续不断地"喔",只是在最后命令道:"动用所有的关系,不惜一切,给我一查到底。"

十一 海州边远处的"庄稼菜"饭店。夜。内。

这家饭店用的原木桌子,粗瓷大碗,筷子也是参差不齐。

毕部长:"既然你请客,我就不客气了。"

汪静雯显然不高兴了:"你怎么知道是我请客?"

毕部长:"你一个海州大厦经理,屡次三番地约我这个财务部长,显然有事。"

汪静雯很认真地强调:"我目前已经是海州药业的副董事长了。"

毕部长:"那是虚的。我告诉你,海州药业除郭小鹏外,谁也无权指挥我这个财务部长。"

汪静雯毕竟是想从毕部长这里获取些东西,不得不委曲求全,便将菜谱推了过去。

毕部长不等菜谱到达,便吩咐跑堂的伙计:"来一大锅狗肉,一斤你们家酿的老酒。"

汪静雯像所有的女士一样,不喜欢纯肉:"咱们光要狗肉?"

毕部长:"狗肉好!俗话说:狗肉滚三滚,神仙站不稳。"

汪静雯虽然也算见多识广,可此时竟对付不了毕部长。

毕部长指点着热气腾腾的火锅说:"这狗肉可大有讲究:一黄、二黑、三花、四白。"他掰着手指继续说:"小狗补肾,中狗补血,老狗去风湿。"说着,他给汪静雯倒上一大碗酒。

已经很难受的汪静雯仍要奉承毕部长:"您这大碗喝酒、大块吃肉,颇有梁山风格。"

毕部长得意地说:"我就是喜欢水浒吃法!"他拿起一大块狗肉塞到嘴里:"我平生最反对的就是假斯文的红楼吃法:什么你尝尝这虾,你品品这酒,有什么意思。"他举碗。

不由得汪静雯不配合。

毕部长:"有事你就说,趁我现在还清楚着。"

汪静雯:"作为香港华龙公司的首席代表,我需要知道一些内部的情况。"

毕部长冠冕堂皇地一句话就把汪静雯给顶了回去:"海州药业没什么是不可告人的。"

这自然在汪静雯的预料之中:"谁没点隐私呢?单位和个人是一个道理。"

毕部长狡猾地看着汪静雯说:"获得隐私是需要一定的费用的。"

汪静雯:"这个我们自然会考虑的。"

毕部长一点醉音醉样都没有:"那么您这考虑是多少呢?"

汪静雯一时无法确定,只得说:"在我的授权范围之内。"

毕部长显然对汪静雯作过认真的调查:"您是硕士,又是学工商管理的,最好确定一下范围。"

汪静雯只得姑妄言之:"三万如何?"

毕部长:"美金?"

汪静雯:"人民币。"

毕部长重重地把酒碗放在桌子上:"你这是在打发要饭的!"

汪静雯:"你要多少?"

毕部长："十万人民币。"

汪静雯见毕部长是个喜欢钱的人，认为找到了突破方向："你的情报要是值这些的话，我可以设法筹集。"

毕部长："不要现金，存在香港银行就行。钱到账之后，我会得到通知的。"

汪静雯："我怎么知道你的情报值不值这么多钱？我要先看看。"

毕部长："情报不是徐悲鸿的画，看了之后画还在。那东西，你一看，就不要了。"

汪静雯："既然如此，我就告辞了。"

毕部长一副无所谓的样子。

汪静雯提起包向外走去。

毕部长在她身后冷冷地说："你还没有付账呢。"

汪静雯转身拿出钱包。

毕部长伸手拦住她："坐下、坐下，这么漂亮的一个姑娘，脾气还真不小。有事好商量嘛！"

汪静雯重新坐下。

毕部长用一块肮脏的手绢擦了擦嘴："我有一个方案，你看行不行。"

十二　舰桥半岛郭小鹏住宅。夜。内。

一身灯笼衣裤的郭小鹏，在练飞刀。

他距离靶心大约有五六米远，但刀刀都在头形木靶上。

一身睡衣的刘眉出现在他身后，他浑然不觉，飞出最后一刀。

刘眉语多讽刺："你应该把靶子放到十米以外。"

郭小鹏不以为然地说："只有电影里的好汉，才能隔着二十多米远飞刀，隔着一千米开枪。"他解下腰带，递给刘眉。

刘眉顺从地接了过去，并追随郭小鹏进入客厅。

坐定之后，郭小鹏问："什么时候回来的？"

刘眉柔顺地回答:"下午回来,一觉就睡到现在。以往我就是睡得再熟,只要你的汽车响,我就能醒来,今天不知道是怎么了?"

郭小鹏敷衍道:"累着了吧?"

刘眉撒娇地说:"不光累,还很危险呢!"

郭小鹏答非所问:"事情都顺利?"

刘眉很不情愿地点头后问:"我不在的时候,你都干什么来着?"

郭小鹏看着远处的一张古画说:"你有权利问吗?"

刘眉狠狠地说:"有!当然有!"

郭小鹏不再说话。

刘眉:"你以为不说话,我就不知道?"

郭小鹏仍然不反馈。

刘眉只好抛出材料:"我在外面玩着命干,你倒好,和那个香港小婊子吃饭、睡觉!"

郭小鹏睁开眼,玩弄着水果刀问:"这么说,那个穿风衣的中年男子是你手下的?"

刘眉此刻已经是色厉内荏:"是又怎么样?"

郭小鹏霍地站起,闪电般将刀掷向远方的古画:"下次再干类似的事,这就是你的下场!"

掠过头顶的飞刀惊起刘眉的满腹冤屈,她不禁埋头哭泣起来。

林小亮进入。

郭小鹏立刻恢复了常态,热情地问:"小亮什么时候回来的?"

林小亮:"刚到。"他看看刘眉又问:"我来得好像不是时候?"

郭小鹏:"没关系。"

电话响。

郭小鹏接听:"哦,我现在就去。"

刘眉哭泣着进入里屋。

郭小鹏边穿衣边对林小亮说:"你替我把她送走。"

林小亮:"不会出什么事吧?"

郭小鹏:"一哭二闹三上吊,女人的周期律。"

林小亮:"这是咱们老爷子说的话。"

郭小鹏:"是你家老爷子。"

林小亮:"你该不是去见那个女人吧?"

郭小鹏严厉地反问:"哪个女人?"

林小亮噤声。

郭小鹏训斥道:"凡是我见过的不爱瞎打听的人,不是当了大官,就是发了大财。"

十三 市公安局局长室。夜。内。

张啸华、李新建、强民在看录像。

电视屏幕出现刘眉出机场的镜头;林小亮出机场的镜头;段海进检票口的镜头。

倒回重放。

张啸华若有所思地说:"这些人就像下雨前的蚂蚁一样,进进出出,忙得很啊!"

李新建:"关键是蚁王。抓住蚁王,一切都结了。"

张啸华问两个人:"你们知道冰毒是什么?"

李新建:"甲基苯丙胺。"

强民:"和冰糖挺像的。据说一吸就会热血沸腾,敢干平常不敢干的事。"

张啸华不点头也不摇头:"冰毒是由麻黄素提炼出来的,我国又是麻黄素的主要产地。它的初级成品,制作简单,据专家分析,在二十一世纪,它将成为毒品的主要种类。"

强民补充道:"前些天我们抓到几个瘾君子,他们吸的冰毒,颜色要深一些。

他们管它叫'冰糖精'。说价钱是普通冰毒的一倍,可效果却是它的三倍。"

李新建:"没查出是从哪来的?"

强民:"说是从海中那边来的,可据海中的毒贩口供,说是从咱们这边去的。"

李新建:"他们是又在推卸责任。"

强民:"不像。据毒贩说,一共也没多少货,只买到一回,再买就没了。"

李新建深思。

张啸华:"一个蚂蚁窝,被你破获,蚁王被消灭。可只要剩下几个蚂蚁,立刻会生成新蚁群,选举出新蚁王。"

强民:"局长又在说寓言。"

张啸华:"所以,咱们不是在捣毁蚂蚁窝,而是在切除癌肿。必须把与之相关的淋巴、沁润统统清除干净。"

十四 云海新村——八号搂五一八号房。夜。内。

黑色别克车停在楼下。

毕部长携汪静雯上楼。

这是一套很普通的房子。屋子里显得空空荡荡,但还算干净。

刚进来的汪静雯环顾四周后问:"太太呢?"

毕部长把厚重的窗帘拉紧:"在那个家。"

汪静雯脸上的肌肉略微一颤动:"毕部长有两个家?"

毕部长:"狡兔三窟、狡兔三窟。我虽然属虎,两个窟还是有的。"

汪静雯:"按照约定,我把首期款子带来了。"说着,她打开包。

毕部长按住她的手:"着的什么急?先聊一会儿。"

为获得材料,汪静雯只好强颜欢笑:"毕部长有几个孩子?"

毕部长伸出一个手指头。

汪静雯:"儿子?"

毕部长:"姑娘。"

汪静雯:"喜欢吧?"

毕部长嬉皮笑脸起来:"有谁会不喜欢小姑娘呢?"

汪静雯只得应付性地笑笑。

毕部长:"我们这些五十年代出生的人,什么倒霉事都要赶上。"他掰着手指头数起来:"长身体的时候,赶上三年自然灾害。长学问的时候,赶上插队。结婚的时候,又赶上计划生育。现在年近半百,又赶上下岗、医疗制度改革。"

汪静雯表示同情地点点头。

毕部长:"我为什么要卖情报给你?还不是为了弄几个钱养老?在这个世界上,没钱你亲骨肉都腻歪你。"

汪静雯:"是应该有所准备。"

毕部长眼珠开始在汪静雯脖子以下打转:"有钱就要享受。发挥余热,把失去的青春找回来。"

汪静雯感觉到这目光的分量,看了一下手表说:"董事长十点找我有事。"

毕部长:"既然你急着走,那咱们先把事办了。"

汪静雯把一个信封拿出来。

毕部长指指里面的房间:"我的在里面。"

汪静雯想坐等。

毕部长:"电脑也在里面,你可以看看我一期货的质量。"

汪静雯只得跟毕部长一起进了里屋。

里屋里有一张很大的床。床头有一个很大的保险柜。保险柜上放着一台手提电脑。电脑旁边是一个老式的铜质台灯。

毕部长弯腰开保险柜,取出一张磁盘。

汪静雯打开电脑,将磁盘插入。因为没地方坐,只好坐到床上。

电脑刚开始进入程序,毕部长就一下从床的另一端将汪静雯从后面搂抱住。

汪静雯立刻明白是怎么一回事,她双手使劲拉住毕部长的胳膊:"别这样。"因为毕部长搂得过紧,她说话都有些困难。

毕部长用充满胡子的脸,使劲在汪静雯的脸上蹭:"见一面,我就喜欢上你了。"

汪静雯:"有话好好说。"

毕部长:"只要你今天从了我,钱我就不要了。"

汪静雯:"真的?"

毕部长:"我老毕有的是钱。"

汪静雯:"那我就听你的安排。"

听了这话,毕部长就松开手。

汪静雯等毕部长绕到她这一侧时,也站了起来。

欲火中烧的毕部长说:"怎么,还要我动手?"他伸手解汪静雯的衣服:"大楼开工,领导剪彩也是正常的。"

汪静雯不想把事情弄得太僵,怀有一线希望地格开毕部长的手:"不要这样!"

此刻的毕部长,已经不可理喻,用开蛮力。

没有回旋余地的汪静雯,只好照他的裆部一膝盖,然后从下往上,给了毕部长下巴重重的一掌。

第一打击,疼得毕部长双手捂住被打击处下蹲。而第二打击则使他仰面朝天翻了过去。

汪静雯没有实施第三次打击:摆平毕部长毕竟不是此行的目的。

汪静雯往前走了两步,毕部长在地上迅速地往后退。

汪静雯看看缩到墙脚的毕部长,返身回到电脑前。

她敲击了两下键盘,发现都是些很一般的东西。

汪静雯顺手抄起铜质台灯,走到毕部长面前:"你在故意欺骗我。"

毕部长双手拼命摇动:"不敢!不敢!"

汪静雯："那你给我这些破烂货？"

毕部长："真的东西,都归刘眉掌握。最核心的,郭小鹏自己掌握。"

汪静雯："放在什么地方？"

毕部长摇头。

汪静雯扔下台灯,径自出屋。

十五 高级电梯公寓刘眉住宅。夜。内。

林小亮从洗手间出来时,穿西装的刘眉还头埋在沙发枕头上哭泣。

林小亮说："哭,就会哭。哭有个屁用！"

刘眉坐起来,"哇"的一声,哭得更响了。

林小亮："新疆一趟,学会狼叫啦？"

他这一骂,刘眉倒不哭了："我为他,刀尖上滚过,油锅里趟过,可他连句问候都没有！你说他的良心是不是让狗吃了？"

林小亮坐到刘眉身旁,拉起她的手,放在自己胸口上："他的良心是让狗吃了,可我的良心还在。"

刘眉："去你的！"

林小亮："我知道你心里只有二哥。"他兴趣索然地说："其实你也不是那么清白。"

刘眉立即不哭了："你这话是什么意思？"

林小亮："我到新疆干什么去了？"

刘眉："干什么？"

林小亮："派我去,一是保护你,二是看着你。"

刘眉："你？"

林小亮："你和杨春干的事,我又不是不知道？"

大惊失色的刘眉,情急之下,露出破绽："你不是去了你大哥那了？"

林小亮："你倒是去了新疆,可眼睛不还留在海州一只？"

刘眉紧张地问:"你对你二哥讲了没有?"

林小亮:"我要是说了,你还能在这坐着?二哥最恨的就是背叛。"

刘眉幽怨地说:"要说背叛,也有个先后。当时,我的心情很复杂。"

林小亮也不禁动了怜花惜玉之心:"我倒多少能理解一点。"

听到这话,刘眉放心不少:"那也不过是逢场作戏。可确实把杨春给拉拢住了。要不然,麻黄素也好来不了。"

林小亮点头承认:"一路上,不知道有多少关卡。没个熟悉途径的人,还真过不来。"

刘眉:"就怕来了之后出事。我看那个姓汪的不是个溜子。"

林小亮:"说也是,自从她来了之后,怪事就多了起来。有一天,计算中心的人对我说,她还到那去找过陈然。最近她又在联系老毕,这可不是好兆头!"

刘眉已经完全恢复了平静:"要不然,咱们想个办法除了她?"

林小亮:"头发长,见识短!她要是死了,香港华龙的钱就泡汤了,二哥非吃了你我不可。"

刘眉:"他又不知道是咱们干的?"

林小亮:"海州除去你我,谁敢干这事?"

刘眉不再说话。

林小亮突然一拍腿:"我想起了一个高招。"

刘眉搂住他的肩膀,催促道:"快说。"

林小亮:"咱们给她栽上一赃。"

林小亮俯在刘眉耳朵上说了几句。

刘眉眉开眼笑起来。

突然有人敲门。

林小亮不禁有些紧张。

刘眉边去开门边说:"咱们什么也没干,怕什么?"

开门见是李新建、强民和数刑警。

刘眉平静地笑笑后问李新建:"李支队是例行搜查,还是来逮捕谁?"

强民很不客气地说:"让我们进去。"

刘眉:"请。"

林小亮正襟危坐在大沙发中央看电视,一点表示都没有。

强民冲他大声说:"站起来。"

林小亮:"这是私人空间,不是审讯室。我想站就站,想坐就坐。"

强民欲上前,被李新建制止。

刘眉:"小亮,说话客气些。"

李新建:"你们这些人到什么地方去了?"

刘眉:"我回东北老家,看看老母亲,顺便在北京看了看病。"

强民问林小亮:"你到哪去了?"

林小亮:"省城看看老爷子,回来后一直在家待着。"

强民:"有谁能证明?"

林小亮:"谁都能证明。"

李新建打断这无意义的争吵:"我曾经代表海州市公安局,正式通知过你们:离开海州,必须向市公安局请假。"

林小亮不屑地"哼"了一声。

刘眉赶紧说:"我给忘记了。"

李新建:"第一,你们就此事,写出书面检查,明天中午十二点之前,交到市公安局刑警队。第二,今后不经过批准,你们两人不许离开海州。"

强民:"听到没有?不许离开海州一步!"

刘眉在说"好"的同时,轻轻碰了林小亮一下。

林小亮很勉强地应付道:"我保证永远不离开海州。"

十六 海州某淡水湖。日。外。

阴沉的天空中飘拂着若有若无的雨丝。

郭小鹏独自一人穿着风雨衣、戴一大草帽在钓鱼。

远处是他的奔驰车。

一辆出租车停下。段海下。

鱼漂动,郭小鹏猛地一拉。

鱼竿上空无一物。

郭小鹏用力把鱼钩往远处甩。

继续沉思。

段海悄然立在他身后。雨水已经淋湿了他的头发。

郭小鹏无意中一回头:"你回来啦?"眼睛的阴霾减少,喜色渐显。

段海蹲到郭小鹏身旁。

郭小鹏:"你怎么知道我在这?"

段海:"听说您自己开车出来了,估计在这。"

郭小鹏:"知我者,段海也。"

段海没有表示。

郭小鹏笑着问段海:"你听懂了?"

段海:"意思知道,不全懂。"

郭小鹏拍拍段海的肩膀:"我就喜欢你这淳朴劲儿!现在的人,心眼过多。"

段海不置可否。

郭小鹏好像在对段海说,又好像在自言自语:"别看我身边人才济济,战将如云,可真正靠得住的人也就那么一两个。"

段海指指鱼漂。

郭小鹏猛地一收杆。

一条欢蹦乱跳的鳜鱼被钓了上来。

郭小鹏高兴地说:"我在这钓鱼有两三年了吧?"

段海点头。

郭小鹏:"从来没钓到过这么大的鱼,更没有钓到过鳜鱼。"

段海笑笑。

郭小鹏："你怎么这么不爱说话？"

段海："从小就这样。"

郭小鹏："你会写鳜鱼的鳜字吗？"

段海："是不是桂花的桂？"

郭小鹏用鱼刀在地上写下大大的"鳜"字。

段海："要是让我念，一准念成'厥鱼'。"

郭小鹏看着段海说："和你在一起，我就觉得舒服。你知道为什么吗？"

段海："电影里的毛主席，也是和马夫最好。马夫死了，没告诉他，他还把周围的人给骂了一顿。"

郭小鹏喃喃自语道："这是因为我不用防备你！"

段海："来找您的人、围着您转的人，都想从您这弄点好处。我也是这样。不过我有个工资就知足了：我们全家人的工资加在一起，也没我一个人高。"

郭小鹏："弄点好处不算，好多人还居心叵测，想把你给搞垮、搞臭。"

段海不再反馈。

郭小鹏："北京的事有点眉目？"

段海："汪静雯在刑警学院上过学。一九九一年到一九九二年，一共上了两年。"

郭小鹏脸色大变："你落实了？"

段海："她的真名叫鲁晓飞。我找到了她的好几个同学，把汪静雯的相片给他们看，他们一秒钟都没用，就把她给认出来了。"他又拿出一张相片："这是他们在葛洲坝实习完了后，照的合影。"

郭小鹏接过去仔细看："果然不出我所料！"他扔下鱼竿。

桶里的鳜鱼跃出。

郭小鹏　鱼刀就把它插在草地上。

郭小鹏："她为什么念了两年又不念了？"

段海:"她的那些同学,尤其是女同学,都说她在上学的时候,就特别喜欢打扮,喜欢高消费。她的班主任老师说她是资产阶级思想严重。"

郭小鹏的脸色略有缓和。

段海:"她在香港有个亲戚,后来投奔她的亲戚去了。"

郭小鹏:"这世界上真是什么事都可能发生。"

他说这话时,有犹豫的成分。

第十集

一 市公安局局长办公室。日。内。

　　李新建正要开口,专线电话响。

　　张啸华接听。

　　李新建回避。

　　电话里是一个粗犷的男声:"我们发现有人通过若干渠道,在调查'海燕'的履历。触角已进入刑警学院、香港中文大学及若干中资机构。"

　　张啸华:"请你们尽量弥合一下。"

　　男声:"这责无旁贷。但关键是海燕刑警学院的同学太多,很难把招呼打遍。尽力吧。"

　　张啸华:"谢谢部领导对海州工作关心。"

　　男声:"谁是部领导?拿我这个没你官大的副处长开涮?"

　　张啸华:"凡是部里的官,全是领导。宰相门人七品官。真的谢谢了。"

　　张啸华请李新建进来。

　　张啸华:"你刚才说最近海州的黄赌毒又猖獗起来了?"

　　李新建:"从统计上看,毒低于往年同期,其余两项都高于往年。这和我们把主要精力放在毒品案侦破上有关。"

　　张啸华:"点要抓,面也要抓。你拟定一个行动计划,我来批一下。"

　　李新建敬礼后准备出去。

张啸华招呼住他补充道:"重点要放在海州大厦。另外……"他加强语气力度:"你必须牢牢盯住汪静雯,不能有丝毫疏忽。"

二 海州大厦高级商务套房。日。内。

一个服务员模样的人打开房门。

一个修理工模样的人和她一起进入房间。

他们进入卫生间,进入卧室。

三 海州大厦总经理室。日。内。

汪静雯熟练地打开电脑。

找到七号公用信箱。

取出自己的邮件。

邮件上显示出一大串数字。

她再次启动翻译程序。屏幕显示:风高浪急,船底漏水,暗礁浮出水面。请随机应变。今晚有佯攻。

汪静雯消除所有的电子痕迹后,关机。

电话响。

一女声:"是汪静雯女士吗?"

汪静雯:"是的。您是?"

女声:"我是黄诗白总经理的秘书。"

汪静雯:"你好。"

女声:"黄总指示:请汪静雯女士立刻回港述职。"

汪静雯:"我还有一些事,过两天再回去行吗?"

女声:"我已经宣读了指示的全文。"

汪静雯:"那好。谢谢。"

她稍稍沉思片刻,命令办公室:"给我订今晚八点去香港的机票。"

四　街头。日。外。

　　一骑摩托车、戴头盔的人，拉住一个衣衫褴褛的民工："想挣钱吗？"

　　民工："太想了。"

　　摩托手："这是十块钱。你给110打电话说：海州大厦总经理宿舍有毒品。"

　　民工点头后，接钱进入电话亭。

五　海边荒原芦苇荡深处小路。傍晚。外。

　　阴云密布、淫雨纷飞、苇海翻腾。

　　奔驰的刮雨器不停地拂去车窗上的水雾。

　　汪静雯侧目看坐在旁边的郭小鹏。

　　郭小鹏脸色阴沉、目光忧郁、沉默不语。

　　车头劈开乱草，直达芦苇深处停住。

　　郭小鹏自己下车之前，给汪静雯打开车门。

　　汪静雯环顾四周后问："董事长带我到这么荒凉的地方，一定有机密事情要商量吧？"

　　郭小鹏阴沉地看着汪静雯，沉默片刻后问："你害怕了？"

　　汪静雯反问："为什么要害怕？"然后她一下手表说："请你抓紧时间，我今晚要回港述职。"

　　郭小鹏向汪静雯逼进一步，阴沉而凶狠地问："你到底是什么人？"

　　汪静雯一点也不回避他的目光："你希望我是什么人？"

　　郭小鹏："你要是警察，咱们的缘分就到此为止，回你的香港去好了。"

　　汪静雯问："就这事？"

　　郭小鹏点头。

　　汪静雯什么都没说，扭头就走。

　　郭小鹏跟着汪静雯走了两步。此刻，他的心情十分矛盾：既想搞清汪静雯的真面目，又怕她真的是警察，使之人财两空。

汪静雯继续前行。

郭小鹏几乎失去自控,他一把将汪静雯拽入自己的怀中,欲行狂吻。

汪静雯用力一个耳光,将一点准备都没有的郭小鹏推倒在地后说:"你真让我失望到极点!你既不相信人,也不尊重人。没眼光、没教养,算什么博士、什么企业家!"说罢扭身快步往回走。

郭小鹏爬起冲过去,试图将汪静雯扑倒在地。

已有防备的汪静雯一个勾拳,将郭小鹏重重击倒。

汪静雯看着倒在地上的郭小鹏:"你永远也不会见到我了!"

老羞成怒的郭小鹏,抹了一下嘴角的鲜血,"唰"地抽出一把美国搏击匕首,向汪静雯逼近。

面对持刀的郭小鹏,汪静雯知道必须认真对待。她张开双臂,做防守态。

但汪静雯毕竟手无寸铁,处于劣势,只得一步步往后退。

退到奔驰车停泊处时,她已经无路可退。

郭小鹏面带莫名其妙的笑,再度逼近汪静雯。

就在这千钧一发之际,李新建平端手枪,从奔驰车后出现,威严地命令道:"我是警察,放下手中武器!"

郭小鹏垂下双臂。

李新建:"把刀扔在地上!"

郭小鹏将刀扔掉。

李新建:"我现在以故意伤害罪,拘捕你。"从腰间取下手铐上前。

汪静雯拦住李新建:"请你不要滥用职权,干涉私人事务。"

李新建不禁一愣。但旋即恢复:"我这是正当公务。"

汪静雯冷冷地说:"你向来以正当公务为名,来达到个人目的。"

听到这话,李新建不禁怒火中烧,一指汪静雯道:"你仇视警察、妨碍司法、包庇罪犯,有共同犯罪嫌疑。"

汪静雯冷峻地反问:"谁个是罪犯?谁个又在犯罪?请拿出证据来。"

李新建狂怒地将枪口转向汪静雯:"你和他站到一起去!"

汪静雯鄙夷地说:"公报私仇!你也配当警察!"

李新建持枪的手在哆嗦。片刻,他放下枪,冷笑道:"有你们后悔的那一天!"

说完,李新建离去。

汪静雯上前为郭小鹏拭去嘴角鲜血,很心疼地说:"不疼吧?"

郭小鹏点头。

汪静雯:"你真的想知道一切吗?"

郭小鹏又点头。

汪静雯:"我确实当过警察。"

郭小鹏不禁哆嗦了一下。

汪静雯:"你的情报是正确的,我在刑警学院读过两年书。"

郭小鹏眼睛越来越大,神情却越来越暗淡。

汪静雯平静地讲述:"我在刑警学院时,和李新建同级同班,并且关系超出一般。"

郭小鹏开始发呆。

汪静雯:"后来我脱下警服,选择了我自己认为正确的生活道路。"

郭小鹏突然爆发,大声说:"你为什么偏偏是警察?警察为什么偏偏是你?"

汪静雯等他发泄完了后说:"警察怎么了?教师可以下海、农民可以办企业,为什么警察就不行?"

郭小鹏无言以对。

汪静雯:"早在今天这事情之前,我就察觉出你对我的不信任。"说着,她弹弹身上根本就没有的灰尘:"现在都说了,我也放下了包袱。"

郭小鹏嘴角动了动,但说不出话来。

汪静雯泪水在眼睛中滚动:"说不说又有什么用呢?今天我就回香港去了。今生今世,即使再见面,也不会多了。"说罢,她扭身离去。

深受震动的郭小鹏,听任雨水从脸上流淌而下,呆呆地看着汪静雯雨中的背影。

六　海州大厦广场及大堂。夜。内。

　　数十辆警车警灯闪烁、警笛呼啸长鸣,全副武装的刑警和武警,迅速包围大厦。

　　强民率众刑警闯入大堂。

　　大堂经理迎了上来:"各位是?"他满脸堆笑地问。

　　强民出示搜查证:"海州大厦涉嫌毒品大案,我们奉命搜查。"

　　大堂经理让开。

　　强民一行正往里走,刘眉突然出现拦住了去路。

　　强民居高临下地问:"你要妨碍执法吗?"

　　刘眉:"这里不是藏污纳垢的歌厅、桑拿浴。这里是正规的合资企业。没有董事长和总经理的同意,谁也不能进去。"

　　强民不屑地问:"他们在什么地方?"

　　刘眉:"他们都出去了。"

　　强民鄙夷地问:"你的意思是我们不能执行公务了?"

　　刘眉不回答这个问题。

　　强民一挥手:"一组从电梯上,二组走楼梯。"

　　刘眉:"我已经命令全部电梯关闭。"

　　强民:"两人守电梯口,其余的人跟我走楼梯。"

　　刘眉拉开标准的泼妇架势,双臂一张,拦在楼梯口:"你们从我的尸体上过去吧!"

七　海州国际机场。夜。内。

　　郭小鹏和汪静雯匆匆从奔驰车上下来,进入候机大楼。

　　汪静雯去办登机手续时,郭小鹏环顾四周。

汪静雯办完登机手续后,郭小鹏和她一起走向安检入口。

汪静雯伸手从郭小鹏处接过手提包。

郭小鹏:"什么时候回来?"

汪静雯答非所问:"告别最好的方式,就是该走的走,该回的回。"

说完,汪静雯进入安检黄线。

安检人员看了一下汪静雯的证件后说:"请汪女士跟我来一下。"

八 海州国际机场边检站。夜。内。

李新建毫无表情地对汪静雯说:"有命令让你不得离开海州。"

汪静雯面无惧色地反问:"暂时还是永远?"

李新建根本不回答汪静雯的问题:"命令还说让你和我一起去海州大厦。"

九 海州国际机场候机大楼外。夜。外。

郭小鹏看李新建把汪静雯带上了三菱吉普,不禁大吃一惊。急忙开车尾随。

十 海州大厦广场及大堂。夜。内 \ 外。

三菱警车飞驰而至。

李新建携汪静雯下。

奔驰车紧随而到,郭小鹏下。

李新建、汪静雯进入大堂。

众刑警让开一条通道。

一刑警向李新建汇报道:"刘眉说没有董事长和总经理的同意,谁也不许进去。"

李新建看了汪静雯一眼。

汪静雯上前对死命拦阻在楼道口的刘眉说:"让他们上去。他们不会有收获的。"

刘眉根本不看汪静雯,对李新建、强民说:"大厦的法人是郭小鹏。别人说了都不算。"

强民:"刚才你不是说总经理也可以吗?"

刘眉不讲理地说:"刚才是刚才,现在是现在。"

李新建向后面的人群看。

人群中的郭小鹏大声说:"刘总,你让公安局的同志们上去。"

刘眉仍然无动于衷。

李新建对强民说:"对这个姓刘的实行拘留。"

强民老鹰抓小鸡般地将刘眉提到一边。

李新建高声说:"我现在宣布,海州大厦及其总经理涉嫌毒品案,现在要全面搜查,请各位配合。"

十一 海州大厦高级商务套房。夜。内。

李新建率刑警搜查。

汪静雯换掉西式套装,穿上一件休闲上衣,在窗前看外面如云警车。

一刑警打开电视机后盖,从里面搜查出几个装有白粉的密封袋:"队长。"他把这些东西递给李新建。

李新建撕开一袋的封口,用手指沾出一点,放在鼻子前闻闻,然后又用舌头舔舔后,放进了物证口袋中。

因为这在计划中没有,汪静雯脸上有些变色:"什么东西?"她低声问李新建。

李新建铁青着脸,没有理睬。

另一刑警持注射器和皮带从洗手间出:"抽水马桶的水箱里查到的。"说完,递给李新建。

已经镇静下来的汪静雯对李新建说:"这是有人栽赃陷害。"

李新建不看汪静雯,命令刑警道:"给我一寸一寸地搜。"

汪静雯脸色苍白地大声对李新建说:"你要对你的行为负责!"

其实李新建也没料到会是这样的结局,此时是又气、又恨,当然,也有爱的成分。可这一切又不便表现:"你到审讯室里慢慢地说吧。"他推开汪静雯,要往外走。

一刑警拿出手铐,欲铐汪静雯。

李新建的嘴唇哆嗦了一下,扭头出门。

十二 海州大厦大堂。夜。内。

如林刑警把守在各个关键口。

众多大厦员工沉默观望。

电话声、对讲机声此起彼伏。

郭小鹏独自坐在咖啡厅的角落里等候结果,显得形只影单。

一服务小姐给他端上一杯滚烫的咖啡。

郭小鹏一反平常的矜持态度,感激地对这个小姐笑笑。

郭小鹏搅动咖啡,杯碟发出轻微的碰撞声。

刑警带汪静雯下楼。

汪静雯披着风衣,郭小鹏看不见她有没有手铐。

郭小鹏从落地窗中看着汪静雯被押上警车。

警车呼啸而去。

他一直没有回过头来。

十三 列车上。夜。内。

一列人货混装的火车在茫茫戈壁中摇摇晃晃地行驶。

透过押运车厢类似铁窗的栅栏窗,可以看到一轮圆圆的月亮。

张狱医坐在一张藤躺椅上,林小强坐在他对面的木墩上。两个人中间的小桌上,有两只杯子,一个酒瓶,三个罐头。

已经有点醉意的张狱医指示林小强倒酒。

林小强做出很关心的样子，小心地说："您喝得不少了。"

张狱医是一个大约三十多岁，文弱知识分子模样的人。可说话却特别粗："我他妈的让你倒，你就倒。"

林小强乖乖地给他倒了大半碗："我是怕您喝坏了身子。"

张狱医："在这地方，好身子有什么用？一个季度才能回家见一回老婆。"

林小强殷勤地把罐头往他跟前推了推："您吃点蔬菜。"

张狱医："蔬菜也是他妈的罐头的，没个鲜味儿。"

林小强："聊胜于无吧。"

张狱医用不太灵活的眼睛盯住林小强说："我还是比较赏识你的。"

林小强赶紧说："当然。当然。"

张狱医："我喜欢谁，谁就可以吃病号饭。"

林小强："还有其他好多好多的好处。"

张狱医："你小子确实善解人意。有机会，我跟监狱长说说，给你减上两年刑。"

林小强巴结道："张狱医一语千金、一语千金。这回到了城里，咱们好好地乐乐。"

张监狱长："费用带足了？"

林小强假装不高兴地反问："您给我这么大的面子，费用成问题还像话？"他看看持枪在一旁睡觉的看守，小声说："要是我能住院检查一下胃，那就不光是费用的问题了。"

张狱医醉眼蒙眬地看着林小强说："只要你不成问题，我就不成问题。"

十四 市公安局刑警队审讯室。夜。内。

李新建和强民坐在审讯台后，一女警察担任记录。

汪静雯坐在对面的方凳上，神情坦然。

李新建:"没想到在这种地方和汪总经理会面。"

汪静雯:"你大概觉得很得意吧?"

李新建脸上的肌肉跳动,猛地一拍桌子,站了起来:"你知道你犯的是什么罪吗?"

汪静雯熟极而流地回答:"这是你们的事。"

李新建:"根据《刑法》第三百四十七条,走私、贩卖、运输、制造毒品,无论数量多少,都应当追究刑事责任。"

汪静雯插入:"鸦片数量在一千克以上,或海洛因、甲基苯丙胺五十克以上,处十五年以上的有期徒刑、无期徒刑或者死刑。"

李新建嘴唇哆嗦,一时答不上来。

强民赶紧填空:"知法犯法,罪加一等。"

汪静雯:"我再次声明,第一,我没有贩毒,也没有吸毒;第二,你们有责任查明,是谁在陷害我。"

李新建不回答汪静雯的问题:"我真的没想到,你会变成这个样子。"

汪静雯:"什么样子?"

李新建痛心疾首地说:"金钱确实使人堕落。"

汪静雯:"'有钱的人,一定是坏人'是一种很陈腐的观念。香港的不少大慈善家,都是亿万富翁。再说,你从来没有过钱,也不知道钱的滋味、力量,没资格谈金钱会使人如何。"

李新建:"我还没吸过毒呢。但我知道毒品十恶不赦,是人类的癌症。"

汪静雯面对李新建这种样子,内心也很痛苦,为了尽快结束这种局面,她故意讥笑他道:"如果你不知道毒品是什么滋味,我来告诉你;那是一种使人飘飘欲仙的感觉。比方你想当局长吧,抽完就当上了;你要想有花不完的钱的话,抽完就有了。"

李新建猛地站起,浑身颤抖、脸色发青。

张啸华进入。

汪静雯马上说:"张局长,李新建与我有很深的个人恩怨。我要求他回避。"

李新建大吼:"鬼才和你有个人恩怨呢!要有也是警察和罪犯的关系。"

张啸华:"小李,你去把刘政委找来。"

李新建大叫:"我就不回避!"

张啸华严肃地说:"服从命令!"

李新建摔门而出。

汪静雯拢了一下头发:"我要求华龙公司的香港律师尽快介入此案。"

张啸华:"我可以负责通知。"

十五 舰桥半岛郭小鹏住宅卧室。夜。内。

郭小鹏并没有换成通常的家居服,而是只脱了上衣,坐在居中的大沙发上沉思。

电话响。

段海:"关系告诉我,汪总的房间里有毒品。"

郭小鹏大吃一惊:"毒品?不可能。"

段海沉默片刻后说:"消息很可靠。"

郭小鹏:"冰毒还是海洛因?"

段海:"海洛因。"

郭小鹏:"肯定吗?"

段海:"肯定。"

郭小鹏略略松了一口气。放下电话。

电话立刻又响了起来。

郭小鹏接听后,姿势虽然没有改变,但态度变得很客气:"戴主席,你好。"

戴主席:"听说我的代表出了事?"

郭小鹏无法回避这开门见山的问题,只好简单地回答:"是的。"

戴主席口气很严肃:"什么事?"

郭小鹏:"她房间存有毒品。"

戴主席很肯定地说:"这绝对不可能。"

郭小鹏:"我也觉得不太可能。"

戴主席斩钉截铁地说纠正道:"一点可能也没有!"

郭小鹏无言以对。

戴主席:"你必须给我一个有说服力的解释。"

郭小鹏:"我们正在积极营救她。"

戴主席:"不存在营救问题。她是被诬陷的。"

郭小鹏又说不上话来。

戴主席:"是否海州药业的问题牵连到汪静雯女士?"

郭小鹏赶快否认:"这绝对不可能。"

戴主席变成纯粹的公事公办的口吻:"汪静雯女士被捕一事,严重地影响了华龙公司和海州药业的关系。我将派律师团前去海州,通过法律程序解决一切问题。如有可能,我将亲自前往。"

郭小鹏意识到问题的严重性,着急地说:"不敢劳动戴主席大驾,我们能解决这个问题。"

戴主席:"我已经不很相信海州药业的实力了。"说完,径自挂断。

郭小鹏要通金市长家。接电话的是金宅保姆:"我是郭小鹏,麻烦金市长回来后,给他讲一声,说我有要紧事找他。"

放下电话后,郭小鹏陷入沉思。

一只手从沙发后面伸过来,按摩他的肩膀。

郭小鹏一惊,回头一看,是刘眉:"是你啊。什么时候来的?我怎么不知道?"

刘眉坐到他身边:"你的房子太大,多上个人你是不会知道的。"她伸了个懒腰:"我已经睡了一觉了。"

郭小鹏这才回过神来:"你不是被拘留了吗?怎么出来的?"

刘眉讥讽道:"我这没人想、没人疼的人,只好自己想办法。"

233

郭小鹏心不在焉地问:"什么办法?"

刘眉的回答也很概括:"蛇有蛇路,鼠有鼠路。"

郭小鹏:"你听说了汪静雯被捕的事了吗?"

刘眉抖抖很性感的睡裙:"我早就看出她不是什么好东西。"

郭小鹏双手放在脑后,继续被刘眉打断的沉思:"吸毒?不太可能。"

刘眉:"这世界上没什么事情是不可能的!你别以为她有个鬼学位,就不会吸毒。"

郭小鹏:"不要把个人恩怨和正事混为一谈。"

刘眉心里虽然很高兴,但表面上不动声色:"我和她有什么个人恩怨?"

郭小鹏自言自语道:"不可能。绝对不可能!"

刘眉:"凭什么?"

郭小鹏:"你知道,她曾经在刑警学院读过两年,应该深知毒品的危害。再说,依我的观察,她是个有自制力的人。"

刘眉大惊失色:"什么?她当过警察?"

郭小鹏:"不是当警察,而是在刑警学院读过书。"

刘眉:"这比当警察还要命。赶紧想办法在监狱里除掉她。"

郭小鹏:"但愿她不是警察。"

刘眉酸酸地说:"你心里就是放不下她!"

郭小鹏:"你小看我了。英雄气短、儿女情长,这两样沾上哪样,也干不成大事。"

刘眉:"那你担心什么?"

郭小鹏:"汪静雯不仅仅是一个人,她还是香港华龙公司的代表。"

刘眉:"代表又怎么样?"

郭小鹏:"怎么样?那等于一亿或两亿块钱!"

刘眉不以为然:"咱们有十个多亿呢!"

郭小鹏:"那是资产的总数。是设备、是库存的产品和原材料,是债务。"他顿了顿:"而这些,是带不走的。"

刘眉凝神在听。

郭小鹏:"香港来的钱,我让它转了几个圈,去一个稳妥的地方待着,以备不时之需。可要她这会儿出了事,剩下的钱就到不了位。"

刘眉似乎对钱不是很关心:"但你别忘了她是一个警察,一个吸海洛因的白粉鬼!"

刘眉的"海洛因"和"白粉鬼"两个关键词,惊醒郭小鹏。他站起身,用阴毒地冒火的眼光盯住刘眉:"你干的?"

刘眉受不了郭小鹏的逼视,可坐在沙发上又没地方退,只好往小了缩,但缩到极限,她反而不怕了:"是我干的又怎么样?"

郭小鹏的脸离开刘眉的脸只有一寸距离:"你派谁干的?"

刘眉挺起胸膛:"我自己。"

郭小鹏把头抬起来。

刘眉趁机站起来:"你明明知道这个香港的小贱货实际上是个卧底的警察,可你就是舍不得处理了她。你算什么男子汉、什么企业家!"她说得兴起:"我告诉你郭小鹏……"

刘眉"郭小鹏"三字话音未落,郭小鹏一记响亮的耳光已经落到了她的脸上。

这是很有力的耳光,煽得刘眉直发蒙。

郭小鹏:"我警告你:从现在开始,你不许再踏进这座房子一步。如果你还是要加害汪静雯,就不会这么便宜你了!"

刘眉渐渐地回过神来。

郭小鹏向门口一指:"给我滚出去!"

刘眉含着泪水、忍着疼痛问:"你说什么?"

郭小鹏背过身去:"滚!永远不要再来。"

浑身颤抖的刘眉,下意识地重复道:"我滚,我滚,我滚!"

然后她夺门而出,冲进无边的黑暗中。

十六 看守所。夜。内。

红旗轿车无声无息地驶入看守所漆黑的大门。

张啸华带着警卫进入所长室。

所长丁志和政委起立敬礼。

丁志:"听说您要来,我和政委一直在等。"

张啸华:"汪静雯怎么样?有没有什么特别的反应?"

丁志:"没什么反应,挺老实的。"

张啸华:"她是海州大厦的经理、香港华龙公司的代表,你们一定要认真对待,不能出任何意外。"

丁志:"请局长放心。我们会妥善安排的。"

张啸华:"有什么人来打听过消息吗?"

丁志摇头:"就是李支队来过。"

张啸华:"他来干什么?"

丁志:"他提出给汪静雯安排单身号房,另外在生活上尽量给予照顾。"

张啸华:"不要安排单身号房,生活上也不要给予照顾。"他见丁志有些糊涂,便解释道:"否则别人会说咱们搞特殊化,影响执法形象。"

丁志:"明白。"

张啸华:"但一定要保证她的绝对安全。"

丁志:"明白。"

张啸华:"和她关在一起的有几个嫌疑犯?"

丁志:"五个。"

张啸华:"你介绍一下详细情况。"

丁志:"两个卖淫集团首犯,两个人贩子,还有一个是诈骗犯。年龄最大的三十二岁,叫罗燕,二进宫了,是她们的头。"

张啸华:"对这个罗燕要特别注意。走,你带我去看看。"

丁志拿起帽子和警棍。

十七 看守所。女号房。夜。内。

灯光昏暗,阴森幽静。

汪静雯盘腿而坐,依靠着墙角,脸微微扬起,闭着眼睛。

罗燕另外四个人盘踞在通铺最里端,窃窃私语。

罗燕首先发难:"妈的,竟然敢不给老娘端洗脚水!在外面是总经理,进来就是老娘的部下。"她命令众嫌疑犯:"给她上上法律课!"

众嫌疑犯拿着枕头、毛巾等物,逼近汪静雯。

汪静雯沿墙角站起来,做好防守准备。

最先上来的是嫌疑犯甲,是个身材高大的女人。

汪静雯往旁边一闪,照扑空的甲后脖子就是重重地一劈。接着,又将嫌疑犯乙击出老远。

罗燕分开不敢动的丙、丁,冲向汪静雯。

汪静雯照着她的肚子就是一脚,然后就她弯腰之际,手往下按她的头,膝盖上抬。

这个一气呵成的动作的结果是罗燕满脸开花。

汪静雯俯视着众人:"皇帝轮流做。"

众人一副恭顺的样子。

十八. 看守所。女号房外走廊。夜。内。

张啸华和丁志在外面观看。

只见众人以汪静雯为圆心,坐成一圈。

丁志惊讶地说:"没想到这么快就改朝换代了。"

张啸华不由地赞叹道:"她可是文武全才啊!"

丁志:"如果她的罪不重,就给我们留下,帮着管管犯人。"

张啸华:"那你就得去香港融资、管理海州大厦？"

丁志:"这我可干不了。"

十九 海边废弃码头。夜。外。

刘眉驾驶着法拉利轿车在黑暗中疯狂行驶。

车驶入码头平台后仍然不减速。

眼看法拉利车就要冲向浪涛汹涌的大海中时,刘眉才刹车。

刘眉光着脚下了车,慢慢走几步,就到了码头边缘。

怒海将浊流溅到她的脸上,与泪水融为一体。

狂风把她薄如蝉翼的睡裙,吹得纷纷扬扬。

浑身颤抖的刘眉,觉得人生已经没有可留恋处,决心跳海了此一生。

就在这千钧一发之际,一双多毛且有力的臂膀,从她后面一把抱紧。

刘眉回头一看,原来是杨春。

从死亡边际归来的刘眉,不禁倒在杨春的怀抱里失声痛哭。

杨春一边用自己庞大的身躯将刘眉包裹住,一边喃喃地说:"眉儿,哭吧。使劲地哭吧,哭哭就好了。"

良久,刘眉停止哭泣。

刘眉:"你什么时候回来的。"

杨春:"今天我一回来,就拼命找你。后来在舰桥半岛看到了郭小鹏打你,我正要冲进去,你就跑了出来,我跟着你就到了这个地方。"

刘眉往杨春的怀抱里缩了缩,真情地说:"还是你对我好。"

杨春:"不知道你听不听劝？"

刘眉头埋在杨春的胸肌中说:"听,我听你的劝。"

杨春:"你其实在郭小鹏那里,算不上什么。"

刘眉动一下身体,表示同意。

杨春:"你是什么家庭出来的人,他又是什么家庭出来的人,不是一路。"

刘眉再度抖动身体。

杨春:"所以,你千万不要妄想他会娶你。他就是娶十个老婆,也轮不到你。"

刘眉抽泣地说:"这个我信。可我就是喜欢他。"

杨春:"你要是真的喜欢他,可千万不要在这个时候给他添乱。"

刘眉不再说话。

杨春:"你要是一死,让那个姓汪的管上了事,你们海州药业可真算是完蛋了。大敌当前,渡过难关再说。"

刘眉扬起脸问:"你怎么什么都知道?听到我和郭小鹏的谈话了。"

杨春:"不听我也知道。"

刘眉动情地说:"我原来真的没想到你是这样一个人。"

杨春:"原来你的眼睛中哪里有我,全是郭。"

刘眉不等他的话出口,就用吻将其封杀。

一阵热吻。

平静下来的刘眉问:"麻黄素到了没有?"

杨春笑着说:"这才是刘总该问的。"

刘眉:"到了没有?"

杨春:"不到我敢来见你?头一批已经到了海州,存放在一个安全的地方,其余的将在一个星期内到达。"

刘眉:"咱们一起好好干它这一回,弄上一笔钱,到国外去过逍遥日子。"

杨春开玩笑道:"和谁一起去国外?"

刘眉娇嗔地打了杨春一下,但神情立刻暗淡下来:"就怕那个姓汪的一出来,又要兴风作浪。"

杨春:"我看她也不太好出来,毒品不是别的。再说,她出来了要是还添乱,咱们就给她来个这个。"他做了个劈杀的动作。

二十　海州国际机场。日。外。

波音飞机轰然落地。

华龙集团董事局主席戴天首先出机舱。后面是秘书及法律顾问若干名。

进入停机坪的郭小鹏和他的部属,热烈鼓掌欢迎。

众多记者在拍摄。

二十一　奔驰轿车内。日。外。

豪华车队在宽阔的机场路上奔驰。

戴天一脸肃穆,寡言少语。

郭小鹏颇多歉疚地说:"我们和公安局、市政府反复磋商,但他们就是不肯放人。"

戴天不说话。

郭小鹏越发不安:"我们海州药业的全体职工都相信汪总是清白的。"

戴天:"关键是警方相信。"

郭小鹏赶紧说:"对,我们正在努力。"

戴天:"为什么不办理保释?"

郭小鹏不能说戴天对大陆法律不熟悉,只得应付道:"正在斡旋。"

戴天虽然年事已高,但反应仍很快,他瞥了郭小鹏一眼。

郭小鹏赶紧奉承道:"您这次莅临海州,海州有关方面相当重视。我相信问题马上会得到解决。"

戴天:"小型的不算,仅华龙公司持股在百分之三十五以上的各类经济体,我就有三四十个之多。如果每一个出事后,都要我亲自出面解决,我如何解决的过来。"

郭小鹏无言以对。

戴天:"华龙公司董事会一致认为,你们海州药业严重缺乏商业精神,很不好合作。对我公司派出的代表,极不信任、极不尊重。"

郭小鹏想解释。

戴天摆手制止:"因此,华龙公司董事会认为,资金投放到海州药业,存有极大风险。"

郭小鹏着急地解释:"海州药业是海州市第一利税大户,我们的信誉一直相当良好。"

戴天根本不听郭小鹏的解释:"所以我们初步决定:暂缓资金注入。"

郭小鹏:"我们的新项目刚进行到一半,这样做,无异于釜底抽薪。"

戴天再瞥郭小鹏一眼:"这对我们也是很大的损失。但是我们仍然认为,如果情况没有好转的话,我们最终将取消与贵公司的一切合作。"

这下真的击中了郭小鹏的要害,他恳求道:"您总要给我们一个改正的机会啊!"

戴天缓缓地说:"机会是要给的,但要看你抓不抓得住了。"

郭小鹏:"一定抓住、一定抓住。"

二十二　海滨饭店总统套房。日。内。

车队开进海滨饭店广场。

戴天一行进入总统套房。

戴天的随员们立刻在客厅里接通电脑,开始和世界各地联系。

戴天在客厅稍事停留,就进入卧室。

郭小鹏只好坐在沙发上等。

片刻,秘书出来对郭小鹏说:"戴主席请你赶紧与金滨金市长联系,他希望能尽快见到他。"

郭小鹏赶紧问:"他们认识?"

秘书一耸肩,双手一摊:"无可奉告。"接着他又说:"戴主席还希望你能尽快和警方商量,我们的医生将去监狱给汪静雯女士检查身体。"

郭小鹏明知这是一个很过分的要求,也只好硬着头皮答应道:"好的。"

二十三 新疆阿城劳改医院单人病房。日。内。

林小强身穿条纹病员服装,正躺在单人病房里看报纸。

秋日上午的阳光,铺满房间,给人以暖洋洋的感觉。

靳铁进入。他今天一身光鲜:"林总好。"

林小强的脸色显然比以前好多了:"你好。"他不冷不热地回应。

靳铁拍拍林小强的软床:"这可比那大通铺强多了。"

林小强:"你这不是废话吗?"

随靳铁进来的张狱医说:"你们要知道我动用了多少关系,才使得小强住到这来?老鼻子了!"

林小强朝靳铁一点头。

心领神会的靳铁立刻从手包里取出一个信封:"我知道您的钱也花老鼻子了。"

张狱医一句客气话也没有,迅速地把信封放进了口袋。

靳铁朝张狱医说:"我们哥俩儿有点悄悄话说。"

张狱医开玩笑道:"你们不会商量逃跑吧?"

靳铁:"天网恢恢,往哪跑?"

张狱医一出去,林小强就问:"身份证、汽车、现钞。"

靳铁:"要求?"

林小强:"汽车要不怕破,不是偷的就行。钱要十块、十块的。"

靳铁:"时间?"

林小强:"后天早晨我要是不去,你就再等我一天。"

靳铁:"好的。"

林小强:"没事了。你走吧。"

靳铁:"把守这么严,你出得去吗?"

林小强:"我的事,你不用担心。"

靳铁:"那好。再见。"

林小强没有反应。

二十四 海州市市长办公室。日。内。

金市长一见戴天一行抵达,立刻放下手中的文件,起身热情迎接:"欢迎、欢迎。"

握手。

戴天:"我和金滨兄起码有十年没见了吧?"

金市长:"恐怕不止。我离开时的港督还是卫奕信呢。"

戴天:"想不到金滨兄依然意气风发。"

金市长摸了一下头发:"老啦!'十年重相顾,两鬓白如霜'。嫂夫人可好?"

戴天双手合十:"托你的福,还算过得去。"

金市长:"平安就好。生意我就不问了,一定很好。"

戴天得意地笑笑,对随行人员说:"金滨兄在新华社香港分社时,是负责联络经济界的。我那时从他那里获益匪浅。"

金市长:"戴主席在基本法起草时,提出了不少宝贵的意见,做了不少的工作。"

郭小鹏眼见两人谈话,却一句也插不上。

金市长:"我听秘书说,你此行是为了一桩公务。"

戴天的表情立刻沉重起来:"我公司驻贵市的首席代表汪静雯女士,被诬陷与毒品有涉,无辜被拘留,此事在香港引起轩然大波。"

金市长笑着说:"有这么严重吗?"

戴天:"你知道华龙公司的主业是化工,而其核心则是制药。"他瞥了一下郭小鹏:"我们与贵市的合作项目也是制药。制药业,最怕的就是与毒品相关联,即使是传言也不行。"

金市长:"我一定尽力。"

戴天:"汪静雯女士被捕一事,已于昨天见诸报端。今天一开盘,华龙的股票就下跌了三个百分点。如果再继续下去,我只好到你家吃饭了。"

金市长:"你任何时候来,我都欢迎。"

戴天又回到正题:"我希望海州的决策层以大局为重,尽快使得汪静雯女士摆脱干系,恢复自由,还其清白,以正视听。同时,我要求追查诬陷者的法律责任。"

金市长:"我马上与有关部门协商汪案,尽快做出双方都能接受的处理。"

第十一集

一　公安局看守所大门外。日。外。

　　汪静雯款款从看守所大门步出。

　　戴天、郭小鹏及其部属们无声地迎接。

　　郭小鹏碍于戴天在场,只是在握手的同时深情地凝望汪静雯。

　　戴天则像长辈欢迎出远门归来的游子一样,将汪静雯拥入怀中。

　　刘眉、林小亮则冷眼相向。

　　郭小鹏拉开奔驰车门:"汪总坐这车?"

　　戴天不等汪静雯回答,就将她送入金市长派出的加长红旗轿车内:"我们去宾馆稍事休息,然后回香港。"临上车前,他说。

　　郭小鹏怅然若失地望着远去的车队,好像隐约看到汪静雯在回首告别。

二　海州国际机场。夜。外。

　　夜幕降临,灯光灿烂。

　　汪在戴天等陪伴下,通过安检口。

　　仿佛真的有心灵感应,她突然扭头,向隐蔽在人群中的李新建投放了一丝微笑。

　　情不自禁的李新建,走出人群,凝神注视。

　　汪静雯再度微笑,消逝在安检口内。

三　阿城一条僻静的小巷。晨。外。

天将破晓。大雾弥漫于这个边陲小镇。

几声狗吠,非但没有破坏,反而衬托出小镇的宁静。

林小强身穿全套武警制服,提着手枪,来到一座破旧的平房小院前,翻墙而入。

四　土屋内。晨。内。

林小强轻轻敲门。

靳铁开门。

林小强进屋后,靳铁继续向外观望。

林小强:"找谁?"

靳铁:"那个看守呢?"

林小强:"正替我在病床上躺着呢。"

靳铁:"吃点东西?"

林小强根本不回答,而是伸出手。

靳铁先把车钥匙放在林小强的手上:"车在农业局的院子里,北京吉普,油箱是满的。"然后又把一个大信封递给他:"这是一万块钱。"

林小强拉开门时说:"咱们两清了。"

靳铁时问:"你往什么地方去?"

林小强:"你还是不知道的好。"

靳铁有点不高兴:"你不相信我?"

林小强:"我相信你不会主动出卖我,可一旦进去,公安局有办法让你说出来。"

靳铁:"以后再联系。"

林小强:"你放心过平安日子吧。我不会再找你。"

五 制药厂车间。日。内。

郭小鹏身穿白衣,在费经纬的陪同下,视察车间。

郭小鹏伸出戴胶皮手套的手,从原材料入口处,拿起一小撮白色的粉末,仔细地观察。

费经纬有些担心地看着。

郭小鹏满意地放下粉末。

费经纬显然想听到表扬:"你看行吗?"

郭小鹏笑着说:"'VERYNICE'。"

费经纬轻松地说:"这下子我就放心了。"

郭小鹏:"到你办公室坐坐?"

费经纬:"行。我正好有事要汇报。"

六 费经纬办公室。日。内。

这是一间典型的知识分子办公室。陈设简单,有大量的书籍和图表。

郭小鹏坐到沙发上后笑着说:"费总的俭朴,已到寒酸的地步。这沙发都硌屁股了。"

费经纬:"反正我在办公室的时间不多。再说,沙发是客人坐的,硌屁股就会少坐一会儿。"

郭小鹏慢慢地收起笑容:"原材料没有浪费吧?"

费经纬:"我给各车间下达了精确的计划。"

郭小鹏又笑了:"精确到纳米的程度?"

费经纬也笑了:"那倒没有。"

郭小鹏:"保密情况如何?"

费经纬:"各个车间都只知道局部。"

郭小鹏伸开腿,使得自己尽量舒服:"现在的竞争对手厉害得不得了,无孔不入。许多电影、电视剧,还在审查样片阶段,盗版的影碟已进入千家万户了。"

费经纬心思好像在别处,敷衍道:"这也确实让人不好办。"

郭小鹏:"所以咱们才要慎之又慎!"

费经纬显然是经过思想斗争后,才小心地说:"如此之多的管制药品放在车间里,我实在不放心。"

郭小鹏不以为然:"它们经过国家批准,完全合法,有什么不放心的?"

费经纬:"要是它们变成成品,管理起来相对就容易了。"

郭小鹏:"你想要配方的程序?"

费经纬没有任何表示。

郭小鹏很轻松地说:"咱们的生产线是全自动的,程序往计算机里一输,就完事大吉。"

费经纬还是不说话。

郭小鹏:"接着刚才的话说:导演要是不合成,音乐是音乐,动作是动作,配音是配音,各放各的,别人想盗版也没法盗。等到最后,再找个秘密地方一合成,大批量地往市场上一放,有人再想做文章,也晚了。"

费经纬显然认为郭小鹏没回答他的问题:"可这管制原材料的量似乎比'戒毒灵'、'喘立停'需要的多了点。"

郭小鹏:"搞一张麻黄素的批文,是一个复杂的系统工程。弄少了费用就大于利润了,所以就多弄一点。另外我听说,国家马上就要限制麻黄素的采集,因为破坏植被太厉害。一限制就增值,这是铁律。"

费经纬像是自己在说服自己:"这倒也是。"

郭小鹏:"你想想,谁要是有眼光,在去年囤积下点原油,这回欧佩克一涨价,坐地就收一倍的利。什么买卖,收益能比这大?"

费经纬已经完全被说服:"你确实是少见的商业人才。"

郭小鹏:"费总要是拍谁的马屁,谁就快倒霉了。"

七 丰田吉普车上。日。内。

电话响。

林小亮接听。

稍停片刻,林小强才问:"说话方便?"

林小亮不敢说名字,也不敢称呼:"方便。我一个人正在开车。"

林小强:"东西准备好了?"

林小亮赶紧说:"我时刻准备着。"

林小强:"六点。冷水坑。"

林小亮:"是咱们常去玩捉迷藏的那地方吗?"

林小强没回答,挂断电话。

八 海州大厦总经理室。日。内。

大厦客房部主任巴结地对坐在转椅上的汪静雯说:"刘总那天还把我们全体中层干部都叫到这训话。她说这位置就和这转椅一样,是转来转去的。还真叫她给说着了。"

汪静雯静静地听,没有插话。

客房部主任:"刘总准备给大厦来个大换血。名单都已经拟好了。我跟大伙儿说:大厦是个经济实体,又不是官场,犯不着来'一朝天子一朝臣'。"

汪静雯:"过去的事情,咱们不谈了。你还有要汇报的吗?"

客房部主任:"没了没了。"说完,他脸朝着汪静雯,倒退出门。

汪静雯拿起电话:"陈然主任吗?"

陈然:"是我。"

汪静雯:"我是汪静雯。"

陈然:"我听出来了。"

汪静雯:"这阶段,计算机的口令有没有改变?"

陈然:"有些改变。"

汪静雯:"你给我传过来。"

陈然:"好的。"

不过片刻工夫,汪静雯的电脑上便出现若干数字串,间或有英文。

电话响。

汪静雯热情地说:"刘总,你好。"

刘眉:"有些事情,需要跟你解释。"

汪静雯:"我就在办公室,你随时可以来。"

刘眉:"长话短说,以前我有好多对不起你的地方,希望你能原谅。"

汪静雯语调转变成公事格式:"刘总说的哪里话,都是自己人,说什么对不起、对得起的。"

刘眉听上去很恳切地说:"为了表达我的诚意,晚上七点,我去接你,吃一餐便饭。"

汪静雯犹豫了一下:"我晚上还有……"

刘眉明白"说话要抢先"的原理:"汪总千万别推辞。"

汪静雯被动地说:"好吧。"

刘眉用哀求的语气说:"这是咱俩私人聚会,汪总最好别对人说起,以免引起不必要的误会。"

汪静雯:"好的。"

放下电话后,汪静雯沉思片刻,用电脑发了一个电子邮件。

九 芦苇荡深处冷水坑。傍晚。外。

天色已黑。归来的水鸟拍打翅膀的声音。

林小亮往芦苇深处走,很有些胆怯。他不敢叫,只得四处观望。

最后,他找一死角站住。

林小强幽灵一般出现在他旁边。

林小亮一惊后说:"大哥,你莫非是从地上钻出来的?"

林小强不回答问话:"钱!"

林小亮赶紧从皮包里拿出一个大信封:"一共五万。"

林小强:"算你还有点良心。"说罢转身欲走。

林小亮真心地说:"大哥,说两句话?"

林小强不肯回头:"有什么好说的?"

林小亮:"我其实一直都很想你。"

林小强仍然不回头:"说这些有什么用?"

林小亮:"你没去看老爷子?"

林小强突然转身,目光炯炯:"我绝不会再给他一个大义灭亲的机会!"

林小亮想替父亲解释:"当时他也是没办法。"

林小强:"如果他当时不揭发我,顶多是少当几年人大主任。"

林小亮不敢再说了。

林小强阴森森地问:"刘眉还和姓郭的在一起姘着呢?"

林小亮:"时好时坏,也不一定总在一起。"

林小强:"你告诉这对狗男女,他们想吃点什么就赶紧吃,想玩什么就赶紧玩。日子不多了。"

血缘作用,使得林小亮斗胆给郭小鹏辩护:"大哥你有好些事情,并不清楚。"

林小强厉声打断道:"你大哥面壁五年,什么事情都想清楚了!"

林小亮不再说话。

林小强命令道:"我走十分钟后你再走。"

林小亮:"好的。"

十 金路易咖啡馆。夜。内。

汪静雯和刘眉相对而坐,都慢慢地搅拌着浓浓的黑咖啡。

刘眉细声细气地说:"我真的要请汪总原谅我情令智昏的行为。"

汪静雯:"你的心情我理解。但你错怪了我了:我和郭小鹏先生,没有任何情感上的纠葛。"

刘眉："这汪总就不爽快了。"

汪静雯双手一摊。

刘眉："我知道好多是小鹏单方面的行为,但以后还请汪总拒绝他的表示。"

汪静雯不回答。

刘眉："汪总你是世界级的人物,和我这个小小的海州老百姓不一样。"

汪静雯有一些不耐烦了："刘总你放心。"

刘眉一厢情愿地说："今后你多帮助小鹏跑跑外,多引进些资金,开些渠道。我呢,则多帮助他跑些内。"

汪静雯越来越不耐烦,但尽力克制着。这时,她手机响。接听："董事长啊,我正在和一个朋友喝咖啡。什么,是男是女?"她瞥了一眼刘眉。

刘眉恳求的眼神。

汪静雯笑着说："男的。"

对方又说了些什么后,汪静雯："那好。回来再联系。"

十一　舰桥半岛郭小鹏住宅。夜。内。

一条黑影到别墅后门,用一根钢丝,轻而易举地把门打开。

接着,黑影无声地潜入住宅。

正在读报的郭小鹏,接收到红外警报轻微的报警声。他顺手拿起一把飞刀,然后用手机耳语般地说："我是01。请急呼88889、88887,速来我住宅。"说罢,用红外遥控器,关闭房灯电源,赤脚上楼。

黑影抵达客厅,用一军用强光手电照射。

走到客厅中间,黑影似乎失去了方向,握枪观察。

郭小鹏在二楼的监视器中,冷冷地注视着他的行动。

就在黑影准备上楼之际,郭小鹏用遥控器打开住宅中所有的灯。

黑影就像被闪电击中一样,立刻呆住了。

郭小鹏清楚地看到，黑影就是林小强。

十二　丰田车上。夜。内。

已经半醉的林小亮驾驶着丰田车，在开往黄金海岸的路上疾驰。

他旁边座上坐着一个浓妆艳抹的女人。

女人："你不带我去你家了？"

林小亮："上回在我家，叫雷子给弄住一回。咱们去黄金海岸，那儿的床大。"他伸手摸了女人的脸蛋一把。

女人的嘴巴一努："那你得多赏我几个钱。"

林小亮："多赏你十几个钱也行。大爷的钱，实在多得没用了。"他扭头问女人："你说钱除去能买东西，还有什么用？"

女人娇声娇气地说："可以买我啊！"

林小亮："然后呢？"

女人正要回答，林小亮的呼机响。

他从腰间摘下呼机，递给女人："你给大爷我看看，是哪个王八蛋这么晚呼我？"

女人念道："01请你马上到他家。"

林小亮在减速过程中，调整自己已经有些错乱的思维："01？到他家？"

又过了大约几秒钟，他反应过来，猛地一脚刹车。

女人的头"嘭"的一声，重重地撞在前玻璃上。

林小亮伸手打开女人一侧的车门，命令道："给老子下去！"

女人还没完全明白过来，已经被林小亮推了下去。

林小亮猛地打方向，然后加速开走。

女人在车扬起的尘土中爬起，大声喊叫："我的包！我的包还在车上。"

十三　海滨咖啡厅外广场。夜。外。

一个短打扮的汉子,灵巧地靠近红色法拉利轿车。

开门。进入。

旁边路过一辆车,灯光穿越法拉利。

但从后面看去,法拉利中空空荡荡。

十四　海滨咖啡厅广场。夜。外。

刘眉:"我一定痛改前非,与汪总精诚团结。"

汪静雯敷衍道:"我也一定捐弃前嫌。"

两人边走边说,来到法拉利前。

刘眉拉开车前门:"请。"

汪静雯:"我还是打车回吧。"

刘眉笑着说:"这点脸也不肯给?"

汪静雯只好上车。

十五　法拉利车上。夜。内。

刘眉沉稳地把握着方向盘,车拐入正道旁的辅道。

接着,车上一条低等级公路。

刘眉:"从这边走近一些。"

汪静雯已经觉察出什么来,悄悄地从口袋里拿出一笔形激光枪,握在手里。

杨春从后面座位上跃起:"两位女士好。"

刘眉回头惊恐地说:"你要干什么?"

杨春:"不许回头,继续往前开。"

刘眉把握方向盘的手,假装颤抖。

汪静雯侧脸准备看看是谁。

杨春命令道:"你要是再回头,我就开枪。"

手枪发出幽幽蓝光。

汪静雯、刘眉都不再说话。

杨春命令道:"去码头。"

十六 舰桥半岛郭小鹏住宅。夜。内。

暴露在强光下的林小强,显然已经失去了理智。他扯下面罩,挥舞着手枪,大声喊叫道:"姓郭的野种,有本事就给老子出来!"

他的声音在寂静的房间里回荡。

林小强怒吼道:"野种!你林爷爷找你报仇来了。快给我出来。"

郭小鹏的声音通过一只低音喇叭传出来:"林小强,报仇可是一件需要耐心和智慧的事。"这声音很像潮涌时传达出来的次声波,极是震撼人心:"智慧和耐心,你都没有。"

林小强朝喇叭的方向开了数枪。

声音马上就改变了方向:"我奉劝你离开海州!"

林小强再朝这只喇叭的方向开枪,随后朝吊灯开枪。

全宅的灯光突然熄灭,一切归于沉寂。

有分量的寂静最为可怕,在它的威慑下,林小强终于支持不住,越窗而去。

十七 码头。夜。外。

法拉利车"嘎"的一声,在废弃码头边缘刹住。

杨春挥舞着手枪命令:"下车!"

两人下车后,杨春在后面拿枪逼着往前走。

刘眉:"大哥,这可是伤天害理的事!"

杨春:"再废话,我先崩了你!"

走到一根电线杆子旁时,杨春命令:"站住!转过来。"

两人转过身,面对杨春。

杨春用手电扫射两个人的脸:"让我看看,谁更漂亮?"

刘眉闭上了眼睛。

杨春把手电光停在汪静雯脸上:"比起来,我还是喜欢你这样的。"他扔过去一根绳子:"把她给老子捆起来。"

刘眉:"大哥,你要钱、要车我都给你。"

杨春:"车我要,钱我要,人我也要。最后还得要你们的命!"

刘眉比较配合地靠在电线杆子上。

汪静雯在枪口下,捆绑刘眉。这时,她已经认出了杨春,并明白了这肯定是一个计,所以,她下手的时候,不由得暗暗用劲。

刘眉疼得嘴巴咧开,可又不能喊叫。

杨春走进汪静雯:"这下轮到你了。"

汪静雯悄悄地把激光枪拿了出来。

就在这时,一辆三菱吉普直升机一般地从天而降,雪亮的车前灯,照得杨春一怔。

汪静雯就趁杨春这一怔的功夫,飞起一脚,踢掉杨春手中的枪。

杨春见腹背受敌,情形不妙,不假思考,就纵身跳入大海。

从车上下来的李新建,拾起杨春的手枪,追到岸边。

黑黝黝的大海,浪涛翻滚,什么也看不见。

汪静雯一副准备跳水追击的样子。

李新建劝阻道:"他躲得了初一,躲不了十五。"

汪静雯这才作罢。

强民问被捆得像一只粽子的刘眉和汪静雯:"两位老总,看清楚这个人是谁了吗?"

刘眉看着汪静雯说:"我光顾害怕来着,不知道汪总看清楚了没有?"

汪静雯意味深长地说:"刘总都害怕了,我还能不害怕?"

李新建正色对两人说:"我衷心地希望两位好自为之,在法律允许的范围之内,处理一切事物。"说罢,朝强民一挥手,上了车。

十八 舰桥半岛郭小鹏住宅。夜。外＼内。

林小亮、段海持猎枪、棍棒等物,闯进郭宅。

郭小鹏从暗处悠然而出。

林小亮一挥手,命令众人:"给我好好搜!"

郭小鹏坐到沙发上,平静地说:"不用了,刺客已经跑了。"

林小亮:"万一要在什么地方躲起来怎么办?"

郭小鹏冷冷地说:"没有万一。"

林小亮多少有些心虚地问:"二哥看清楚是谁了吗?"

郭小鹏不回答。

林小亮抽烟。

郭小鹏突然问:"你大哥最近和你有联系吗?"

林小亮轻松地笑笑:"没有。"

郭小鹏又闭上眼睛:"没有就好。"

林小亮看着养神的郭小鹏说:"联系是没有,可二哥你还是要小心。"

郭小鹏闭着眼睛说:"有个叫西赛罗的哲学家说:世间的一切都写在脸上。"

林小亮不懂郭小鹏的意思,下意识地摸了一下自己的脸。

郭小鹏:"撒谎要靠脸。可眼睛是心灵的叛徒。"他的语速很慢:"谁要能真正控制自己的真实情感,社会就会给他以丰厚的回报。你不能!"

林小亮更糊涂了。

郭小鹏睁开眼睛:"你一笑,我就看出来了。"

林小亮:"笑?"

郭小鹏:"你在假笑。"

林小亮认为郭小鹏是在诈唬:"你凭什么说我是假笑?"

郭小鹏:"真笑通常只能持续三分之二秒到三秒之间,而假笑持续的时间特别长。这主要是因为假笑没有真实内容支持,所以不知道该在什么时候结束。"

林小亮虽然心虚,但还是强装愤怒,将半截烟狠狠地掐灭:"你别认为你是哥哥,就可以随便怀疑人!"

郭小鹏指点着林小亮说:"你这个动作也是假装出来的。"

林小亮愕然。

郭小鹏:"人真正生气的时候,拍桌子的动作和话语是同步发生的。如果一个人先拍桌子后发火,那他必定是在虚张声势。"

林小亮彻底被击溃了,全身靠在沙发上。

郭小鹏依旧慢条斯理地说:"你要是透露一些真实情况,我是相当感谢的。因为林小强毕竟是你的血亲。如果你不告诉我,我基于上述原因,也能够理解。"

林小亮的心理防线,已完全崩溃:"林小强是来了海州,他找我要了一点钱。"

郭小鹏在等着下文。

林小亮:"我劝他离开海州,他说走着瞧。别的就没什么了?"

郭小鹏:"他没问到我?"

林小亮不敢说话,只是摇摇头。

郭小鹏对林小亮等说:"你去刘总那里,她的安全,你要负全责。段海留下。其余的人都可以走了。"

林小亮一副将功折罪的样子:"我留在这值班吧。"

郭小鹏不说话。

林小亮只得怏怏而出。

段海为了解除这个尴尬局面,说道:"我去刘总那也行。您的安全更重要。老话不是说'打虎还得亲兄弟'吗?"

郭小鹏:"林小亮是我的弟弟,这没错。他一向忠心耿耿,这也没错。要他在我和林小强中间选择的话,他最终也会选我。"他用手指尝试一直拿在手里的飞刀锋利的刀锋:"但他会迟疑。而迟疑在关键时发生,是致命的。"

十九　海州大厦高级商务套房。夜。内。

　　汪静雯刚刚卸妆,手机响。

　　李新建:"刚才那一场戏,真是惊险又有趣。"

　　汪静雯下意识地问:"新建?"

　　李新建:"认出袭击的你的人了吗?"

　　汪静雯迟疑片刻后说:"看着面熟,但想不起来。"

　　李新建:"想不起来会减少很多麻烦。"

　　汪静雯:"该有的麻烦,从来少不了。"

　　李新建:"别的我不敢保证,但你在海州的安全是没有问题的。"

　　汪静雯的声音一下子变得柔和起来:"真的谢谢你了。"

　　李新建也一下子被感动、被激活,脱口而出道:"我很想你!"

　　汪静雯无言以对。

二十　高级电梯公寓。夜。内。

　　刘眉正在梳妆。

　　她拼命往手腕上涂抹化妆品,试图掩盖伤痕,但都不成功。

　　门铃响。

　　刘眉通过猫眼望去,只见郭小鹏阴沉变形的脸。

　　她不敢怠慢,赶紧打开门。

　　进来的是郭小鹏、段海,颇有兴师问罪的架势。

　　刘眉并不畏惧,冷冷地问:"董事长找我有事?现在可是休息时间。"

　　郭小鹏站在她身后说:"你是我见过的最成功的演员。"

　　刘眉根本不理睬,继续梳头。

　　郭小鹏残忍地一把抓住她的头发:"说,你都搞了些什么名堂?"

　　刘眉疼得眼睛都眯成一条缝,但还是强硬地说:"你说我是演员,演员演不好,你也得找出破绽来啊!"

郭小鹏实在也找不出什么破绽,只好用力一甩,把刘眉甩到了床上。

刘眉整理了一下睡衣,毫不畏惧地站到了郭小鹏对面。

郭小鹏:"你说,那个男人是谁?"

刘眉充满讥讽地反问:"汪静雯没告诉你?"

郭小鹏:"她是受害者,怎么会知道?"

刘眉:"她是受害者,我就一定是害人者?"

郭小鹏的气焰到底被刘眉压下去一些:"是不是林小强?"

刘眉眼睛中充满鄙视:"你他妈的也算是博士?你通过我,几乎把林小强害死。怎么,和那个狐狸精睡上两天,连发家史都忘了?"

郭小鹏的火又被激励起来:"我绝对相信是你设的计!"

刘眉:"用你的话说:谁主张,谁举证。拿证据来?"

此刻,回答不出的郭小鹏已经失去理智,他顺手抄起一个水晶工艺品,朝着梳妆台就扔了过去。

玻璃碎成一片。

镜子中是两个人畸变的身形。

二十一 海州大厦商务套房。夜。内。

黑暗中,电话的来电显示灯在闪烁。已经休息的汪静雯打开床头灯,拿起电话。

郭小鹏和蔼地说:"休息了?"

汪静雯懒洋洋地反问:"都几点了,还能不休息?"

郭小鹏:"听说你被袭击了?"

汪静雯轻描淡写地"嗯"了一声。

郭小鹏:"我很惭愧,没能保护好你的安全。"

汪静雯:"这是歹人所为,和你有什么关系?"

郭小鹏:"你不远万里来到海州,我守土有责啊!"

汪静雯笑了起来:"你很有点以天下为己任的精神。"

郭小鹏:"我现在就在你的楼下。"

汪静雯拿电话的臂一抖。

郭小鹏:"很想见你一面。"

汪静雯努力使自己镇静下来,婉拒道:"明天再见,好吗?"

郭小鹏沉默片刻,突然提高语速说:"我很想你!"

汪静雯不知道应该如何回答,沉默片刻,默默地挂下电话。

二十二 街头。日。内 \ 外。

一辆五十铃客货两用车在街道上行驶。

一辆出租车紧跟其后。

五十铃进入一住宅小区,在一楼前停住。

出租车跟进。

卫军从驾驶室内跳下,走进楼门。

林小强下。他今天穿着一件普通的夹克,戴一副秀郎镜,花白的头发,已经变成了相当接近自然的黑色。

他在楼前转了几圈,也没找到合适的对象。

楼内出来一个小女孩。

林小强上前问:"小朋友,你知道开这车的叔叔住几楼吗?"

小女孩:"住五〇一。"

林小强:"谢谢你了。"

他快步进楼。

二十三 五楼。日。内。

林小强手插在兜里,上前敲门。

卫军隔着防盗门问:"你们找谁?"

林小强："我是小区的安全员。楼下的五十铃是你的吗？"

卫军："是我的。怎么啦？"

林小强："有人倒车时撞了你的车，你下去看看吧。"

卫军边开门边骂："妈妈的，哪个杂种坏老子吃饭的家伙，我坏他全家！"

就在他打开防盗门的瞬间，林小强的枪死死顶住他的脑袋。

二十四　五〇一房间。日。内。

林小强对蹲在地上的卫军说："抬起头来，看看老子是谁？"

卫军不敢抬头："这位爷，你想要什么，我都给。我根本不知道你是谁。"

林小强："叫你看，你就看。"

卫军这才怯生生地抬起头来。

但他在记忆中可能的人群中搜寻良久，也没能找到。

卫军："我真的不认识您！"

林小强只得摘下眼镜："你这双狗眼，就会看女人。我赏你的那个内河街的小婊子还活着呢？"

卫军大骇："林总！"

林小强垂下枪口。

卫军："林总，刑满了？"

林小强转动着手枪："刑满了还用这东西？"

卫军不敢再多问。

林小强："你还在贩毒？"

卫军："早就金盆洗手了。"

林小强："不干这，你干什么？"

卫军喃喃地说："做点小买卖。"

林小强抬起枪口："快说，什么买卖？"

卫军一时答不上来，好久之后才说："搞点运输。"

林小强用枪指着他说:"是运毒品吧?"

卫军:"那可是掉脑袋的买卖,我可不敢干。"

林小强讥笑道:"你干的还少?"

卫军不说话。

林小强用枪对着他的下体:"现在有两条路,你可以挑一条走:一是你告诉我,杨春、刘眉在干什么;二是我给你一枪。"

卫军哆嗦开了。

林小强:"我没说清楚:我不会一枪打死你,我顶多给你去去病灶,让你再也得不上性病。"

卫军的汗珠从仁丹大变成蚕豆大。

林小强:"我心多狠手多辣,你是知道的。再加上五年的监狱锻炼。"他的枪口,慢慢往下移。

卫军赶紧说:"我说,我说,我全说。"

林小强:"看来真是'响鼓不用重锤'!"

二十五 海州大厦总经理办公室。日。内。

汪静雯致电费经纬:"费总吗?我是汪静雯。"

费经纬"噢"了一声。

汪静雯:"晚上想和您一起吃顿饭。"

费经纬犹豫。

汪静雯不等他拒绝,就先说:"绅士是永远不会拒绝女士的。"

费经纬很勉强地答应道:"好吧。"

二十六 汉普顿庄园西餐厅一楼。夜。内。

汪静雯递给费经纬一封信。

费经纬很快地将信读完,脸上渐渐露出喜色:"你认识徐浩博士?"

汪静雯:"现在他是华海进出口公司香港分公司的老总。"

费经纬指指信中所附的名片:"这我知道。"

汪静雯:"我在一次饭局上遇到他,他要我帮他在内地物色生物方面的人才,说是急需。我推荐了您。他一听高兴得不得了,说与费总是老同学。"

费经纬捋了一下略显白的头发:"'遥想公瑾当年,小乔初嫁了。'"他突然觉得自己有些失态,迅即改成平常口吻:"谢谢汪总。"

汪静雯:"应该称呼我的最高职务,叫我副董事长。"

费经纬听话地重复道:"谢谢副董事长。"

这下轮到汪静雯不好意思了:"我和费总开个玩笑。"

费经纬把信收起来:"没关系。没关系。"

汪静雯:"我来这么长时间了,一直没机会和费总好好聊聊。"

费经纬:"我是个工程技术人员,很乏味的。"

汪静雯很快步入正题:"费总一定知道,我代表的香港华龙公司,有一大笔资金注入到海州药业之中。"

费经纬点头。

汪静雯:"一个人,可能上午还活蹦乱跳,到下午就心脏病发作。企业也一样,账目外表看上去都不错,但有一天,突然就不行了。可如果事先请教专家,许多损失是可以避免的。"

费经纬有些不明白,茫然地看着汪静雯。

汪静雯:"当然,这一切都是在务虚。"

费经纬:"虚者实之,实者虚之。你是在问海州药业吧?"

汪静雯郑重地点点头。

费经纬:"经营部分,从来是郭总和刘总管理的,我从不过问。"

汪静雯:"从生产上看呢?"

费经纬:"郭小鹏董事长,是我见过的最好的经营者。"

汪静雯:"徐浩博士说,费总是个很慎重的人。您能对咱们今天的谈话保密吗?"

费经纬:"可以。"

汪静雯:"那我就想问就问了?"

费经纬:"请问。"

汪静雯:"据说某些国家管制的原材料,进入了海州药业?"

费经纬:"这不是什么秘密。那些麻黄素,是经过批准的。"

汪静雯:"但其数量,大大超过了正常的需要?"

费经纬:"作为一个大的药业集团,是不能需要一吨,就采购一吨的。囤积一些,也很正常。"

汪静雯见他防守严密,只好正面强攻:"戴主席听说之后,很是不安。"

费经纬:"为什么?"

汪静雯:"因为麻黄素半成品,稍一加工,便成了冰毒。"

费经纬毫不含糊地回答:"但它们现在只是麻黄素。"

汪静雯:"有没有变化的趋势?"

费经纬:"我目前还没有看出来。"

汪静雯做出轻松的笑容:"从费总这总算得到一个明确的回答。没有变化的可能就好。我可以向戴主席汇报了。让他按期拨付第二期款项。"

费经纬一下子就感到这话的分量:"副董事长知道,我只是普通工程技术人员。多年来一直和固定的、符合逻辑的、抽象的东西打交道,人际交往的经验不是很多。"

汪静雯知道刚才一击奏效了。于是继续出击:"我只是在与费总谈各种可能性,而且绝对是私人谈话。再说,华龙公司,也通过其他许多渠道,关注这批麻黄素动态。不过,我本人认为,其余的渠道,都不如费总权威。"

费经纬这下子愈发感到压力:"你知道,化学变化和物理变化不同。"

汪静雯问:"有什么不同?"

费经纬:"物理变化是指物体形态的变化,比方弹簧拉长之类的。只要外力

265

一撤销,它又恢复成原来的样子。而化学变化,是质的变化。一个氧和两个氢碰到一起,就成了水。要是把它们和别的东西放在一起,也就成不了水了。"

汪静雯浅笑:"费总的意思是?"

费经纬:"制药的整个过程,是一个化学过程。而化学过程的结果,完全取决配方。在没有配方之前,任何可能都是存在的。"

汪静雯:"费总的话很艰深。不知道我的理解对不对?"她给费经纬倒酒:"它们有变化的可能?"

费经纬:"我没这样说。"

汪静雯举杯。

费经纬不响应。

汪静雯:"费总从来不喝酒?"

费经纬:"以前喝过,而且量也还可以。有一次我出差到北京,一个人吃饭,突然想喝酒,这时没有任何交际方面的理由。于是我明白身体在一定程度上,已对酒精产生依赖。我再一想,我已经从工作和家庭两项中,获得了极大的快乐。没有再从酒精中寻找的必要了。从那以后,我再也没喝过酒。"

汪静雯:"费总有几个孩子?"

费经纬的眉毛立刻飞动起来:"两个,双胞胎,一男一女。六岁。好玩极了!"

汪静雯:"捣乱不捣乱?"

费经纬:"捣乱。而且是一加一,大于二。"说到孩子,他不用人提问,便滔滔不绝:"前些时候,我在写一本书。他们的捣乱,至少使我的进度减慢了三分之一。但是我想:写书的目的,不就是希望把自己的经验留给后人吗?"

汪静雯感到费经纬确实是个有责任心的知识分子。于是她准备再进一步探索:"费总是不是对海州药业也产生了依赖?"

费经纬:"你知道,海州依山傍水,空气清洁度,在全国名列前茅。另外,还有一套属于我的大房子。要说一点不依赖,也是不现实的。"

汪静雯盯着费经纬说:"所以应该爱护海州药业。"

费经纬:"当然。"

汪静雯:"海州药业不是一个人,而应该是一个集体。"

费经纬明白汪静雯的所指:"但目前我还分不开。"

汪静雯:"到能分开时,费总别忘了我。"

费经纬:"不会。"

汪静雯举杯:"为了后人的安宁。"

费经纬多少有些被感动:"为了后人。"他象征性地呡了一口。

第十二集

一 高层电梯公寓。日。内。

杨春躺在刘眉身边。

破碎的镜子依然可见。

杨春斜了一眼镜子问:"怎么碎的?"

筋疲力尽的刘眉,无精打采地回答道:"没注意撞碎了。"

杨春瞥了她一眼:"用你的心撞的?"

刘眉不说话。

杨春:"我在这人世上,已经混了三十多年了,人这点事,也知道个差不多。"

刘眉为了弥补,赶紧给杨春一个吻。

但这并不阻止杨春发言:"你虽然口口声声地说爱我,心老在别处,就是亲热那会儿,心都回不来。"

刘眉很佩服杨春这种完全来自实践的智慧:"遇到你之前,我的心像天上的风筝。有了你,也就有了着落。可要想让风筝落地,线得一点、一点地往回收。"

杨春:"花无百日红。你们女人,还有郭小鹏的买卖,都逃不过这定数。"

刘眉眼睛一转动:"你的意思是让我弄点钱?"

杨春:"你自己琢磨去吧。"

刘眉:"是该弄点养老钱。"

杨春:"就是,人总是要老的。"

刘眉:"但首先是要活得到老。"

杨春:"这话是什么意思?"

刘眉:"咱们两个分分工:我弄一笔钱,在香港买房子。你给我把汪静雯干掉。"

杨春:"我才没那么傻呢:苏联完蛋了,剩下美国一个,这牌就不好玩了。"

刘眉:"你错了:汪静雯要是在,不光咱们弄不到钱,郭小鹏的钱也得完蛋。"

杨春沉思片刻说:"行。但是咱们得想个好办法。"

门铃响。

刘眉惊起,对杨春说:"你快躲一下。"

杨春不以为然地问:"是不是那个姓郭的来了。"

刘眉推动杨春道:"要是他,就不用怕了。"

刘眉通过猫眼观察。

一个警徽充满她的视野。

她见杨春已经躲好,便打开门。

门刚开,一只强有力的胳膊就伸进来,扭住了她的脖子,将她往屋子里推。

已经快窒息的刘眉虽然看不清来人,但还是凭感觉说:"小强,你犯不着这样。"

林小强在松开手之前,轻轻往前一送,刘眉就一个趔趄,几乎撞击在墙壁上。

刘眉回过头来,惊恐地看着林小强,最后目光重点放在他插在兜里的手上。

林小强把手从兜里拿出来:"你放心,杀你根本就不用武器。"他凭空做了一个很有力度的"扭"的动作:"轻轻一转,你的小脖子就断了。"

刘眉多少放松了一些。

林小强伸手把电话线揪断,然后又取过刘眉放在床头的手机,仔细读着上面的号码。

在寻找机会的刘眉,赶紧讨好地说:"这是摩托罗拉8810。最新的型号。你要是喜欢,就拿走。"

林小强读完号码后说:"我想拿走,还得你同意?"

刘眉哑巴了。

林小强咔吧一声,把手机撅断。阴森森地说:"现在这房子和外界一点联系也没有了。你知道这像什么吗?"

刘眉深知林小强的性格,知道此刻不反馈的后果,所以赶紧说:"像起飞的飞机。"

林小强摇头。

刘眉:"像孤岛。"

林小强大声喊:"不对!"

刘眉:"那小强你说像什么?"

林小强质问道:"小强是你叫的?"

刘眉多少强硬一些:"那是谁叫的?"

林小强的思想叉开,慢吞吞地说:"像监狱里的小号。"

说到监狱,刘眉又不敢吭声了。

林小强:"你知道什么叫小号吗?"

刘眉摇头。

林小强:"就是一间你站不直、躺不展的小黑房子。专门用来惩办不听话的犯人的。"

刘眉的嘴唇动了动,但没声音出来。

林小强陷入回忆中:"有一次,我违犯了规定,就在里面整整待了三天。"

刘眉也觉出林小强的恍惚,但她不敢轻举妄动。

林小强突然又变成怒吼:"三天!你明白是什么滋味吗?"

刘眉赶紧摇头。

林小强:"当初,你和郭小鹏是如何设计害我的,我在监狱里已经都想清楚了。"

刘眉想解释。

林小强:"你要是解释一个字,我立刻杀了你。"

刘眉赶紧把到了嘴边的话咽回去。

林小强:"但我考虑到你是女人,原谅了你。"

刘眉知道林小强是个喜怒无常的人,不敢有任何放松。

林小强:"但你要说实话。"

刘眉:"一定一定。"

林小强:"我知道让你这种人说实话,比登天还难。但只要让我觉得假,我立刻杀了你。"

刘眉:"一定说真的。"

林小强:"你们把那么多的麻黄素运到厂子里,都干什么用了?"

刘眉:"做戒毒灵和平喘的药物。"

林小强向她逼近:"是不是还顺便做点'冰'?"

刘眉豁出去了:"你要杀就杀吧。我真的不知道了。"

林小强把手枪拿出来:"你以为我不敢?"

他的枪刚刚举起,从暗处出来的杨春的枪已经抵在他的后脑上:"我看你是不敢!"

林小强慢慢地举起手,在举到一定高度后,转身就是一劈。他在监狱锻炼多年,动作的速度、力度都不凡。

杨春更是有所准备,躲过这一击后,与林小强对打起来。

杨春显然是有童子功的人,加之平常的锻炼,只三两下,就将林小强制服。

林小强在杨春强有力的擒拿下,依旧做不服状。

杨春把林小强的枪拿到之后,顺势放开他。

林小强还想往上冲。

杨春用枪指着他,笑着说:"你这就不江湖了。'水浒'里的好汉,打败了后,只要对方是英雄,总是纳头便拜。没有你这样没完没了的。"

　　林小强看看力量实在太悬殊,只好坐在椅子上喘气:"你们要拿我怎么样?"最后他问。

　　杨春把枪放下:"这就像个谈判的架势了。"

　　刘眉赶紧给杨春搬过一把椅子。

　　杨春:"你不是想让郭小鹏完蛋吗?这也是我们的目的。"他指指刘眉和他自己。

　　林小强充满狐疑地看着两人,指着刘眉说:"你还说得过去,但她可天天和姓郭的睡在一起!"

　　杨春:"这你就外行了不是?她,或者是她指使人杀了我弟弟,我们现在不是合作得很好吗?不错,她是和姓郭的睡过觉,但现在她和我一起睡了。"他用不拿枪的手,把刘眉搂过来:"话说天下大势,分久必合,合久必分嘛!"

　　听到这,林小强把紧绷的身体松弛下来。

　　杨春:"怎么样,和我们一起干?"

　　林小强:"看来也没有别的办法了。"

　　杨春:"这就对了:怎么都是一个草台班子出来的人,在一块儿演戏,都不用排练。"

二　普尔斯马特超市停车场。夜。外。

　　汪静雯采购出来,打开别克车门,放好东西,开出停车场。

　　一辆三菱吉普尾随而去。

　　几乎与此同时,郭小鹏也从超市出来,驾驶奔驰车追了上去。

三　海州大厦地下停车场。夜。外。

　　别克车开着大灯冲下坡道,进入停车场。汪静雯熟练地将车停入车位。

三菱吉普接踵而至,停在别克的旁边。

李新建利索地拉开车门,钻进汪静雯的车里。

汪静雯不禁大吃一惊:"李支队?你有什么事?"

李新建笑容满面地说:"你放心。我不是黑道人物,不会把你弄到码头上去的。咱们一起去吃晚茶如何?"

汪静雯也开心地笑了。但旋即笑容消失:"新建,我真的不能和你一起去。"

李新建:"什么原因?"

汪静雯冷静地回答道:"什么原因都没有。"

李新建得意地回答:"那咱们就什么地方都不去。"

汪静雯勉强抑制住自己的笑容:"这也是很危险的。"

李新建:"有我在,你谁都不用怕!"

从身体语言分析,汪静雯似乎有靠在李新建身上的倾向。

李新建侧脸看着汪静雯说:"晓飞,你觉得我傻不傻?"

汪静雯回避开李新建的眼睛:"我不太清楚。"

李新建:"从前的事,咱们就不说了。"他拍拍方向盘:"现在我好歹也是二级警督,是一条战壕里的战友。"

汪静雯没做任何反应。

李新建仍侧着脸,观察汪静雯的表情:"以前我有好多事情不明白,现在我明白了。"

汪静雯:"你错了。"

李新建:"得了、得了。现在是共产党的天下,朗朗晴天,有什么不能说的。"

汪静雯看表。

李新建:"你倒是说话啊!"

汪静雯:"我还是那句老话:人有选择自己道路的权利。"

仍然试图试探出全部真情的李新建,顽固地反击:"这真是'假做真时真亦假'了!"

汪静雯："我说的都是真的。"这种谈话在她无疑是一个很大的负担："我真的该回去了。"

李新建原来好不容易建立起来的一点信心，现在又摇摇欲坠了："你爱上郭小鹏了？"

汪静雯实在是没法回答这个问题。

李新建："我是没他有风度，没他学历高，更没他有钱。可我是个正直、善良的人。他则是个阴险、邪恶的人。"

汪静雯不得不激烈地反驳道："天下不是只有你们两个男人。我告诉你：我有男朋友，正在美国读博士后。我马上就要去和他结婚了。"

李新建："我才不信呢！"他激动地抓住汪静雯的手："我是了解你的。"

汪静雯突然把李新建搂住，热情地与他接吻。

李新建自然是热烈响应。

只见奔驰车无声地滑行到别克车前，车窗自动落下。

车窗内的郭小鹏，冷冷地看着这对忘情男女。

片刻，奔驰车开走。

汪静雯终于克制住自己的情感。冷冷地说："新建，咱们真的到此为止吧。"

李新建被这突然的变化给弄傻了，思考后，认为汪静雯是在和他开玩笑："我才不信呢！"

汪静雯竭力控制住快要出来的眼泪，用冷腔调说："请你忘掉我吧！"

说罢，开门下车。

李新建百感交集地看着汪静雯的背影。

四 海州大厦高级商务套房。夜。内。

汪静雯打开房门进入，一开灯，便发现郭小鹏端坐在沙发上抽烟。

她什么没说，把包放好，脱下外衣后，方才冷冷地问："你凭什么擅自闯入我的房间？"

郭小鹏阴沉着脸,强调也是冷冷地:"我是海州大厦的所有人,我有权力了解每个房间的情况。"

汪静雯:"如果你不是故意装傻的话,那我就告诉你:漫说我是海州药业集团的高级雇员,就是一位普通的旅客,在他登记入住之后,你也没权力擅自进入他的房间:他在登记付费时,已经购买下他的私人空间。"

郭小鹏自知无理,便不再纠缠,而是厉声问:"你和警察李新建是什么关系?"

汪静雯坦然地回答:"恋爱关系。"

郭小鹏几乎从沙发上跳起来,他愤怒地质问道:"你不是告诉我,你已经准备到美国去和你的男朋友结婚吗?"

汪静雯:"你说的没错,但此一时,彼一时。"

郭小鹏更加生气,怒斥道:"我真的没想到,你是一个这样没有道德的人!"

汪静雯冷静地说:"感情问题是最私人的。任何人都没有权力干涉,也干涉不了!"

郭小鹏浑身颤抖地站了起来:"一滴水可以照见太阳!我现在知道你是什么人了!"他大步向门走去,边走边说:"你带上你的钱滚回香港去吧!"

五　海州体育馆剑道馆。日。内。

郭小鹏穿一身剑道服装、提着面罩,怒气冲冲地进入剑道馆。

段海跟随。

郭小鹏一反平素的文雅,生硬地问管理员:"有陪练员吗?"

管理员是一个的资深的管理人员,也硬邦邦地回了一句:"这么早,谁来?"

机灵的段海赶紧说:"我陪您练吧?"

郭小鹏:"你手上的伤还没好利索。再说……"

段海很有自知之明地说:"我的技术和您的差太远!"

李新建也身穿剑道服进入:"我陪董事长如何?"

275

郭小鹏阴沉沉地说:"不敢劳驾李支队。"

李新建大大咧咧地说:"都是为了锻炼身体,也说不上谁陪谁。"

郭小鹏居高临下地看着李新建说:"那我也不客气了。"

李新建:"绝对不用客气!尽管拿出本事来。"

段海问郭小鹏:"董事长要藤剑还是竹剑?"

郭小鹏向李新建说:"你要哪种?"

李新建试验两种剑:"这藤剑的强度虽然差一点,但舞起来虎虎生风。用它怎么样?"

郭小鹏点头后戴上头盔。

接下来是在垫子上进行繁复的仪式:跪拜、默念。

李新建精神内敛再放松。反复多次。

郭小鹏的精神却似乎凝聚不起来。

比赛正式开始。

李新建很守剑道规矩:凡是出击,击头则喊"头",击腰则喊"腰"。

郭小鹏则不然:击哪也不喊。

李新建上来就受到郭小鹏准确的几击。

李新建仍然不改变自己的作法,大喊着进攻。

郭小鹏仍然以静默对抗之。几次打到犯规的部位,也不按剑道规矩道歉。

李新建面对郭小鹏毫无顾忌的进攻,方寸不乱。

快到结束时,郭小鹏的重重一击,击在李新建的踝骨上。他立刻感到一阵钻心的疼痛。但他仍然双手持剑,直指郭小鹏面门。完全以气势逼人,一步一步向前走去。

郭小鹏:从来没见过这个架势,只好一步、一步地向后退。最后终于退出了场地。

两人都摘下头盔。

郭小鹏显然知道自己的犯规动作,鞠躬后说:"对不起了。"

李新建:"我也对不起了。"

两人并排走。

李新建:"我看董事长在仪式的时候集中不起精神来?"

郭小鹏:"没有。"

李新建:"出击的时候应该喊。这样气就从丹田贯于头顶,可助力道。"

郭小鹏不说话。

李新建:"应该按牌理出牌。"

郭小鹏还不说话。

李新建大步走出,虽然有些一瘸一拐。

一直在旁边观看的管理员对段海说:"刚才那位先生最后一下子,就是著名的'剑道之气'。'不战而屈人之兵,曰之为上'。不多见!不多见!"

郭小鹏狠狠地撇了管理员一眼,携段海走出大厅。

六 长途汽车站。日。外。

靳铁风尘仆仆地从长途汽车上下来。

他四顾无人,不禁有些茫然。

手机响。他接听。

林小强:"老城区城隍路大众旅馆十三号房。"

靳铁出车站。

七 舰桥半岛郭小鹏住宅。清晨。外\内。

郭小鹏在练习太极拳。

刘眉的法拉利飞也似的驶入院子。

她神采飞扬地下车。

郭小鹏对她视若不见,坚持做完收式。

刘眉微笑地等待。

郭小鹏看也不看她,径直走进屋子。

刘眉跟了进去。

郭小鹏擦汗。

刘眉:"我觉得这地方已经有些陌生了。"她来回巡视一番:"不过好在没有被外人占领的痕迹。"

郭小鹏不理睬他。

刘眉觉得有些没趣,便削个苹果递给郭小鹏。

郭小鹏没接,径自吃开保姆送上来的丰盛早餐。

刘眉:"几天不见,就生分成这个样子?"

刘眉也来了脾气:"不错,我是喜欢你,但你也不要太过分。我这次来专门告诉你一件事:林小强已经基本被我们控制住了。"

郭小鹏头也没抬地说:"你这我们都包含谁?"

刘眉毫不示弱地说:"既然你明知故问,我就告诉你,我们包含杨春。"

郭小鹏抬眼看着刘眉说:"你就不觉得杨春脏吗?"

刘眉:"从我来到这个世界上,就很少见到干净的东西。"

郭小鹏:"我奉劝你一句:不要自甘堕落。"

刘眉:"我也奉劝你一句:不要见色忘友。"

郭小鹏:"我知道你说的是谁。我也收到了你们搜集的有关汪静雯的资料。你们在做录音'节目'时,请的配音演员不错,音响师也不错,但合成的不好。"

刘眉假装惊讶地动动眉毛。

郭小鹏:"起码经不住现代科技的分析。"他把一份分析报告从茶几底下放到面上,示意刘眉阅读:"听上去差不多,但曲线合不上。"

刘眉根本就没打算看:"但我们给你她和李新建在一起亲热的照片总是真的吧?"

郭小鹏显然已经能够正视这个问题,冷静地说:"你是个很好的射手。有良弓,有臂力,但你选错了靶子。这是一个一级错误。"

刘眉:"歪打正着的事也是经常发生的。"

郭小鹏严肃地说:"我最后一次警告你,立刻停止有关汪静雯的一切行动。"

刘眉:"我从来也没采取过什么行动。"

郭小鹏继续自己的话题:"你的行动已经危害到整个集团公司的利益。"

刘眉:"听你说话的口气,好像你是个国营企业的领导人似地。集团公司是谁?还不就是你?你的利益是什么?还不就是讨哪个女人的欢心?"

郭小鹏想插话,但被刘眉制止:"我知道一个男人被一个女人迷住了是什么样子。如果你被一个普通的女人迷住了,我也就忍了。男人么,馋嘴猫似的,总是见一个爱一个的。最后你还会回到我这。但爱上汪静雯是一条不归路。她绝对是一个警察。趁她没有掌握你的全部秘密之前,赶紧脱身吧!"她拿起皮包:"我也不用你轰,自己走了。另外,我也告诉你:只要姓汪的在一天,我就一天不进这个门。"

郭小鹏陷入思索。

门外的汽车声。

八　海州大厦总经理办公室。日。内。

汪静雯看电子邮件。

屏幕显示:目前尚无法破译。

她关闭机器,拿出手提电话。

汪静雯:"唐兄吗?"

听筒里传来唐兄乐呵呵的声音:"正是在下。美丽的女学生,又遇到什么难题了?是不是爱情的小船,又撞上习惯势力了?爱情这个题目太大,我可做不来。"

汪静雯微笑地听着唐兄的唠叨:"我求你破译的密码可有进展。"

唐兄:"我非常遗憾地通知你,毫无进展。"

汪静雯:"您不能再尽些力？"

唐兄耐心地解释:"有三位科学家用一个一百二十九位的质数给一条信息加了密。说破译它要几百万年时间。这就是圈内的人都熟悉的 RSA129。有人不信,集中了六百多名世界各地的科研人员,向它发起攻击。最后用了一年的时间,才将其破译。换言之,给我足够的时间,也许能够破译。"

汪静雯失望地说:"要足够多的时间,还只是个也许。"

唐兄:"我见美丽的女人伤心,我就更伤心。我告诉你一条捷径:找到这个密匙的设计者。"

汪静雯:"你又喝多了说胡话:我要能找他,还破的什么译？"

唐兄:"你别急。我的意思是,使用这套系统的人,往往是设计不出来的。这需要专业人员的参与。找到这个专业人员,一切也就迎刃而解了。"

汪静雯不是很有信心地说了声:"好吧。"

九　大众旅馆。日。内。

靳铁把包往床上一扔:"我还没有住过比这更破的地方呢！"

林小强咧嘴一笑:"监狱比这更破。"

靳铁:"怎么不找个大宾馆？"

林小强:"大宾馆看上去很安全,可那儿设备都是电子的。一百天以后,记录也还在。再说,有好多房间,都有监视设备。"

靳铁:"我忘了你是干宾馆出身。"

林小强:"日子混得怎么样？"

靳铁长叹一声:"别提了。"

林小强不再问。

靳铁自己忍不住说:"那个小妹子跟人跑了,倒也在我的预料之中。关键是那帮我替他们顶雷的家伙,见我没用了,顶多假仗义三分钟,就想用几个小钱把我打发走。我真后悔当初没把他们都拉进监狱。"

林小强:"都拉进去,你连几个小钱也弄不到。"

靳铁:"说也是。"

林小强:"我就知道你的日子好不了。"

靳铁:"你就是诸葛亮。"

林小强不接茬:"你的日子要好了,我就叫不来你。"

靳铁:"那可不一定。"

林小强:"世界上这贵那贵,错误最贵。记住,以后谁也别相信,除了自己。"

靳铁:"连你也不要相信?"

林小强:"有共同利益存在时,可以暂时信任。"

靳铁:"咱们的共同利益在哪?"

林小强:"原本我想干掉几个仇人,死了也就算了。可出来一看,这世界真他妈的日新月异,好东西实在太多了。所以,我改了主意。"

靳铁递给林小强一支烟,兴趣盎然地洗耳恭听。

林小强:"一个干企业的,最心疼的事就是看自己的企业完蛋。所以我要让郭小鹏看着他的企业烂掉、埋葬,然后再"他比划了一下:"我再仔细一想,在这过程中弄点副产品也不错。"

靳铁已经领会完全:"可这么好的事,你怎么会想起我来?"

林小强:"在这地方,唯一可以勉强信任的就是我弟弟林小亮。可让他帮我几个钱还行,帮我搞垮郭小鹏的企业,他肯定不干。郭小鹏也是他的亲哥哥。"

靳铁表示已经被说服。

林小强:"干垮了一个大企业,再干掉几个人,在中国,除去西北的深山老林外,任何地方也不能待了。想跑,就得去国外。可在外面,我的关系不多,仅有的几个,也垮的垮、散的散。而你却有关系。我用的就是你的关系。"

靳铁赞同:"书上说,要想管理好一个企业,关键是把正确的人,放到正确的岗位上。你说吧,怎么干?"

十　海州大厦总经理办公室。日。内。

汪静雯和陈然相对而坐。

汪静雯:"有点事想拜托陈主任。"

陈然:"机密?"

汪静雯点头。

陈然起身察看已经关得很严密的门。回归座位后说:"你说吧,反正我已经是俘虏了。"

汪静雯:"我想知道郭小鹏的解密码。"

陈然全身一颤:"密码是很个人的东西,我怎么会知道?"

汪静雯笑着说:"你知道。你一定知道。"

陈然抬起头:"你凭什么这么确定?"

汪静雯不解释这个问题:"我相信你已经掌握了郭小鹏的一些机密,你大概也知道他到底在干什么。他的那些事和你的那些事,都有暴露的一天。"

陈然紧张地看着汪静雯。

汪静雯:"你大概也看得出,我有较深的背景。倘若那一天来临,我的话也是有一些分量的。"

陈然神经质地玩弄着手中的微型电子遥控器。

汪静雯:"你是计算机专家,肯定知道信息是最有价值的通货。为自卫,你肯定要储备一些,好过冬。"

陈然在椅子中越陷越深。

汪静雯自信找到了陈然的薄弱处,开始穷追猛打:"你有杰出的头脑,你有高级的设备,你还参加了整个集团公司的网络设计。加上郭小鹏不是计算机方面的专家,许多事情必须假手于你。"

陈然的脸色已经开始发青。

汪静雯:"你肯定也知道,信息和天气预报、台历一样,是有时限的。如果不用,很快就会一文不值。"

陈然猛地振作起来:"从你接触我的第一天起,我就察觉出你是警察。你不要否认!"他厉声制止汪静雯:"我只希望一点:拿到解密码后,你和你所代表的势力,都不要再来找我。"

汪静雯点头。

陈然:"明天二十二点,你将准时收到我的邮件。"

十一　海州药业集团公司总部。董事长办公室。日。内。

郭小鹏和费经纬并排坐在沙发上。

郭小鹏:"我有一盘不错的带子,费总看不看?"说罢,他不等费经纬回答,便按动遥控器。

屏幕显示:

两辆崭新的VOLVO开进广场。

郭小鹏:"这是一场对撞表演。"

费经纬看着这一鲜红、一墨绿的VOLVO说:"它们的总价值大概超过百万吧?"

郭小鹏:"这种表演在国外司空见惯,在国内还是第一次。"他指着红车说:"红车装备了侧防撞系统。绿车没装。这系统是VOLVO的独家产品,眼下正在推广。"

屏幕显示:

表演正式开始。

首先是红VOLVO以六十公里的时速,从侧面撞向无侧防撞系统的绿车。

"嘭"的一声巨响后,红车的引擎盖隆起、大灯被毁。

郭小鹏:"电脑指示,车中的'人',受到重创。"

屏幕显示:

收拾完场子后,略加整理的绿车,同样以六十公里的时速,从左面撞向静态的红车的前后门结合部。

也是一声巨响。

郭小鹏："电脑指示,红车中的'人',毫发无伤。"

人群涌上去,观察车的内部。

郭小鹏关闭电视。

郭小鹏："除去对撞外,侧撞是最严重的事故。大概占事故发生率的百分之二十五。国外单向的高速公路多,防侧撞就成了重中之重。而这种系统,能够将侧撞时的巨大能量,通过横梁、支柱、车顶等分解吸收。"

费经纬有些不解地看着郭小鹏。

郭小鹏拿出木头雪茄盒,递向费经纬："费总来一支？"

费经纬摇头："五年前戒了之后,再也没碰过一下。"

郭小鹏："费总是真正的知识分子,理论搞清什么不好之后,立刻付诸实践。"他用火柴点燃雪茄："我是个俗人,有些事情明知不好,可偏要为之。"

费经纬还是不明白郭小鹏说这些干什么,但他不问。

郭小鹏："我看了这片子,感想颇多。"他喷出浓浓一口烟："这人和车也差不多:有的人装有防撞装置,有的人则没有。"

费经纬正襟危坐,一言不发。

郭小鹏："另外,这车和车的吨位也不一样。有一次,我开车从北京到石家庄。在路过北京和保定之间那段著名的魔鬼路段时,司机把速度降到八十公里。我问原因,他说这地方原来是一片坟地,修路惊了魂,鬼都跑出来找替身。"

费经纬笑了："我也听说过这段路,据说是沥青和砂石的配比不太合适,使它渗水、渗油等能力小于指标值。一旦下起雨来,加上来往车辆漏下来的油,便形成了'荷叶托珠'的现象,使摩擦力大大降低,加上弯急,所以容易出事。"

郭小鹏："可我就不信这个邪,硬是自己把车开到一百三。你猜结果怎么着？"

费经纬："墨菲定律:该出事的一定出事？"

郭小鹏:"撞上了一辆丰田小客货。但这奔驰的吨位大,硬是把它撞出路面,而我一点事也没有。"

　　费经纬现在已经基本明白了郭小鹏的用意。

　　郭小鹏却认为言犹未尽:"这人和人最好别撞在一起。尤其是好朋友。"

　　费经纬:"这个自然。"

　　郭小鹏:"上次,我跟你讲过,有种新药,准备投入小规模生产。你还记得吗?"

　　费经纬:"记得。"

　　郭小鹏:"一两天内我就准备开始。"

　　费经纬:"你给我配方就行。"

　　郭小鹏:"这种药是个'擦边球'。"

　　费经纬不想再往下听:"我明白。"

　　郭小鹏:"那就好。"

　　费经纬:"没别的事,我就告辞了。"

　　郭小鹏:"我还有一件事。"

　　费经纬只得坐下。

　　郭小鹏:"公司准备搞股份制改革,这样就可以将产权明晰。"

　　费经纬:"这也是个趋向。"

　　郭小鹏:"所有的元老级人物,我都不会忘记,而首屈一指的是你。"

　　费经纬:"不敢当,不敢当。"

　　郭小鹏:"给你百分之三的股份如何?"

　　费经纬:"以海州药业的总值论,这确实是笔大钱。怕是今生今世也花不完了。"

　　郭小鹏:"以你的贡献论,也不算多。

十二　高级电梯公寓。刘眉住宅。目。内。

刘眉开门,杨春潜入。

刘眉:"你的胆子是越来越大了。这么早就来。"

杨春嬉皮笑脸地说:"色胆包天嘛!"

刘眉:"一点正经也没有!"

杨春诧异地看着打开的箱子、柜子问:"你这是要到什么地方去?"

刘眉一边往箱子里放东西,一边连珠炮似的说:"走到哪算哪,反正我是不在海州待了。这地方一点意思也没有。"

杨春:"郭小鹏又惹你生气了?"

刘眉:"他现在和我一点关系也没有了!他的海州药业马上就会被那个姓汪的警察给灭了。"

杨春:"咱们是不是弄假成真了?"

刘眉:"姓汪的肯定是警察。我一闻就闻出来。"

杨春:"你又不是警犬!"

刘眉不再理睬杨春,重新收拾东西。

杨春:"姓汪的是小事情,实在不行,干掉就是了。关键是怎么从郭小鹏那弄出一笔钱来。没钱跑到什么地方去,也是白跑。"

刘眉:"郭小鹏的钱可不好弄:陈然给他设计了一套软件,收入、支出稍有出入,立刻就能发现。再加上他聪明过人。"

杨春:"只要研究,总有空档。"

刘眉的手机响。

她接听。

电话里传来一个阴沉沉的声音:"明天不要外出,我要见你。"

刘眉放下电话后,脸色也变得极阴沉。

杨春:"林小强?"

刘眉点头:"他也想从郭小鹏处弄钱。"

杨春:"不行就把他干掉。"

刘眉摇头:"在海州,咱们已经杀了太多的人。再说,他肯定不止一个人。"

杨春:"咱们先应付、应付他。"

刘眉:"你说得容易,怎么应付?"

杨春:"他要的又不是现钱,咱们就给他开一张假的信汇。等他落实了,也好久过去了。"

刘眉:"上哪弄票据和印鉴啊?"

杨春:"这个我有办法。"

刘眉:"拖到什么时候,也是个事。"

杨春忽然灵机一动:"他不是吸毒吗?"

刘眉:"现在好像不吸了。"

杨春很有把握地说:"我见过只要有几个月毒龄的人,一个成功戒掉的都没有。"

刘眉:"他可在监狱里待了好几年?"

杨春:"古戏怎么说来的。"他想了一下:"'去山中贼易,去心中贼难'。从身上戒毒容易。心上戒毒就难了去了。"

刘眉:"什么途径让他复吸?"

杨春又换成嬉皮笑脸的模样:"当年你是用什么办法,让他染上的?"

刘眉:"去你的!"

杨春:"找点高纯度的毒品,放在他的烟里、酒里,几下子他就完蛋了。然后,我再把他弄到云南贵州那边干掉他。在那些地方,死上个把白粉鬼,引不起多大震动。"

刘眉:"我知道到什么地方去弄。"

杨春:"你的郭小鹏研制出来的冰毒可派不了这用场。"

刘眉:"怎么?"

杨春:"我听几个从你们那弄出冰的人说,那东西虽然上瘾快,但产生的副作用不够大。咱们弄就给他来点猛的。"

刘眉:"什么最猛?"

杨春:"现在有种海洛因五号。三号、四号,纯度不过百分之八十。而它有百分之九十九。"

十三 大众旅馆。日。内。

李新建、强民率领三辆警车抵达旅馆。

强民吩咐全副武装的刑警、武警:"给我一间房、一间房地搜。这小子有枪,大家注意。"

众刑警在林小强居住的房中,察看东西。

强民拎着一件破衣服对李新建说:"这小子够俭朴的。"

李新建:"恐怕不是不舍得,而是怕暴露。"他拣起地上的空烟盒:"抽上软中华了。这烟两条是你一个月的工资。"

强民:"看样子,这小子是弄上钱了。"

李新建:"撤退。"

强民:"又白跑一趟。"

李新建:"不白跑。起码证明林小强到了海州。"

强民:"用不用派人蹲坑?"

李新建:"不用了。他没那么傻。"

十四 海州药业集团制药厂。日。内。

郭小鹏、费经纬、陈然、林小亮一同进入制药厂中心控制室。

林小亮吩咐其余的人员:"你们先去休息、休息。"

众人鱼贯而出。

陈然在大型控制计算机前坐好。

郭小鹏递给他一张磁盘:"你根据它,修改一下工艺流程。"

陈然将磁盘插入。

郭小鹏和费经纬出到外屋，林小亮则留在里面监督。

郭小鹏坐在沙发上，用轻松的语调和费经纬谈天说地："起初，美国军方一些人，怕指挥中心让敌方的一枚导弹干掉，从而使全球的美军基地瘫痪。这时，一个天才的科学家就说：最能抗毁的中心，就是没有中心。于是，因特网就出现了。"

费经纬："一个没有因特网的世界，已经不能想象了。"

郭小鹏："因特网的核心，就是把一条信息分成若干个小件，通过不同的途径传送，怎么方便就怎么走。等到达目的地后，再由一台计算机把它们组装起来。"

费经纬看上去心不在焉，不时地瞟瞟里屋。

郭小鹏："我领导海州药业，也是这思路：让它们各干各的，最后由一台计算机组装。"他做了一个手势，让费经纬集中注意力："你就是这台计算机。"

费经纬听了这话，似乎很震惊。赶紧推托道："这好像没有可比性。"

郭小鹏霸道地说："有！"

费经纬不再反驳。

郭小鹏："总其成的计算机是无法欺骗的。咱们生产的是什么东西，你是清楚的。"

费经纬赶紧强调："不是完全清楚。"

郭小鹏："那仅仅是量上的区别，和质没关系。"

费经纬开始紧张的思考。

郭小鹏："风雨同舟，荣辱与共。"

费经纬担心地说："人们常说：天网恢恢。"

郭小鹏立刻打断他说："漏网的鱼，总比网住的多。"他改用缓和的语气说："再说，现代化工业生产，也就是个计算机程序。每个单元的工作人员，都不过是盲人摸象，不会知道最后的药是什么。这个流程完了之后，程序一消，货一拉走，什么痕迹也没有。更何况,这是偶一为之的事。不会天天干的。"

看上去,在压力下的费经纬已被说服。

十五 控制室里屋。日。内。

陈然把程序输入完毕。关机。取出磁盘。

林小亮:"把磁盘给我。"

陈然听话地把磁盘给林小亮。

十六 工厂内。日。内。

郭小鹏、费经纬、林小亮身穿白大褂,在车间里巡查。

冰毒的成品源源不断地从生产线中流出。

郭小鹏走过去,拿起一些半成品,仔细观察。

费经纬不禁胆战心惊。

郭小鹏对林小亮说:"你要负责这些药的入库工作。一粒也不能丢失。"

十七 工厂门口。日。外。

陈然对正要上车的郭小鹏说:"我母亲的身体不太好,我准备去东北看看她。"

郭小鹏很真情地拍着陈然的肩膀:"天经地义。我让财务批给你一万块钱路费。代我问候老人家。"说罢,上车。

陈然呆呆地看着车的背影。

十八 市公安局局长办公室。日。内。

张啸华接到北京方面的保密电话,不禁肃然起敬:"我们得到情报,海州药业已经开始批量生产毒品。是否立刻采取行动?"

刘石:"在毒品的输出渠道没有完全查清楚之前,不可操之过急。"

张啸华:"明白。我立刻部署,全面监控。"

放下电话后,李新建进入。

李新建:"他们似乎偃旗息鼓了。"

张啸华:"这是大战前的平静。"

李新建:"可咱们总得做点什么啊?"

张啸华:"北京方面正在抓紧破译密码。"

李新建:"其实把郭小鹏一抓,一问口供,就全有了。"

张啸华:"毒枭不是一般的小毒品贩子,他们有全球范围的贩毒情报网,你这一动,就前功尽弃了。"

李新建焦躁地点燃烟,又掐灭。

张啸华:"目前你可以与汪静雯正面接触。文章的题目嘛?"他想了一下:"就叫保护港方代表的安全。"

李新建一听这,情绪立刻好转:"张局,我和晓飞的关系,已经……"他似乎有些不好意思:"已经有了突破性的进展。"

张啸华:"我是你的局长,不是你的家长。私人的事,我不管。"

第十三集

一 海州大厦商务套房。夜。内。

汪静雯查看电子信箱,取出自己的邮件。

陈然的邮件既没有抬头,也没有落款;有的只是孤零零的一大长串数据。

汪静雯立刻将此数据发送。

抬头是:北京国际刑警中国中心局刘石。

然后她接通郭小鹏的电脑。

屏幕显示:对方电脑关闭。

电话响。

费经纬:"汪总,打扰你休息了。"

汪静雯:"没关系。"

费经纬:"有件重要事情要对你说。"

汪静雯:"我到你那去?"

费经纬:"不合适。"

汪静雯知道像费经纬这样的知识分子,通常优柔寡断,所以直接说:"咱们去滨海公园。"

费经纬:"好吧。"

二 海州某太平洋百货商场。暮。内。

刘眉在商场内,东张西望,始终不见林小强的踪迹。

在另外一个角落观察刘眉的靳铁,觉得时机已经成熟,便走上前去:"请问,是刘总吗?"

刘眉点头:"您是。"

靳铁:"我是林总的朋友。他派我来这取货。"

刘眉:"这是一笔大买卖,我必须见到他本人。"

靳铁见到漂亮女人总喜欢套近乎:"我是他的特命全权代表,代理他的一切事务。"

刘眉不理睬他。

三 公园。夜。外。

汪静雯和费经纬坐在一条长凳上。

他们面对的湖水,肯定和大海相通。潮水带动着它,微微拍动湖岸。

月亮很大、很圆。

费经纬眼睛看着湖水说:"自从汪总上次和我谈话以后,我基本上明白了汪总的身份。"

汪静雯出于本能辩解道:"什么身份?"

费经纬不回答这个问题:"所以当我有了发现后,第一个就想告诉你。"

汪静雯觉得再说什么,就有些不近人情了。

费经纬:"从有海州药业的那一天,我就在这里工作。平心而论,郭小鹏在创业初期,还是守法奉公、兢兢业业的。但从前年起,我就发现有人在厂里加工冰毒。我也做过些调查,发现是刘眉在指挥。我也就没说。"

汪静雯:"为什么不制止呢?"

费经纬:"我是一个工程技术人员,不是警察。再说,我考虑到刘眉和郭小鹏的关系,投鼠忌器啊!"

汪静雯用沉默表示理解。

费经纬:"另外,加工的量并不大。郭小鹏也完全可能不知道。可这次不同。"

汪静雯凝聚起精神。

费经纬:"首先,这次加工的数量,从原材料的量上估计,少说也能生产一、两吨冰毒。其次,他更改工艺流程,使用新配方,这一切,都是当着我的面进行的。当然,这样大规模的生产,他也没法回避我。如果这时我还不说,'主观、故意'的犯罪要素就全具备了。"

汪静雯:"你做的很对。"

费经纬仍然回避汪静雯的目光:"你很可能看不起我。但我就是一个软弱的知识分子。我除去化工知识以外,几乎一无所知。如果海州药业垮台了,我将衣食无着。"

汪静雯:"完全理解。"

费经纬固执地说:"你能部分理解就不错了!我主持海州药业,已经有三年了。这三年,是我能力最强的三年。我把一切都贡献给它了。以后,我也不会再有这样的机会了。"

汪静雯:"我相信,政府会全力保护海州药业的。"

费经纬显然不是很相信:"要想把一个企业搞好,全厂上下一起努力,也不一定能搞好。可要把它搞坏,那么有一个人就行。"

汪静雯:"你能给我分析一下郭小鹏这有身份、有文化,又有钱的人,为什么会去搞毒品?"

费经纬站起身:"我和他交往的时间,实在是太长了。已经长到无法分析的程度。对不起,我告辞了。

汪静雯坐在椅子上,看着费经纬的背影隐没在黑暗中。

四 海州药业总部大楼。夜。内。

郭小鹏手持电话在接听。

林小亮:"汪静雯和费经纬现在正在公园长谈。"

郭小鹏："谈什么？"话一出口，他自觉荒谬。思索后说："等他们散了之后，你把汪静雯请到零号海滩。"

林小亮："什么方法？"

郭小鹏："任何方法。"

郭小鹏打开电脑，书写电子邮件。

屏幕显示:G 先生,万事俱备,请定会谈地点。

然后加密发出。

郭小鹏随后接通香港戴主席。

郭小鹏："戴主席,你好。"

戴天："你好。"

郭小鹏："我现在和汪静雯总经理几乎在一切重大问题上，都能达成共识。我们的新药，也已经投入批量生产。"

戴天："这很好嘛。"

郭小鹏："一旦进入规模生产,资金就成了首要问题。"

戴天："按照规律,是这样的。"

郭小鹏："所以,当务之急是贵公司的第二期八千万港币能不能按时到位。"

戴天："问题不大。可还要在董事局走一下程序。"

郭小鹏："希望您能抓紧。"

戴天："好的。"

电脑显示有电子邮件抵达。

郭小鹏打开邮件后,屏幕显示一连串数据。

他用密匙翻译。

屏幕上的数据,变成了两行汉字:不日内,找安全地点,商谈有关事宜。G。

郭小鹏清除文件,关机。

五　北京。公安部情报中心。夜。内。

一台大型计算机的屏幕上,也显示与郭小鹏屏幕同样的内容。

一警察将内容拷贝下来之后,递给旁边另外一警察:"火速交给刘石局长。"

六 海州药业总部大楼。夜。内。

郭小鹏在段海的陪同下,走出办公室。

此刻的他,心潮澎湃。

他上电梯。出大门。上奔驰车。

七 海滨公园外的公路上。夜。外。

与费经纬分手后的汪静雯,独自行走,试图清理一下思想。

这是一条冷清、漆黑的道路。

一辆丰田吉普车突然在她面前停住。

几名大汉跳下汽车,强行将她塞入汽车。

汽车高速向海滩方向驶去。

八 歌厅包厢内。夜。内。

林小强、刘眉、杨春、靳铁四人围坐在一张桌子上。

杨春举杯:"为了今天,干上一杯。"

刘眉、靳铁都喝干,唯独林小强只是呡了一小口。

杨春:"林总还是像从前一样看不起我们这些土哥们儿?你忘了你到最后,我赊给了你多少货?"

林小强怕杨春再提以前不光彩的事,赶紧来了一大口啤酒。

杨春把自己杯中的白酒,一口喝干:"把以前的事都忘了吧。"

刘眉附和道:"我以前做了不少对不起林总的事,也希望林总把它们都忘了。咱们现在共同要对付的,就是郭小鹏一个人。"

林小强:"忘,我是忘不掉的。共同对付郭小鹏还是可以的。"

靳铁:"分久必合嘛!"说罢,他与杨春喝了杯白酒。

刘眉从包中取出银行本票递给林小强。

林小强收起本票后说:"我去一下厕所。"

靳铁也跟着站起来:"我也去。"

两人走后,杨春迅速将白粉倒进两人的杯中:"海洛因中的精品。"他悄悄地对刘眉说。

九　零号海滩。夜。外。

丰田越野车在海边戛然止住。

汪静雯被林小亮等带下汽车。

段海两手插在裤子口袋里,斜靠在奔驰车上冷眼观察。

汪静雯独自向海边走去。蓝色的月光照在她的脸上,坚毅中不无几分迷惘。

郭小鹏瘦高的身影映在波光粼粼的海面上,风衣被海风吹拂得翩翩起舞。帅气中颇有几分阴森。

汪静雯走到离郭小鹏一米处,质问道:"你为什么绑架我?"

郭小鹏以绝对自我中心的腔调说:"你可能知道,也可能不知道,我已经深深地爱上了你,深深地。"他把脸扭转:"但你的所作所为实在是太令我失望了!枝节问题,我就不说了。我最不能容忍的是你与警察瓜田李下!"他的语调变冷:"我认为,你即便不是警方的卧底,也肯定不是我的同路人。综上所述……"到此,他的冷血本性已经显露无遗:"你今天必须离开这个世界。如果你在这之前,能告诉我你的真实身份的话,那么你作为我最钟爱的女人,将永远活在我的心里。"

汪静雯并无丝毫畏惧:"毫无疑问,你是一位风度翩翩、才华横溢的男士。坦白地说,我也确实动心过。但你的内心世界实在是太黑暗、太阴森!这实在是太让人遗憾了。"她向众人一指:"用不着你动手,我马上就会离开海州,并且永远不再回来!"

汪静雯说完扭身就走,被郭小鹏死死拽住。

李新建驾驶的三菱吉普车,闪烁着警灯,从拐弯处出现。它疾驰到最接近海水的地方,方才刹车。

三菱吉普一停,郭小鹏的手下立刻就包围住他。

李新建手持警官证,厉声说:"警察。执行公务!"

没有人敢再阻挡。

李新建大步流星地来到汪静雯面前。

郭小鹏见此,不得不松开手。

李新建不屑地对郭小鹏说:"你也不想想,你有与这样优秀的女性合作的资格吗?"

说罢,李新建拉住汪静雯,旁若无人地向三菱吉普走去。

经过段海时,李新建怒斥道:"败类!"

段海完全无动于衷。

三菱吉普,扬长而去。

郭小鹏强忍眼泪,重新走向海滩。在月光下久久徘徊。眼睛中闪烁着晶莹的泪花。

十 海州某小区。日。内。

陈然坐在书桌前,根据一张纸上罗列的明细,逐项检查。边检查,嘴里边嘟囔:"信用卡三张。身份证三个。现金五万。"

检查完毕后,他从抽屉里取出三张磁盘,放进皮包。

然后又从皮包出取出一千多现金,散放在抽屉里。

随后,他径直出门,连头都没有回一下。

十一 海州国际机场候机大楼。日。内。

汪静雯乘坐出租车到机场。

下车后,拉着航空箱走进候机大楼。

在机场安检口,她递上机票和护照。

一只手拦截住机票和护照。

汪静雯回头一看,是郭小鹏。

两人相对无言。片刻后,两人退出安检队伍。

郭小鹏把机票递给段海:"你帮汪总把票退了。"

说罢,主动挽起汪静雯的胳膊,走出候机大楼。登上奔驰车,疾驰而去。

十二 机场公安处监控室。日。内。

李新建将郭小鹏挽着汪静雯离开的最后一个电视镜头"定"住,久久地观看。

粗犷的强民并没有观察到这些,很随便地说:"要说这个姓汪的女人有多漂亮,我看也不一定。关键是她那双会说话的眼睛。"

李新建不理睬他,回放镜头。

强民:"我看这个郭小鹏是被迷住了。人一旦被迷,非得出事不可。"

李新建终于忍不住了:"你少啰唆两句行不行!"

强民不解地看着李新建。

十三 机场公路奔驰车上。日。内。

驾驶奔驰车的郭小鹏扭头问坐在后排的汪静雯:"汪总为何不辞而别?"

汪静雯:"昨晚之后,我觉得你不应该提这个问题。"

郭小鹏轻描淡写地说:"感情纠纷是随时可能发生的。有时处理的方式未免激烈了一些。汪总还应该以事业为重。"

汪静雯:"我已请示了戴主席,他同意我辞去在海州药业的职务。华龙董事局将另派代表接任。"

郭小鹏微笑着侧过脸说:"我刚才也和戴主席通过电话。戴主席收回成命,同意你继续留在海州工作。"

汪静雯:"你对我本人的极度不尊重姑且不论,对华龙公司你也缺乏基本的信任和诚意。"

郭小鹏诧异地瞪大眼睛:"这话从何说起?"

汪静雯:"你们大规模地生产新药,而我作为集团公司的副董事长,还蒙在鼓里。华龙公司就更不知情了。这严重地违背合作协议的精神。在这种情况下,我们如何能投放二期资金?"

郭小鹏沉吟了一下:"咱们做一次推心置腹的长谈如何?"

汪静雯没回答。

郭小鹏:"我提议会谈,那么地点就应该由你来定。"

汪静雯仍然不做声。

郭小鹏征询道:"去我的办公室?"

汪静雯:"去你家。"

郭小鹏满脸惊诧之色。

十四 黄金海岸九号别墅。日。内。

处在高度亢奋中的林小强,在阴暗的屋子里来回走着说:"我是海州的最高长官。这里的一切都是我的。我就是市委书记!省委书记!"

他对站在他面前的杨春、刘眉等视若不见。

刘眉问靳铁:"他怎么成了这样?"

靳铁萎靡不振地说:"前天晚上开始,他就一直闹。后来杨总怕在旅馆闹出事来,就搬到这来了。"

刘眉:"为什么?"

靳铁:"不知道。反正过上两三个小时,他就要药。"说到这,他一反平素的矜持,低声下气地对杨春、刘眉说:"你们谁有药,给我一点。"

杨春把一包药扔在地上。

靳铁赶紧像狗见鲜肉一样地扑过去:"没有这东西,就像好多虫子从骨头里往外钻似地。你们说,我这是怎么了?"

刘眉觉得这场面很恶心,便对杨春说:"我先走了。"

杨春:"我送送你。"

他们出门时,林小强在后面高声说:"你们走,为什么不请示?不汇报?我告诉你们,我第一个要惩办的人就是郭小鹏。要严惩不贷!"

刘眉不禁毛骨悚然。

杨春一搂她的肩膀,出了门。

刘眉出门后小声说:"你估计得真准!"

杨春:"人要是得了癌症,医生几乎束手无策。但他们要是预见你的病情,哪天不能吃饭、哪天不能下床,一直到哪天咽气,却准得不得了。你知道为什么吗?"

刘眉:"不知道"

杨春:"因为他们见得实在太多了。"

十五 舰桥半岛郭小鹏豪宅。日。内。

郭小鹏熟练地削好一只苹果,递给坐在对面的汪静雯:"这个世界是无比严酷的,必须用幽默的观点看待某些事物,否则一天也活不下去。"

汪静雯没说话。

郭小鹏为了打破沉闷,笑着说:"舆论一直认为我傲慢,可不知为什么,一到你面前,自动就矮了三分。"

汪静雯也想创造"会谈"气氛,便说:"有时候想和你聊聊,可总怕不方便。"

郭小鹏做出"爽朗"的笑声:"你是指刘眉吧?"

汪静雯笑而不答。

郭小鹏:"我们的关系,确实超出一般。但从你来后,一切都结束了。"

汪静雯:"要是问刘总,恐怕有不同看法。"

郭小鹏："个人问题,总是一人一个说法。"

汪静雯："但事实总归是事实。"

郭小鹏："有时说法就是事实:美国一对同居男女定约不要孩子,可女方偷偷怀了孕。于是男方起诉说她偷窃他的精子,但女方说精子乃是赠予。若干法官争了很久,也没个答案。"

汪静雯一下子抓住了问题的要害："这确实是偷窃。因为赠与应该是明知、愿意,并且是可以附带条件的。"

郭小鹏一下子怔住。

汪静雯："你好像一直想知道我的真实身份？"

郭小鹏点头。

汪静雯："那我就完完全全地告诉你。"

郭小鹏洗耳恭听。

汪静雯："我的父亲,是一位高级警官。他最后的职务是公安部局级特派员。"

郭小鹏似乎对这个职务比较陌生,问道："特派员？"

汪静雯内行地解释道："现在某些案子,特别是大案、要案,往往与地方上的各种利益集团,有着千丝万缕的联系。案发地的公安机关,在处理上有一定的难度,于是就出现了这个职务。"

郭小鹏懂了："被特派去处理某个特定的案子。"

汪静雯语调温柔地说："父亲的样子很威武,学识也很渊博。他办过很多、很多的案子。其中有几个,还上了刑警学院的教材。"

郭小鹏："这大概和著名的商业案例,上了MBA的教材一样吧？"

汪静雯没有理睬他,继续自己的话题："我从小就立志当警察。我认为,警察是最高尚的职业。可上高中时,信仰开始动摇。要知道,我是学校最优秀的学生之一。经济贸易、金融、外交等许多风光的专业,都在向我招手。"

郭小鹏给汪静雯倒茶："这些确实是很好的专业。"

汪静雯:"就在我即将填报志愿时,发生了一件天翻地覆的事。"

郭小鹏:"老人家出事了?"

汪静雯点头时,已是热泪盈眶。

郭小鹏小心地问:"在哪里出的事?"

汪静雯:"在东南沿海的某个城市。"她取出手绢,擦擦眼泪:"那是一个走私极其猖獗的城市。他被派去一个月后,走私活动便形不成规模了。当然,这使许多人倾家荡产不说,还进了监狱。于是,他们下了毒手。"说到这,她的眼泪一下子涌了出来。

郭小鹏赶紧递过去一包纸巾。

汪静雯说下面这段话时,几乎泣不成声:"犯罪分子,把他放进一条麻袋里,沉入了海底。遗体好多天后,才飘浮上来。他的模样已经不复辨认了,但累累伤痕却清晰可见。"

郭小鹏也跟着神情黯然。

汪静雯:"于是我重新修改了志愿,报考了刑警学院,立志为父报仇。"说到这,她已经基本恢复了平静:"你是不是觉得我的目的过于单纯?"

郭小鹏双手一摊,做不置可否状。

汪静雯:"但当时,我确实是那么想的。"

郭小鹏:"可后来为什么又弃警从商了呢?"

汪静雯:"杀害父亲的凶手,在一年之内,便被捕、宣判,无一漏网。于是,我就失去了方向和动力。再加上我是一个很不安分的学生,不太适宜过警察的准军事生活,便到香港攻读工商学位去了。"

郭小鹏:"你在刑警学院和李新建谈过恋爱?"

汪静雯:"这是一个很私人的问题。"

郭小鹏执意想知道:"但它对我很重要。"

汪静雯:"它已经成为历史了。"

郭小鹏:"对此,我有不同看法。"

汪静雯："准确地说，它将要完全成为历史。"

郭小鹏很释然的样子，往沙发上一靠："你知道吗，听见这话，我有一个被判绝症的病人听说以前的诊断是误诊的感觉。它是什么？它是福音！"

汪静雯笑道："你在夸大其词。"

郭小鹏："绝对是真的！"他站了起来："走，咱们找一个地方，好好地吃一顿。"

汪静雯："这个地方要由我来选。"

郭小鹏："同意汪总的意见。"

十六　海州大厦高级商务套房。夜。内。

郭小鹏坐在一张红木西餐桌的一侧，使劲伸出长腿，好让自己舒服一些，嘴巴里还在咀嚼着什么。

汪静雯一边解围裙，一边坐下。

郭小鹏："汪总请客，一下子就请到了极致。"

汪静雯笑眯眯地说："董事长该不是嘲笑我吧？你什么没吃过？"

郭小鹏顺手拿起一个丸子，塞进嘴巴里："古语说：观千剑而识器。我一看你做的东西，就忍不住想吃。"他颇带孩子气地又拿了一个丸子："如果我什么都没吃过，说你做的菜好吃，也就不权威了。家常菜是最难做的。要不人们说：画鬼易，画人难呢！谁知道红烧天九翅应该是什么味道？但谁都知道炸丸子、炒鸡蛋是什么味道。你哪怕有一点不对，所有的人都能指出。"

汪静雯显然也很高兴，她举起酒杯说："你不能因为好吃、喜欢吃，就忘记了餐桌礼仪。"

郭小鹏赶紧举杯，用戏剧腔说："臣罪该万死。"

碰杯后，汪静雯说："倒也没那么严重。"

郭小鹏把嘴巴中的菜吞咽下去后说："你炒的菜，和我妈炒的菜一模一样。一见它们，我肝脏中的酶活动就要加剧。"

汪静雯:"这里面,大概添加了情感因素吧?"话说完,她似乎有些后悔。

郭小鹏马上领会了话之精髓,看着汪静雯的眼睛说:"情感恐怕是占主导地位的。"

汪静雯回避开他的目光:"老太太现在还经常炒菜给你吃吗?"

郭小鹏的脸色一下子暗淡下来:"她丧失了生活自理能力了。"

汪静雯抓住机会问:"因为疾病?"

郭小鹏:"不是。"

汪静雯眼睛不依不饶地看着郭小鹏,在等待回答。

郭小鹏只好低声说:"因为毒品。"

汪静雯:"毒品真是害人啊!"

郭小鹏没接着她的话说,一仰脖,把大半杯子红葡萄酒喝干。

汪静雯用带着惋惜、怜悯、心疼等各种因素的复杂眼光看着郭小鹏:"据说法国酒应该一小口、一小口地品。并且用手捂着杯子,好让酒的香味儿弥漫出来。"

郭小鹏听了这话,示威似地给自己倒了一大杯:"我知道这样喝非法。可我讨厌所有的清规戒律,喜欢非所有的法!"

汪静雯耐心地说:"身体是最唯物的,喝多了总是不好。"

听到这话,郭小鹏将举到嘴边的杯子放下:"我知道我有酗酒的倾向。可你知道我的心里有多累吗?"

汪静雯马上因势利导道:"心里有话对人说说,就会好一些。"

但郭小鹏的情绪陡然一转,神情开朗地说:"能吃到你亲手烹调的饭菜,我真的特别高兴。"

汪静雯也笑了:"你非要客气,我也只好回报你一句:非常感谢你的出席。"

郭小鹏:"还是你重要:没有席或有席而没有我的席位,我往哪里出?"

汪静雯也以幽默对之:"一位美国公司驻日本的公司代表说,在四十年代后期,他一请客,不光大臣们都来,而且都带着夫人。但到了五十年代,顶多只能请到局长一级的干部。到了六十年代,连处长也不好请了。原因就是物质极大地丰富起来了。董事长您,吃饭的问题,是在多年前就解决了的。"

郭小鹏:"你仅仅说了问题的物质方面。在一起聚餐,饭菜本身不过是个符号。关键是相互之间的交流。"

汪静雯:"可我觉得你特别不喜欢和人交流。"

郭小鹏:"男人嘛,就应该心里做事。"说完,他站起身:"如果你不嫌麻烦的话,我想带你去看看我妈妈。"

汪静雯:"好的。"

十七 黄金海岸八号别墅。夜。内。

靳铁接一电话。

授话人听语音、语速,是一中年女人:"他怎么样?"

靳铁:"他已经睡着了。"

女人:"银行本票呢?"

靳铁:"在他手里。"

女人:"拿上它。到八〇六国道港口站。我两个小时后,从吴州过去。"

靳铁放下电话,悄悄地走到林小强跟前。

他推推林小强。

极度亢奋后的林小强陷入极度疲乏中,根本就推不醒。

靳铁悄悄地从林小强的衣袋里取出装银行本票的那个信封,然后小心翼翼地将其放进自己的口袋。

接着,他开始收拾自己简单的行李。

就在他准备向外走的时候。

林小强阴沉沉的声音从他背后传来:"'鳌鱼脱却金钩去,摆尾摇头再不来'?"

靳铁一下子就呆住了。

林小强:"你慢慢地转过身来。"

靳铁听话地转过身。只见躺在床上的林小强,正用黑洞洞的枪口对着他。他是一个从来没遇到过这样场面的人,不禁膝盖发软。

林小强:"把银行本票给我扔过来。"

靳铁尽自己的力量,把信封扔过去。

林小强慢慢地站起,拿着一个枕头,走向靳铁:"看我的情况不好,想溜之大吉不是?"

靳铁点头。

林小强:"一九七一年,九一三事件之后,街道上的老太太开会学习。一个老太太发言说:林彪篡党夺权不要紧,可他还要害毛主席他老人家。老太太的感情朴素不朴素?"

靳铁其实根本不明白林小强说的是什么,条件反射地回答道:"朴素,朴素。"

林小强把枕头抵在靳铁的身上:"你连这么一点阶级感情也没有。"话音未落,他就隔着枕头开了一枪:"所以我以人民的名义判处你死刑。"

沉闷的枪声。

靳铁慢慢地倒下。

十八 西山别墅。夜。内。

郭小鹏和汪静雯进去的时候,郭母是穿戴整齐,坐在沙发上的。但可以明显看出,她是在强打精神。

郭小鹏亲热地叫了声"妈"后,坐到母亲旁边的沙发上。

汪静雯也叫个声"伯母"后,准备坐到郭小鹏对面。

郭母:"闺女……"她拍拍自己坐的大沙发:"这坐。"

汪静雯坐了过去。

郭母:"瞧这闺女,多俊啊!"她伸出手,象征性地抚摸了一下汪静雯的脸和头发。

汪静雯不好意思地笑笑。

郭母:"闺女今年多大啦?"

郭小鹏:"妈,现在不兴问女士岁数。"

郭母不高兴地说:"妈是老派人物,就应该实行老派作法。"

汪静雯赶紧说:"二十八。"

郭母:"结婚了没有?"

汪静雯摇头。

郭母:"该结婚了。我这个岁数,都生下小鹏了。"

郭小鹏埋怨道:"妈!您是越来越离谱了。"

郭母笑着摆手:"好。好。嫌妈啰唆,妈就不说了。"

郭小鹏赶紧说:"我没嫌您啰唆。是想让您说点别的。"

郭小鹏刚说完,手机响。他看了一下号码后说:"我去接一个电话。"

郭母用审视的眼光看着汪静雯:"闺女,喜欢我们小鹏吗?"

汪静雯觉得这个问题很难回答,便笼统地回答道:"很少有人会不喜欢董事长的。"

郭母:"我知道,小鹏身上有很多的毛病。可人要是喜欢一个人,就应该看不见这些毛病。"

汪静雯应付道:"伯母说得对。"

郭母:"我在这个世界上,唯一放心不下的就是小鹏。他的心太大,胆也太大。可他什么也不跟我说。你是他身边的人,见他有不对的对方,要多劝劝他。"

汪静雯点头。

郭小鹏从里屋出来,看看腕子上的手表说:"咱们走吧?"

汪静雯点头。

郭母:"鹏儿,你留一下,妈有话要跟你说。"

郭小鹏站住。

汪静雯知趣地说:"我到车上等你。"

郭母慈祥地说:"鹏儿,这是一个很不错的闺女,你要抓住她。"

郭小鹏的脸,孩子气地红了:"妈,您想到哪里去了。"

郭母:"你就别瞒着妈了。妈这双眼睛,毒着呢!一看就看出来。"

郭小鹏不好意思地靠在母亲身上,用身体语言表示承认。

郭母:"古诗说'花开堪折直须折,莫待无花空折枝'。这机会啊,就和野兔子一样,你一不注意,它就溜了。"

郭小鹏:"儿子真的喜欢她。可就是摸不清楚她到底是怎么想的。"

郭母有些忧愁地说:"这闺女好是好,可就是眼睛后面还有一双眼睛。"

郭小鹏:"儿子就是喜欢她那双眼睛。"

郭母:"妈这也是瞎操心。你快走吧。别让人家闺女等急了。"

郭小鹏起身出了门。

郭母慈祥且充满忧愁的眼光,一直尾随着儿子。

十九 奔驰车上。夜。内。

郭小鹏:"我有一个设想,你想不想听?"

汪静雯:"你说吧。"

郭小鹏穿越一个红灯:"咱们到什么地方去玩两天?在海州我总觉得压抑。"

汪静雯没有说话。

郭小鹏:"你不回答,我是不是可以认为你已经同意了?"

汪静雯仍然没吱声。但可以看出,她处在矛盾之中。

二十 海南。日。外。

海滩。白色的沙子。

郭小鹏对身穿泳衣的汪静雯说:"咱们比赛?"

躺在遮阳伞下的汪静雯懒洋洋地说:"我记得你说是来度假的?"

郭小鹏:"这矛盾吗?"

汪静雯:"我觉得你在把度假变成竞赛。"

郭小鹏拉起汪静雯的手,命令道:"走。"

被动的汪静雯说:"你会后悔的。"

两人一同扑向大海。

汪静雯的游泳速度和姿势显然都优于郭小鹏。

郭小鹏在奋力追赶,但渐渐地力不从心。

汪静雯发现了这一点,便扭身往回游。

先到岸边的汪静雯,身披浴衣对从海水中爬出后,又一屁股坐到沙滩上的郭小鹏身旁说:"我说过你会后悔的。"

郭小鹏喘着气说:"体育研究表明,女人的肩膀窄,在水中呈现箭头状,所以阻力小。"

汪静雯:"你的姿势不对。姿势不对,就和在生活中方法不对一样,如果不改,永远不行。"

郭小鹏没有听出汪静雯话中的隐喻,坦白地说:"孔子说:三十而立。我二十,不,十二就立了。立了之后,我就不打算改。"

汪静雯:"错了也不改?"

郭小鹏:"错了也不改,便是大人物。"

汪静雯:"你说得不对:大人物应该从善如流。"

郭小鹏:"如果你的意见和大人物的一样,他才能从善如流。"

二十一 海南某别墅的露天阳台。夜。外。

郭小鹏一身白色的西装。汪静雯身穿深色晚礼服。坐在椅子上喝饮料。

背景音乐是一只优美的小夜曲。

郭小鹏向汪静雯伸出手:"咱们跳个舞?"

汪静雯被音乐感染,不由自主地站了起来。

郭小鹏:"此曲只应天上有,人间能得几回闻?"

舞蹈中的汪静雯,抬头望着星空,文不对题地说:"你在看到月亮、太阳、大海、星空时,有没有觉得自己很渺小?"

郭小鹏极自信地说:"正好相反。"

汪静雯诧异地看着郭小鹏。

郭小鹏:"太阳、月亮、大海、星空,这些东西都是为了我才存在的。说得通俗一些,它们对瞎子就不存在。"

汪静雯:"即使是盲人,也能感觉到太阳的热力,听到大海的波涛。"

郭小鹏:"你在断章取义!"顿了一下,他接着说:"我和许多、许多的人跳过舞,但从来没有一个人,能和我配合得如此默契。"

汪静雯笑着说:"你这话,还是留着去哄小姑娘吧。你可别忘了我是一位曾经当过警察的资深企业家。"

郭小鹏不接她的话茬,继续说:"你难道没觉得你我是天造地设的一对吗?"

汪静雯仍然微笑着说:"目前还没有感觉到。"

二十二 海南某别墅住房。夜。内。

身穿睡衣的汪静雯陷入在高高的枕头当中,读着一本英文杂志。

从花花绿绿的封面可以判断出,这是一本女性杂志。

床头的电话响。

汪静雯接听。

没人说话。

汪静雯放下电话关闭床头灯。

二十三 自然景观。夜。外。

波涛汹涌的大海。

皎洁月光下,典型的亚热带植物。

满天的星斗。

二十四 海南某别墅住房。夜。内。

电话响。

连续地响。

汪静雯接起电话,睡眼惺忪地"喂"了一声。

电话里一片沉寂。

汪静雯显然知道对方是谁。温柔地说:"有话明天再说好吗?"

电话挂断。

二十五 海南。天涯海角。日。外。

汪静雯指着"天涯海角"几个字说:"这就是天尽头了!"

郭小鹏:"我还是第一次来这。"

汪静雯:"人生也有尽头。在走到尽头时,回顾自己的一生,起码不应该太惭愧。"

郭小鹏:"都说这字是苏东坡写的。我看不像:这字俗在骨子里。"

汪静雯嘴唇动了动,但没说出话来。

郭小鹏扭头动情地看着汪静雯说:"如果命运非要我飘零到天涯海角,我非常希望你能和我在一起。"

汪静雯:"我可不愿意四海飘零。我希望合法地居住在一个美丽的地方,尽情地享受生活。"

郭小鹏:"你今天怎么尽说一些老气横秋的话。走,咱们到那边看看。"

二十六 海南。奔驰车上。傍晚。外。

汪静雯:"前面就到鹿回头了,下去看看?"

郭小鹏："我不喜欢'回头'这种意象。不管是鹿还是人。"

汪静雯："你真的永远不会回头吗？"

郭小鹏点头。

汪静雯："即使把亲情、爱情这些因素考虑进去，也不回头吗？"

郭小鹏长吟道："风萧萧兮易水寒，壮士一去兮不复还！"

汪静雯沉默。

远处血红的落日。

郭小鹏："此刻就像小时候暑假的最后一天。"他忘情地看着窗外："再过五个小时，我又要回到非浪漫的日常生活当中去了。"

汪静雯没有说话。

二十七　海州国际机场。夜。外。

郭小鹏、汪静雯步出机场。

两人登上段海驾驶的奔驰车。

郭小鹏的手机响。他接听。

刘眉："虽然你是一个薄情寡义的人，但我还是想告诉你一件事。"

郭小鹏不耐烦地说："你说。"

刘眉："林小强就在海州。他很可能就在最近对你采取行动。你好自为之吧。"

郭小鹏："他现在吸毒不吸毒？"

刘眉稍微犹豫一下后说："吸。而且很严重。处于极度妄想阶段。"

郭小鹏："你能告诉我他住在什么地方吗？"

刘眉："我真的不知道。"

郭小鹏："那麻烦你通知他一下，说我想见见他，和他谈谈。"

刘眉："你就不怕他杀了你？"

郭小鹏："我相信，只要能坐下来，什么都可以谈。我们毕竟是兄弟嘛！"

刘眉:"我试试看。"

郭小鹏:"谢谢你。"

二十八 舰桥半岛郭小鹏住宅。夜。内。

郭小鹏:"你向我交了底,又陪我度过了美好而浪漫的两天。现在,我也向你交交底。"他做了个"请"的手势。

汪静雯随着郭小鹏进入地下室。

郭小鹏在一扇结实的铁门前站住,掏出一个遥控器,按动一组复杂的数字。

铁门无声地打开。

这是一间相当大的地下室。一侧墙壁上挂有牛头、鹿头、猎枪、西班牙匕首、腰刀等饰物。另一侧则是一排书柜,里面塞满了开本不一的书籍、计算机磁盘、录像带。尤其令人瞩目的,是一具人体骨骼模型。

至于摆设的主部,则是各种各样的化学试验仪器和大量的电子设备。

汪静雯:"这是我见过的最大的地下室。"

郭小鹏:"我买下这房子时,它并没有地下室。我请专人设计后,花费三十万块钱建造的。"

汪静雯:"然后你把设计师给杀了?"

郭小鹏:"那是秦始皇干的事。"他拉出一张椅子请汪静雯坐:"我不过是给了他一本南美的护照而已。"

郭小鹏用电热咖啡壶煮咖啡。

咖啡壶的声音衬托出寂静。

郭小鹏给汪静雯和自己倒了一杯咖啡后说:"我生活的其他部分,你基本上已经知道了。现在,我要把最核心的部分告诉你。"

汪静雯虽然已经明知是什么,但仍希望不是。

郭小鹏:"海州药业生产'平喘宁''戒毒灵''聪明基因'等等,一切都是幌子。它的核心是甲基苯丙胺,也就是俗话说的冰毒。"

汪静雯没有任何反馈。

郭小鹏很奇怪地问："你难道不感到惊讶？"

汪静雯："作为华龙公司的代表，我并不是吃闲饭的。再说，你如此大批量地生产，不可能完全封锁消息。"

郭小鹏："以前我之所以不告诉你，是因为不摸你的底。现在我不怕了：你如果是警察，我这会儿早就在监狱里了。"

汪静雯："你很正确地使用了逻辑学中著名的反证法。可你为什么要告诉我这些事呢？"

郭小鹏："这要从两个方面说。首先，我需要你。在海州生产上一两吨甲基苯丙胺，奠定了基础，就必须离开此地，进入全球系统。在这个系统中，你是不可多得的人才。其二，我坦白地说，在感情上，我相当地依赖你。"他摆摆手，制止汪静雯的反驳："你对这个问题怎么看，另当别论。我只是在说我的理由。所以，我必须告诉你。"

汪静雯还想做最后的努力："商人唯利是图，这我能理解。但你没有考虑到法律因素吗？"

郭小鹏："我充分考虑了。"他一挥手："一切都像诺曼底登陆一样，是计划好了的。"

汪静雯："那么华龙公司的钱呢？"

郭小鹏："从原则上说，覆巢之下，安有完卵。但考虑到你的因素，将来在适当的时候，我会还给华龙的。一两个亿，也不是太大的数。"

汪静雯做犹豫状："这么说，我没有什么退路了？"

郭小鹏摇头。

汪静雯："看来也只有这样了。"

郭小鹏激动地站起来："我一直在等着这一天。"说罢，他就坐到汪静雯跟前。

汪静雯："千万不要把公事和私人感情混为一谈。"

郭小鹏重新站起来,坐到书桌前,拉开抽屉,好像在寻找什么,实际上是按动一个按钮。

汪静雯:"既然我参与进去,我就有权知道一切。"

郭小鹏的电话响:"喂,是小亮啊。明天出货？什么时间？夜里十二点。芦潮港装船。好的。你们千万注意安全。"说到这,他用手捂住话筒。

汪静雯:"你要是不方便,我就告辞了。"

郭小鹏放开手:"好了。就这样吧。"然后她转对汪静雯说:"你现在是自己人了,有什么方便不方便的。"

第十四集

一 海州市公安局局长办公室。日。内。

张啸华:"据情报,郭小鹏今晚要交接毒品。"

李新建:"数量有多少?"

张啸华摇头。

李新建:"如果数量要大,咱们就必须收网了。"

张啸华:"要有耐心。八十年代,美国毒品管制委员会,为了侦破一起毒品案,用了两年多的时间。最后等到情况完全落实后,方才收网。用了一个小时,协同各国警方,在全球范围内,抓捕了四十多名要犯。"

李新建显然也很熟悉这个案例,嘟囔道:"这里是海州,不是曼哈顿。"

张啸华用教训的口吻说:"各扫门前雪是不行的。以前的扫黄打非,效果之所以不显著,就是因为协调不好:海州一扫,那些家伙就跑到吴州去了。过两天,吴州再扫,他们又卷土重来。"

强民:"这会不会是个套子?想把咱们的卧底套出来?"

张啸华:"不是没有这种可能。公安部已经破译了密码,根据对郭小鹏集团的全方位电子侦听所获得的情报来看,对方电子活动相对静默,不像有大的行动。"

李新建着急地问:"是不是内线提供了密码?"

张啸华:"无可奉告。"

李新建很失望。

张啸华:"现在关键是要找到林小强。如果他要是把郭小鹏给杀了,咱们的'疗效'就小了一半都不止。强民,你一方面抓紧对林小强的抓捕,一方面要加强对郭小鹏的保护。"

李新建:"四十年代后期,民主运动风起云涌。蒋介石虽然对宋庆龄主席恨得要命,非但不敢杀,还要派人保护她。"

强民傻呵呵地说:"她是他的大姨子呗!当然不能杀。"

李新建:"你不能把胡同里的人情世故挪到政治中。蒋介石明白,不管什么势力对宋庆龄下手,最后的罪名都得他背着。"

张啸华:"学来一鳞半爪,就到处乱用。"他用很严肃的口吻说:"咱们说来说去,都不过是分析。如果他们的冰毒已经基本加工完,今天确实要运的话。咱们要在恰当的时候,处理了它。因为郭小鹏很可能随着这批冰毒一起消失。这件事,由李新建负责。"

两人起立给张啸华敬礼。

二 海州药业集团公司总部。傍晚。内。

郭小鹏发送电子邮件。

片刻,回复邮件到达。经过解密后,文本内容如下:

同意近期举行最高级会晤。地点另定。

三 北京。公安部国际刑警中国中心局。傍晚。内。

从太阳的倾斜度可以看出,几乎与郭小鹏接收信息的事件差不多。

刘石在阅读电报。

其人为一级警监。

阅读完毕后,刘石对坐在他对面的一位三级警监说:"真是'成也萧何,败也萧何'。"从声音可以判断,他就是数次给张啸华打电话的人。

三级警监说:"利用因特网犯罪,是目前的一个新动向。"

刘石:"海州的案件很典型。你一定写入《情况动态》中,让全国都知道。"

三级警监:"是。"

刘石:"经验告诉我,凡是高级会晤后,通常有大的行动。看样子,收网的时候来到了。你要负责保障与泰国、缅甸、香港警方的联络。"

三级警监:"是。"

刘石:"'国宝'的安全也要密切关注。"

三级警监:"我已经责成海州方面办了。"

刘石:"海州仅仅是个局部。作为总其成的中央机关,要眼光普照全球。"

三级警监:"是。我一定制定完整计划,做到万无一失。"

四 海州市公安局。局长办公室。傍晚。内。

张啸华阅读完国际刑警中国中心局的电报后,将它交给李新建。

李新建很快读完,还给张啸华。

张啸华:"我一直想告诉你一件事。在郭小鹏贩毒集团的内部,有我们的一个同志,她就是⋯⋯"

李新建:"您别雨后送伞了。"

张啸华:"有伞总比没伞强。下回下雨也可以用嘛!"

李新建思绪万千:"好多事情根本就没有下一回。"

张啸华:"想想汪静雯同志有多不容易:每天二十四小时都生活在众多敌人的包围之中,雪上加霜的还有来自好朋友的干扰和误会。"

李新建:"误会有之,干扰可根本没有。"

张啸华:"你的误会,就是对她最大的干扰。"

李新建红着脸回避这个问题:"图灵在二次大战时,破解了德军的密码,从而使得这场卷入人口最多的战争最少提前一年结束。这挽救了不知道多少人的生命。"

张啸华同意这个观点："怎么估计汪静雯同志的功劳,也不会过高。"

李新建："从这封电报分析,郭小鹏今晚出货的可能不大。"

张啸华："但也不能排除万一。郭小鹏是一个狡诈多变的人。"

李新建："我去布置了。"

五　黄金海岸八号别墅小区。夜。内。

刘眉和杨春开门一进入门厅,就听到林小强在大叫："快给老子拿药来。"

刘眉抽动了一下鼻子,问杨春："哪来这么大的血腥味？"

杨春："我是个瞎鼻子,闻不着。"

话音未落,他已经看见靳铁倒在地上的躯体。

刘眉赶紧躲到杨春的背后。

杨春伸手试试靳铁的鼻息后说："完蛋了。"

林小强用离散的眼光看着两人："给我药。"

杨春递给他一个小纸包。

林小强用哆嗦的手夺过去,立刻背过人吸食起来。

刘眉厌恶地看着林小强："人要到了这份儿上,活着还有什么意思？"

杨春："你看他没意思。别人看咱们也没意思：你看这两个人,为了那么几个小钱,费那么大的劲！"

刘眉还要说什么,已经恢复过来的林小强霍然坐起："郭小鹏在什么地方？"

刘眉坐到林小强身边："郭小鹏就在家。他说要见见你,和你谈谈。"

林小强："我不和他谈。我一见他的面,就立刻崩了他。然后到国外享福去。"

杨春又递给他一张银行本票："再给你一千万美金。"

林小强贪婪地把本票收起。但检验印鉴、签名的意识已经没有了："有了这笔钱,我更是谁也不害怕了。我一枪就崩了郭小鹏。"

刘眉对杨春说："咱们把他带到舰桥半岛。"

杨春吃醋道："郭小鹏放个屁，你也说是香的。"

刘眉："如果不给他办事，就没办法从他那弄出钱来。"她搀起林小强的一只胳膊。

林小强猛然甩开："我不要女人碰我！"

杨春推开刘眉，俯身在林小强耳朵边上说了几句。

林小强立刻精神抖擞地地站起来，率先出门去了。

刘眉问杨春："你跟他说什么，这么管用？"

杨春得意地说："有人跟刘备说：荆州丢了，刘备赶紧从女人怀抱里挣脱，回老家去了。我跟他说的是：郭小鹏那有药。"

六　市公安局局长办公室。夜。内。

李新建对张啸华说："根据武警边防支队报告，公海上没有任何可疑船只。港务局的计划中，在明天中午以前，也没有任何外国船只在海州港停留或在公海逗留。"

张啸华："但这不排除转运。"

李新建："我一定会密切监视。"

七　北京吉普车上。夜。内。

刘眉拿起电话拨号。

杨春侧过脸问："你给谁打电话？"

刘眉笑着说："通信自由，是公民的基本权利之一。"

杨春一把夺过电话，阅读号码后说："你在给姓郭的打。"

刘眉可怜巴巴地看着杨春说："我是怕林小强把他干掉了，咱们拿不到钱。"

杨春霸道地说："拿不到就拿不到。反正我是不许你给他打电话。"

八　舰桥半岛郭小鹏住宅。夜。内。

一身练习飞刀打扮的郭小鹏接听电话。

刘眉简短地说完"他马上就要到你那了"后,立刻挂断了电话。

他想了一下,给林小亮打电话。

郭小鹏:"通知警方,林小强今天午夜时分,在超市的地下车库交接毒品。并且提醒他们,林小强随身携带手枪、手榴弹之类的武器。"

林小亮惊诧地反问:"我实在不明白二哥的意思。"

郭小鹏:"明白要执行,不明白也要执行。"

九 北京吉普车上。夜。外。

车到舰桥半岛附近,杨春停住。

杨春问林小强:"认识郭小鹏的家?"

林小强此时的行为,很像一个梦游病患者:"认识!"他咬牙切齿地说:"把他的皮扒了,我也认识他的肉。"

杨春转对刘眉说:"一个人要是让这么多的人恨,而且恨成这样,也真不容易。"

十 芦潮港码头附近。夜。外。

李新建、强民率众刑警埋伏暗处。

强民:"郭小鹏这小子,把咱们从这调到那,从那又调到这,调来调去,快一年了吧?"

李新建用望远镜扫视海面:"还十年呢!"

强民手里拿着 AK47 狙击步枪:"最好这小子今天畏罪潜逃,我也好试试新。"他用远红外瞄准镜瞄准:"我的枪法可不是一般地准:说打他的胆,就不打他的肝。"

李新建:"你就好好吹吧!"

一阵摩托艇的声音。

李新建用对讲机问："什么人驾驶的摩托艇？"

在前沿的一警察报告："是一个渔民,拖一只木船。"

李新建："往哪里去了？"

警察："朝龙口方向去了。"

李新建关闭对讲机,转对强民说："龙口码头已经多年不用,淤了,停不了大吨位的船。"

十一　舰桥半岛郭小鹏住宅。夜。外＼内。

林小强行动的稳定性极差,有点像喝醉酒的人。

但他的意识还存在,尽量利用隐蔽物,逼近郭小鹏的住宅。

郭小鹏在二楼用远红外夜视镜将林小强的行动尽收眼底。

此刻的郭小鹏,一身短打扮。

林小强潜到郭小鹏住宅后面,准备清除电子报警装置。

他看见门是半开的,不禁愣了一下。

他思索片刻,收起钳子等工具,拔出手枪,猫腰进入黑洞洞的郭宅。

进去之后,他打开角度很小的手电,摸索到客厅。

他刚一进客厅,所有的灯光突然都亮起来。

林小强站在客厅中央,一时不知所措。

郭小鹏的声音通过扩音设备,从各个方向传来："欢迎林小强先生到来。"

林小强挥舞着手枪,转着圈喊叫："姓郭的,你要是个男人,就给老子出来。"

郭小鹏仍然在扩音设备中重复："欢迎林小强先生到来。"

林小强有射击的意识,但找不到方向。

郭小鹏在扩音设备中说："你找不到方向了吧？我来告诉你。"

林小强："有种的你就出来！"

郭小鹏在扩音器中指示："你上二楼,在第三个房间里,就能找到我。"

林小强观察了一下,沿着楼梯一侧,背靠墙壁,慢慢地登上二楼。

郭小鹏在扩音器中继续指示:"再往前走。"

林小强已经陷入郭小鹏设计的系统中,听话地来到第三个房间的门口。

郭小鹏的声音说:"对,就是这里。"

林小强一脚将门踹开,但不进去,平端枪,扫视。

这是郭小鹏的卧室。中央有一张大床,四周空荡荡。

林小强:"郭小鹏,你给老子出来!"

房间突然变得死一般寂静。

接着,客厅的灯、楼梯的灯、楼道的灯,鬼使神差地依次熄灭。

林小强被黑暗逼迫的进入卧室。

到了卧室中央,林小强仍然平端着枪,无目的地喊叫:"郭小鹏,给老子出来!"

没有任何反馈。

林小强连喊几声,已渐近声嘶力竭。

郭小鹏的声音,重新出现在扩音器中:"林小强先生,如果你理智一些,我就可以出面和你谈谈。"

林小强固执地说:"我要杀了你!"

郭小鹏的声音:"如果你坚持这样,那你就怎么来,便怎么走。"

话音刚落,卧室的灯光也随之关闭。

林小强在黑暗中大声呼喊:"郭小鹏,你这个胆小鬼!"

没有反馈。

林小强不再呼喊。

卧室的灯光重新亮起来。

郭小鹏文质彬彬的声音又出现了:"林小强先生,你现在该冷静下来了吧?"

林小强不知道向谁回答,但端枪的手垂了下来。

郭小鹏指示:"你到一楼客厅,我和你心平气和地谈谈。"

已被驯化的林小强,听话地走出卧室。

就在他出卧室的一刹那,所有的灯光突然又亮了。

林小强本能地端起枪。

这端枪的手,被一根剑道用的藤剑,准确地击中。

藤剑划破空气的声音。

手枪飞往楼下的影像。

林小强因受伤而垂下的手臂。

郭小鹏站在林小强对面,阴沉沉地说:"欢迎你的到来。"

林小强不顾一切地扑过去。

郭小鹏一闪,轻松地将其击倒在厚厚的地毯上。

林小强爬起来后,重新扑过来。

郭小鹏又利索地把他击倒。

这次林小强爬起来后,没有再冲过来。

郭小鹏:"现在,咱们可以平等地交谈了。"他把藤剑倚在墙角,做了一个"请"的手势。

十二 芦潮港。夜。外。

李新建再次用望远镜观察海面后,看看夜光军表。

已经是午夜一点。

李新建对怀抱 AK47 的强民说:"看样子,今天晚上是不会有情况了。"

强民:"我早就说,不会有情况。"

李新建用对讲机请示张啸华:"张局长,现在仍然没有情况。"

张啸华:"留下观察哨。其余的人撤退。"

李新建:"各单位注意。各单位注意。现在我命令:取消行动。取消行动。"

十三 三菱吉普车上。夜。内。

李新建接听电话。

值班副局长:"刚刚接到电话举报,林小强将在午夜左右,在超市地下车库,交接毒品。你们马上赶到那,埋伏好。"

李新建:"明白。"

值班副局长:"逃犯随身携带手枪和手榴弹,一旦他反抗,立刻击毙。"

李新建:"明白。"

十四 舰桥半岛郭小鹏住宅。夜。内。

林小强不停地抚弄着被藤剑击伤的右手。他的神智似乎清醒了一些:"你可能不知道,从你被你妈带到我家那一天起,我就恨上你了。"

郭小鹏蔑视地看着林小强:"用现代法律观点来解释,我在那个家,如果也能叫家的话,和你享有同等的权利。"

林小强烦躁地摆手:"权利归权利。我就是想除掉你!"

郭小鹏:"我也有同样的想法。"他浅浅一笑:"而且我成功地把这个想法付诸实践。"

林小强想要站起来,考虑了一下又坐稳。

郭小鹏:"怎么样?监狱里的味道不好受吧?"

林小强显得越来越烦躁:"总有一天,你也会进去的!多行不义,必自毙!"

郭小鹏哈哈大笑。

林小强有些莫名其妙。

郭小鹏:"你也配谈义和不义。"

林小强:"你干的那些事,别人也不是不知道。"

郭小鹏:"你说得对,我干得确实是不义的事、该进监狱的事。但我不是你,我有头脑,我是不会进监狱的。永远不会!"说这话时,他充满自信。

林小强显然是毒瘾发作,已经是坐立不安:"老天是有眼的!"

郭小鹏把茶几上一个精致的盒子往前推了推,充满讥讽地说:"你是一级品毒专家,不想尝尝我研制出来的毒品?"

林小强出于残存的自尊,没有伸手。

郭小鹏看着他难受的样子,很是欣快:"我非常佩服你的毅力!你是我见过的唯一一个意志战胜毒品的人。"他慢慢地把盒子往回拿:"将来我的戒毒疗养院成立了,一定聘请你当顾问。"

就在郭小鹏快把盒子拿回来时,林小强一把将盒子夺了过去。

十五　海州大厦高级商务套房。夜。内。

汪静雯坐在电脑跟前,阅读电子邮件。

屏幕显示:

关于 G 的资料。

G。真名高卫彪。四十九岁。汉族。

十六　舰桥半岛郭小鹏住宅。夜。内。

林小强怀抱着盒子,一副怡然自得、心满意足的样子。

郭小鹏:"咱们毕竟是兄弟嘛。争夺了这么些年,也该了结了。"

林小强眼睛发直,口不从心地回答道:"了结了结。"

郭小鹏举起茶杯:"'相逢一笑泯恩仇'嘛!"

林小强被动地回答:"相逢一笑,相逢一笑。"

郭小鹏:"我给你一笔钱、一本护照,你可以到这个世界上的任何地方去。"

林小强突然警醒:"我不要钱。我要你的命。"

郭小鹏一点不生气:"我用毒品来换我的命成不成?"

林小强:"什么?"

郭小鹏强调道:"毒品。我研制出来的高级毒品。"

林小强不由自主地伸出大拇指:"你的东西好!"

郭小鹏颇为自得地说:"那当然,我是普林斯顿的博士嘛!"

林小强又回到自己的世界中:"什么鸟博士!顶不上毒品。"

郭小鹏见时机已经成熟,便诱导道:"现在有一船毒品,我送给你了。"

大概毒品这个词,对林小强有着极特殊的诱惑。一听到它,他立刻清醒:"一船?多大的船?"

郭小鹏像哄孩子一样说:"好大、好大的船。"

林小强:"在什么地方?"

郭小鹏:"我带你去。"

林小强迅速站起来:"好的!"

郭小鹏:"那咱们一起去。"

林小强跟着他往外走。就在快出门时,他突然说:"我的枪?"

郭小鹏:"我早就替你想到了。"他把手枪递给林小强。

林小强拉开枪栓,检查子弹。

十七 市公安局刑警队办公室。夜。内。

一刑警进来报告:"黄金海岸有情况。"

强民被惊醒后,赶紧把放在办公桌上的脚拿了下来:"又是黄金海岸。什么案子?"

刑警:"人命案。"

强民:"谁死了?"

刑警:"和林小强一起逃跑的靳铁。"

强民无端发火道:"你干吗不早说!"

他拿起帽子和枪,大步出门。

十八 超市车库外。夜。外。

下车后,郭小鹏打开手电,对林小强说:"你在前面走。"

林小强咧嘴一笑:"我没有那么傻!"他挥动手枪:"你要是给我一枪怎么办?"

郭小鹏:"你怎么连一点基本信任都没有？"

林小强:"我从来就没有相信过你！"

郭小鹏做无奈状:"那好,我在前面走。"

郭小鹏手持手电,林小强跟在后面,深一脚、浅一脚地走进车库。

十九　黄金海岸。夜。内。

法医在检查尸体。

强民在屋子里巡回检查。

最后,他在靳铁的尸体跟前站住。对检查完毕的法医说:"是靳铁吧？"

法医点头:"一般人,我还真不敢一下子下结论。他可不一样。"

强民俯身察看:"有什么不一样的？他有两个脑袋？"

法医:"靳铁是个爱护身体的人,每隔三个月,就洗牙一次。所以有他很完全的牙齿档案。"

强民开玩笑道:"这回他不用再洗牙了。"他咧了一下嘴,对法医和刑警们说:"你别看这小子这会儿躺在这,挺老实的。当年可玩没了公家好几个亿,就和那个把英国女王的巴林银行玩塌了的马森一样。"

刑警纠正道:"是里森。"

强民霸道地说:"我说是马森,那就是马森。"

二十　车库内。夜。外。

埋伏在车内的李新建接听电话。

强民:"我们在黄金海岸发现靳铁的尸体,是被枪杀的。你们要注意啊！"

李新建:"知道了。"

二十一　某宾馆。夜。内。

刘眉和杨春并排躺在床上。

杨春无限感叹道:"现在就是想舒舒服服地睡上一觉,也得从海州跑到吴州来。"

刘眉安慰杨春道:"很快就要高枕无忧了。"

杨春:"你弄出钱来了?"

刘眉:"郭小鹏答应给我百分之三的股份。"

杨春调侃道:"哪的股份?"

刘眉认真地回答:"海州药业的。"

杨春讥讽道:"我还以为是丰田、海尔、可口可乐的呢!"

刘眉显然不满杨春的态度:"算下来,几百万还是有的。"

杨春:"我看最后是狗咬鸟尿泡,空欢喜!"

刘眉不想和杨春发生争执,不再吭声。

杨春:"你什么时候见过一个玩毒品的玩过五年的?"

刘眉看着杨春,没有说话。

杨春:"一般能干上三年,就算是好手了。"

刘眉眼睛看着天花板说:"郭小鹏不一样:他上面有人,又有药厂做掩护。再加上他又是……"说到这,她觉得不妥,便不再说。

杨春:"又是什么博士、委员?"

刘眉闭上眼睛。

杨春:"毒品就是毒品。在大陆,谁也干不长!甭管他是不是什么鸟博士!他买卖塌了,百分之百的股份也一钱不值。"

刘眉烦躁地说:"那你说该怎么办?"

杨春:"自己动手,丰衣足食。"

刘眉:"动手也得有个地方啊!"

杨春很自信地说:"我当然有地方。"

二十二 车库内。夜。外。

这是一个有很长通道的地下车库。

郭小鹏边走边问:"你搞到了毒品,上什么地方卖去?"

林小强生硬地说:"这是我的事。用不着你管!"

郭小鹏:"我只是给你提个建议。"

林小强:"你从来也出不了一个好主意。谁听你的,谁倒霉。"

郭小鹏:"那你准备到哪个国家?"

林小强:"这我更不告诉你了!"

郭小鹏见已经快到车库中心了,便说:"你应该好好再享用一下我送给你的毒品,那是我多年心血的结晶,也是你今生最后一次享用了。"

林小强:"你这话是什么意思?"

郭小鹏:"你马上就要完蛋了。"

林小强:"要完蛋,也是你先完蛋。"说罢,扣动扳机。

很响亮的枪声。

但在他面前的郭小鹏安然无恙。

郭小鹏笑了一下,扭身就跑。

林小强在他后面边追边开枪。

李新建生怕把郭小鹏打死,立刻通过步话机命令道:"射击。尽量打罪犯的腿部。"

一阵枪声。

林小强倒下。

众警察包围过去。

李新建接过一刑警递过来的林小强手枪。他打开弹仓,取出仅剩一发的子弹,在手里掂了掂,脱口骂道:"妈的。演戏用的礼花弹。"

李新建左手提着冲锋枪,右手拿着林小强的手枪,走向站在不远处的郭小鹏。

到了郭小鹏面前,李新建举举手枪问:"这是你干的?"

郭小鹏不置可否。

李新建咬着牙说："你是我在这个世界上见过的最阴险的人。"

郭小鹏浅浅一笑。

李新建补充道："如果你还能叫作人的话！"

二十三 舰桥半岛郭小鹏住宅。深夜。内。

穿一身浴衣的郭小鹏，一边擦着湿漉漉的头发，一边接听电话。

段海："芦潮港一切正常，没有发现任何问题。"

郭小鹏："好的。"

段海："董事长还有事吗？"

郭小鹏思索片刻后说："你把汪总接到我这。"

段海："现在？"

郭小鹏："对。"

放下电话，他马上拿起笔记本计算机。

信箱里一共有两条信息。

他经过翻译，屏幕显示：

第一条：明天在深圳见。地点、时间届时存放在五号信箱。G。

第二条是明文信息：我走了。不要寻找。请注意周围的人。陈然。

郭小鹏反复阅读这条信息。

他拿起电话。

回答他的是录音：这里是林小亮住宅。有事请留言。

郭小鹏："小亮，是我。拿起电话。"

林小亮睡意蒙眬的声音："二哥，又有什么事？"

郭小鹏："你赶紧查查陈然的下落。"

林小亮："明天吧。"

郭小鹏："现在！"

二十四 市公安局刑警队。清晨。外。

强民正在院中锻炼身体。

在旁边刷牙的李新建羡慕地看着强民相当杰出的肌肉,感叹地说:"真是生命在于运动。"

强民:"当官在于跑动。"

李新建:"往哪跑?"

强民:"只要出了这院子,往哪跑都行。"

李新建:"我说你怎么一跑就是两千米呢!"

强民:"你知道我为什么总是跑步吗?"

李新建摇头。

强民:"因为没钱!我可想去打打高尔夫、壁球,可那没一个月两万收入撑着,就别想玩。"

一刑警把法医的《鉴定报告》递给李新建。

李新建看后说:"林小强拿着的枪,就是新疆狱警丢的那枪。这案子可以画个句号了。"

强民:"这小子千里迢迢跑回海州来复仇,没承想,反倒让仇人给杀了。临死还紧握手中枪,一副壮志未酬的样子。"

李新建:"他也确实不是郭小鹏的对手。"

强民:"脑力不行,可这小子的身体看上去,要比郭小鹏棒。"

李新建:"你可不要小看郭小鹏的身体。这家伙心狠手辣、狡诈多变,反应快、力度大。在剑道馆,差一点就把我给干了。幸亏我后来用浩然正气把他给盖住了。"

强民:"就您这样,还有浩然正气?我还真看不出来。"

二十五 舰桥半岛郭小鹏住宅。清晨。内。

郭小鹏已经换上了比较正式的服装,和汪静雯相对而坐:"清早把汪总叫来,实在不好意思。"

汪静雯:"就是你不叫,我也要找你。"

郭小鹏:"有事?"

汪静雯:"我准备回香港一趟。"

郭小鹏笑着说:"我在农村的时候,看见那的媳妇,一旦和男人吵了大架,就跑回娘家去了。可咱们这些日子,一直处得不错嘛!"

汪静雯不说话。

郭小鹏:"说说。要是误会,一说就没事了。"

汪静雯:"阿西莫夫给机器人定的三条准则是:第一,必须服从人类命令。第二,不得伤害人类。第三,在不违背前两条的情况下,必须学会保护自己。"

郭小鹏:"我自认为文化不算坏,可还是没听懂。我记得我已经把底全部交给你了。"

汪静雯:"不是全部!你在做的无疑是一笔风险极大的买卖,可你既没有命令我参与,也没告诉我分配预案。所以为保护自己,回香港避避风,也是正常的。"

郭小鹏笑道:"饭要一口、一口吃,仗要一个、一个地打。我请你来,就是商量这事。"说罢,他引领汪静雯,进入地下实验室。

郭小鹏指着一排排仪器和装在瓶子里的结晶体:"我所生产的安非他明和类安非他明衍生物,和别的产品不同,它既不像海洛因那样,有剧烈的副作用,它也不像LSD那样浅薄,PCP那样霸道。它是一种温和的、循序渐进的药品。它集合了若干种流行药品的优点。我相信它将成为世界药品之主流。"

汪静雯很认真地观看、倾听。

郭小鹏已经陶醉其中。他拿起一个瓶子,像欣赏一幅名画一样地欣赏着:"为了它,我耗费了多年的心血。就像爱迪生一样,反反复复地做实验。"他转向汪静雯说:"你要知道,每当我发明了一种新的药,又不能马上做人体试验时,我是多么的痛苦。"

汪静雯忍耐住自己的恶心,问道:"你是怎么解决这个问题的?做动物试验?"

郭小鹏摇头:"所有迷幻类药物,都是作用于精神的。试验对象必须是人。"

汪静雯:"什么地方找这么些人去?"

郭小鹏:"我通过各种渠道,给吸食者用。然后又很艰苦地搜集数据,来改进药的化学结构。"他放下瓶子:"锲而不舍,金石可镂!"

汪静雯:"普通干毒品的人,一般都买卖流行药品。你这是何苦呢?"

郭小鹏:"要想成为世界级的人物,必须有创造。我的药品——"他晃悠手中的瓶子——"和流行药品最大的区别是,它并不使人完全丧失行为能力。市场是培养出来的。而培养一个用药者,需要很大成本的。你想想,好不容易培养出一个,可没用几年你的产品,就完蛋了。你的市场还大得了?"

汪静雯实在觉得应该说两句:"把市场作大,是所有经营者的理想。可你这……"

郭小鹏看出汪静雯的心态:"诺贝尔发明了硝酸甘油,也就是炸药。给人类带来了多大的灾害?但他仍然是一个伟大的人。"

汪静雯为了弥补刚才的失误,说道:"看来你的发明,可能成为潮流。"

郭小鹏:"不是可能,而是已经成了潮流。"

汪静雯:"何以见得?"

郭小鹏:"否则G先生不会为了区区几千万美元,冒险来大陆的。张子强在深圳被捕才几天,就被枪毙了。黑道上的人,谁不怕来大陆?"

汪静雯:"G先生多大岁数?"

郭小鹏:"说老实话,我也没见过他,只有电子往来。"

汪静雯:"不会是套子吧?"

郭小鹏:"绝对不会。我已经对他的资信作过全面的调查。"他伸手去关灯:"咱们还是到客厅去聊吧。"

二十六　舰桥半岛郭小鹏住宅。日。内。

郭小鹏:"日前你我在这个地方,达成了原则性的谅解。现在,和你谈谈具体细节。"他给汪静雯倒茶:"这些年来,我一直悄悄地往境外转移资金。海州药业的资本构成比较复杂:有银行的钱、有集体的钱,也有一些法人单位的钱。大陆不比香港,钱出去要经过好多部门的监管。"

汪静雯:"你是怎么逃过监管的?"

郭小鹏:"这些都是技术细节,不重要。关键是,海州药业现在已经是个空架子了。"

汪静雯:"外表上看上去,还是蛮红火的嘛?"

郭小鹏:"正所谓,百足之虫,死而不僵。这笔买卖的资金再一走,它连两个月也支持不了。"

汪静雯:"你的意思是你将与货一起出去?"

郭小鹏:"你说我还能回来吗?再者说,大陆的工作环境实在是太差了。"

汪静雯:"在全世界任何地方做你所谓的药,环境也好不了。"

郭小鹏:"但大陆的环境尤其差!"他顿了顿:"干任何事情,途径都是最重要的:科索沃战争时,俄罗斯为了和美国对抗,要派一支部队去。可罗马尼亚、保加利亚、匈牙利都不让他们从空中过。最后,找到希腊,希腊让他们过去了。你知道为什么吗?"

汪静雯明白这不过是个过度段落,不用回答。

郭小鹏:"因为希腊和俄罗斯都信仰东正教。所以……"他强调道:"我出去之后,非常需要一个熟悉境外法规、财经路径的人。而这个人非你莫属。"

汪静雯不高兴地说:"说到底,我不过是个工具。"

郭小鹏:"在这个世界上,有谁不是工具?但与此同时,我也充分地考虑到你的利益。到了海外之后,公司一成立,我就给你百分之十的股份。"

汪静雯："既然我是工具,我就要实事求是:这百分之十相当于多少美元？"

郭小鹏："去掉钱在路途上的损失、洗干净它的费用,也起码有两百万美元。"

汪静雯："确实是一个比较有诱惑力的数字。"

郭小鹏："你从现在起,就可以全面地介入公司的活动了。"

汪静雯："什么活动？"

郭小鹏："今天下午,你和我一起去深圳,参加一个高级会晤。"

汪静雯："和谁？"

郭小鹏很神秘地说："到时候你就知道了。"

汪静雯："刘眉将来和我们一起出去吗？"

郭小鹏："对于她,我另有安排。"

汪静雯："我回去准备一下。"

郭小鹏："你先不要着急。我的话还没有说完呢。"

汪静雯只得再度坐好。

郭小鹏："唐朝皇帝把文成公主嫁给了松赞干布,西藏因此安定了好多年；蒋介石娶了宋美龄,立刻就和国父中山先生、财阀孔祥熙,以及美国政府建立起联系。"

汪静雯重新站了起来："你的意思我明白。但我要告诉你,松赞干布可不止文成公主一个太太,而是另有尼泊尔太太等若干。蒋介石也是停妻再娶。你可和他们不一样。再说,你考验了我那么长的时间,我也要考虑对等的时间。"

郭小鹏一时间,答不上话来。

二十七　北京。公安部国际刑警中国中心局。日。内。

这是一个小会议室。与会者不过六七个人。

张啸华在其中是级别最低的。坐末座。

刘石用手提电脑,指挥墙上的投影屏幕。

金三角的地图出现。

刘石:"众所周知,金三角是世界毒品的主要产地。其海洛因的产量约占世界产量的百分之七十。但现在,因为方方面面的原因,罂粟的种植面积有所减少,再加上各国对海洛因的合力围剿,这毒品已有退潮趋势。而安非他明类毒品,也就是俗称'冰毒'的,应运而生,蓬蓬勃勃。这一点,在海州毒品案中,表现得最为典型。"

屏幕呈现各种各样的冰毒。

刘石:"海州毒品案主要嫌疑人郭小鹏,是个化学家。他研制出一种新型的冰毒。"

屏幕呈现郭小鹏、海州药业的影像。

刘石:"此类冰毒,上瘾最快,但副作用小,可以长期服用。因此它的危害最大。"

屏幕呈现正在海州药业制药厂正在生产冰毒的影像。

刘石:"而且它已经成规模生产。据估计有……"他指点张啸华。

张啸华:"估计有三到五吨。"

刘石:"这是非常猖獗的。也是目前国内所破获、所掌握的毒品案中最大的一桩。"

屏幕显示铁孜和新疆麻黄素加工影像。

刘石:"海州案牵涉到的进货渠道,现已基本肃清。目前的关键,也是全案的关键,就是肃清境外的毒品系统。根据情报,境外毒枭G,已经进入国内。明天,他将和郭小鹏会晤磋商。"

与会者之一:"刘局长能否提供G的资料。"

刘石:"关于G,我们了解得不多,只知道他是继坤沙投降政府之后,崛起的大毒枭。他不仅继承了坤沙原来的领地,还有扩张。他主要在我国云南边境活动,并时时骚扰西藏,造成极大的危害。是亚洲区域禁毒部长级合作会议、联合国禁毒署通缉的要犯之一。我们之所以下这么大的决心、花费这么大的成本,捕获 G 是主要原因之一。"

与会者之二:"破获这个案子的计划,是刘局长率领我们三个同志,花费一个星期制定出来的,现在快到收网的时候了。"

刘石:"鲁晓飞,也叫汪静雯同志,在海州的安全,由张啸华同志负责,在海州以外的安全,由孔另军同志负责。"

两人起立回答:"是。"

第十五集

一 海州大厦。日。内 \ 外。

　　汪静雯步入大厦大厅时,手机响。

　　李新建:"见一面好吗?"

　　汪静雯:"不行。我马上要出差。"

　　李新建:"我知道你要出差。所以才要见你一面。"

　　汪静雯犹豫。

　　李新建:"我就是想和你说两句话。"

　　汪静雯:"你在哪?"

　　李新建:"出门右拐,你就看见我了。"

　　汪静雯出大厦大门,右拐进入花园。

　　杨春快步进入大厦,进入二楼厕所。

　　李新建和汪并排坐在一个长椅上。脚下是几只觅食的鸽子。

　　两人注视着鸽子,沉默无言。

　　李新建:"多美好的景象啊!"

　　汪静雯不由自主地往李新建宽阔、坚强的身躯上靠了靠。

　　李新建:"我差不多知道一切了。"

　　汪静雯不置可否。

李新建:"当初我真的怀疑你见利忘义。"

汪静雯扔一些食品给鸽子,不无娇嗔地说:"你连基本信任都没有,还怎么和你相处下去?"

李新建搂住汪静雯:"我这不是认错了嘛!"

汪静雯:"我要出差一段。"

李新建:"去哪?"

汪静雯没有回答,眼睛中显出迷茫的神情。

李新建:"和谁一起去?"

汪静雯仍然不回答。

李新建:"郭小鹏?"

汪静雯:"我该走了。"

李新建:"你不回答,我就不让你走。"

汪静雯点点头。

李新建的表情很复杂:担心、失望。

二楼厕所的一扇窗户里,杨春用远距离窃听器听两人的谈话。

杨春用长变焦相机拍照。

二 海州药业集团公司制药厂。日。内。

众多工人在忙碌。

林小亮在巡逻监工。

在库房门口,林小亮叫住一个领班模样的人:"一个星期之内,能完工吗?"

领班:"差不多。"

林小亮:"差不多是什么?能还是不能?"

领班:"弟兄们没白天、没黑夜地干,辛苦得很呢!"

林小亮:"说吧,要多少。"

领班狡猾地应答:"您给多少?"

林小亮："一万。"

领班："我以为您最少也要给两万。"

林小亮："两万就是二百张百元大钞,复印机复印也得要一会儿。你倒好,上嘴唇一碰下嘴唇就出来了。"

领班用眼睛一瞟库房里堆积如山的纸箱："两万是不少。以前我在鱼雷工厂引信车间干。那的苦不重,可工资却比别的车间高。原因是那东西一碰就爆,有危险费。"

林小亮："这药有什么危险的?"

领班："猪肉没吃过,猪跑还是见过的。"

林小亮看着领班。

领班与之对视。

林小亮："下班前,你到我办公室。"

三　舰桥半岛郭小鹏住宅。日。内。

刘眉进入时,郭小鹏正在收拾东西。

郭小鹏淡淡地说了句："坐吧。"

刘眉："出差?"

郭小鹏点头。

刘眉："睡衣带了没?"

郭小鹏不回答。

刘眉："我知道我是个不受欢迎的人。"她从包中取出录音带和相片："你自己看看、听听。"

郭小鹏讽刺道："这回换了个配音高手?"

刘眉平静地说："以前和你好的时候,你就常说:一夫一妻不是人本身的需要,而是社会的需要。你喜欢漂亮女人,我不反对。反对也没有用。但你起码要选一个可靠的。"

郭小鹏:"除去你,这世界上大概没有可靠的人了。"

刘眉恳切地说:"但汪静雯确实不可靠。"

郭小鹏:"没错,她是当过警察。毛主席说:只要路线对了,没有人可以有人,没有枪可以有枪。警察怎么了?我就不能改造她?我就不看。我疑人不用,用人不疑。"

刘眉冷冷地看着郭小鹏:"我现在才知道,什么叫作执迷不悟。"她站起来:"反正话我是说了,听不听在你。"

说罢,她扬长而去。

郭小鹏看了一眼她的背影,继续收拾东西。

四　树林中。傍晚。外。

杨春:"他有什么反应?"

刘眉不说话。

杨春:"看样子,我又白干了。"说着,他带点幸灾乐祸地说:"真是'英雄难过美人关'啊!"

刘眉一下子就扑到杨春的怀抱里,哭了起来。

杨春有些不知所措了。

刘眉在抽泣中说:"你放心,我再也不去找他了。"

杨春顿生男子气概:"你既然这么说,那我帮你了了这个心愿。"

刘眉:"什么心愿?"

杨春:"把姓汪的干掉。"

刘眉不相信地说:"多少次都让她化险为夷,恐怕不容易。"

杨春:"这次他们是去和G先生接头。我有渠道通往G先生。"

刘眉显然是第一次听说:"G先生?"

杨春:"现在东南亚一带的这个。"他伸出拇指。

刘眉不相信:"那你怎么会认识他?"

杨春很不以为然:"我和他是同行呀!"

刘眉:"那你给我说说,G先生什么样?"

杨春:"是老实话,我也没见过他。"

刘眉:"我说你是吹吧!"

杨春:"一点都不吹。G先生这人的疑心特大。也不光是他,干毒品的人都这样。他每次买卖之前,都要通过他的情报网,反复调查。而我就是他那张大网上的一个节。"

刘眉:"G先生这次来?"

杨春:"G先生来不来,我不知道。反正我的联络人一定来。"

刘眉:"那人叫什么?"

杨春:"师爷。"

刘眉笑了:"怎么听上去那么像古装戏里的名字。"

杨春不高兴了:"你别小看师爷,上千万的买卖,他自己就能定。云南那边的大商人,都特别买他的账。"

远处有一带监听设备的摄像机在跟踪这两个人。

刘眉:"你要是把话带过去了,能顶用?"

杨春:"师爷给我讲,老G这人,被自己人给害苦了。所以每当遇到嫌疑人,查清的干掉,查不清也干掉。"

刘眉高兴地说:"这才叫决胜千里呢!"

杨春不高兴地说:"又是郭小鹏的话?"

刘眉:"是你的话,还不行!"

杨春:"万一姓汪的活着回来,也别这个计策、那个计策的,咱们临走之前,给她一枪就全结了。"

手持监听设备的刑警,听得清清楚楚。

五 深圳机场。夜。外。

郭小鹏和汪静雯提着相当简单的行李,步出机场。

郭小鹏:"一离开海州,我就浑身轻松。"

汪静雯:"为什么?"

郭小鹏:"觉得没了责任,也没了压力。咱们找个地方,好好地吃一顿?"

汪静雯:"我已经有点累了。"

郭小鹏恳求道:"陪陪我吧?"

汪静雯伸手招呼出租汽车。

一个跟踪在他们后面的中年男子,用手提电话说:"他们已经来了。但没往市里,往郊区去了。"

六 深圳某酒店。夜。内。

师爷对一个看不清脸的人说:"G先生,他们已经来了。往郊外去了。"

G先生说一口标准的普通话:"大概是去吃饭了。姓郭的挺会享受的。继续跟踪。"

师爷用电话命令:"继续跟踪。"

仍然看不清G先生的脸:"好多、好多年前,我跟父亲一起去兰州出差。在军区招待所高干楼刚住了一晚上,就让人给清出来了。说是总参作战部长来了,要给他腾。第二天,一早就来了一个警卫排,然后又来了一辆通讯车。再接着,就是拉电话线、架无线电天线。最后来了架苏式直升机,部长很从容地从上面下来。全体军人都给他敬礼。那可真叫神气!"

师爷在静听。但看得出,两人之间并没有真的交流。

G:"当时我就立志,以后也像他一样。"

师爷:"您的先遣队,没有一个排也差不多。"

G:"当年勃列日涅夫到美国访问,光警卫就是一飞机。剩下的记着和随员又是一飞机,自己还坐了一架飞机。"

师爷:"您创建的王国,和勃列日涅夫也差不多。"

G:"这你是巴结我了。勃列日涅夫统治着世界上最大的国家。"

师爷的电话响:"他们去了饭店了。好的。注意跟踪。"

G起身:"我不常出门。所以总担心安全。"

师爷:"您别担心,这房子左右都住的是咱们的人。楼上、楼下也是咱们的人。专家也检查过房间,没有窃听设备。"

G:"我这个人,总是举轻若重。"

师爷:"关键时候,您也能举重若轻。"

G进卧室前说:"您可真会夸奖人。"

七 市公安局刑警队办公室。夜。内。

李新建在用耳机听录音。越听脸色越阴沉。听完之后,他训斥刑警:"你他妈的怎么不早送来?"

刑警有些委屈地说:"监听、监视设备是数字的,要倒换成脉冲的你才能听。"

李新建:"给我接张局长。"

强民:"他去北京开会了。"

李新建:"打他的手机。"

强民按键:"没开。可能在飞机上。"

李新建看看手表:"来不及了。马上抓捕刘眉、杨春。"

强民:"没有局长签字,就办不出证件来。"

李新建:"我下命令我负责!"拿枪出。

八 高级电梯公寓。夜。内。

师爷接听电话。

杨春:"你是不是在大陆?"

师爷:"嗯。"

杨春:"在深圳吧?"

师爷:"嗯。"

杨春:"G先生是否也来了?"

师爷:"这些都和你没关系。"

杨春:"和你们却有重大关系。"

师爷:"有事快说。"

杨春:"郭小鹏是不是去和你们会谈?"

师爷:"是的。"

杨春:"和他一起去的一个女的,叫汪静雯。"

师爷:"嗯。"

杨春:"她是个警察。"

师爷一惊:"你有什么证据?"

杨春讥笑道:"你们又不是法院,非得证据齐全才能去告状?她确实是警察。信不信由你。"

师爷认真起来:"你能不能说详细些?"

杨春:"不能了。我也只是因为你付给我的钱,才告诉你的。"

杨春说完放下电话。

刘眉:"你为什么不把汪静雯在刑警学院上过学、有一个当刑警队长的男朋友都告诉他?"

杨春:"然后我再告诉他,汪静雯和郭小鹏相好;我和你相好?"

刘眉给了杨春一拳。

杨春:"我在国外常看脱衣舞。舞女一定要把最关键的部分遮挡起来,这样才能诱惑人。"

刘眉:"你就不能用一个文雅一些的比喻?"

九 深圳郊外某饭店。夜。内。

这是一个乡村式样的饭店。厅堂很大。桌子和桌子之间隔得很宽。

汪静雯使劲呼吸："这里的空气真好闻！绝对是野生的。"

郭小鹏："咱们喝他个一醉方休？"

汪静雯："最好不要醉。"

郭小鹏："我是想醉一下。因为新纪元开始了。"

汪静雯："值得这么激动吗？"

郭小鹏："当然。和G先生联合起来，就等于进入了WTO。你说我能不激动？"

汪静雯在读菜谱。

郭小鹏一反平常的稳重，打个响指，招呼服务员："你别看好多星级酒店的菜谱有小说那么厚，可菜绝对不如这有味。"他转向服务员："要两只清炖飞龙，一条冬青斑，最后再来穿山甲汤。"

汪静雯："三道菜中间，就有两种国家保护的珍稀野生动物。"

郭小鹏："规矩在建立的同时，就给违犯规矩的人带来巨大利益。我只管付钱，其余的就不用操心了。"

汪静雯还要说什么，一个身材矮小的人，悄悄地凑到他们桌子前："两位要不要金佛？"

不等汪静雯说话，郭小鹏便说："去去去。"

汪静雯因为不好意思，还是接过了此人所谓的"金佛"。

此人用很低的声调说："前些日子，我们在这施工挖出来的。"

说话间又凑过来一个衣冠楚楚的人："我看看。"

郭小鹏赶紧从汪静雯手里接过"金佛"，递给那人："我奉劝你们赶紧走。我可是警察。"

大概是警察二字起了作用，两个人赶紧走了。

汪静雯笑着说："看起来这真是一帮骗子。不过我是不会上他们的当的。"

郭小鹏盯着汪静雯说："你可不要小看这些骗子，他们的骗术是经过千锤百炼的,是在长期实践中总结出来的。'金佛'更是他们的经典剧目。"

汪静雯并不回避郭小鹏的目光。

郭小鹏:"可他们还是被我这个假警察给唬住了。"

汪静雯知道郭小鹏话中有话,便说:"我这个真警察要是出面,非把他们吓坏不可!"

十　高级电梯公寓。夜。外＼内。

杨春起身穿衣:"我得走了。"

刘眉懒懒地说:"这些日子来,一直风平浪静。在这待一晚上,我看没什么要紧的。"

杨春:"咱们这些人,都是在刀尖上过日子。一不小心,你我就得下辈子再见了。"

说罢,他开门出去。

若干辆警车无声地停在公寓门口。

李新建、强民率领的刑警快速无声地从电梯、楼梯上楼。

门铃响。

刘眉打开监视器。

屏幕中,赫然出现李新建的图像。

十一　深圳某酒店。夜。内。

师爷在外屋,拨通里屋的电话:"您睡了吗?"

G:"说。"

师爷:"有情报说,和郭小鹏一起来的汪静雯是警察。"

G:"落实了?"

师爷:"现在还没有落实。"

G沉默了一下后说:"立刻转移到珠海去。"

师爷:"我马上去安排。"

G:"所有的人都留在这里,你和我带两人先走。"

师爷:"我看咱们打道回府吧。"

G:"不行。这次会晤很重要。"

十二 深圳某酒店。夜。内。

汪静雯进入房间后,脱掉外衣。

电话响。汪静雯接听。

郭小鹏:"我睡不着。"

汪静雯脸上露出浅笑:"是峰会前的激动?"

郭小鹏老实地回答:"可能吧。"

汪静雯:"你的座右铭不是'每逢大事有静气'吗?"

郭小鹏笑笑:"我很想和你聊聊。"

汪静雯:"我记得咱们已经道过晚安了。"

郭小鹏:"说也是。那好,晚安。"

十三 海州市公安局局长办公室。夜。内。

张啸华戴着耳机,反复听录音。

看看表。犹豫。最终还是拿起电话:"刘局长吗?"

刘石:"是。"

张啸华:"我是张啸华。有重要情况汇报。"

十四 深州某酒店。日。内。

看得出,郭小鹏、汪静雯在G原来住的房间,已经等了一会儿了。

只有一个随从模样的人陪着他们。

郭小鹏终于不耐烦了:"如果再过十分钟,G先生不出现,我就认为你们缺乏谈判的诚意。"

随从出。

汪静雯:"G先生会不会在耍弄咱们?"

郭小鹏:"应该不会。这桩买卖从开始谈意向到现在,历时一年有余。要是耍弄,成本也太高了一些。"

随从进入:"接到G先生的通知,谈判地点改了。"

郭小鹏:"改在什么地方?"

随从:"请你们跟我们走。"

郭小鹏的脾气上来了:"如果不说出具体地点,我就不去。"

汪静雯赶紧劝阻:"这些都是枝节问题,犯不着纠缠。"

郭小鹏:"这是一个尊严问题。"

随从出。

郭小鹏余怒未消:"不要以为光是咱们需要他们。他们也需要咱们。否则,G不会冒这么大的风险到内地来。手里没有米,就叫不来鸡!"

随从进入:"会谈地点在广州。"

十五 深圳某酒店。日。外。

郭小鹏、汪静雯出酒店门后,欲开自己的车。

随从客气地说:"请坐我们的车。"

郭小鹏犹豫。

汪静雯:"就坐他们的车吧。"

两人上车。

十六 汽车上。日。内。

郭小鹏看着窗外飞速掠过的风景。突然觉得不对:"这是去珠海方向啊?"

随从:"是去珠海。"

郭小鹏："不是说去广州吗？"

随从冷淡地回答："命令改变了。"

十七 海边某渔村。日。外＼内。

G背着手和师爷在海边散步。

G一身中式打扮，穿绸对襟衣服、圆口布鞋："这风光多自然。"

师爷："就是设备简陋了点。"

G："用大陆报刊的话说，你大概以为我是个腐化堕落的人吧？"

师爷不知道该如何回答。

G："这里连抽水马桶都有，还能叫简陋？记得我在东北建设兵团的时候，厕所是露天的。一点不夸张地说：撒出的尿还没有到地上，就已经结成冰了。"

师爷赶紧点头。

G："一九六九年，我到了金三角，参加了游击队。每天都是餐风饮露。'野营已自无篷帐，大树遮身待晓明'。一个礼拜能有一个好觉睡，就谢天谢地了。"

师爷："您能成就大事业，和您的经历绝对有关系。"

G用嘲弄的眼光看着师爷："我的事业大吗？"

师爷："比坤沙的差不多。"

G不屑地说："中国有句老话：取法于中，仅得其下。工作上要向高标准看齐，生活上则要向低标准看齐。"

师爷显然不很懂。

G："这些你一时是搞不懂地。不过不要紧，慢慢地就懂了。"

远处公路上出现汽车。

师爷："咱们的客人来了。"

G："回去迎接。"

十八 市公安局局长办公室。日。内。

李新建向张啸华汇报道:"刘眉对暗杀杨秋、吕安供认不讳。也承认从铁孜处购买过麻黄素。但对有关郭小鹏的问题,却一个字也不交代。"

张啸华:"一个幕后人物都没说?"

李新建苦笑道:"她被强民问得急了,就说是汪静雯。"

张啸华也苦笑一声,然后说:"看样子,我们遇上了一块硬骨头。"

李新建:"我再加大审讯力度试试。"

张啸华:"估计作用不会太大。"

李新建:"为什么?"

张啸华:"如果刘眉是因为利益和郭小鹏结伙,那么随着利益的丧失,她很可能交代出一切。可如果是为情感……"他摇头:"那难度可就大了。"

李新建:"攻城不怕坚。"

张啸华:"那你就去试试吧。"

十九 珠海某农村院落。日。内。

这是一个干净、宽阔的农村院落。

一间客厅中,摆放着一张仿古的八仙桌。

这一侧郭小鹏坐在正座,汪静雯副之。对面则是师爷为正,一随员副之。

郭小鹏打开手提电脑,拉足谈判的架势。

师爷则是小口呡茶,俨然老气横秋:"请问郭先生是何方人氏?"

郭小鹏显然是不耐烦这种寒暄:"海州。G先生是什么地方人?"

冒充G先生的师爷缓缓地说:"父亲是中国人,母亲是缅甸人。在边境线附近生长,今天在这边,明天在那边,所以说不好是什么地方人。"

郭小鹏不耐烦地敲击了一下键盘:"咱们言归正传吧?"

师爷:"你们中国不是有句老话,叫作:心急吃不了热豆腐。先聊一聊。"他转向汪静雯:"请问汪总是何方人氏?"

汪静雯浅浅一笑:"我在上海出生,父亲是山东人,母亲是浙江人,后来在北京、香港读书,所以也说不确切。"

郭小鹏实在是不耐烦了,自动开门见山:"你们一共要多少药?在什么地方交货?用什么方式付款?"

师爷显然在回避这些问题:"咱们先用个便饭,边吃边谈如何?"

郭小鹏:"我不敢说是日理万机,但海州药业也需要人管理。你们单方面更换会谈地点,已经耽误了我一天的时间。如果要继续拖延,我只好认为你们缺乏谈判的诚意了。"

师爷显然没料到郭小鹏如此盛气凌人,一时语塞。

汪静雯显然想多了解一些情况,所以劝解郭小鹏道:"董事长,G先生也是一片好意。"

郭小鹏岿然不动。

师爷:"两位稍候,我去去就来。"

二十 隔壁房间。日。内。

G在一张躺椅上,闭着眼睛沉思。

对面茶几上一台监视器转播这隔壁房间里,郭小鹏和汪静雯的影像。

师爷放轻脚步,走到G面前。

G微微睁开眼睛:"你的感受怎么样?"

师爷狡猾地应答:"您看呢?"

G重新闭上眼睛:"她好像急于知道一些什么?说话也超过一个副手应有的份额。"

师爷仍然不说话。

G:"中国古代的官判案时的原则是:有律依律,无律比附。现代司法也是这样:法律条文规定的不清楚的,就需要找类似的案例。"

师爷显然不喜欢G的故弄玄虚,可表面上一点也看不出来。

G:"以前咱们遇到类似情况,都是怎么处理的?"

师爷:"一般都做掉了。"

G:"噢。"

师爷征询道:"依法办理?"

G犹豫道:"情报说,郭小鹏是一个很爱面子的人。情报又说,汪静雯和他有非同寻常的关系。两项相加。"

师爷:"我从来没见过您犹豫。"

G:"三国的徐庶说:曹营的事,难办得很。"

师爷在等待。

G:"先把汪静雯弄走。相机处理。"

二十一　海州某酒馆。夜。内。

林小亮的表情不算沉重,玩弄着手中的英国烟斗,对杨春说:"说实在话,我真不愿意和你这样的人打交道。"

杨春一脸沉重,但仍要讨好林小亮:"咱们都是为了一个共同的革命目标,才走到一起来的嘛。"

林小亮得意地说:"到头来,你们这些单干户,还是要依靠组织。"

杨春:"对!对!"

林小亮虽然明知杨春的目的,还是居高临下地问:"有事赶紧说。"

杨春:"一定得想个办法,把刘眉救出来。"

林小亮调侃道:"没想到,杨总经手的女人千千万,轮到眉儿却变得一往情深。"

杨春忍受不了林小亮的讥笑,说道:"刘眉被捕,对你们要出手的货,你们的组织,也大大地不利。"

林小亮:"你懂个屁。"他喝了一大口酒:"我二哥早有设计:管钱的管钱,进货的进货,制造的制造,销售的销售。用他的话说……"他显然想学郭小鹏的口气,但是不像:"整个企业就像因特网,去掉哪一部分都不要紧。"

杨春为了办事，不得不低三下四地给林小亮斟酒："对您也许是因特网，对我却是一切。您能不能让我见见董事长？"

林小亮："你？"

杨春点头。

林小亮："我想见还见不着呢！"他的脸色也沉重起来："从昨晚到现在，手机一直不通。"

杨春："你赶紧去找找金市长，走走上层路线。"

林小亮："金市长认识我是谁？"

杨春："那你也要拿个主意。我是慌了神了。"

林小亮："我已经派海州药业的律师韩李法去了。他通过正常和小道两个方面了解到，刘眉把一切都兜到自己身上。而且就是你说的这个金市长，在请示报告上批：从重从快。"

杨春急得直用瓶子砸桌子："坦白从宽，新疆搬砖；抗拒从严，回家过年。这点简单的道理都不懂。要是把你们海州药业拉进去，罪就轻多了。"

林小亮质问道："拉进海州药业，谁出钱、出人捞她？"

杨春知道自己说走了嘴，赶紧改了话题："这个金市长，法律怎么说，就怎么办就是了，什么叫从重从快？"

林小亮："从重就是法律规定'三到五年'就按照五年。从快就是简化程序。"

杨春："反正眉儿要是判了死刑，我就和你们没完。"

林小亮："你到底脱不了无赖本色！"

杨春："你不是无赖，还是郭小鹏不是无赖？好人谁干这个？和你们打交道，就必须像个无赖！"

林小亮拿起酒杯："你喝了这杯，我就告诉你个主意。"

杨春拿起酒杯又放下："我实在是喝不下去。"

林小亮不再强迫他："咱们现在只能疏通道路，主意还是得我二哥回来拿。"

杨春："有什么路？"

林小亮:"说破了不值钱。"

杨春作揖道:"我求求你了。"

林小亮:"我的一个女友的姐夫,叫贾斯冬,就在看守所当副所长。"

杨春喜出望外:"让他给我留个空,我带几个弟兄冲进去。"

林小亮打断道:"你当是玩野战游戏呢?一梭子就把你们全报销了。再说,让老金一批,刘眉被关进了死囚大牢。"

杨春愣住。

林小亮也很无奈地说:"等我二哥吧。"

二十二 珠海某农村院落。夜。内。

师爷进来后对汪静雯说:"我想和郭董单独谈谈。"

汪静雯立刻起身。

郭小鹏:"她和我是一个人!"

师爷:"中国有句俗话:客随主便,郭董总听说过吧?"

郭小鹏愤怒地说:"你到底是哪国人?从哪学来的这么多中国俗话?"

汪静雯说完"没关系"后,就走了出去。

师爷也跟了出去。

在院子里,师爷向院门做了个"请"的手势。

汪静雯被导引出院。

二十三 珠海某农村院落。夜。外 \ 内。

汪静雯刚一出小院,进大院,就被早就隐藏在门外的两条彪形大汉擒拿住,而且立刻被一块充满迷药的毛巾塞住嘴。

师爷向一间小房子一指。

两个大汉立刻将已经失去知觉的汪静雯夹进小屋子。

一切快速而无声。

二十四　珠海某农村院落。夜。外。

师爷返身回到郭小鹏所在的院子,对站立在月光下的G说:"处理完毕。"

G点头,漫步进屋。

二十五　珠海某农村院落。夜。内。

郭小鹏惊诧地看着来人:"你是?"

G皮笑肉不笑地说:"你这次听不出我这个北京人来了?"他重复唯一一次与郭通话时的腔调:"全世界对我感兴趣的人很多。"

郭小鹏:"你才是G?"

G微笑点头。

郭小鹏埋怨道:"和你谈判实在太费力:先是地点变,现在连人物都变开了!"

G坐定:"约旦国王侯赛因,所以能得享天年,就是因为谨慎:没人说得清,全世界要杀他的人有多少。而张子强,就是因为老大当惯了,所以很快就一命呜呼。他入狱后,手下的弟兄们还想去劫狱、劫法场,在大陆,这谈何容易!"

郭小鹏显然不愿意被G在气势上压住,于是说:"我在国外待得腻歪了,回来之后,再没有远征过。但是G先生如果觉得大陆不安全的话,今后会谈,我可以破格、破例。"

G手法纯熟地给郭小鹏斟茶。这是一套很讲究的茶具:"东北、内蒙的砖茶,台湾的红茶,英国茶,日本茶,喝来喝去还是咱们的龙井。'革新你喝易拉罐,守旧我饮盖碗茶'。"他熟练地转移话题:"我是旧时人物,不好和你们比啦。世界是你们的。"

G这么说,郭小鹏也不好生气:"听上去,G先生是北京人。"

G:"没错。你很有辨音力。我和你同姓。一九五一年生人。原名叫郭援朝。"

郭小鹏心说:"鬼知道这是不是真的。"但嘴巴上还是问:"这么说,你出生于一个高级干部家庭啦?"

G:"很对。我家兄弟姐妹十一个,叫长征、北上、渡江,什么都有。"

郭小鹏认为G的表演太过。笑道:"十一个?未免太多了一些吧?"

G很严肃地说:"不是一个妈。"

郭小鹏虽然很想进入正题,但还是问:"你的老爷子是?"

G:"肯定是个不走运的人,否则我也不会流落他乡。"

郭小鹏:"G先生是怎么去的……"他一时找不到合适的名词替代"金三角"。

G笑了:"我不忌讳。我是一九七一年底去的金三角。你大概知道,七一年,林彪元帅出了事,家父作为林彪旧部,自然会被牵涉进去。《红楼梦》说得好:一荣俱荣,一损俱损。我的事,也被揭出来。"

郭小鹏略一计算:"你不过二十岁,能有什么事?"

G:"一九六六年,我十五岁时,就参加起草北京著名的《红卫兵宣言》,后来又参加了'联动'、主持并策划了鞍钢武斗,在重庆大学的派系斗争中,有突出贡献。"他喝了一口茶:"真是'忆往昔,峥嵘岁月稠'。你听烦了吧,这都是些陈芝麻、烂谷子。"

郭小鹏:"不烦。不烦。"

G:"既然不烦,我就多说两句。"他又喝茶:"你知道,我是带着什么去缅甸的吗?"

郭小鹏摇头。

G:"一本《格瓦拉日记》,一套'文革'时出版的《林彪语录》。"

郭小鹏:"格瓦拉?"

G:"切·格瓦拉。古巴革命领袖。成功后,是仅次于卡斯特罗的二把手。但他不贪图安逸,到南美去打游击,最后牺牲在那。很壮烈。"

郭小鹏看着G,仍然不理解。

G:"人的世界观,在二十岁之前,基本就形成了。因为家庭的关系,我有着强烈的成就一番事业的念头。国内既然无法实现,就只好到国外去。用当时时髦的话说,叫作:参加世界革命。"

郭小鹏:"到了缅甸以后,你干了什么?"

G:"参加了游击队。七十年代,整个东南亚都在打仗。我在游击队的鼎盛时期,曾经当过东北军区的司令。我的参谋长,还有后来的游击队中央警卫师副师长,都是中国去的知青。"

郭小鹏:"说来惭愧。对于金三角的历史,我真知道得不多。"

G:"金三角的势力大约有三个来源:一是国民党从大陆撤退到那的李弥残部;一是当地的土司势力;还有就是游击队和政府和谈后的残余。"

郭小鹏:"坤沙属于哪一部分?"

G:"他是土司的儿子,可又是国民党残军。据说因为他打仗的时候,表现的勇敢、机灵,被李弥当场提升为军官。"

郭小鹏:"后来他为什么衰落了呢?"

G:"他成立了一个掸邦共和国。这一下遭到了所有人的围攻。"他喷出浓浓一口烟:"他不是汉人,不知道高祖刘邦'高筑墙、广积粮、缓称王'的九字方针。所以,在众多势力联合围剿下,他不得已在一九九六年,向缅甸政府投降。"

郭小鹏:"于是你迅速地填补了他去了之后的权力真空?"

G点头:"当地的居民,也有这个需要:如果不种鸦片,他们就无法生存。但收获了鸦片后,他们希望有一个有序的市场。而除去我,谁也没有这个能力。"

郭小鹏:"五百年必有王者兴。"

G:"其兴也忽焉,其亡也忽焉。鸦片占领市场,几乎整整一百年,可海洛因只红了一二十年。二十一世纪,一定是冰的世纪。比尔·盖茨说得好:我们离破产永远只有十八个月。你我的产品周期,虽然比计算机的长,但也要不断地出新产品才行。"

二十六 珠海农村某院落。夜。内。

汪静雯渐渐苏醒。

她的双手被手铐铐住,嘴被堵住,只好挣扎着挪动身体。

终于挪动到一个勉强能够着衣袋的角度,她费力地将一个呼机状的电子发生器关闭。

两看守在交谈。

看守甲:"这个小妞可真够俊的。"

看守乙:"你要是想留着家伙吃饭,就千万别动邪念。头的脾气你是知道的。"

看守甲:"我不动手,动动念头也不行?"

看守乙:"你来的时间短。他处理起人来,比你切根香肠还简单。"

看守甲噤声。

二十七 珠海农村某院落。夜。内。

郭小鹏:"咱们谈谈买卖的具体细节吧?"

G:"这个由他们去谈好了。咱们还是要务务虚。"

郭小鹏无奈地端起茶杯。

G:"你是制冰专家,我很需要你这样的人。"

郭小鹏:"鸦片、海洛因虽然过去,或即将过去,但你的销售渠道却留下来了。我需要你的渠道。"

G:"进入这一行后,首要的问题就是安全。从联合国缉毒署到国际刑警组织,到各国、各地的警方,没有一个不想消灭你我这样的人的。一九八八年,由美国牵头,联合法国、意大利等国,在同一天的同一时刻,统一行动,一下子就抓了各级首脑四百多人。前车之鉴啊!"

郭小鹏很自信地说:"我的系统没有问题,已经安全运转了多少年了。"

G:"过去安全和今后安全,没有必然联系。"

郭小鹏:"这个我知道。"

第十六集

一 北京。公安部某局办公室。夜。内。

刘石看着手中的报告问警官:"她的发生器是几点关闭的?"

警官:"一个小时前。"

刘石:"她的具体方位?"

警官:"珠海。"

刘石:"珠海什么地方?"

警官:"信号本来就很微弱,加上他们又从深圳转移到珠海,等我们通知珠海警方,刚收到信号,她就关闭了。"

刘石:"G 的电话没有显示方位?"

警官:"他们大概实行的无线电静默,已经有一天没出现了。再说,根据情报,G 不喜欢用手机,而喜欢用老式电台。"

刘石严肃地说:"和珠海警方联系,监听无线电台。一有消息,马上报告。"

警官:"是。"

刘石:"给我接葛冲之先生的电话。"

警官提醒道:"现在是凌晨两点。"

刘石:"执行命令。"

二 珠海农村某院落。夜。内。

看得出，郭小鹏和G，已经谈了很长时间了。

但两人依然兴致勃勃。

G："在鼎盛时期，坤沙一家的海洛因供应量，就占世界海洛因市场的百分之六十以上。他曾经对秘密来访的美国参议员伍尔夫说：美国的禁毒费用是每年十多亿美元。拿出百分之一，也就是一千七百万美元给他。他就不再生产毒品。"

郭小鹏："但美国不干不说，反而在第二年增加了十亿美元的禁毒经费。我要是美国人，我也不干。否则我就会成为世界上头号被敲诈的对象了。"

G："你是为什么加入这一行的？金钱？"

郭小鹏摇头："要说个人消费，一生也不过几百万，早就够了。"

G："那是为什么？"

郭小鹏："你是为什么？"

G："开始是为了金钱、权力。到了现在知天命之年，也就是惯性了。"

郭小鹏不相信地笑笑："惯性？"他看了一下手表："汪总呢？叫她一起聊？"

G很平静地回答："她是警方的卧底，更准确地说，她可能是警方的卧底，所以我已经把她给处理了。"

郭小鹏立刻被惊呆。下意识地反问："处理？什么意思？"

G起身后说："这好像是世界通用的词汇。"

郭小鹏一步、一步地走向G，两眼冒火。

G并不后退，挺起身子说："我警告你，如果再往前走的话，会发生很不愉快的事。"说罢，他眼睛环顾四周。

郭小鹏也顺着他的目光看。从他的角度，最少看见三支冲锋枪，从窗户伸进来。

郭小鹏停住脚步，愤怒地质问G："你千里迢迢，把我请来，就是为了干这个？"

G："显然不是。"他重新坐下来："但当时我们并不知道汪静雯是警察。"

郭小鹏不客气地质问："过去你还是红卫兵呢，后来不也成了毒品头子？她过去当过警察,我也知道。但这并不说明什么!"

G平静地点燃烟斗:"你说的也许对,也许不对。问题是我冒不起这个险。"

郭小鹏:"你到底还想不想和我做交易了?"

G:"当然。"

郭小鹏:"价格我可以每公斤再降低五千美元。你把人还我。"

G:"生意是生意,警察是警察。千万不能混为一谈。"

郭小鹏:"我从来不会把别的和生意混在一起,但汪静雯是例外。"

G:"表面看去,爱德华八世是为了辛普森夫人丢掉英国王位的。而实际是因为他和希特勒关系过于密切,影响了英国政治。要想成为大人物,是不能'情'字当先的。"

郭小鹏:"反正你不把汪静雯交还给我,你的生意就做不成了。"

G做无所谓状:"生意通常不是双赢,就是双输。在我赚不到钱的同时,你也赚不到钱。"

郭小鹏一时拿不出任何办法。情急之下,他只有问:"你到底把她怎么了?"

G:"我从来不过问具体细节。决策者必须超脱。但我考虑到汪静雯和你的关系,嘱咐他们,让她走得痛快。"

郭小鹏的手开始剧烈地哆嗦。

G:"我看郭先生今天过于激动。"他起身道:"咱们明天再详细谈如何?"

郭小鹏一脚把桌子踢翻。大声吼道:"你滚!我永远不再见你!"

G冷淡且无动于衷地说:"冲天一怒为红颜。"他摇头:"我相信你明天的情绪会好转的。"说罢,他扭身出屋。

三 珠海某农村院落。夜。内。

G正在桌前读一本线装书。颇有点关公夜读《春秋》的架势。

师爷匆匆进来。

G没等他说话,自己首先开腔:"林彪的好多思想,比方'一点两面'、'三三制'等,是很值得我们学习的。它都是从古代兵法化出来的。他说的'不说假话办不成大事',也是真理。可惜的是,他选错了对手。毛泽东到底棋高一着。"

师爷虽然很着急,但摄于G的威严,还是等他说完才开口:"有个叫葛冲之的人通知咱们的电台,说您要是没睡,就给他回个电话。"

G沉吟片刻:"有通讯途径吗?"

师爷拿出手机:"我这是香港的手机,在这里也能用。"

G:"你把他给我要出来。"

电话通。

G接过电话:"葛先生有何指教?"

葛冲之的声音带有浓重的江浙口音:"听说你和汪静雯在一起?"

G很奇怪地反问:"您认识她?"

葛冲之:"岂止认识!我们曾经多次共过事。她可是横跨法律、金融两大领域,不可多得的人才。"

G:"您要找她?"

葛冲之:"这么晚了,不用找了,明天让她给我来个电话。晚安。"

G:"晚安。"说完他关闭电话,递给师爷。然后在屋子里转了两圈:"汪静雯还在吗?"

师爷点头。

G:"带路。"

师爷觉得很奇怪,欲言又止:"这个葛冲之……"

G打断他道:"一个组织,它可以是国家、政党、民族。它的首脑……"他指指自己:"一共只有三件事。军队、财政、外交。这也是首脑唯一的财富。从来不许别人染指。"

师爷不禁表现出战战兢兢。

四 珠海某农村院落。夜。内。

G进囚禁汪静雯的小屋之前,已经有人给她去掉了手铐和嘴里的毛巾。

汪静雯揉搓着麻木的手腕。

G:"委曲汪女士了。"

汪静雯整理一下衣襟后说:"没关系。"

G:"样板戏你们不一定看过。座山雕有句台词:'这两天山下风紧,野狼嚎一去不回。我不得不防。'"

汪静雯不无埋怨地说:"可您并不是占山为王的土匪,而是联络五洲的商人。"

G拱手道歉:"汪女士怎么和葛冲之先生熟悉的?"

汪静雯其实并不认识葛冲之,也没有听说过这个名字,但她还是镇静地说:"生意场中的朋友。"

G充满疑狐地看着汪静雯:"可否讲得详细一些?"

汪静雯白了G一眼:"不可以。"

G的神情一点不改变:"你知道吗,你的生杀大权操在我的手里?"

汪静雯点头。

G:"你一点也不害怕?"

汪静雯反问:"害怕有用吗?"

G:"这么说来,你一定当过警察。"

汪静雯怕G在盘问的过程中,自己有什么疏漏,用很生气的语气说:"当过怎么样?没当过又怎么样?警察不是一种性格、一种品质,它仅仅是一种职业。"

G继续审视汪静雯:"金三角以外的集团,不少是让卧底的警察毁掉的。"

汪静雯浅浅一笑:"这个说江山是让女人毁掉的,那个说是让奸臣毁掉的,其实都是让自己毁掉的。要是没本事识别,就不要当这个家。"

G收回审视目光,扭身出屋。

他一出去,师爷就进来:"汪女士可以回房休息了。洗澡水已经准备好了。"

汪静雯看也不看师爷,径直出屋。

五 珠海某农村院落。夜。内。

汪静雯刚一进她的房间,郭小鹏就跟了进来。

郭小鹏相当激动,很有拥抱汪静雯的趋势。

汪静雯也略有所动,但马上用矜持掩盖住。

郭小鹏充满激情地说:"让你受苦了!"

汪静雯似嗔非嗔地说:"谁让我当过警察呢!"

郭小鹏:"老G这个人心狠手辣,我真怕你遭到不幸。"

汪静雯:"那你怎么也得算我是为了你的事业牺牲了吧?"

郭小鹏:"是咱们的事业。"

汪静雯一笑说:"哄女学生去吧!"

郭小鹏:"我不哄你。等这买卖一结束,咱们到了安全的地方,我立刻就把公司股份化。"

汪静雯摸了一下头:"我有点累了。"

郭小鹏:"你休息。你休息。"

六 看守所。女死囚室。日。内。

死囚牢房与一般牢房不同,没有房顶,代替它的是网状隔栏。最西端是一个一米宽的顶盖,做传递食物之用,下面是死囚的床铺,这样,监管人员就可以站在屋顶进行巡查,死囚室的一切也一览无遗。

刘眉戴着手铐、脚镣,脸色蜡黄,眼睛里布满血丝。

她用手指,反复在地面写着"郭"字。

动作很机械。但力度不小。手指已出血。

七 珠海某农村院落。夜。内。

灿烂阳光中,郭小鹏和G握手做别。

郭小鹏："如果有什么变化，用电子邮件联系。"

G："不会有变化。一切按照汪总和师爷拟定的计划进行。"

G向汪静雯挥手。

汪静雯没什么反应，自己先上了车。

汽车开走。

G像是对师爷，又像是对自己，喃喃地说："我怎么也觉得她是个警察。"

师爷："那为什么还放她走？"

G："葛冲之的面子是不能不给的。"

师爷不敢再插话。

G："咱们的大部分资金，都从葛先生的银行走。没他的支持，咱们的队伍，顶多运转半年。"

师爷："咱们从这里出关？"

G："走云南。我想到我年轻时生活过的地方再看一看。大陆我以后不会再来了。"

八　海州市人民医院。日。内。

贾斯冬坐在肾病专家毕博士对面。

毕博士阅读着很厚的病历："如果病历所载的所有诊断都成立的话，患者得的就是一种病情会急剧恶化的急进性肾小球肾炎。"他虽知道病主是来人的夫人，但仍用"患者"这个名字："患者常在几周或数月内由血尿、蛋白尿发展为少尿、无尿、肾功能衰竭。"

贾斯冬的脸迅速变白。

毕博士："本病简称为急进性肾炎。病理改变为广泛的肾小球囊内新月体形成，因此又称新月体性肾炎或毛细血管外增殖性肾炎。"他说起来如数家珍："患者多为中青年，男女的比例为二比一。"

贾斯冬显然是个非常热爱家庭的人，着急地问："您的治疗方案是？"

毕博士已是司空见惯，慢悠悠地说："该病的确诊依赖病理学检查，故对急剧恶化的肾功能患者，应尽早进行肾活检。"

贾斯冬："今天能不能进行肾活检？"

毕博士："我想办法安排吧。"

贾斯冬："这病的预后？"

毕博士："本病来势凶猛，一旦确定，应积极治疗，否则百分之八九十的患者于半年内死于尿毒症。"

贾斯冬一副要虚脱的样子，但仍挣扎地问："都有哪些治疗手段？"

毕博士："一种是靠透析，此乃权宜之计，多对老年人用。另一种则是肾移植。"

贾斯冬："您说的是换肾？"

毕博士点头。

贾斯冬着急地问："我的肾可以吗？"

毕博士："从理论上讲，可能性不大。"

贾斯冬的思维能力几乎丧失殆尽："可我是她的亲属啊？"

毕博士冷静地说："亲属在医学中，通常指血亲。非血亲等同于一般人，可能性为数十万分之一，通常要在广泛的对象中寻找。"

贾斯冬毕竟当过多年的领导，有一定的恢复能力："您能给我讲一下换肾的过程吗？"

毕博士："除去高昂的费用外，寻找合适的肾脏是关键。最好是有合适的捐献者，否则就要等合适的临床死亡者自愿捐献的肾脏。"

贾斯冬："那么您估计最快在什么时候？"

毕博士："这是件可遇而不可求的事。"

贾斯冬："能不能买个肾？"

毕博士冠冕堂皇地说："我国法律明令禁止人体器官买卖。"

贾斯冬知道自己说漏了嘴："对不起。"他振作了一下，提出最后的问题："如果有合适的肾源的话,全部费用是多少?"

毕博士:"这很难确切地回答。大概需要三十万元左右。"

贾斯冬一惊:"三十万!我还要去想想办法。"

毕博士:"如果你有办法的话,就赶紧去想。晚了,办法就没用了。"

九 舰桥半岛郭小鹏住宅。日。内。

林小亮:"我通过方方面面的关系了解到,刘眉把全部责任都承担下来了。据估计,她很可能在短时间内被判刑。"

郭小鹏:"死刑?"

林小亮:"您这是明知故问。"

显然,无限往事和近忧涌上郭小鹏心头。他喃喃自语道:"死刑。死刑。"

林小亮继续给郭小鹏施压:"据韩李法说,一点缓期的可能都没有。"

郭小鹏:"刘眉不能死。"

林小亮:"我跟人说过,二哥还是重感情的。"

郭小鹏:"这不是感情问题。人的忍耐力是有限度的。超过了限度,一切就崩溃了。她一崩溃,大事就不好了。再说……"他顿了一下:"她毕竟跟过我一段。养小猫、小狗,也是有感情的。"

林小亮不客气地说:"要想不崩溃,你就得赶快拿主意。"

郭小鹏:"你说的那个贾斯冬,有没有文章可做?"

林小亮:"这人是政法学院的本科生,是个知识分子。喜欢读书、过自己的小日子。不嫖、不赌。好像没什么文章可做。"

郭小鹏:"他有房子?"

林小亮:"有两间。"

郭小鹏:"孩子在上什么学?"

林小亮:"小学二年级。"他有些不耐烦:"这些我都调查过了。"

郭小鹏的方寸不乱:"家里二老、孩子、太太、本人的身体都好?"

林小亮对答不上来了。

郭小鹏："赶紧派人做细致的调查。庄家要把一只股票拉起来或打下去,都需要题材。没有题材,是掀不起大浪来的。"

林小亮不爱听教训："要是这些人的身体都好呢？"

郭小鹏："那就继续调查别的。是人就有问题、就有价钱。"

林小亮起身。

郭小鹏："陈然有下落了吗？"

林小亮："从信用卡提款的记录上看,他从咱们这开始,沿北京、沈阳、长春,一直提到哈尔滨。然后就没了踪迹。总共从公司的卡上提走了十万块钱。"

郭小鹏轻蔑地一笑："这绝对是他声东击西的障眼法。他从哪给我发的电子邮件？"

林小亮："这个没办法查。"

郭小鹏终于爆发了："没用的东西。'爱虫'病毒,让美国人用个把月就从全世界范围内给找了出来。到你这就成了没法查了？"

林小亮委屈地说："我托了网络上的人,他们说这邮件是通过一个地方转发的。"

郭小鹏："转发的地方一定会留有痕迹。凡是电子往来,都有记录可查。赶快去。"

林小亮边往出走边说："什么事都让我赶快去,你这是要把我五马分尸啊！"

十 贾斯冬住宅。夜。内。

这是一个很普通的家庭。墙壁上是一家三口的笑眯眯的合家欢。

这张合家欢和目前的情况形成鲜明对照:贾斯冬垂头丧气、妻子面色蜡黄、孩子又惊又怕地看着大人。

贾斯冬："现在我才明白了为什么大家都说:有什么别有病,没什么别没钱。现在咱们是有病没钱,两件都摊上了。"

妻子："借来了多少钱？"

贾斯冬："我跑了两天，所有能借的地方都借遍了，一共才借到四万块。"

妻子坦然地说："三十万？就是借来了，咱们也还不起。这四万你们尽尽心，看不好就算了。大不了是个死。人生自古谁无死？"

贾斯冬灵机一动："要不然咱们把房子抵押，向银行贷款？"

妻子强作笑颜道："亏你还是个学法律的：这房子的所有权还是你们单位的，你什么凭证都没有，拿什么去抵押？。"

贾斯冬的头垂得更低了。

门铃响。

孩子开门："我小姨来了。"

小姨是个十分妖艳的女人，通体名牌自然不用说，头发就是若干种颜色。

小姨把水果放在桌子上："听说二姐病了？"

妻子点头。

小姨："厉害不厉害？"

贾斯冬没没好气地说："厉害得不得了。"

小姨着急地说："那赶紧住院治疗啊！"

贾斯冬："谁不知道治疗？关键是没钱。"

小姨："没钱可以借嘛。"

贾斯冬："这谁不知道？借半天也没借来几块钱。"

小姨："你不能在你的圈子里借：剃头的认识修脚的，没个有钱人。"

贾斯冬显然属于"病急乱投医"，赶紧问："你有钱？"

小姨摇头。

贾斯冬："那你调侃我？"

小姨："我能给你借来钱。"

贾斯冬："真的？"

小姨："当然。"

十一　舰桥半岛郭小鹏住宅。日。内。

　　郭小鹏在接听电话："你详细说说。"

　　对方："排出各种可能之后,最后将邮件的始发地确定为05917876754。"

　　郭小鹏："确实吗?"

　　对方："很确实。我核查过。他经常用这个地址往外发邮件。"

　　郭小鹏有些疑虑："作为一个隐居者,他不应该向外发布信息才对。"

　　对方笑道："您对网络,采取实用主义态度。不是网虫。网虫就是半夜起来,也要看看有没有自己的邮件、凡是见了有下划线的地方,都禁不住想用鼠标点击它一下。更重要的是,网虫大部分的朋友,都是在网络上认识的。没了他们,网虫就会像没阳光的生物一样凋谢。"

　　郭小鹏看着记录下来的号码说："费用我会通知他们,转到你的账上的。"

　　对方："能给您帮忙,是我莫大的荣幸。"

十二　公子酒吧。夜。内。

　　林小亮："我二哥想见见你。"

　　杨春满腹狐疑地说："他要见我?不是又玩什么鬼花样吧?"

　　林小亮："这也是我求半天求来的。你要是害怕,就不要去了。"

　　杨春犹豫道："别看你二哥文质彬彬的,绝对是个吃人不吐骨头的主儿。"

　　林小亮："但是他从来在关键时刻都能拿出主意来。"

　　杨春下决心："只要能救出眉儿来,别说他郭小鹏,就是刀山我也上。"

　　林小亮把一张一百元的票子扔在桌子上："那咱们走。"

　　杨春赶紧把票子放进林小亮的口袋："哪有让你算账的道理!"

十三　市公安局局长室。日。内。

　　张啸华："据可靠情报,郭小鹏集团正在密谋营救刘眉。咱们必须百倍警惕。"

李新建:"从理论上说,从全封闭的死囚牢房中往出救人,根本不可能。"

强民:"看守所是旧军阀的老监狱改造的。它不像一般的排骨形监狱,而是八卦形。普通人进去出也出不来。成立这么多年来,从来就没跑过人。"

张啸华打断他的话:"它的历史,我比你们谁都清楚。现在的问题是,我们的对手有着极高的智商、极大的经济实力,万万不可麻痹大意。从今天夜里起,命令不许任何人接触刘眉。就是送给她的食品、衣物,你们两个人也要亲自负责检查。"

李新建、强民两人起立后说:"是。"

张啸华:"咱们一起去看守所,促促他们的工作。"

十四 舰桥半岛郭小鹏住宅。夜。内。

杨春进入郭小鹏豪华的住宅,不禁有些自惭形秽。

郭小鹏简慢地说:"坐。"

杨春半个屁股坐到了沙发上。

郭小鹏高深莫测地说:"听林经理说,你找我有事?"

杨春虽然明知道郭小鹏在装,但仍必须回答:"我想借您的光,把刘眉弄出来。"

郭小鹏:"一位年事已高的高级干部,对给他检查身体的医生说:'你能不能让我的身体变得年轻一些?'医生说:'我只能让它变得更老一些。'"

杨春显然不得要领,征询地看着林小亮。

林小亮:"董事长的意思是:躯体不能变回年轻,只能延长它的存活期。"

杨春固执地重复:"只要眉儿能出来,要我干什么都行。"

郭小鹏:"按说这已经是你们的事了。但我出于人道主义,会帮助你们的。"说完,他看了一下手表。

杨春是个不服从暗示的人,一点要走的意思也没有。

林小亮:"你可以走了。"

杨春这才起身告辞:"那一切拜托董事长了。"

郭小鹏微微点头,没有说话。

听到杨春的汽车声远去后,林小亮说:"二哥到底气势压人:杨春这么野的人,到这却变得这么乖。"

郭小鹏:"清朝时,一位号称'一生好入名山游'的八卦高手,被皇帝封为'四品带刀护卫',于是他带领全体门徒,庆祝了三天。"

林小亮眨眨眼睛:"二哥的话越来越深了,兄弟我也有些听不懂了。"

郭小鹏若有所思地说:"听不懂就好。"

林小亮更不明白了。

郭小鹏:"杨春现在已经被咱们收编,你能把贾斯冬约到这来吗?"

林小亮:"手到擒来。"

十五 舰桥半岛郭小鹏住宅。夜。内。

贾斯冬在林小亮的引领下,进入客厅。

正在读书的郭小鹏立刻起立迎接。

郭小鹏:"我听说贾夫人贵体欠佳?"

贾斯冬沉重地说:"病理检查结果已经出来了,必须要换肾。"

郭小鹏:"噢。"

贾斯冬:"换肾需要一大笔钱,林总说您可以借给我。"

郭小鹏点头。

贾斯冬很感激:"我没有任何东西可以抵押给您。但我可以很负责任地说:不管遇到什么情况,今后我一定每个月还给您一千块钱。"

郭小鹏浅浅一笑:"像您这级别的干部,月收入也就两千块钱吧?"

贾斯冬:"一千五百块钱。"

郭小鹏:"除掉日用,一个月还给我一千,你要二十年才能还清。"

贾斯冬:"对。"

郭小鹏:"这还要在不出任何意外的前提下。"

贾斯冬:"对。"

郭小鹏又是浅浅一笑:"严格地说,这就是您一辈子收入余额。"

贾斯冬:"对。"

郭小鹏提高声调:"说句实在话,我把钱借给您,就没打算让您还。"

贾斯冬惊愕:"郭董事长有什么需要我办的事?"

郭小鹏:"以后不敢说,起码目前我没有。"

贾斯冬还要说什么,毕博士进。

郭小鹏迎接让座后,向贾斯冬介绍道:"老毕在美国麻省医学院读书时,我也正好在美国。"

贾斯冬给毕博士倒茶:"你们都是博士嘛!"

郭小鹏:"你的事,我已经拜托给老毕了。让他跟你说。"

毕博士用比前次客气多的言辞、语调给贾斯冬讲述:"小鹏跟我说了以后,我通过同学、同事的网络,已经给你联系到肾源。"

贾斯冬一听就激动起来。

毕博士:"现在的关键是移植。"

郭小鹏:"给他讲讲你的方案。"

毕博士:"新器官植入,患者的免疫系统总认为它是'外来者',从而排它。这就是著名的排异反应。因此,医生像对不听话的孩子施行'强压'一样,采用多种药物抑制患者的免疫系统。这样做就致使许多患者的免疫系统,也像个性强的孩子,用癌症等疾病来表现自己的逆反。"

贾斯冬着急地问:"有解决的办法吗?"

毕博士:"英国剑桥大学的卡恩教授发明一种名为'坎帕斯'的药品。手术前注射,可以暂时使免疫系统进入'冬眠',使器官不再遭到排异。等被'欺骗'的免疫系统渐渐苏醒后,就像酒醉的人,记不住当时情况一样,会将新器官'误认为'为原有的组成部分。能有效地将遭排异的可能性降低百分之五十。"

贾斯冬："这药什么地方有卖的？"

毕博士："'坎帕斯'尚在临床试验阶段，没通过英国当局的药检，更没通过我国卫生部的药检。换言之，它是一种非法的药。"

贾斯冬一下子泄了气。

林小亮："董事长已经安排我们在英国的办事处，搞到了这种药。现在，它正在来此的途中。"

贾斯冬一下子眼泪就出来了："这肯定要很多钱吧？"

郭小鹏："钱的事，我来解决。医学方面的事，你直接找老毕。"

贾斯冬感激地说："别的单位的人，都可以说，有事找我。唯独干我们这行的人不能这么说。"

林小亮："那也没准。"

贾斯冬："你们要是看守所有事，尽管吩咐。只要在我的权限范围之内，我一定办。"

郭小鹏："你应该说，在能力范围之内。"

贾斯冬："对。对。在能力范围之内。"

十六 法庭。日。内。

庄严的法庭。国徽。挎枪的法警。

着新式法官服的法官端坐在审判台上。

公诉人席上的检察官也穿新式服装。

刘眉站在被告席上，若无其事的神情中，饱含着极度的紧张。

审判长："请公诉人宣读公诉词。"

检察官站起。

十七 舰桥半岛郭小鹏住宅。日。内。

郭小鹏："你去告诉杨春，让他犯一个大一点的事，足够进看守所的。"

林小亮不解地看着郭小鹏:"进去干什么?"

郭小鹏语焉不详地说:"不入虎穴,焉得虎子?"

林小亮显然不很喜欢郭小鹏这种深沉状,埋怨道:"前些天杨春来的时候,你为什么不说?"

郭小鹏教训道:"干事和下围棋一样,要有个次序。走完 A,才能走 B 和 C。如果你先走了 B,那 A 和 C 就不存在了。没有贾斯冬,条件就不具备。"

十八 海州某小饭馆。傍晚。外\内。

杨春开着吉普车,高速驶入小饭店的停车位。然后故意刮了一辆崭新的警车一下。

随后,他跳下车,大摇大摆地进入饭店,高声喊道:"外面的警车是哪个孙子的?"

正坐在餐桌旁喝酒的两名警察看了他一眼,没有说话。

杨春晃晃悠悠地走向两警察:"是你的车吧?"

警察甲:"是又怎么样?"

杨春:"让老子把灯给撞碎了!"

警察甲显然没受过这么大的气,霍地站起来:"你再说一遍!"

杨春一把抓住警察的脖领子:"老子不光要说,还要打你!"

警察甲反手就给杨春来了个擒拿。

杨春闯荡江湖多年,功夫老辣地很,一个反擒拿,把警察甲的头给压在桌子上,动弹不得。

警察乙一看情况不好,马上拔出手枪,指着杨春说:"我是警察。不许动!"

谁知杨春根本不惮,飞起一脚,把警察乙的枪踢飞。

三人打作一团。

混战中,杨春抄起一个酒瓶子,把警察甲的脑袋开了。

警车响。

一群警察进入。

为首的一个大个子警察举枪喝道:"不许动!"

两警察停止了打斗。

杨春趁机抡起一条板凳,把警察乙打倒在地。

大个子警察说:"没有王法了!给我铐起来!"

杨春被铐后,依然不服。

十九 西山别墅。夜。内。

郭小鹏依偎在母亲身边。

郭母:"我听说林小强死在海州了?"

郭小鹏:"您怎么会知道?"

郭母:"他爸爸在电话里说的。"

郭小鹏直起身体:"他从什么地方知道你的号码?"

郭母慈祥而平静地说:"我怎么会知道?"

郭小鹏拿起电话,拨通后命令道:"段海,明天一早,你就去把我母亲家的电话换了。"

郭母:"你总是这么风风火火的。"

郭小鹏重新依偎到母亲身边:"我向父亲的灵位发过誓,再也不让您受到一点伤害。"

郭母:"你要好,妈就好。"她伸手抚摸郭小鹏的头发:"告诉妈,林小强的事和你有关系没有?"

郭小鹏:"一点关系也没有。"

郭母的老泪从老眼中流出:"你和你爸爸一样,天大的事,也能放在心里。"

郭小鹏:"林小强的死,确实和儿子没关系。可话说回来,他确实是死有余辜!"

郭母:"这像是'文革'时候,大字报上的话,快别说了。"

郭小鹏噤声。

郭母突然心慌意乱起来,手也开始哆嗦。

郭小鹏感觉到了,赶紧起身,把一个精致的小盒递给母亲。

郭母吞下一白色药丸之后,迅速地恢复了平静。

郭小鹏递给母亲一杯热茶。

郭母:"鹏儿,你这几回给妈的药不错。吃完了就舒服。舒服完了也没什么别的事。"

郭小鹏:"这是儿子专门给您配的。"

郭母虽然已经进入虚无状态,但意识的惯性依然推着她说:"妈吃了就吃了,你可千万不敢让这药流传出去。"

郭小鹏没有回答。

郭母也不需要任何回答。

第十七集

一 看守所。日。内。

　　杨春所在的牢房,是在二楼阴面。

　　牢房里一共有五个人。

　　从杨春的铺位、做派都可以看出,他在这群人中,颇有地位。

　　犯人甲刚会见完亲人回来,恭恭敬敬地把一盒食品递给杨春。

　　杨春看也不看,问道:"我让你打听刘眉在哪个牢房,有结果了吗?"

　　犯人甲喃喃地说:"没有。"

　　杨春勃然大怒:"你他妈的不是说你有关系吗?"

　　犯人甲的声音更低了:"我的关系说,有关刘眉的一切,都被刑警队的人垄断着,他们根本接触不上。"

　　杨春把怒火都压缩在眼睛中,逼视着犯人甲:"要是谁都能知道,老子用你干什么?"

　　犯人甲的腿不由自主地软了下来,最终跪在地上。

　　杨春起身,使劲晃悠铁栅门,大声喊叫:"我是美国人!我是美国人!"

　　一警察过来,嘲笑地说:"你穿开裆裤时,老子就认识你。你倒腾走私货的时候,老子还抓过你。你什么时候成的美国人?我怎么不知道?"

　　杨春朝这个警察吐了一口浓痰。

警察想发怒,但考虑了一下,还是忍住了:"想换间牢房,好见你的相好不是?我告诉你,有老子在一天,你就甭想!"

二 射击场。日。外。

郭小鹏在用猎枪打飞碟。大约是十中五六的样子。

郭小鹏:"该你了。"

汪静雯熟练地端起枪,瞄准。

飞碟被击中的镜头。

枪响。

飞碟再度被击中。

郭小鹏一往情深地看着汪静雯射击时的潇洒动作。

汪静雯收枪回到座位上。

郭小鹏:"看样子,我是比不过你了。"他递给汪静雯一杯饮料:"现在只有祈祷不要成为你的靶子了。"

汪静雯:"这也容易:别乱飞就是了。"

郭小鹏信手将一飞碟扔了出去:"这碟一出手,就受到气流、介质密度等诸多因素的影响,身不由己啦!它粉身碎骨,还是安全着陆,就完全看射手的枪法啦!"

汪静雯把遮阳帽拉底,挡住秋日艳阳。

郭小鹏:"刘眉的事情你听说了?"

汪静雯点头。

郭小鹏:"有什么想法?"

汪静雯:"这不属于公司事务,没有想过。"

郭小鹏笑道:"绝对不可能!"

汪静雯也笑了。

郭小鹏:"刘眉和我本人及公司的关系深厚,我必须救她出来。"

汪静雯："救是应该救,但恐怕很困难。"

郭小鹏："我还是有把握的。"

汪静雯："案子一到法院,即使有通天的渠道,也顶多在最高刑期和最低刑期之间作些文章。出来恐怕不容易。"

郭小鹏："要是不通过关系解决呢？"

汪静雯："除非劫狱。"

郭小鹏："你看我像那么傻的人吗？"

汪静雯眉毛一动："似乎不可能有别的途径。"

郭小鹏很自信地说："有足够的智力、足够的金钱、足够的时间,任何问题都可以解决。"

汪静雯没说话。

郭小鹏："你好像对我的计划缺乏好奇心？"

汪静雯虽然很想知道,但她明白此刻是问不出来的。因此说："有些事情我还是不知道的好。"

郭小鹏："方案还在酝酿中,完全定了再告诉你。"他起身："咱们再比一场？"

汪静雯："再比你还是输。"

三 看守所。日。内。

贾斯冬走到杨春的牢房前,命令被杨春吐了一口浓痰的警察开门。

警察："提审？"

贾斯冬不理睬他。命令杨春："跟我来。"

杨春莫名其妙地跟在贾斯冬后面,穿越院子,进入另一警戒区,沿走廊上楼。

贾斯冬在三楼一号房前停步,命令当班的警察："开门。"

杨春进入后,铁门"咣当"一声关闭。

这是一间单人牢房。杨春初进入,如刚关进笼子的豹子一样,来回走动、张望。

最后,他发现了囚禁刘眉的牢房:此牢房在一楼,与他所在的牢房的铁门正好相对,空中距离不足九米。

杨春不禁脱口说道:"神了!"

他发现了刘眉的背影。于是拼命地将脸贴在铁栅门上,凝视着。

刘眉终于缓慢地转过身来。她脚镣、手铐一应俱全。面色浮肿、铁青,头发枯黄。

她步履蹒跚地在小小的囚室中移动。

杨春肝肠寸断、表情痛苦、泪水磅礴,嘴唇在抖动。

四 海州药业集团公司总部。郭小鹏办公室。日。内。

韩李法进入,将一个纸文件夹递给郭小鹏:"今天上午庭审基本结束了。这是全部卷宗。"

郭小鹏边打开文件夹边问:"作为一个专业人士,你估计她会被判什么刑?"

韩李法:"死刑。"

郭小鹏:"有没有缓期的可能?"

韩李法:"她有三条人命,自己又供认不讳。外加上金市长'从重从快'的批示,估计可能不大。"

郭小鹏:"能不能找些上诉的素材?"

韩李法:"素材倒是有一些,但分量不足。"

郭小鹏:"能争取到一些时间就好。"

韩李法起身:"我尽量吧。"

汪静雯进。

郭小鹏:"药的情况怎么样了?"

汪静雯:"已经完成一多半了。"

郭小鹏:"包装问题呢?"

汪静雯:"也已经解决。"

郭小鹏:"这些日子,我一直忙别的事,药厂就全拜托你了。"

汪静雯:"一家人不说两家话。"

郭小鹏指指卷宗说:"刘眉大概要被判死刑了。"

汪静雯很有分寸地问:"没有办法啦?"

郭小鹏:"即使被宣判死刑,和真正执行死刑之间,还有很长一段路。这期间什么都可能发生。"

汪静雯:"G 先生那边情况如何?"

郭小鹏:"定金已到位。"

汪静雯:"那我走了。"

郭小鹏心不在焉地点头后,觉得不对,马上补充道:"你能陪我吃顿饭吗?"

汪静雯:"我有个应酬。"

郭小鹏用哀求的口吻说:"难道就不能推推?"

汪静雯犹豫一下后,有些勉强地说:"好吧。"

五 看守所。夜。内。

杨春从一个纸盒子里取出十余支一次性注射器,和与之配套的带有温度计的纸杯,然后拎起塑料暖壶,将开水倒进杯中,轻轻摇晃,两眼一眨不眨地看着温度计。

刘眉睁着茫然无神的眼睛,呆呆地盯着网状顶棚。

杨春用棉纱将注射器包裹好,从上衣兜里取出一张纸,包在棉纱外,瞄准刘眉的牢房扔出。

刘眉望着从网状顶棚掉下的纸团,连忙拾起。

她展开纸团,阅读。

杨春趴在铁栅门上,全神贯注地注视着刘眉的举动。

六 东海饭店临海厅。夜。内。

这是一间临海的餐厅。

秋风萧瑟,涛声隐隐,月如钩。

桌子上是简单而精致的酒菜。

郭小鹏:"我今天只叫了些凉菜,但要了瓶好酒。"他拿起酒:"人头马路易十三干邑白兰地。"

汪静雯:"以前我们戴主席请港督之类的人吃饭,也顶多上轩尼诗 XO。"

郭小鹏:"你难道不觉得自己比港督重要吗？"

汪静雯只好用笑来应答。为了摆脱尴尬,她吃了一筷子后说:"这凉菜并不凉啊？"

郭小鹏:"凉菜之所以叫凉菜,是说它在凉了还能吃。我的一个朋友,在北京开了家中式快餐馆,信誓旦旦地要和洋快餐竞争。但在做可行性研究时,我就断定他要失败。"

汪静雯笑着说:"你是洋务派嘛。"

郭小鹏不理睬她的调侃,叙述道:"关键在于洋快餐热能吃,凉也能吃,并且能站着吃。左手拿筒可乐,右手拿个汉堡,靠在汽车边上就吃了。可你无法想象一个人左手包子,右手粥,靠在什么地方吃。"

汪静雯:"董事长看问题总是入木三分。"

郭小鹏:"汪总夸奖了。"

汪静雯看着窗外面的美景说:"现在我似乎算是你的核心人物之一了吧？"

郭小鹏:"当然。"

汪静雯:"那我想问个问题。"

郭小鹏:"随便问。"

汪静雯斟字酌句地说:"以你的智商、学养、资历、资金,完全可以从事一些获利依旧丰厚,但并不危险的行业。为什么……"

郭小鹏打断道："这是一个很深、很大的问题。但很深、很大的问题,不一定有很深、很大的理由。有些时候,一点点原因,便使人的一生发生根本改变。"

汪静雯："能说说你这'一点'吗？"

郭小鹏："目前尚无可奉告。"

汪静雯不高兴地说："你包裹也太严了！"

郭小鹏："凡有硬壳的动物,比方乌龟、比方蜗牛、比方河蚌,都是攻击力不强、行动速度慢的动物。"他举杯："我生活在一个畸形的环境中,如果包裹不严,根本不会有今天。"

汪静雯默默。

郭小鹏："这样做的后果就是孤独。"他自嘲道："你大概从来没有见过一群乌龟或一群蜗牛在一起嬉戏、玩耍吧？"

汪静雯摇头。

郭小鹏："所以注定我是个孤独的人。但你来了以后,情况发生了变化。"他顿了顿："你美丽、大方、智慧,而且经受住血与火的考验。"他伸出手,放在汪静雯的肩膀上："从今以后,你我大概要相依为命了。"

汪静雯抖动了一下肩膀。

郭小鹏大概也察觉出汪静雯的不配合,慢慢地把手收了回来："你喜欢诗歌吗？"

汪静雯非常高兴摆脱了尴尬局面,马上说："喜欢。"

郭小鹏："既然不能相依为命,你我起码应该是'杖藜扶我过桥东'。"

汪静雯不解地看着郭小鹏。

郭小鹏："就是你靠拐杖才能行动,拐杖也靠你方能直立。"

汪静雯："我真笨。诗句一解释,味道就没了。"

郭小鹏："大概用不了多长时间,你我就该对着加勒比海的明月饮酒了。"

汪静雯："真的要走？"

郭小鹏："你以为还能在海州待下去？"

汪静雯："那伯母呢？"

郭小鹏："我自有安排。"他举杯向汪静雯："中学时,我读李煜的词,每每读到'最是仓皇辞庙日,教坊犹奏别离歌,垂泪对宫娥'。"他把酒一饮而尽："幸亏是你和我一起走,否则我真的支持不住。"

汪静雯嘴唇动了好几动,大概是想说劝诫的话。可终究没能出口。

七 厦门。槟榔东里住宅楼。日。内。

陈然的住宅里相当凌乱。

太阳已经升起很高了,他还在睡觉。

电话响。

他用被子捂住脑袋,不接。

等电话声停,他才起床。

起床之后的第一件事,就是把电脑打开。

电脑的屏幕中掠过一系列的年轻女子图像。

八 看守所。夜。内。

一警察在前,贾斯冬在后,经过死囚牢房。

刘眉抬头看上面。

警察经过。

贾斯冬站在角落里。

杨春投掷出一白色团状物。

团状物在在刘眉的牢房网状顶上滚动。

贾斯冬上前。

刘眉、杨春极度紧张。

贾斯冬用脚踢了一下团状物。

被卡住的团状物掉进刘眉的牢房。

九　舰桥半岛郭小鹏住宅。早晨。内。

　　一身便衣的贾斯冬,拦住要上车的郭小鹏:"有件事要对董事长说。"

　　郭小鹏怔了一下,方才认出贾斯冬。淡淡地说:"里面说。"

　　段海疑惑地看着贾斯冬。

　　落座后,郭小鹏问贾斯冬:"夫人的身体可好?"

　　贾斯冬:"换肾已经有二十天了。毕博士相当尽心。"

　　郭小鹏:"没出现排异反应吧?"

　　贾斯冬:"'坎帕斯'药非常管用。一点排异迹象也没有。"

　　郭小鹏故作谦虚:"是夫人的身体底子好。"

　　贾斯冬:"还是药好。和我太太一起手术的市委办公室的刘主任,已出现了严重的排异反应。这药大概值很多钱吧?"

　　郭小鹏:"我说过,钱的问题我来解决。"他看了一下手表。

　　贾斯冬虽然很难开口,但又不得不说:"林总当初交代给我的任务,仅仅是给杨春换个合适的牢房。"

　　郭小鹏不置可否。

　　贾斯冬:"我马上就照办了。"

　　郭小鹏:"那就好。"

　　贾斯冬:"可杨春向刘眉的牢房投掷物品。"

　　郭小鹏轻描淡写地说:"是情书吧?他们是热恋中的情人。"

　　贾斯冬:"按说情书也不行。更何况杨春投掷的不是情书。"

　　郭小鹏:"那是什么?"

　　贾斯冬:"是一件硬的东西。我怕人发现,赶紧踢了下去。"

　　郭小鹏:"这就好。"

　　贾斯冬:"当初的协定中,根本没有这一项。"

郭小鹏:"具体情况,我不清楚。但你要明白,事情总是在变化中的。比方你太太现在没有发生排异反应,可不再使用'坎帕斯',会不会仍然一切正常呢?这是谁也不能保证的。"

贾斯冬喉结动了一下:"但这样做,要冒很大的风险。"

郭小鹏:"高风险永远伴随着高收益。"

贾斯冬无言以对,好久才说:"事情反正已经这样了。您通知他们注意点。"

郭小鹏:"我可以转达。另外,你和杨春拟定一个时间表,这样就可以保证安全,提高效率。"

贾斯冬:"那我走了?"

郭小鹏:"有困难,尽管对林经理说。"

贾斯冬没有回答,步履沉重地出了门。

段海一直注视着贾斯冬骑自行车的背影,一直到他在拐弯处消失。

十 市公安局局长室。日。内。

张啸华:"刘石局长要来海州视察并协调郭小鹏案。"

强民不明就里:"小小的郭小鹏,手上的筷子,碗里的肉,说夹就夹,还用惊动中央的大官。"

张啸华:"强队长呀、强队长,我说你什么时候能把眼光放得远一些,眼界放得宽一些?"

强民:"天生公鸭嗓子,再努力也成不了刘欢。"

张啸华:"在你我这个局部看,郭小鹏不过是个孤立的毒品案。可实际上,这是一个全国,乃至世界范围的大案。"

强民:"您越说越邪乎了。"

张啸华:"我一点都不是危言耸听。"他走到地图前,用一根教鞭指点着地图说:"咱们从刘眉到铁孜,事情就算完了。可你不想想,铁孜从什么地方搞来这么许多麻黄素?通过铁孜,国际刑警联合行动,捣毁了位于乌兹别克斯坦、吉尔吉斯斯坦、哈萨克斯坦的若干个毒品原料点。至于通往咱们国家的毒品原材料运输渠道、国内的粗加工点,更是粉身碎骨。据保守的估计,三五年内,无法恢复。"

强民:"没想到,还联着这么多的斯坦。"

张啸华:"这是来料方面。至于销售方面,部里试图通过这个案子,抓住G先生。"

李新建也显然是第一次听说:"G先生?"

张啸华:"G是继坤沙之后崛起的新一代毒枭。他比他的前辈要现代得多。在贩毒方面广泛地利用因特网之类的现代手段,并开辟了新的毒品通道。"

李新建:"新通道?"

张啸华:"在七十年代,毒品贩子是通过湄公河,从金三角经缅甸、老挝、柬埔寨而南下出海到欧美。后来越南、柬埔寨把美国人赶走后,这路不通了。他们就改走泰国、香港、阿姆斯特丹,然后到欧美。但在联合国的压力下,缅甸、泰国加大了打击的力度。使得走这路的成本太大。于是,G先生开辟了从云南到香港的'黄金通道'。"

李新建:"这好像是最短的路。"

张啸华:"不光短,而且中缅的边境线长达两千公里,分布着一千多个村庄,村民们许多世纪以来,都互相通婚、贸易,有些更是一村两制,给毒贩们提供了大量的可乘之机。同时,以G为代表的毒贩,也看中了中国这个有十二亿人的大市场。"

李新建:"抓住了G,就等于抓住了纲。纲举目张。而这纲的中段,就在咱们手里。"

张啸华赏识地看着李新建:"这下该明白为什么要动用鲁晓飞同志来卧底了吧?"

强民:"鲁晓飞?哪个单位的?"

李新建拍拍强民的肩膀说:"咱们单位的!"

张啸华:"刘石同志大约在十天之后到,你们快去准备准备。"

强民嘟囔道:"临阵磨枪,不快也光。"

张啸华:"你说什么?"

强民:"什么也没说。"

张啸华:"杜甫有诗'南村群童欺我老无力'啊!"

强民赶紧说:"除了李新建,谁都不认为您老。"

李新建给强民一拳。

十一 海州郊外森林。日。外。

郭小鹏和林小亮扛着猎枪,踏着厚厚的落叶,在森林里行走。

从着装上看,起码是深秋。

郭小鹏:"刘眉的身体有变化没有?"

林小亮:"虽说杨春劲没少费,但一点动静也没有。"

郭小鹏:"那也只有等了。"一只山鸡飞出。他举枪一瞄,可没来得及开枪:"你和贾斯冬探讨过劫狱的可行性吗?"

林小亮:"贾斯冬说一点可能也没有。强行劫狱,咱们的兵力、火力都不够。悄悄把刘眉带出来,不可能。他说看守所的制度太严格。"

两人继续前行。

林小亮:"G先生那边也没动静?"

郭小鹏摇头。

林小亮:"原来和催命似的,现在一点急也不着了。那些东西最迟这个礼拜就能完工,放在那就像一堆原子弹。"

郭小鹏不回答林小亮的问题,指指从林中一小湖中掠过的一只白色的鸟:"你看它,像不像是从辛弃疾词里面飞出来的?"

林小亮根本就不知道郭小鹏说的是什么,呆呆地看着他。

十二 看守所。女死囚室。日。内。

刘眉扶着墙,一阵干呕。她竭力平定喘息后,面露喜色。

一位女中年看守打开门,将午餐送进。

刘眉直起腰,满脸堆笑地对看守说:"请你通知你们领导,我要见我的律师。"

看守:"见律师干什么?"

刘眉:"我有非常重要的情况交代。"

看守:"好吧。"

十三 看守所。律师会见室。日。内。

刘眉戴着脚镣、手铐进入。

韩李法起立,请刘眉坐。

刘眉轻轻坐下。

韩李法小心地问:"刘总找我,有什么事?"

刘眉严肃地说:"请你立即通知法院,我已经怀孕。"

韩李法立刻变得目瞪口呆:"这不可能。刘总不是开玩笑吧?"

刘眉一反平素的文雅,恶毒地说:"韩李法,你给海州药业当律师,也不是一年两年了。应该知道我的性格:我什么时候开过玩笑?"

韩李法耐心地说:"你我都知道,怀孕的妇女是不能被判死刑的。但这是没法装的,一做鉴定就真相大白。"

刘眉:"我要的就是给我做医学鉴定。"说完,她站起来:"请你马上通知有关部门。"

韩李法呆呆地看着刘眉走出会见室。

十四 市公安局局长室。日。内。

张啸华惊讶地瞪着李新建和强民:"这怎么可能?"

强民一如平常:"我看这是她的垂死挣扎。"

李新建却忧心忡忡:"据监狱的同志说,刘眉的头脑冷静、言语清晰,不像是无理取闹的样子。"

张啸华皱了一下眉头说:"难怪郭小鹏胸有成竹地说:刘眉死不了。"他敲击了一下桌子:"这件事必须重视起来。"

李新建:"我先和她一起去公安医院做鉴定。"

张啸华:"等鉴定的结果出来了再说。"

十五　市公安医院。日。内。

李新建、强民走进妇产科主任医师的办公室。

主任医师将刘眉的体检报告递给李新建:"她已经妊娠一个月了。"

强民:"不会弄错吧?"

主任医师:"绝对不会。错了我负法律责任。"

李新建、强民不禁呆住。

十六　看守所。所长室。日。内。

丁志在办公室里,背着手来回转圈,脸上是慌乱和迷茫。

宋指导员和贾斯冬坐在桌子旁。

丁志:"真是活见鬼了。在死囚牢房里凭空就怀上孕!你们说,会不会是咱们的人,被刘眉的色相勾引,上了当?"

宋指导员:"按说不会。在电厂工作的人,谁会无端去摸高压线?"

贾斯冬:"再说,孩子生下来,一做亲子鉴定,立刻就能断定谁是他的父亲。"说到这,他想起了杨春扔的东西,情绪立刻低落,不再说话。

丁志:"这刘眉又不是植物,能通过风授粉。"

宋指导员:"别说刘眉没被判死刑,就是被判了,按照最高法院的司法解释,在发现女死刑犯业已怀孕之时起,死刑便顺延为无期徒刑。咱们要是查不出刘眉的受孕原因,就会有大麻烦。"

丁志取下警帽,捋着已经很稀少的头发:"女死囚在羁押期间怀孕,几乎等同于越狱。闹不好,我可能会被检察院问个渎职罪。"

宋指导员、贾斯冬都不敢再插嘴。

丁志:"我一辈子兢兢业业,没想到老了老了,栽在刘眉手里。"

宋指导员:"老丁,你放心,有处分咱们两一起顶着。"

丁志:"怕光是处分解决不了问题。"

说话间,张啸华、李新建、强民进入。

众人起立。

丁志:"张局长。"

张啸华不理睬他:"正好你们负责人都在,咱们开个会。"

众人坐下。

张啸华目光炯炯地盯住丁志:"老丁,你先说吧。"

丁志:"我觉得这是一起突发事件。"

张啸华:"突发事件?这怀孕可不是一天、两天能办到的。"

丁志:"我们也反复检查过了。我不是在推卸责任,但我们的制度还是相当完善的,死囚在羁押期间,绝无可能接受外来的一针一线。"

张啸华:"那其他呢?"

丁志:"刘眉没有会见过除律师外的任何人。提审都有详细的记录,记录中有准确的时间、地点和参加人员的姓名。"

贾斯冬:"张局长,怀孕的必要条件,是男女之间的性行为。我们看守所森严壁垒,一点可能都没有。"

张啸华:"现在已经发生了,还说没可能!马上封存刘眉看押期间所有的档案,没有我的批准,任何人都不得接触。还有,凡是能直接接触刘眉的看守员,立刻停职,等候全面调查。"

十七　汽车上。夜。内。

张啸华用手机命令对方:"通知海燕,尽力侦察刘眉怀孕原因。"

十八 舰桥半岛郭小鹏住宅。日。内。

郭小鹏:"G先生那边来消息了:十天之内来取货。"

汪静雯:"付款方式有没有变化?"

郭小鹏:"基本没有。"

汪静雯:"听说刘眉怀孕了?"

郭小鹏面带喜色,点点头。

汪静雯:"这怎么可能呢?"

郭小鹏把手中的书扔到茶几上:"我正在读《唐史》,这上面说,杨国忠出使多年,回来时,其妻身怀六甲。杨的解释是:夫妻情深所致。"

十九 看守所三楼牢房。夜。内。

张啸华、李新建、强民走过杨春的牢房。

杨春在里面蒙头大睡。

众人站住。

李新建目测此处到刘眉牢房的距离:"看倒是看得着,但绝对接触不上。"

张啸华也过去张望。

二十 看守所。审讯室。夜。内。

李新建和强民坐在一排。

杨春坐在对面。

李新建:"刘眉怀孕了,你知道吗?"

杨春:"我怎么会知道?你们从来不向我通风报信。"

李新建:"你现在交代,还为时不晚。"

杨春:"我要是把我知道的都交代出来,你们就会判我死刑。而我是个男的,没办法怀孕,于是就死定了。所以我肯定不说。"

强民一拍桌子,站了起来。

杨春挑衅地看着他。

二十一　看守所。大号房。日。内。

刘眉的头发整齐、面色红润地坐在大号房的床上。床上有若干食品。

女囚甲艳羡地看着刘眉:"你到底是当什么总的,外面总有人惦记你。"

刘眉很高兴地对女囚们说:"大伙都来吃。大伙都来吃。"

等众人各自的一份都拿到手后,女囚甲不无恶毒地说:"他们能给你捎进东西来,可这精子是怎么捎进来的?"

刘眉不高兴地瞪了女囚甲一眼,扭过身去。

女囚甲:"你总不能自产自销吧?"

众人哄笑。

刘眉走到牢房门口,大声喊叫:"看守!看守!"

二十二　市公安局。局长室。日。内。

丁志激动地进入:"张局长,刘眉愿意讲出实情了。"

张啸华有些不相信:"她没有附带条件?"

丁志:"她提出,必须有你和检察院的人、律师在场,才能讲。"

张啸华:"走。"

第十八集

一 看守所审讯室。日。内。

　　张啸华坐在审讯台的中央,一侧是检察官,另一侧是韩李法律师,还有一女警担任记录。

　　张啸华转动着手中的铅笔,盯着刘眉说:"你的要求都满足了,说吧。"

　　刘眉:"我说的这个人,你们肯定不相信。"

　　张啸华皱眉,似有不祥之兆:"你还没有说,怎么就知道我们不相信?"

　　刘眉:"官官相护呗!"

　　张啸华:"我要提醒你:你要对所说的每一句话负责。如果诬陷好人,就是罪上加罪。"

　　刘眉向检察官说:"我刚张嘴,张局长就吓唬我。"然后她又转向张啸华:"罪上加罪怎么啦?顶多是个死。"

　　检察官板着脸说:"我代表法律向你保证,只要说的是实情,你就可以得到保护。"

　　刘眉把头一扬:"李新建。"

　　检察官和韩李法都一怔。

　　张啸华微微冷笑。

二 看守所会议室。日。内。

检察官对张啸华说:"根据法律,刘眉的律师应她的要求,提出让李新建回避。"

　　张啸华:"这肯定是诬陷,我非常了解李新建。"

　　检察官:"我从感情、直觉、逻辑分析上,都认为不是李新建副支队长。可您知道,法律不相信感情之类的东西,它只相信证据。您能拿出证据,推翻刘眉的证言吗?"

　　张啸华双手一摊。

　　检察官:"那么只好请李副支队长回避了。"

三　刑警支队李新建办公室。日。内。

　　李新建和强民相对而坐,在侃大山:"法律真是奥妙无穷、变幻莫测。有一回,牛津大学考试的时间长了,一个学生就要求老师提供食品。因为十九世纪的牛津校规明文规定,应该这样做。"

　　强民:"学校的规定,又不是法律。"

　　李新建:"牛津的校规,和美国的宪法一样,是不能更改的。老师只好掏十个英镑照办。"

　　强民:"那以后谁还敢当老师?"

　　李新建:"你别老打岔行不行?"

　　强民抽烟。

　　李新建自鸣得意地继续说:"第二天,老师就罚了学生二十英镑,理由是该学生没有按照校规佩剑、穿长袍。"接着他做结论道:"既然玩的是同一种游戏,就应该遵守同一种规则。"

　　张啸华进入。

　　两人起立。

　　张啸华格外和蔼地说:"两位快请坐。"并贡献出一包香烟。

　　李新建:"抽张局长一支烟,比登天还难。而且抽完之后,一准没好事。"

张啸华：":刘眉供出了……"他一时语塞："使她怀孕的人。"

李新建似有预感："谁？"

张啸华沉重地说："是你。"

李新建："我？！"

张啸华点头。

李新建气得已经说不出话来。

强民："这绝对不可能。"

张啸华不耐烦地说："我知道。"

李新建片刻就平静下来："这事一做 DNA 鉴定，就会真相大白。问题的关键是检察院有可能让我回避。"

张啸华很赞赏李新建临危不乱的风度："我不得不暂时把你调离此案。"

李新建："我有一个变通的办法：你停我的职，让强民负责，我在他的手下当兵就是了。"

张啸华："好。就这样。"说罢出去。

强民："他妈的郭小鹏在调虎离山。咱们再去和张局说说。"

李新建："不用了。刚才我不是还和你说，应该遵守同一个游戏规则吗？不能规着咱们了，就不执行。"

强民："破这大案子，离不开你。"

李新建："任何事情离了任何人都行。"

强民："话是这么说。"

李新建："再说，还有很多的变通的办法。"

强民："你说。"

李新建："我成了你的兵，管辖权就不在张局那，还不是由你说了算。"

四 舰桥半岛郭小鹏住宅。夜。内。

郭小鹏和林小亮在下围棋。

林小亮走子犹豫，郭小鹏落子如飞。

最后，林小亮把棋子一扔，说："我下不过你。心也不在这上面。"

郭小鹏从棋盘上拣起被摔碎的棋子，心疼地说："这可是清朝的云子，当时就值一两银子一个。"

林小亮："咱们这买卖，怎么就和一局臭棋一样，越走漏洞越多。"

郭小鹏："首届中日围棋擂台赛时，小林光一九段把聂卫平之前的六位选手都给宰了。可聂棋圣还是把他和另外两个九段给干了。第二届更玄：聂棋圣面前剩下五个。以与每人对局有百分之五十的胜率计算，自乘五次，也就是百分之三多一点。可棋圣说：棋是一盘一盘下的，百分比不说明问题。结果他还是赢了。"他小心翼翼地把棋子收入棋盒："棋如人生，人生如棋，一关一关地过就是了，别想这想那的。"

林小亮有些不耐烦："您总爱说玄的。"

郭小鹏："就在这一两天，执行计划的第三步。"他略一顿："顺便的话，把杨春弄出来。"

林小亮："弄他干什么？"

郭小鹏："一只羊是赶，两只羊也是赶。再说，我拿他们还有用。"

林小亮起身："那就这样？"

郭小鹏："你别走，送我一趟上海。"

林小亮："你去上海干什么？"

郭小鹏没有回答。

五　上海机场。国际候机楼。日。内。

字幕：上海机场。

扩音器广播：去香港的旅客请注意，您乘坐的航班，马上就要起飞了。

郭小鹏进入安检口，递上机票和护照。

安检员对照之后，微笑地对郭小鹏说："请您进来一下。"

郭小鹏下意识地往两边看了一下。

没有警察的身影。

六　上海机场。公安分局。日。内。

一位仪表堂堂的警官，客气地对郭小鹏说："目前您不能离开中国本土。"

郭小鹏："为什么？"

警官："我们只接到执行的命令。"

郭小鹏："那我可以走了吗？"

警官向门口做了一个"请"的手势。

七　上海某五星级宾馆。夜。内。

郭小鹏在接听电话。

韩李法："有关人士透露，不允许您去香港，纯粹是经济原因。"

郭小鹏惊诧地问："经济原因？"

韩李法："最近，银行方面为了保证所谓的'金融安全'，内定了一份名单。你正好在名单上。"

郭小鹏显然放心多了："什么人有资格上这黑名单？"

韩李法不很肯定地回答："大概是在银行贷款额度超过一两个亿的人吧？"

郭小鹏调侃道："美金？"

韩李法："人民币。"他顿了顿："不过您别紧张，牟其中不也被拒绝过出境吗？"

郭小鹏的心情突然变坏："请问韩硕士，这有可比性吗？"

韩李法也知道自己说的话不对，正要道歉，郭小鹏已经放下电话。

八　看守所。夜。内。

李新建、强民在杨春和刘眉之间的走廊上来回走着。

皮鞋声在夜里显得格外寂静。

强民显得是走累了,斜靠在栏杆上说:"您要是肚子里没货,就是把皮鞋遛穿,也想不出什么来。又不是演电影!"

李新建:"人要怀孕,必须有性行为,对不对?"

强民:"您这不是废话吗?"但他转念一想,又说:"人工授精就不是这样。"

李新建被触动:"人工授精用的是试管。试管?试管?"他突然重重地拍了强民的肩膀一下:"杨春只要解决试管运输问题,刘眉就怀上孕了!"

强民糊涂了。

李新建目测杨春和刘眉牢房之间的距离。

强民也跟着目测。

李新建:"完全能够办到!"

强民也明白了。

李新建:"走,咱们查查,看是谁把杨春弄到这间牢房来的。"

九　看守所办公室。夜。内。

李新建和强民在翻阅记录簿。

强民首先发现:"杨春进来时住二〇八号。"

李新建也查到了记录:"是贾斯冬批准他换到目前这间来的。"

十　海州某歌厅。夜。内。

林小亮把汪静雯的照片递给打手甲:"把她给我打得一个月起不来的程度。"他扔出一沓钞票:"这是一半。"

打手甲:"这姑娘挺俊的。"说罢欲拿钱。

打手乙制止住他,端详着照片问:"她不是大人物或警察吧?"

林小亮:"这有关系吗?"

打手乙:"如果她是这两样中的一样,这点钱是不够的。"

林小亮:"都不是。"

打手乙:"那你为什么要收拾她?"

林小亮:"我的一个朋友从监狱里带出话来,让把她干掉。我怕惊动警方,坏了大事,就改成现在这样了。"

打手乙思索:"打得起不来?你什么目的?"

林小亮:"怕她碍事。"说到这,他突然打住:"你们干还是不干?要是不干,有的是人干。"

打手甲赶紧把钱拿起:"干。干。我们干。"

打手乙:"我们又不认识你,干完了你不给钱怎么办?"

林小亮一不做,二不休,又扔出一沓钱:"反正你们要是拿钱不干活,我再花钱收拾你们就是了。"

十一 市公安局局长室。日。内。

李新建:"贾斯冬已经交代了一切。不过,我建议先放他在外面,免得影响大局。"

张啸华:"同意李副支队长的意见。"他喝了一口水又说:"我宣布:从现在起,恢复你的职务、职权。"

李新建敬礼。

强民:"我的瘾还没过够呢!"

三人笑。

十二 厦门某宾馆。日。内。

这是一个普通的标准间。

从窗户上可以看到陈然居住的槟榔东里住宅楼。

郭小鹏手持望远镜,一直在观察。

终于察看到在阳台上做操的陈然。

他微微一笑。放下望远镜，拿起电话："请订一张今天上午去海州的机票。"

十三　海州国际机场。日。外。

　　刘石和两名随员从机场走出。

　　张啸华率李新建等迎上前去。

　　张啸华敬礼。

十四　红旗轿车上。日。内。

　　张啸华："首长的日程怎么安排？"

　　刘石："今天能不能见见金市长？"

　　张啸华："我马上安排。"

十五　海州药业集团公司总部。郭小鹏办公室。日。内。

　　汪静雯："董事长这两天跑到什么地方去了？"

　　郭小鹏："出去了一趟。"

　　汪静雯："你说话总是一点信息也没有。"

　　郭小鹏笑道："说话越原则，就越容易正确。比方我说：明天要下雨，那它就绝对正确。这么大个地球，总有个下雨的地方。但我如果说：海州明天要下雨，那出错的可能就大多了。虽然后者包含着有用的信息。"

　　汪静雯："你把普通事物上升为理论的能力，真的让我佩服。"

　　郭小鹏："现在我透露一些有用的信息给你：你知道刘眉是如何凭空怀孕的吗？"

　　汪静雯摇头。

　　郭小鹏："杨春把精液放到一个保温容器中，然后扔到刘眉的牢房当中，她再把它注入体内。周而复始，她就怀上孕了。"

　　这个情况，汪静雯虽然已经掌握，但仍做出惊讶状，称赞道："天才的构想。"

郭小鹏得意地说："下一步，我还要弄出他们来。然后我再违犯通常的逻辑，不远走高飞，就近把他们藏起来。"

十六 海州市市长办公室。日。内。

金市长、刘石坐在居中的大沙发上。唯一的作陪者张啸华坐在旁边的单人沙发上。

刘石："海州毒品案，历时几乎一年，波及若干个省份、国家，现在快到了收网的时候了。在此过程中，得到海州市委、市政府的大力协助，我代表公安部领导，向你们表示感谢。"

金滨的毛主席语录脱口而出："'我们都是来自五湖四海，为了一个共同的革命目标，走到一起来了。'一家人不说两家话。所有已经做的，都是我们该做的。"

刘石："我们充分认识到，公安部门的根本任务，就是维护社会安定。不知道郭小鹏被捕后，对海州药业会不会产生致命的影响？"

金滨："海州药业的总资产大约有二十亿人民币。其中固定部分不要紧，关键是三四个亿的可流动部分。"

刘石："我们已经通过国际刑警组织，控制住已经流到海外的部分。"

金滨："听了这话，我算是松了一口气。"他伸出手比划道："三百五十万人要吃饭、住宿、穿衣，我这个家可真的不好当啊！要是你们光想自己破案，把个海州药业弄垮了，可真的是要我的好看。"

刘石："我们和张啸华同志构思侦破方案时，已经充分考虑到这一点了。"

十七 海州大厦高级商务套房。夜。内。

身穿便衣的李新建说："我费多大的劲儿，才申请来这顿饭！"他坐到西餐桌旁，舒适地伸开双腿。

汪静雯："我又不欠你。"

李新建:"可你还请郭小鹏在这里吃过呢!"

汪静雯:"那是工作!"

李新建带有讨好的意味说:"我先去洗一下手,然后我来做菜。"

李新建进洗手间。

门铃响。

汪静雯去开门。

来客共两位,一高一矮,年纪均在二十五到三十之间。

汪静雯:"你们有什么事?"

打手甲:"煤气公司检查管道。"

汪静雯随手打开门,领着他们往厨房走。

走在后面的打手乙把门"咔嗒"一声关闭。

这套商务套房的厨房比较狭窄,外加一个吊装橱柜,高个就得低头走路。汪静雯提醒打手甲道:"你们小心点。"

她话音未落,便觉被强力高速拥入。随后,后脑上就挨了重重一击。

但因吊柜作用,打击者橡皮棒举得不够高,致使力度不够。而正是这"一点"之差,使汪静雯有了回旋余地,她抓起炒勺奋力给高个子兜头一击。

在高个子伸手拦阻的同时,照着他的生殖器便是一脚。

非常可惜的是,高个一拧身,把腿当成受力部位。

"靠边!"打手乙喊道。

可他话音刚落,自己却倒了下去。

接着,李新建从后面卡着了打手甲的脖子。其臂力之大,使得他的眼睛都突了出来。

汪静雯的第二脚,正中第一脚的目的地。

李新建看着瘫倒在地上的两个人,活动着手腕。

汪静雯感激地说:"从他们进屋到发生这件事,顶多不过十来秒,你是怎么反应过来的。"

李新建:"你喜欢逻辑分析,而我是凭感觉。听见门铃响,我怕是郭小鹏之流来了,就没出来。隔着门缝一看,我的感觉就不好:第一,他们穿得太干净,不像工人;第二,他们没带工具。"

汪静雯赶紧自责:"我实在是太大意了。"

李新建得意地继续分析:"我听这门'咔嗒'一响,立刻觉得不妙:哪有查煤气的人,替人家关门的呢?于是我就冲了过来。"

汪静雯:"幸亏你来得快,否则倒在这的也许是我。"

李新建踢了打手乙一脚:"他们应该派一些干练歹徒来,这些草包,不够收拾的。"然后他说:"我去打电话叫几个弟兄过来,把他们弄走,好腾出地方做饭。"

十八 海州药业集团公司制药厂。日。内。

林小亮见到汪静雯出现,不禁一愣。

郭小鹏、汪静雯、段海、林小亮四个人进入电梯。

电梯迅速下降。

郭小鹏:"我从小就喜欢地下建筑。把他爹的院子都快挖空了。"他指指林小亮。

林小亮:"有一次,二哥楞在地道中弄了一个陷阱,差一点把林小强给弄死。"

郭小鹏笑着说:"他家老爷子发怒时,不等我承认,小亮兄弟先认下了。结果挨了一顿好打。"

林小亮:"你要是认了,恐怕就不是打的问题了。"

电梯门开。

四人出。

下楼梯到一大铁门跟前。

郭小鹏按动复杂的数字钮。

汪静雯:"这与我在德国参观希特勒的鹰巢的感觉差不多。"

林小亮:"你要是都看了,兴许比那还复杂。"

郭小鹏:"这是瞎说:我掌握的财力、物力,怎么能和希特勒比?"

门无声地打开。

一个灯火通明、各种设备都有的大房间。

郭小鹏指着墙角的一堆纸箱说:"明天,咱们将把这些货运走。"

林小亮对段海说:"把这些箱子全装满百元大钞,也没他们值钱。"

十九　舰桥半岛郭小鹏住宅。夜。内。

郭宅显得很冷清,并且有些凌乱。

郭小鹏独自坐在大沙发中央思考。

他起身进入地下室,从电脑中拷贝磁盘。

拷贝完结后,他将电脑中所有的存储删除。

二十　市公安局。会议室。夜。内。

刘石和张啸华并排坐在长方形会议桌的首端。李新建、强民等分坐两旁。

张啸华:"有情报说,郭小鹏和境外毒枭,准备在明天二十四点交接毒品。李新建副支队长据此拟定了一个行动计划,我和部领导,都认为这个计划是可行的。但有两点要注意:一是在控制芦潮港口时,不能有丝毫的暴露。二是要准备足够多的快速巡逻艇,防止毒枭溜掉。"他转向刘石:"请部领导做指示。"

刘石:"我们对此次行动,付出了很多心血。尤其是我们在隐蔽战线上的同志,承担着更大的压力。在最后的战役打响之前,我还要向同志们敲敲警钟:我们要慎之又慎,不能有一点马虎。因为任何一点马虎,都可能付出生命的代价。另外,我认为行动时间表还需要再推敲推敲。"

二十一　西山别墅。夜。内。

郭小鹏在为母亲修脚指甲。此次,他修剪得格外认真仔细。

郭母闭着眼睛问:"鹏儿,又要出远门了?"

郭小鹏掩饰着心中的不安、惜别等诸般复杂的情绪,清晰地回答:"我准备到美国去参加一个会议,时间可能稍微长一些。"

郭母:"多长?"

郭小鹏不很肯定地回答:"半年左右吧。"

郭母:"真的?"

郭小鹏:"钱我都以您的名义存在银行里了,每月一号,银行的人会给您送来。"

郭母:"这么说,小亮也和你一起去了?"

郭小鹏:"是的。"

郭母长叹一声:"你们都走啦!"

郭小鹏实在无法忍耐眼中的泪水,涟涟而下。

郭母:"只要你们好,不要惦记我。我已经是风烛残年之人,多活一天,少活一天都无所谓。"

郭小鹏:"妈您可千万不要这样说。"

郭母抚摸着郭小鹏的头发,动作很轻柔、从容、慈祥:"妈说的都是实话。你看那马、那狗什么的,活到岁数,自己就死了。要说这人活到六十岁,也就差不多了。为啥人到了大限,还不死呢?这是因为人会给自己看病。生把这岁数给延长了。"

郭小鹏用哭腔哀求道:"妈。"

郭母:"不信你不给妈看病、用药,妈十年前就不在人世了。"

郭小鹏的头埋在母亲的膝盖上,肩膀剧烈地抽动。

二十二 海州大厦高级商务套房。日。内。

房间里已经收拾干净,电脑等物品,已经套上套子;床铺、沙发等,也已经罩上白布。

汪静雯："大战前夜,董事长还到我这来,一定有什么重要事情吧?"

郭小鹏："确实。"他从口袋里拿出一个商务通,郑重地交给汪静雯："这上面有咱们的银行账号,有瑞士的,有列支敦士登的,有委内瑞拉的。香港我只放了十多万美金,那不保险。这些都是数字账户,密码对了就能支取。另外,还有G先生在香港、泰国的电话号码,以及他的电台频率等联络方法。"

汪静雯："你把这个给我干什么?"

郭小鹏："要是我不给你,万一发生不测,咱们的钱,不就成了二次大战时,犹太人存在瑞士银行里的钱一样,全便宜银行了。"

汪静雯："你这么说,我就更不要了。"

郭小鹏："这一是我的心意,二是这东西一式两份,我这还有一个。"他又取出一个,在汪静雯面前展示。

汪静雯还是不拿："不会出事的!"

郭小鹏无奈道："咱们还是按照原计划行动。如果一切顺利,咱们就回来处理好海州的事物后再走。如果有变故,咱们就一走了之。"

汪静雯："那咱们晚上见。"

郭小鹏大步走出。

汪静雯看着他的背影,表情复杂。

二十三 制药厂。夜。内 \ 外。

两辆厢式货车停在地下仓库所在的楼前。

若干人在装货。

车驶出。

二十四 刑警支队。夜。内 \ 外。

院子里停着一排二十辆警车。驾车的警察全都端坐在驾驶室内。车后隐约可见戴钢盔持冲锋枪的武警。

　　刘石、张啸华端坐在会议室中。

　　墙壁上的挂钟指向十一点。

　　机要员进入:"海燕报告,海龟已经出洞。"

　　张啸华:"明白了。有情况随时报告。"

　　机要员:"是。"

　　张啸华在屋子里来回走动。刘石依旧端坐。

二十五　制药厂。夜。外。

　　两辆厢式货车从制药厂的大门开出。

　　坐在第一辆车的驾驶室里的是林小亮的两个手下。

　　郭小鹏、汪静雯、段海、林小亮坐在第二辆车的驾驶室里。段海驾驶。

　　车上大道,骤然加速。

二十六　刑警支队。会议室。夜。内。

　　张啸华仍然在走动。

　　刘石依旧端坐。

　　机要员跑步进入报告:"李队长来电,他们已进入指定位置。海岸巡逻队报告,有不明身份的船出现在七号海域附近。"

　　张啸华摆手。

　　钟表的"滴答"声。

　　会议室内的几位高级警官,全都表情严峻。

二十七　海滨大道。车上。夜。内 \ 外。

　　两辆车驶上滨海大道。

　　郭小鹏命令段海:"关灯。减速。拉开距离。"

车明显地慢了下来。

林小亮手下驾驶的车,渐渐远去,片刻消失。

郭小鹏突然吩咐段海:"去康桥半岛。"

段海疑惑地看着郭小鹏。

郭小鹏一反平素的温文尔雅,粗暴地说:"你聋啦?去康桥半岛。"

段海急打方向,车拐上岔道。

汪静雯侧过脸问郭小鹏:"去康桥干什么?"

郭小鹏阴沉沉地说:"明修栈道,暗度陈仓。"

汪静雯不由地哆嗦了一下。

郭小鹏再次掏出商务通,塞到汪静雯的口袋里,用不容分辩的口吻说:"你现在把这个拿上,以防万一。"

汪静雯已经没办法推辞。

汪静雯悄悄地按动手机的发射键。

二十八 刑警支队。夜。内。

时针指向十一点五十分。

张啸华猛然挥手:"开始行动!"

警车一辆接一辆,鱼贯而出。

警灯闪烁,风驰电掣。

车厢里的武警战士:"哗哗"地拉开枪栓。

二十九 康桥半岛废弃码头。夜。外。

惊涛裂岸,卷起千堆雪。

郭小鹏等乘坐的车辆到达时,陡峭的岩石后面也出现了一艘快船。

两名大汉在船头,不停地向海滩张望。

厢式货车在码头最远处停住。

郭小鹏等下车。

一大汉回头进了船舱。

师爷和两名大汉从船上了码头,向郭小鹏等走来。

三十　芦潮港口。夜。外。

李新建、强民等埋伏在暗处。

车灯闪烁。

强民:"来了。"

厢式货车停在一艘船前的平台上。

李新建打开步话机:"各小组注意。目标已出现。开始行动。"

车灯顿时齐亮,警灯闪烁,将港口照耀的如同白昼。

刑警和武警团团将厢式货车围住。

李新建喝令道:"下车!"

林小亮的两名手下,被擒拿住,铐上手铐。

强民上车搜寻后,对李新建摇摇头。

李新建一把一个罪犯,厉声问:"郭小鹏呢?"

罪犯战战兢兢地回答道:"刚才还在后面,不知道什么时候没了。"

李新建打开步话机:"老鹰老鹰,情况有变。情况有变。"

三十一　康桥半岛码头。夜。外。

郭小鹏和师爷面对面地站着。

郭小鹏:"G 先生呢?"

师爷:"G 先生从上次之后,发誓不再踏上中国领土,正在公海上等候。"

郭小鹏阴沉沉地说:"这恐怕不对吧。"

师爷:"G 先生将在公海一同与郭先生验货,然后用电子方式,将款划拨到郭先生指定的账户上。如果郭先生觉得有什么不妥,我可以留在这里。"

郭小鹏微微一笑:"这倒不必,我这货里有货。可以在三秒钟内,让一切灰飞烟灭,归于虚无。"

师爷:"郭先生多虑了。"

郭小鹏:"多算胜,少算败。"他一摆手:"把车开上船去!"

汪静雯虽然心急如火,但还要装出若无其事的样子。

快船上又走下数人,搭装跳板。

汪静雯悄悄地将手伸进口袋。

已经占据有利地形的段海,先是朝汽车轮胎打了一梭子,然后猛地将冲锋枪端平,对准郭小鹏、师爷等,大声喝令道:"都不准动,举起手来!"

郭小鹏呆住。

汪静雯面露喜色。

正在架跳板的几条汉子欲跑。

段海:"你们是不是想和我的子弹比速度?"

几条汉子不敢再动。

郭小鹏冷笑道:"想不到我会在小河沟里翻了船!"

段海:"少啰唆。"他用枪口指指货车旁边捆绑货物用的尼龙绳,对郭小鹏、汪静雯说:"把他们给我捆上。"

郭小鹏不敢违抗,汪静雯也跟着拣起尼龙绳,把师爷捆上。

段海掏出手机,摁号。

就在这极短的一瞬间,郭小鹏用脚挑起一块石头,击向段海。

段海一偏身,躲过石头。

郭小鹏趁机将早已捏在手里的黄沙撒向段海的门面。

段海立刻被黄沙迷住眼睛。

郭小鹏拉起汪静雯:"快跑!"

汪静雯从口袋里拿出手枪,对准郭小鹏,平心静气地说:"郭董事长,请不要动!"

这次,郭小鹏真是呆若木鸡了,连说话都不能连贯了:"你、你、你到现在还是警察。"

汪静雯正色说:"中国人民警察,一级警督鲁晓飞。"

段海笑眯眯地过来:"你好,鲁晓飞同志。"

汪静雯接过段海的手机,拨号后说:"新建吗?我们在康桥半岛码头。快来支援。"

郭小鹏冷冷地注视着汪静雯的一切。

三十二 海滨大道。三菱吉普车上。夜。内 \ 外。

警车一辆接着一辆,风驰电掣。

李新建手握方向盘,神情严峻。

强民:"但愿汪静雯同志能控制住局面。"

李新建脸上的汗珠"滴答""滴答"地落在方向盘上。

三十三 康桥半岛码头。夜。外。

郭小鹏对段海说:"你我可以理解:一个小警察,为了吃饱穿暖,不惜用生命为代价,打入毒品集团内部。"他转向汪静雯说:"可你我就不懂了:一个堂堂的硕士,有着优厚的待遇。"他顿了顿,更正道:"或者说,有获得优厚待遇的机会,为什么非要投身到这么危险的行当呢?"

汪静雯:"毒品是万恶之源,这是人所共知的浅显道理。我请问郭博士,你为什么非要投入这万劫不复的行当中呢?"

郭小鹏并不显得绝望,而是冷静地说:"我自然有我的道理。"

段海把一副手铐仍在一条大汉脚下:"把郭小鹏铐上。"

大汉上前欲铐郭小鹏。

郭小鹏不知什么时候掏出一个微型遥控器,他晃动着它说:"谁再往前走一步,我就让这变成火海!"

汪静雯和段海愣住。

郭小鹏："我一上车，就对汪静雯女士声明过：我货中有货。"他挥舞着遥控器："我在车上装有三十公斤当量的炸药。而汪静雯女士的身上，我装有一公斤爆炸当量的炸药。汪女士，你应该知道是什么？"

汪静雯失声说道："商务通。"伸手欲从口袋里取出。

郭小鹏狰狞地说："不许动！"

在双方对峙时，林小亮悄悄地挪动到一个有利的位置上。大汉把师爷解开。

警车出现在很远的地方。警笛的频率已经由慢到快。

郭小鹏口袋里的手机响。

郭小鹏一手举遥控器，一手接听电话："G先生，你好。正在装货。一切正常。"

师爷疑惑地看着郭小鹏。

郭小鹏一面慢慢地向快艇退去，一面说："我也不让你们白跑：G先生我送给你们当礼物了。"

汪静雯什么信号都没有发出，对准郭小鹏就开了一枪。但没有打中。

几乎与此同时，林小亮的枪也响了。

段海朝林小亮射击。

双方对射。

俯在车头射击的林小亮对郭小鹏说："二哥，你走吧！"

郭小鹏拍拍林小亮的肩膀，在并不密集的火力中和师爷、两名大汉登上快艇。

在快艇慢慢启动时，郭小鹏选好一个有利的位置，瞄准段海开了一枪。

段海慢慢地倒下。与此同时，负伤的汪静雯也将林小亮击毙。

快艇疾驰而去。

李新建等赶到。李新建端起冲锋枪，对着远去的快艇扫射。

子弹愤怒地呼啸。

第十九集

一 公海与领海交界处。游艇上。夜。外。

G先生站着货轮的瞭望塔上,用高倍红外望远镜了望着海面。

G先生问随从:"我觉得已经超过正常的时间了。"

随从看看军用夜光表后说:"超过半个小时了。"

G:"全速撤退。"

随从:"G先生,这可是上亿美元的货啊?"

G文雅且凶狠地说:"我最讨厌明知故问的人。"

随从噤声退下。

二 康桥半岛。海滩。黎明。外。

海平线上已现一抹曙光。

张啸华凝视海面。

强民懊悔地蹲在警车旁。

李新建一手提枪,一手扶着一棵树,也在瞭望大海。

汪静雯在摆弄商务通。

张啸华声音沙哑地说:"行动失败,我承担全部责任。"

刘石:"不,行动还是成功的。"他指指厢式货车:"这里面装着千百万人的生命啊!三顿冰毒,这是建国以来,破获的最大毒品案。"

汪静雯把商务通递给张啸华："这上面果然有郭小鹏的数字账户的资料,以及有关 G 的资料。"

张啸华表情复杂地看了汪静雯一眼。将商务通递给刘石。

刘石翻看了几页后说："给我接北京。"

三 公海上。高速行驶的游艇中。黎明。外。

G 依旧是一身中式装束,站在甲板上,凝望波涛不惊的大海。

随从："没想到,几千万美元就这么消失了。"

G 头都没有动一下,仍然凝望大海："世间多少英雄戏,每到收场总伤神!"

随从显然不懂,问道："您说什么?"

G 皮笑肉不笑地说："我说你我还能活着看到日出,就该感谢神明了。"

四 某处海域。日。外。

郭小鹏乘坐的快艇远景。

镜头拉近。

师爷和两名大汉的尸体。

五 厦门。某码头。日。外。

郭小鹏一身极随便的衣装,戴深色大眼镜,提一个普通的包,混迹于人群中,走出检票口。

六 公安局刑警队会议室。日。内。

李新建："海岸边防局报告,在离海岸线界五十公里处,发现郭小鹏的快艇。船上只有三具无名尸体,郭小鹏没有下落。"

强民："风急浪高黑夜,游不了多远。他很可能淹死了。"

右手缠绕着绷带的汪静雯说："他不会被淹死。"

七 海州市烈士陵园。日。外。

国旗。军乐。

两排警察敬礼。

李新建手捧段海覆盖着党旗的骨灰盒,正步在队列中间行走。

段海年轻、英俊的警装照。

鸣枪。

仪式结束后,身穿一级警督服装的汪静雯将一束鲜花放在段海的灵位前。

汪静雯眼睛中,泪水喷薄欲出。

八 北京。公安部某局。刘石办公室。日。内。

一警官进入,将一份文件递给刘石:"缴获的商务通上所有的账户,都是实实在在的账户。除去南美两个账户外,其他都已通过国际刑警组织封存。"

刘石:"抓紧与各国交涉,争取这笔人民的财产早日回归。"

警官:"是。"

刘石:"G有下落吗?"

警官:"他的几处巢穴,均已布控。"

刘石:"海州方面有郭小鹏的消息吗?"

警官:"没有。"

九 厦门。槟榔东里住宅楼。日。内。

陈然开门后,满脸惊愕地看着郭小鹏。良久才结结巴巴地说:"董事长?你好。"

郭小鹏大大咧咧地说:"能让我进去吗?"

陈然:"能。能。"

郭小鹏一如平常,坐在居中的沙发上。

陈然忐忑不安地看着郭小鹏。

郭小鹏眼光灵活地扫视着屋内的一切,从外表一点也看不到逃亡者的模样。最后,他的目光落在陈然的脸上:"海州的事情听说了?"

陈然点头。

郭小鹏依旧使用居高临下的口气:"从什么地方听说的?"

陈然:"有人把这消息放到了网上。"

郭小鹏点头:"秀才不出门,便知天下事。"说罢,他又开始扫视。

陈然再度不安。

郭小鹏:"你为什么不问我来这干什么?"

陈然显然是个抵抗力极弱的人,赶紧词不达意地说:"我永远是董事长的部下。"

郭小鹏:"'文革'时期,空军司令吴法宪,口口声声是林副统帅的兵。可林彪一旦出事,他头一个揭发。"

陈然无言以对,低头沉思。

郭小鹏:"你以前干的事,我全知道。但我既往不咎。"

陈然抬起头。

郭小鹏:"我管理企业多年,自信很能掌握人的心理。我还知道你现在在想什么。"

陈然已经完全被郭小鹏的气势压倒,下意识地重复:"我想什么?"

郭小鹏:"你在想:姓郭的不也是个逃犯吗?制造、贩卖甲基苯丙胺五十克以上,就要至少判无期徒刑,更别说他一弄就是三吨了。"他挥手制止陈然的辩解:"他凭什么吓唬我?"

陈然:"董事长,我真的没有这么想!"

郭小鹏:"你这么想也是正常的。我要是你,也会这么想:盗窃企业机密,顶多是个两三年的事。和大毒枭搞在一起就麻烦了。"

陈然被说中心思,嘴唇直哆嗦。

郭小鹏舒展开身体:"巴基斯坦只有六颗核弹。"他的语调变得很缓和,像一个教师在讲课:"但这六颗核弹是装备在汽车上的,在巴基斯坦全国各地游走。导弹部队接到的命令是:只要你们从广播里听到国家受到攻击,那么无须任何命令,立刻就向印度首都新德里发射。"他严厉地敲敲茶几:"别小看这六颗,印度就是不敢动手。"

陈然对国际政治了解不多,怯生生地问:"董事长这话是什么意思?"

郭小鹏:"我明人不做暗事。我告诉你:我不光是一个人,我还有一些分布在全国各地的弟兄。另外,你母亲、兄弟姐妹的地址,我都掌握。一旦我受到攻击……"他突然打住,放慢语速说:"我想我说得够清楚了吧?"

陈然完全明白了自己的位置后,反倒镇静下来:"那么董事长要在这里住多长时间?"

郭小鹏笑了:"这才像个做交易的样子:我只在这里住二十天。一旦把海州我母亲和出境等事宜安排好了之后,你即使留我,我也不会在。"

陈然松了一口气。

郭小鹏:"临走时,我将留给你十万块钱。"

陈然赶紧说:"董事长在流亡之中,我不能要。"

郭小鹏强调:"是十万美金。"

陈然不再反对。

郭小鹏眼中掠过一丝笑意:自己的恩威并施到底是起了作用。

十 海州药业集团公司制药厂。日。内。

生产线在高速运转。

费经纬在巡查。

药片在装瓶。

成箱的药品出厂。

十一　市公安局会议室。日。内。

　　张啸华面带喜色,对李新建、汪静雯、强民等说:"海州毒品案,已经取得了重大成果:流向境外的大约四亿五千万人民币,已经追缴回大约四亿。"他兴奋地敲了一下桌子:"四个亿啊,同志们! 这都是海州人民的血汗钱啊!"

　　众人肃然。

　　张啸华:"与此同时,海州药业集团的生产完全恢复正常,这也是海州政治、经济方面的大事。市领导特地让我代表他们,向各位致谢。"

　　李新建一脸严肃。

　　汪静雯愁眉不展。

　　张啸华:"但主犯郭小鹏,目前还逍遥法外。所以将其绳之以法,是我们下一个工作重点。现在我命令,李新建同志。"

　　李新建起立。

　　张啸华:"鲁晓飞同志。"

　　汪静雯起立。

　　张啸华:"你们两位为郭小鹏专案组的正副组长。"

　　两人齐声说:"是!"

十二　香港海关安检口。日。内。

　　穿便装,略略化装的G,坦然地走过安检口。

　　他的影像被摄像机摄入镜头。

十三　香港某警察局。日。内。

　　一警察将G的电子扫描图像递给一位高级警官:"这是电脑根据大陆刑警传过来的G的照片,从入境旅客中,辨认出来的。"

　　高级警官仔细对照G的电子扫描像和"印象照":"大陆公安中,的确有些能人。能把印象描写的如此逼真,也确实不容易。"

警察附和道:"确实不容易。据说画这张像的人,是全世界唯一见过 G 的警察。"

高级警官扬起头:"真的?"

警察点头。

高级警官:"把 G 的电子影像发到中央政府公安部,让他们确认一下。"

警察欲出。

高级警官又将其叫住:"多发几张类似的电子影像,让当事人挑选。"他思索后补充道:"可以告诉他们的长官,哪张是这张。"

十四 海州市公安局。刑警支队办公室。夜。内。

李新建手持一叠照片,急匆匆地进入:"张局让你辨认一下,这其中有没有老 G?"他把照片递给汪静雯。

汪静雯仔细观察后肯定地说:"这张。"

李新建兴奋起来:"没有疑问?"

汪静雯:"毫无疑问!"

李新建拿起照片比较:"这些照片,在我看来都差不多。"

汪静雯笑道:"在医学上,你这叫'面部识别能力缺乏症。'"

李新建:"缺乏就缺乏呗!"

汪静雯:"这其实是健忘症的别名。"

李新建:"你是怎么辨认出来的?"

汪静雯指点道:"G 的鼻子偏长偏窄,属于比较寒冷的地方的人。而这两个人的鼻子偏短、偏宽,是热带人。另外,G 的眼皮底下有一块赘肉,这两个人没有。"

李新建极其佩服地看着汪静雯说:"你知道吗,抓住 G,是对人类的一大贡献!"

汪静雯带着淡淡的悲哀说:"可是段海同志牺牲了。郭小鹏依然在逃。"

十五　香港某警察局。夜。内。

高级警官手持经过确认的 G 的照片,命令一警察道:"迅速传真到各个警察署。"

十六　槟榔东里住宅楼。夜。内。

没有任何东西能改变陈然上网的习惯。所以尽管有重大压力,他还是沉浸在网络中。

郭小鹏坐在居中的沙发上,眼睛若睁若闭,但聚精会神地盯着陈然的侧影。

这侧影和郭小鹏的侧影极其相像。

良久,郭小鹏突然叫:"冯阳。"

陈然扭过头来问:"董事长,什么事?"

郭小鹏笑道:"一个人要是真的把自己由陈然变成冯阳,确实是个脱胎换骨的过程。"

陈然:"名字不过是个符号,符号要是换了,原来的人也就不存在了。"

郭小鹏:"是这个道理。"

陈然正准备继续上网,郭小鹏又说:"明天咱们换个地方。"

陈然:"为什么?"

郭小鹏:"这个地方住得太久了。"

十七　市公安局。刑警队会议室。日。内。

李新建在屋子里来回转悠:"这么长时间,一点消息也没有,郭小鹏是不是跑到了国外?"

汪静雯:"我分析不太可能。"

李新建:"讲讲原因。"

汪静雯:"他是个孝子,林小亮一死,他势必要想个办法,把他母亲给弄出去。另外,他得知国外的账户被封,一定知道国际刑警组织也在通缉他。所以要在国内躲一段。"

强民:"这个心狠手辣的家伙还是个孝子?"

李新建:"一个人在是好丈夫的同时,可能是个罪犯。一个人在是好父亲的同时,有可能是个罪犯。在是好情人的同时,有可能是罪犯。比方深圳的王建业。人的性格是复杂的。再说,晓飞的资料和分析,应该是最权威的。"说这最后一句时,他不无醋意。

强民:"那凭什么判断他在国内呢?"

汪静雯:"一个中国人,在异国他乡是极容易被辨认出来的。"

李新建:"当年东北的罪犯王姓兄弟,逃到了福建的大山里,一下子就被认了出来。你想想,在南方的大山里,突然来了两个说东北话的大汉,能不扎眼?"

汪静雯:"咱们通过公安网,再发一次通缉令。"

强民:"提醒各地,注意小旅馆、桑拿浴之类的地方。"

汪静雯:"据我对郭小鹏的了解,他肯定会找一个固定的地方躲避,不会去这类低级场所。"

十八 鼓浪西里住宅楼。日。内。

焕然一新的家具,摆设和舰桥半岛的差不多。小而化之。

郭小鹏指指桌子的电脑,对陈然说:"IBM 最新产品。"

陈然像被负压吸过去一样,跑到电脑前:"董事长确实出手不凡。这机器要七八万吧?"

郭小鹏:"咱们同是天涯亡命人,还管它什么钱不钱的!我负担一切开支。条件只有一个。"他指指电话:"在这个月,此电话你只能上网,不要往任何地方打。"

陈然:"明白。"

十九 香港新界某农村。夜。外 \ 内

这是一普通已极的农舍。

G 正坐在一把藤椅上看一本围棋书。

警察悄悄包围此农舍。

屋子里很安静。一老式座钟的嘀嗒声,清晰可闻。

门猛地被推开,四五彪悍的警察冲入:"你被捕了。"

G 慢慢地放下手中的棋书,向四周看了看:乌黑的枪口,从各个窗户伸入。

估计动用了一个排的警力。

二十 厦门鼓浪西里住宅楼。日。内。

郭小鹏在书写信封。收信人为"海州市西山别墅七号裴敬芝转十四号郭老太太。"

落款他没有填写。

郭小鹏出门。

二十一 厦门鼓浪西里。日。外。

郭小鹏走到小区的一个邮筒前,将信投入。

接着,他走到一个公用磁卡电话前,拨打林小亮的手机。

最后,他拨打郭母的电话。

郭母苍老的声音:"喂。"

郭小鹏哽噎着,没敢出声。

郭母凭借女人的直觉问:"是鹏儿?"

郭小鹏怕自己忍耐不住,赶紧放下电话。

二十二 厦门鼓浪西里住宅楼。日。内。

郭小鹏在自己卧室的凉台上,精确地配制以汽油为主的燃料。

然后他到陈然的房间,对正在计算机上工作的陈然说:"明天替我送些东西到广州如何?"

陈然有些不情愿,但又不敢说不去,勉强地答应道:"好吧。"

郭小鹏拍拍他的肩膀:"只要对方来电说东西已送到,那你回来的时候,就只能见到这个了。"他把一个活期存款折放在陈然的面前。

陈然情不自禁地打开折子。上面的一百万的字样赫然入目。

郭小鹏:"你的辛苦费也在里面了。"

陈然高兴地说:"我现在就去订飞机票。"

郭小鹏在阳台上看着陈然的背影,自言自语道:"真是'钱之所致,金石为开'!"

他回到房间,打开一本英文版的《化学大词典》,然后又打开抽屉,取出若干个小瓶,开始配置一种蓝色粉末状的药品。

二十三　香港某印刷厂。夜。内。

高速运转的胶印机。

二十四　香港某地。日。外。

公园长凳上,一老年男子在读报。

报纸的头版、头条为"世界著名毒枭G,日前在港落入法网。"

二十五　鼓浪西里。住宅楼。夜。内。

陈然和郭小鹏在一张讲究的餐桌旁就座。

餐桌上有一些精致的菜肴和一瓶人头马XO。

陈然:"想不到董事长还会做一手好菜。"

郭小鹏:"在美国时,勤工俭学,天天在中餐馆干活,闻着闻着也就学会了。"

郭小鹏开酒瓶给陈然倒酒。

陈然赶紧说："董事长,我不会喝酒。"

郭小鹏不听他解释,径直倒满:"你去厨房冰箱里拿点冰块来。"

陈然离开。

郭小鹏趁机把自己配制的蓝色药品倒入陈然的酒杯。

郭小鹏将陈然取来的冰块,放到各人的杯子里。然后举起杯说:"干杯!"

陈然再次推辞:"董事长,我真的不会喝。"

郭小鹏把空杯亮给陈然看:"这很可能是你我之间今生最后一杯酒。"

陈然很艰难地将酒喝干。

郭小鹏:"黄庭坚有诗'杨柳春风一杯酒,江湖夜雨十年灯'正合此情此景。"

陈然虽然不很懂,但还是凑趣道:"董事长好学问。"

郭小鹏又给陈然倒酒:"前些日子,有一位作家说在梦中得佳句为'江湖夜雨十年灯',然后就写了一篇文章,很给人们嘲笑了一通。"

陈然:"中国的诗词实在是太多了。网上说,光流传下来的唐诗,就有三十多万首。记错也难免。"

郭小鹏看着陈然渐渐变化的脸色,高兴地说:"但他应该这样认为:无论是白天思考,还是晚上做梦,我都想不出这样的绝妙好词来!"

陈然的语速明显慢下来:"这样想,他就不会出丑了。"

郭小鹏再次举起杯:"我从此浪迹江湖……"他话音未落,陈然已经趴到了桌子上。

郭小鹏的脸立刻变得冷酷。他看了一下手表说:"化学是最精确的科学。说十分钟,就十分钟。"他把杯中的酒喝干:"有谁能想出这样的绝妙主意来?"

郭小鹏把昏死过去的陈然,拉到自己的房间。

二十六 汪静雯宿舍。夜。内。

相比海州大厦的高级商务套房,她现在的宿舍要简单得多。

从打开的计算机上,可以看到有关 G 的报道影像。

汪静雯在接听电话："新建，我实在没空。"

李新建："就谈一会儿。"

汪静雯语调温和但态度坚决地说："改天好吗？"

李新建很无奈地说："那好吧。"

汪静雯放下电话，又开始操作电脑。

二十七 鼓浪西里。清晨。内。

郭小鹏把自己的身份证、给过陈然的那个存折统统放在浴室的浴盆里，然后放水浸湿。

他回到客厅，把自己以前经常用的一个拴有一个羊脂玉的钥匙扔在沙发上。

最后，他穿越安放陈然尸体的卧室，到阳台把汽油桶拎入，泼洒在地上、陈然的尸体上。

临出门前，他把一支蜡烛点燃。

他蜡烛照耀下的脸，显得狰狞恐怖。

二十八 厦门机场。日。内。

郭小鹏手持冯阳的身份证，顺利地通过安检口，进入卫星厅。

卫星厅的电视正在播报：今日我市鼓浪西里发生大火，目前正在抢救中。具体伤亡情况不详。

郭小鹏脸上一点表情都没有。

二十九 昆明机场。日。内。

郭小鹏走出机场候机楼。

三十 海州市公安局刑警队。日。内。

李新建进入。

汪静雯:"厦门的信和电话落实了没有?"

李新建:"厦门公安局以电话和寄信的邮局为圆心,画了一个半径为一公里的圆,以郭小鹏为根据,进行了细致的搜索。"他把若干张表格放到了汪静雯的桌子上:"可疑的人都在这上面了。"

汪静雯看表格。

电话响。

李新建接听:"什么?你再重复一遍!"

对方:"郭小鹏自杀身亡。"

李新建放下电话。

他和汪静雯脸上的表情几乎是共同的:说不上是喜,也说不上忧,占主要份额的是遗憾。

李新建:"有点突然不是?"

汪静雯没有回答他的问题,缓缓地说:"咱们等厦门把资料传过来后再说吧。"

三十一　云南崇山峻岭中。日。外。

郭小鹏骑在一匹马上,行进在密林里。

三十二　市公安局会议室。日。内。

会议桌周围端坐着一群警官。

张啸华:"开会之前,我首先宣布上级的一个决定:因海州特大毒品案的破获,特授予鲁晓飞同志一级英模称号。"

众人鼓掌。

汪静雯起立敬礼,但脸上并没有太多的喜色。

张啸华:"给海州市公安局刑警队记集体二等功。"

众人鼓掌。

李新建起立敬礼,喜悦之情,溢于言表:"谢谢!谢谢大家。"

张啸华:"现在请李新建同志介绍一下案子的结尾,也就是厦门方面的情况。"

李新建:"厦门方面报告,鼓浪西里的死者的身体特征基本符合郭小鹏的身体资料。可以初步断定,郭小鹏已经死亡。至于死亡原因,还有待进一步落实。情况大体就是这样。"

张啸华松松领带:"用围棋术语说:这就叫完胜。胜得一点不含糊。诸位还有什么要说的吗?"

汪静雯:"据我对郭小鹏的了解,他不是一个轻易会自杀的人。他有着很强的体力和很高的智商,另外还有顽强的意志。"

李新建显然不愿意听任何对郭小鹏的称赞,反驳道:"他也是人,也有绝望的时候。"

汪静雯不理睬他,继续说:"从厦门警方传过来的相片看,死者的主要器官,都已经被烧成无法辨认的状态,这很可能是故意造成的。这是疑点一。疑点二是郭小鹏给家里打电话、寄信,都有故意的成分在内。疑点三:郭小鹏的母亲还在,作为孝子,他是不会轻易自杀的。"

李新建显然不服气,但又拿不出有力的反对证据。

汪静雯:"所以我建议,派人去厦门,再次核查。"

张啸华想了一下说:"晓飞和新建一起去吧。"

李新建赌气地说:"我手上还有新案子,走不开。"

张啸华:"那就让强民和晓飞一起去。"

三十三 云南盘山公路。夜。内。

郭小鹏坐在大客车上,行进在崇山峻岭中。

三十四 厦门市公安局。刑警队。日。内。

汪静雯、强民走进刑警队会议室。

大队长陈天林和侦察员小李起身迎接。

强民向陈天林介绍道:"这是海州毒品案负责人鲁晓飞同志。"

陈天林和汪静雯握手:"我看着你很面熟。好像在什么地方见过你?"

汪静雯笑道:"大概是我这张脸太普通了吧?"

众人笑。

众人坐下。小李倒茶。

陈天林:"主要情况,我们已经传真给你们了。我就不多说了。听说你们要来,我们再次对鼓浪西里进行了勘察,结果也有收获。从抽水马桶里搜出一个塑料袋。"

小李从勘察包里取出一个塑料袋。

陈天林把包里的东西一件一件地取出来,计有首饰、存单、一把手枪和一张精致的照片。

汪静雯仔细观察首饰和手枪,最后得出结论:"这些确实是郭小鹏的东西。"

陈天林指指存单:"这里共有一百八十万,加上从衣服里搜出来的一百万和一些零钱,大约有三百万。这个郭小鹏可真够有钱的。"

强民:"可惜他花不上喽!"

就在汪静雯欲拿相片之际,陈天林突然说:"要不然我觉得你眼熟呢?这相片上就是你!"

汪静雯拿起相片一看,果然是自己。不禁脸微微发红。

陈天林出于公安本能,认真打量汪静雯:"他怎么会有你的相片?"

强民赶紧解释:"鲁晓飞同志曾经打入敌人的内部,为破获这起案子立了头功。"

陈天林慢慢地说:"看不出来。看不出来。佩服!佩服!"

汪静雯立刻进入正题:"陈大队长,我们有一个想法,希望你们配合证实一下。"

陈天林:"天下公安是一家。别客气,尽管说。"

汪静雯:"我们认为死者不一定是郭小鹏。"

陈天林显然有些意外,但没说什么。

汪静雯:"我们想再一次确认一下尸源。"

陈天林:"你们的资料多,就由你们来重新确认吧。小李,你从头到尾都参加这案子了,你来协助两位。"

小李:"是。。"

汪静雯:"谢谢陈大队的支持。"

三十五 厦门。鼓浪西里住宅楼。日。内。

小李用钥匙开防盗门时,房东闻声赶来:"你们什么时候结案啊?"

小李:"该结的时候。"

房东不高兴地说:"你们老拖着,我这个靠出租房子生活的人,家里的耗子都没米吃了。"

小李:"那就让耗子吃鲍鱼。"他请汪静雯、强民进。

房东也想跟进。小李拦住他说:"这是案发现场,闲人免进。"说罢他关门。

进屋后,小李说:"这个老房东,半个楼都是他的,还天天跑到公安局闹,让赶紧清理。"

汪静雯没搭腔,仔细勘察起来。

她首先在灰烬中发现一副眼镜架。她擦了擦,被烧的乌黑的镜框露出了白色。她放在手里掂量了一下,觉得很轻。

汪静雯立刻起第一次去陈然办公室的情形:

汪静雯没话找话:"陈主任的眼镜不错。"

陈然:"是钛合金的。这是高科技的结晶。"

汪静雯把眼镜放进勘察箱内,继续搜查。

在倒下的台灯的保护下,一本仅仅烧掉封面的英文的《化学大词典》引起了她的注意。她将其放入勘察箱。

在另一个房间里,她也发现了若干本书。

她拿起一本英文书,看了一下,递给强民。

强民:"这是什么破烂书?"

汪静雯:"《访问控制以及风险管理》"。说完,她摘下手套:"走吧,我几乎已经知道死者是谁了?"

强民愕然:"谁?"

汪静雯:"陈然。"

强民:"海州药业管计算机的那小子?"

汪静雯点头。

强民不相信:"你又不是神探波洛,一分析就分析出来。"

汪静雯指指强民手中的书:"郭小鹏的计算机水平,还达不到读这种专业书的水平,而那本英文《化学大词典》又不是陈然能读得了的。所以说,这房子里曾经住过两个人。其中的一个把另一个给杀了。"

强民接着汪静雯的思路推论:"陈然没有杀郭小鹏的必要。就是有这个必要,他也不敢。就算他敢,也一定会把钱拿走,犯不着给咱们布置迷魂阵。"

汪静雯:"郭小鹏之所以选中陈然,就是因为陈然和他很相像。"

强民脑海里闪过两人的比较像,不由说:"确实挺像。起码烧完了挺像。"

汪静雯对不知所云的小李说:"一会儿我从网上,把陈然的相片下载下来,你通知各个派出所查一下,他原来住在什么地方。"

小李:"行。"

强民:"知道是他,还查什么?"

汪静雯:"我要查他用的是什么名字租的房?"

强民还是跟不上汪静雯的思路。

汪静雯:"郭小鹏很可能用的就是陈然的身份证件坐飞机走的。他是个胆大妄为的人。喜欢挑战。"

强民恍然大悟:"你对他可真了解。要不然俗话说:没有家鬼送不了家人呢!"

汪静雯:"你要是能管好你这张嘴,没准还有点前途,否则……"

三十六　厦门。汪静雯房间。夜。内。

汪静雯自言自语:"N111916251855。这是什么意思?"

强民在沙发上,昏昏欲睡。

汪静雯推他一下:"你说从《化学大词典》中找到的那张纸条上写的 N111916251855 是什么意思?"

强民仍然不肯醒,睡意盎然地说:"你是硕士,都猜不出来,我还能知道?要是兔子能驾辕,谁还养活马?"

小李兴冲冲地进入:"找到了!找到了!"

强民惊起:"找到什么了?"

小李:"找到冯阳了。"

强民:"冯阳?"

小李:"就是你们说的那个陈然。"

强民转向汪静雯:"按照你的逻辑,他应该死了才对?"

汪静雯:"让小李说完。"

小李平定喘息后说:"我是说,槟榔东里物业管理公司的人认出了陈然,说他是一个多月前来他们那租的房。"

汪静雯高兴地一拍手:"这下子就全对上了!走,咱们先去机场。"

三十七　机场公安局刑警大队办公室。日。内。

汪静雯和强民进入标有"大队长"字样的办公室。

汪静雯："您就是方大队长吧？"

方大队长："大队长室里坐的肯定是大队长。"他显然是个幽默的人："两位就是海州来的汪神探和强神探吧？"

强民："我们来，想求方大队长办点事。"

方大队长让座："千万别说求，说求就不管了。"

汪静雯："想让您帮忙查查在本月十九号左右，有没有一个叫冯阳的上飞机。如果有，目的地是哪？"

方大队长拿起电话后说："举手之劳。喂，票务吗？给我查查从十五号到二十号有没有叫冯阳的登机？"

票务："我们只保存三天的记录。"

方大队长："小霍吧？"

小霍："方大队长。"

方大队长："你给我想想办法。"

小霍："那要到中央数据库去查。"

方大队长："你会有办法的。"

小霍："麻烦着呢。"

方大队长假装威胁道："你要是不给我查，你那个小朋友再来车接你，来一回我扣一回。"

小霍："我帮你查还不行？"

方大队长放下电话说："你们别着急，慢慢等，我管饭。"

强民高兴地一咧嘴："林彪说：悠悠万事，就数这大。"

方大队长更正道："是'悠悠万事，唯此为大。"

强民："都也差不多。"

电话响。方大队长按动免提键。

小霍："有。十九号到广州。八九〇五航班。上午八点三十起飞。"

方大队长："谢谢你。结婚时，用我的警车送你。"

小霍:"鬼才坐你的警车!"

方大队长关闭电话,不无得意地说:"在这一亩三分地上,我大小也算个人物。"

强民巴结地说:"一个地方,要想出名,光有山水不行,还得有人物。"

汪静雯灵机一动:"我一事不烦二主。你再给我查查,看这个冯阳是不是在十九号,在广州上了十六点二十五的飞机?"

方大队长有些为难:"这好像出了我这一亩三分地了。"

强民拍马屁道:"手眼通天、手眼通天。你们空警就是手眼通天。"

方大队长被这一捧,只好拿起电话:"老刘吗?我是老方。你能不能通过广州的关系,给我查查十九号有没有一个叫冯阳的从他们那登机?如果有,去的是什么地方?好,我等你回音。"放下电话,他对两人说:"老刘是空中管制部门的头。"

仍然不过片刻,老刘的电话来了:"有。飞昆明的。"

方大队长:"有空我请你喝法国乘号零。"

老刘:"你有没有瓶XO都是问题。"

汪静雯上前一步,握住方大队长的手:"真的谢谢你了。"

方大队长:"在我这吃饭吧?"

汪静雯:"我们还要赶回海州办案。"

方大队长戴上帽子,送两人到门口的路上说:"不吃是看不起我,要是吃,那就坑了我了!"

三人笑。

第二十集

一 海州市公安局刑警队办公室。日。内。

　　李新建虽然明知自己错了,但还是不服气地说:"我一定能把你的那个郭小鹏给抓回来。"

　　汪静雯:"你的理由?"

　　李新建:"像郭小鹏这样锦衣玉食的人,跑不到什么地方去!一定在大城市。"

　　汪静雯:"你是不了解他:他是受过苦的人,生存能力极强。"

　　李新建:"就算他受过苦,也是在小时候。这些年优裕的生活早就把那些东西消磨完了。你没看建国以后,三反、五反时,有多少长征过来的干部被腐蚀?"

　　汪静雯不客气地说:"这根本就没有可比性:建国初期的那些干部,是因为他们认为自己受过太多的苦,应该享享福了。而郭小鹏因为自己的所作所为,忧患意识是很强的。"

　　说这话时,汪静雯的脑海里闪回郭小鹏做俯卧称、练习哑铃等若干锻炼身体的镜头。

　　强民:"我认为郭小鹏已经跑到国外去了。咱们应该让国际刑警去逮。"

　　李新建没好气地冲了他一句:"你以为国际刑警是你队里的小兄弟,指东打东,指西打西呢!再说,地球不是海州市,来不了你喜欢的地毯式搜查。"

强民被噎得说不出话来。

李新建显然是在找地方出气:"再说,他很可能躲在金三角之类的三不管地方,国际刑警的势力也到不了那。"

汪静雯在他们争吵时,一直在冷静思考。此刻插言道:"我认为他还在国内,顶多是在边境线上。"

李新建:"你凭什么这么分析?"

汪静雯:"咱们不能从咱们的角度来看问题。首先,他根本不知道咱们已经识破了他的金蝉脱壳诡计。而他费尽周折设计这个方案,其目的就是为了在国内躲藏起来。要是光为了跑,直接走了就是了。其次,他要出去的话,一定会把他的母亲带走。我还是那句老话:他是个孝子。"

李新建:"咱们又不是在创作文艺作品,也不是心理医生在给人看病,性格分析、精神分析不是目的。就算他还在境内,你有什么办法把他找出来吗?守株待兔吗?"

汪静雯风度极好,不理睬李新建挑衅性的问题,自己说自己的:"如果咱们确定了他一定要把母亲接走的前提,守株待兔也未免不是个办法。"

强民知道此刻自己必须接茬,否则讨论将会进行不下去:"你说说。"

李新建插入:"莫非你认为郭小鹏会傻到自投罗网的地步?"

汪静雯:"如果条件具备,不是没有这种可能。"

强民:"怎么才能让老太太去呢?我看她连走路都费劲,听说有好几年没出门了。"

汪静雯:"如果郭小鹏找到一个合适的人,他就会托他把母亲送到某个地方。"

李新建:"他最信任的人,除去刘眉,就是林小亮了。可现在这两个人一个在押,一个死了。你让他到哪找人去?"

汪静雯打量李新建一眼,转身出去。

强民打量着李新建说:"你小子最近是怎么了,吃错药了?"

李新建:"你才吃错药了呢!"

强民:"你已经不会说人话了。"他拿起帽子:"我走了。"

李新建知道强民不会真的走,自言自语道:"别看海州公安局这么大,能说知心话的也就你一个。"

强民重新坐下。

李新建:"你说,我怎么一听郭小鹏的名字,气就不打一处来?"

强民脸上露出老大哥式的微笑:"你是不能听鲁晓飞说郭小鹏吧?"

李新建点头。

强民:"在你的头脑的最里面,你时不时地在拿自己和姓郭的比。"

李新建很无奈地点点头。

强民:"你还不会比。"

李新建:"有什么不会比的?"

强民:"你要是和姓郭的比钱,不说当年,就是现在他扔下的一点,也够你挣上十辈子的。你要是和姓郭的比学问、风度,那就更没法比了:他是鬼的什么斯顿大学的博士,你是什么?一个专科生而已。"

李新建纠正道:"本科生。"

强民:"本科生就本科生,反正连硕士都不是。你也就能在刑警队吆三喝四。"

李新建无力地反驳道:"我吆喝谁来的?"

强民不理睬他,继续分析:"你怕你战胜不了留在晓飞心里的影子。大哥我告诉你,要比就和姓郭的比品行、比善良。这样就比出你男子汉的雄风来了!"

李新建慢慢地抬起头。

二　云南边境线上某农村。傍晚。内。

这是一个美丽的南方农村。此刻笼罩在雾气与炊烟之中。

郭小鹏行进在大块石头铺就的乡间曲径上。

他推开柱子栅栏。

郭小鹏敲门。

农妇在屋子里喊道:"门开着呢!"

郭小鹏推门进入,问一个五十多岁的妇女:"您还认识我吗?"

农妇仔细地打量着他,良久,摇摇头。

郭小鹏把帽子摘下:"您再好好看看。"

农妇还是摇头。

郭小鹏笑着把茶色眼镜摘下:"这下子,您总该认识了吧?"

农妇大惊:"是大恩人啊!"说着就要给郭小鹏跪下。

郭小鹏赶紧搀扶住她:"您千万别这样。"

农妇:"你的马仔呢,还不赶快叫进来?"

郭小鹏坐到竹椅上,很随便地说:"没有马仔了。"

农妇给他倒茶:"你这身份的人,没有马仔怎么出门?"

郭小鹏多少带些凄凉地说:"我这身份?我现在什么身份都没有了!"

农妇大概已经猜到什么,但热情不减地说:"我不管别的,只要你来了就好。"

三 海州市公安局局长办公室。傍晚。内。

张啸华正要下班,见汪静雯进来,放下手中的包。

汪静雯看看手表后说:"您准点下班的时候不多吧?"

张啸华:"破了这个大案,虽说不能刀枪入库,马放南山,起码也得给刀枪上点油,给马吃点夜草。"

汪静雯:"我有一个构思,想给您汇报一下。"

张啸华:"好。"

四 云南边境线上某农村。夜。内。

农妇端上一大瓦罐,热气腾腾的罐内是一只鸡。

她坐在放有蔬菜、腊肉等的小桌旁,在衣服上擦着手。

郭小鹏很感动地说:"您杀鸡干什么?"

农妇指着瓦罐说:"你可不知道我这只大芦花公鸡,每天光知道围着母鸡转,弄着点吃的,自己不吃。等我家的母鸡吃饱了,它还招呼隔院的母鸡。"她撕下一条鸡腿,放在郭小鹏的碗中:"它的脾气也特大,你打它,它不光不走,还会朝你扑来。我早就想杀了它了!"

郭小鹏很香、很斯文地吃着鸡腿。

农妇慈祥地看着他吃。

郭小鹏:"你儿子现在怎么样了?"

农妇高兴地说:"农校毕业啦,在县里当技术员。"

郭小鹏:"以后我有机会,把他弄到大地方去。"

农妇:"这就挺好。一个农家仔,去大地方干什么?"她往郭小鹏的碗里布菜:"他老头子就总想着大啊大。瞧见别人盖大房子,就想盖一个更大的。瞧见别人买拖拉机,就想买个大卡车。"

郭小鹏边吃边说:"这也正常。"

农妇自己说自己的:"他没发财的路,就剩下倒腾鸦片了。少弄点也就算了,雇一个马队驮。我爹说:你干这事,养活孩子都没屁眼。他说他不怕。可到头来,不还是被关进大牢,判了个无期。"

郭小鹏:"不是二十年吗?"

农妇:"他那把老骨头,那还熬得到二十年?五年也费劲。"

郭小鹏:"您别担心,有我呢。"

农妇:"有今天的日子,不全靠你。那年土儿得病,他爹又进去了。要不是赶上你来视察,又出钱、又出车、出人送到县上,他小命早就没了!"

郭小鹏掏出手绢擦手:"那是土儿的命大。"

农妇:"命大?这村子里的人,得了病,也就是冲点子大烟吃。"她给郭小鹏盛汤:"要说他命大也对,要不然也就碰不上大救星了!"

　　郭小鹏:"小事一桩,您别老提了。"

　　农妇:"在老总你是小事,在我可是大事:老头子进去了,儿子再没了。我就是想活也活不成了。"

五　海州市公安局局长办公室。夜。内。

　　张啸华:"我原则上同意你的计划。"

　　汪静雯:"那我写个书面的东西,您来批一下。"

　　张啸华:"我想问你一个问题。"

　　汪静雯:"您请问。"

　　张啸华:"你和新建目前的关系怎么样?"

　　汪静雯低低垂下眼帘,不回答。

六　云南边境某农村。日。内。

　　郭小鹏递给农妇一个信封:"你到对面缅甸给我买两个手机回来。我出门不方便。"

　　农妇二话没有,拿起信封,就戴头巾。

　　郭小鹏问:"已经在您这住了二十多天了,您怎么从来不问问我犯了什么事?"

　　农妇以农民特有的狡猾反问:"你犯了事?"

　　郭小鹏只好一笑。

　　农妇:"我才不管王法不王法呢。你救了我儿子一条命,大不了拿我这命去换。老命换小命,值!"

　　郭小鹏无限感慨地说:"在我有钱有势的时候,身边不知道有多少人。到头来,能依靠的也就您一个。"

　　农妇:"有一个你还嫌少?"

郭小鹏谦恭地说："不少。绝对不少！"

七　云南边境山区。夜。外。

郭小鹏身穿雨衣,在一棵大树跟前打电话。

电话接通。

对方："喂。"从这声"喂"可以听出,此人一定是个多年身居高位的人,非如此,锻炼不出如此不耐烦、如此权威的声音。

郭小鹏："你听得出我是谁吗？"

对方沉默、判断。

郭小鹏："我是郭小鹏。"

对方更长时间的沉默。

郭小鹏："你不要查来电显示,我这是境外的电话,你查不出来。"

对方："你有什么事？"

郭小鹏调侃道："难道没有事就不能打电话？"

对方："我想你应该明白你此刻的处境。"

郭小鹏厌恶地说："明白,非常明白。另外我还明白,如果我要是进去了,某些领导同志也好受不了。"

对方笑了一声,但听得出很勉强："你是毒品大案的首领、公安部通缉的罪犯。别人说到底不过是些经济问题罢了。"

郭小鹏也恶毒地笑笑说："我当然不会以身试法,用我的命去换别人的命。但我只要一个举报电话,有人起码要丢官。"

对方："我从来不会在压力下屈服。"

郭小鹏："我当然明白像你这样的聪明人,一旦听说我出事,肯定把存款等都转移了。但我告诉你一个常识:任何大宗存款的转移,都是有记录的,尤其是在香港的存款。"

对方沉默。

郭小鹏:"我这个人说话算话,你只要把我这最后一件事办了,我再也不会打搅你。"

对方:"你要多少钱?"

郭小鹏一笑:"瘦死的骆驼比马大。钱不是问题。你帮我把母亲弄出来。"

对方犹豫:"你知道,我的身份是不方便到海州去的。"

郭小鹏:"我不会要求你亲自到海州去,我只要求你提供有关我母亲的情况,如果安全,我会亲自到海州去,把我母亲接走。届时,希望你能提供后勤保障。"

对方:"好吧。"

八 西山公寓。郭母住宅。日。内。

看得出,郭母衰老了很多。

当她见到门开了,一个一身阳光的人进来,以为是郭小鹏:"鹏儿回来了?"她欣喜若狂地喊道。

此人无声地走到郭母面前:"我是郭小鹏的朋友。"

郭母的情绪立刻一落千丈。

此人:"小鹏让我来看看你的身体怎么样。"

郭母不做任何反馈。

此人:"最近有没有人来这找郭小鹏?"

郭母仍然不回答。

此人的声音严厉起来:"你要是什么都不说,你就永远见不到你的儿子了。"

郭母被震动了,喃喃地说:"我好。我都好。让他别惦记我,远走高飞吧。"

九 云南边境某农村。傍晚。外。

郭小鹏手持电话,焦急地问:"情况如何?"

对方依旧是沉稳已极的声音:"你母亲的情况还好。你的情况也不错。事缓则圆。对你母亲住处的监控也已经取消了。"

郭小鹏的声音也平静下来:"我到的时候,会通知你的。你给我准备好一辆武警牌照的三菱越野车。"

对方:"好的。"

十　火车上。夜。内。

郭小鹏悄悄地拧开货车车厢的铅封,钻了进去。

十一　长途汽车上。日。内。

郭小鹏衣衫朴素地和许多农民模样的人在一起。

十二　西山公寓。郭母对面的房间。日。内。

强民显然精神不很集中地看着红外监视设备的荧光屏。

汪静雯进入:"有情况没有?"

强民:"再待下去就有情况了。"

汪静雯的眉毛一动。

强民:"我有情况了!"

汪静雯坐下,用遥控设备翻看监视录像。

强民:"我说汪警官,你说到底,也不是我们海州公安局的人。截获毒品、抓住老G,圆圆满满地走了有多好,非要再押一宝。"

汪静雯:"你和郭小鹏接触得少,不知道像他这样的人有多危险。这么跟你说吧:如果这边是五吨毒品,那边是郭小鹏,两样只能选一样的话,我一定选郭小鹏。"

强民:"那会儿美国人说有个中国火箭科学家,顶五个装甲师。这会儿你又说姓郭的顶五吨毒品。有那么玄嘛?"

汪静雯:"比这还玄。毒品是人造的,他既有丰富的化学和工艺知识,又有很

447

强的组织能力。而且我估计,他还有一定的资金。这样的人,要是不归案,我怎么也不甘心。"

强民:"可这快三个月了,一点动静也没有。"

汪静雯:"要是每天有动静,那就不叫守株待兔了。"

强民:"说也是。"

汪静雯:"平静最容易麻痹人。要细心。"

强民逗乐道:"多细心?"

汪静雯:"多细心也不过分。"

十三 西山公寓。夜。内。

强民在广角红外监视器中,发现一个人影。

此人隐蔽在树林里,也用一架望远镜在观察。

他定睛观看。确认是郭小鹏。

他用电话通知汪静雯。

汪静雯在电话里命令:"把图像传到我这来。"

十四 市公安局刑警队。夜。内。

汪静雯把荧光屏的图像放大。辨认片刻后说:"是郭小鹏。走。"

李新建命令:"集合。"

三辆警车无声地开出刑警队院子。

十五 西山公寓。夜。外。

手持冲锋枪的刑警,从四面八方,悄悄地包围住郭母住宅。

强民对汪静雯和李新建说:"他刚刚进去,你们就来了。"

李新建拉动一下微型冲锋枪的拴:"强民,你掩护,我往进冲。"

汪静雯制止道:"给他十分钟时间。"

李新建:"为什么?"

汪静雯嘴唇动了动,没出声。

强民:"医生说,他母亲也就这一两天了。"

李新建虽不满,但没说话。

郭小鹏长长的身影,显现在公寓大门的台阶上。

他脚步沉重地走出。

众刑警包围过去。

郭小鹏无动于衷地看着他们,缓慢地向汪静雯伸出双手。

十六 海州市中级人民法庭。日。内。

被告席上的郭小鹏脸色苍白,但身材依然笔挺。

法官站立宣布:"根据《中华人民共和国刑法》第三百四十七条第二款、第二百三十二条之规定,被告郭小鹏犯有走私、贩卖、运输制造毒品罪,判处死刑,剥夺政治权利终身,并处没收财产。犯有故意杀人罪,判处死刑,剥夺政治权利终身。数罪并罚,决定执行死刑,剥夺政治权利终身。如不服本判决,可在收到判决书的第二日起,十日内,通过本院或直接向省高级人民法院提出抗诉或上诉。抗诉或书面上诉,应提交书面抗诉状、上诉状两份:正本一份,副本一份。"

郭小鹏一副很坦然的样子。

法警上前给他戴手铐。

十七 海州看守所。死囚牢房。日。内。

郭小鹏头发不乱,衣服整洁,手铐脚镣一应俱全。

他茫然地坐在那里,看着地上移动的日影。

十八 海州看守所。会见室。日。内。

郭小鹏:"我妈怎么样?"

韩李法故作沉痛地说:"老太太在你被捕的第二天清早走了。"

郭小鹏:"走的痛苦吗?"

韩李法:"挺安详的。"

郭小鹏:"骨灰安放了吗?"

韩李法:"按照你的嘱咐,和你父亲的骨灰放在一起了。"

郭小鹏如释重负地松了一口气。

韩李法:"你为什么不上诉?"

郭小鹏锐利地反问:"你作为一个专业人员,怎么会提这么愚蠢的问题?"

韩李法讷讷地说:"起码能有个缓冲。"

郭小鹏:"刑车往刑场开,路上遇没遇到红灯、是否抛锚,一点实际意义都没有!"说罢他起身。

韩李法:"你不问问刘眉的情况?"

郭小鹏:"这难道还用问吗?"

韩李法:"刘眉要求把孩子打掉,和你一起走。"

郭小鹏显然很不愿意讨论这个问题:"我的直系亲属、嫡系,这次都被一网打尽。"他努力摊开双手,致使镣铐铮铮作响:"我一点支配财物的能力都没有了,你的律师费用也没法支付了。"

韩李法赶紧说:"小事一桩!小事一桩!"

郭小鹏扭头出门。

十九 海州看守所。办公室。日。内。

《死刑裁定书》充满镜头。

一只手翻开。

一个红色的大图章,被这只有力的手重重地加盖在"郭小鹏"的名字上。

强民指指签名处,把一支笔递给郭小鹏。

郭小鹏写了两下,钢笔不出水:"这笔不如我的卡地亚好用。"

强民极其仇视地看了郭小鹏一眼,取过钢笔,甩了一甩,重新递给郭小鹏。

郭小鹏:"我爸说,尴尬的事有三样:摇手表、推汽车、甩钢笔。"说完,他流利地签下自己的名字。

二十　海州某公园。日。外。

落日即将沉入光华如镜的水面。一片寂静。

李新建在划船,汪静雯若有所思地坐在船头。

李新建充满爱意地看着汪静雯问:"什么时候离开海州?"

汪静雯回避李新建的目光,声音不高地说:"命令我即日返回,就这一两天吧。"

李新建:"那咱们什么时候才能再见面?"

汪静雯笼统地回答道:"我想,总会有见面的机会的。"

李新建正要在发问,汪静雯的手机响。

汪静雯简短地说完"好的"之后,就关机对李新建说:"我要回去,有任务。"

李新建用充满狐疑的眼光看着汪静雯,忍了忍,没有发问。

二十一　海州看守所。夜。内。

丁志吩咐面前众多的干警:"明天,大毒枭郭小鹏就要被押赴刑场。今天晚上要严加看守。咱们一共布置三道防线,最里面的一道,三个小时一换人。"

众警察:"是。"

丁志:"散会。"

散会后,一警察问一老警察:"老马,你怎么穿上新料子警服了?"

老马:"怕沾染上大毒枭的邪气,穿上高级的衣服,镇压一下。"

丁志:"老马,你带两个人,等鲁晓飞同志来了的时候,确保她的安全。"

老马看了一下手表:"我看她不一定来。谁会有兴趣和一个死刑犯谈话?"

丁志:"一定会来。毒枭说有重大机密,非要对她讲。她又是一个干事干到底的人。"

二十二　海州看守所。看守所审讯室。夜。内。

郭小鹏端坐在一张椅子上。

汪静雯坐在他对面的另外一张椅子上。

外面的巡逻警察的身影。

郭小鹏似笑非笑地说："我断定你会来的。"

汪静雯口气并不严厉："你要是想说什么就说吧。"

郭小鹏把手中的纸放到桌子上："咱们先把公事了了。好让你安心听我倾诉。"他用下巴指指桌子上的纸："这上面有我在国外银行的数字账号，里面有五千万块钱。与其像二次大战时犹太人的存款那样，便宜瑞士银行了，还不如送给你。"

汪静雯："你不是说，所有的账号，都记录在商务通里了吗？"

郭小鹏："小时候，我要是犯错了，林子烈并不打我，他只是罚我不许吃饭。有一次，我犯了大事，一个礼拜没吃饭。"他笑笑："可我一点不饿。原因就是我在平时攒下一些吃的，藏在一个只有我才知道的地方，时刻准备度荒用。"他的眼睛一亮："再说，我从来不相信任何人。对你是个例外。但我还没有例外到丧失理智的地步，多少留了一手。"

汪静雯把那张纸拿到自己一边，但并没有马上看。

郭小鹏："另外，还有你们最感兴趣的那个大人物的姓名。"

汪静雯仍然没有动那张纸。

郭小鹏似乎很满意："你将来一定会成为顶尖级的人物的。你实在太沉得住气了！"

汪静雯依然正襟危坐，没有任何表情。

郭小鹏很自信地说："现在，我可以轻轻松松地给你讲讲我的心路历程了。这些东西最终会对你有用的。"

汪静雯表情复杂地看着郭小鹏。

郭小鹏试图像平常一样,跷起二郎腿,但镣铐阻止了他:"人看人,好像都是一样的:一群两足无毛动物而已。但如果仔细观察,你便可以发现,这是一个结构复杂的世界:有最高层,生活在其中的人,有着充分的精神和物质供应。然后,随着层数的降低,供应开始减少。到了最底层,所获得的能量,勉强能维持生存,而其精神供应,则几乎等于零。而本人,就生活在其中。"

汪静雯用置疑的眼光看着郭小鹏。

郭小鹏显然也感觉到汪静雯的疑问:"以常人浅薄的眼光,肯定会认为我在胡说。的确,我的生父,是一位著名的作家,从他那里,我继承了优良的思维基因。我的母亲,是一位也算知名的演员,从她那里,我继承了不俗的容貌。我的继父,是中共的高级干部,从他那里,我获得了一些旁人不可能获得的机会。这样的结构,其实已经规定了我一生的道路。"

汪静雯:"我见过许多类似家庭出身的人,并没有走你的路。"

郭小鹏语调平和地制止汪静雯的插入:"请你注意这样一个事实:你还有很多机会叙述你的思想,而我,满打满算,也顶多十个小时了!"

郭小鹏这样一说,汪静雯自然不好再说什么。

郭小鹏接着刚才的那股气说:"人往前看,似乎充满了偶然,但到了总结的时候,回头一看,一切其实都是规定好的。你认识我的时间不长,没有机会看到我真正吃饭。平常在宴会上,我都是斯斯文文、小口、小口地吃。可一旦放开,我可以在涮三斤羊肉之后,再来半只烤鸭和一个大冰淇淋。然后三天不吃饭也不要紧。我怀揣十美元到美国时,不凭借这个,我连活也活不下来。这是天赋,它无疑来自基因:我的生父母是浙江人,考证其祖上,是南宋时期,随朝廷从河南逃难到浙江的。浙江人喜欢吃火腿、臭豆腐,而它们分别是腐败了的动、植物蛋白。逃难嘛,自然是有一顿没一顿的,好的能吃,坏的也要吃。这原本是被逼无奈,可在不知不觉中,已经被记录在社会和生物基因上。"

汪静雯似乎对这些并不感兴趣。

郭小鹏:"你们习惯于把人群分成罪犯和非罪犯,也就是通常意义上的好人、坏人,并由此衍生出高尚、卑鄙等一系列玩意儿。但我告诉你,一切不过是机会而已。穷乡僻壤的犯罪率低,根本不能说明那儿的人高尚,那是因为他们没有机会选择。没有选择,就不会痛苦:我父亲当右派,被流放到海州,他一点都不痛苦。因为他只能来。我继父被打倒,他也不痛苦,因为他只能被打倒。我母亲改嫁到林家,别的不说,光是林小强对她无微不至的骚扰,就不是一般人所能忍受的,可她仍然不痛苦,因为有我和弟弟,她甚至连死都不能选择。"

汪静雯眼中露出疑惑的神情。

郭小鹏敏锐地捕捉到这个"疑问",解释道:"你可能会认为在林家这种礼仪之家,怎么会有这种乱伦的事?可它就是存在。林小强是个性欲非常强烈的人,这肯定也来自基因,和林子烈早年对我母亲的骚扰,如出一辙。林小强骚扰度最强的那个阶段,正好是林子烈被打倒的那个阶段。生物学证明,猴王一旦被打败,剥夺了王位,其性激素水平立刻从普通猴子的六七倍,降低到平常水平。林小强于是试图填补这个空白。有一天晚上,他溜进我母亲的房间,不顾母亲的哀求,强行非礼。就在这个时候,只有四五岁的我,拿着一根我勉强能拿动的棒子,一棒子打在他的后脑上,把他打昏了。"

汪静雯见郭小鹏嘴唇颤抖,便把水杯推了过去。

郭小鹏的语音低缓下来:"你们这些生活在阳光下的人,是体会不到我的内心的。我承认,有很多人的家庭经济条件还不如我,吃上顿,没下顿的。但父母的呵护起码还是有的,自尊还是有的。世界上,什么事最大,吃饭的事最大。咱们就从吃饭说起。我明白我在林家的身份,好的东西别说吃,就是想也没敢想过:他们吃白菜心,我吃白菜帮子;他们吃瘦肉,我吃肥肉和皮。这都没得说,这都天经地义。可有一次在吃鱼的时候……"他抬起眼皮,陷入回忆:"我从小就喜欢吃鱼头。这东西在林家是没人吃的。我不在,就喂了猫。可那一次,林小强不知道为什么,偏要吃鱼头。我不干,就和他争了起来。结果,鱼头他吃了,我还被打了一顿。你知道是谁打的我吗?我的亲妈!亲妈啊,亲妈!"喊完这两句后,他又变成刚才的语调:"我从小就喜欢看书,这当然来自基因。可书是到不了我的手里的。记得起先是林小强拿着看,我在他后面看。后来他发现我能很快理解之后,先是嘲讽道:真是'老鼠生儿会打洞'。然后立刻恶狠狠地说:我决心彻底清除你身上这股'臭老九'劲!从此以后,我在这家里,一本书都看不见了。没办法,我只好到书店去看书。某本书一天看不完,怕别人给买走,就悄悄地藏在书店的书柜后面。学习在我,就像呼吸一样自然。在小学,我好像从来都是第一名。毕业时,我考了海州市第一,林子烈也高兴了。因为我毕竟从理论上说,是他的儿子。他问我想要什么?大的、贵的,我是不会说的。即使说,也是白说。想了半天,我要了一双回力鞋。"他抬头看天:"那是一双多有弹性的鞋啊!到现在,我鳄鱼皮、小牛皮、小羊皮,什么样的鞋没穿过?可我还是忘不了那双回力鞋。"他的语调陡然一变,变得阴沉:"可第三天,那双鞋就不见了。我找啊找,最后终于在林宅的后面林子里找到了它的遗体!可以看得出,它死得很惨:有人带着极度的仇恨,一点一点把它给毁了。总而言之,凡是我需要的一切,都要费尽心机去争夺。不争就什么也没有!什么都没有,你懂吗?"

汪静雯:"'艰难困苦,玉汝于成'。少年的苦困,变成动力的例子实在是太多了。"

郭小鹏:"这你说得对,我经过思索,明白了我的处境之所以如此悲惨,原因只有一个:没有权!从懂得这个道理的那一天起,我的一切,都围绕着获得权力这个中心进行。大学毕业之后,我决定到美国去留学,因为这是终南捷径。在这个问题上,林子烈通过他的影响,帮助了我。也正因为这,我才让他的儿子林小强,一直活完了上一个世纪。"他的嘴角露出不屑的笑容;"谁知道这小子,在监狱里面面壁五年,自以为像基督山伯爵一样,悟出点道行,跑出来找我算账。典型的以卵击石!"

汪静雯:"你通过努力,学成归来,不也很快获得了权力吗?为什么还要铤而走险?"

郭小鹏:"学习使人获得一切,绝对是误导。我从一无所有到海州药业的总裁,每一个台阶都是血淋淋的。我事业的第一块基石是在美国奠定的。万事开头难,为了它,我采用了古代的、现代的、中国的、美国特有的、人性的、反人性的各种手段。"

汪静雯:"肯定不少是非法的!"

郭小鹏:"大人物和小人物的区别,就是前者是制定规则,而后者得遵守规则的。"

汪静雯用可怜的眼光,看着这个"监牢里的大人物"。

郭小鹏浑然不觉,继续说:"这些手段很管用,使得我有机会广泛地采集到他人的智力资源和货币资源。我带着它们回到海州,自然不一样。如果光是一顶博士帽,我顶多也就是个费经纬那样的总工程师。这个总、那个总,我告诉你,在海州药业除了我,别人都是打工仔,无非是大小而已。"他略一停歇,接着又说:"资本本身就有扩张的特性,美国的一点钱,海州药业一开张便捉襟见肘。于是我开始向林小强发起攻击。"他的目光陡然变得很残忍:"猎人猎杀一只熊的目的,是为了从它身上获取经济利益。可如果这只熊是袭击过你、凌辱过你的熊,那么这个行动就附有精神价值了。我至今认为,把林小强从一个总经理变成一个囚犯,直到变成一具尸体、一小撮灰烬,是我的代表作。"他再度进入平常叙述:"在周密的计划下,林小强的资金,潺潺流入我的海州药业。林小强的人和事业,也像我当年的球鞋一样,被一点一点地粉碎。"他的脸上露出满足的表情:"与此同时,我个人的事业却如日中天。"

汪静雯略带些讽刺意味地问:"作为一个有十多亿资产、数千人企业的董事长兼总裁,你手中掌握的权力已经很不小了。"

郭小鹏:"你从来没有拥有过权力,起码没有过大权力。所以你没有资格和我谈论权力。权力的实质,就是你能在多大程度上控制多少人。比方我的继父,作为省委副书记,以你们平常人的眼光看,权力不算小了吧?但这权力是别人委任,也就是权柄在他人手里:一纸文件下来,他就什么也不是了。即使在平常,他也要战战兢兢的,生怕别人剥夺他的权力。你真以为他把林小强送进监狱是大义灭亲？不是。绝对不是！林小强的存在，不说使得他的权力生涯岌岌可危，起码也是很大的威胁。作为一个资深的掌权者，他一定要切除这个癌肿。对于他来说，作为权力符号的职务，就是他的一切。"

汪静雯："你对权力的追求和热情，我多少能理解一些。但你为什么要去触犯法律呢？而且如此地伤天害理！"

郭小鹏："只要能达到目的，我根本就不在乎手段。说到底，权力就是控制力。一个人想控制另外一个人，可以用各种手段：比方职务、比方金钱、比方美女、比方学位。但这些都是浅薄的。人一旦想开了，职务可以不要、金钱美女就更不在话下了。可请问鲁晓飞警官，在你不算短的警察生涯中，可曾见过一个成功地摆脱毒品的人吗？不管它是海洛因还是冰毒？"

汪静雯："从统计数字上，百分比并不低。"

郭小鹏脸上又露出居高临下的笑容："那些所谓摆脱的人，有些是死了，有些是因为没有钱或没有机会再接触毒品。但这并不是真正地戒了毒。林小强就是好例子：别看他在监狱待了许多年，我稍微给他用一点毒品，他立刻就成了马戏团的猴子，让他干什么，他就得干什么。我告诉你一个真理，要想控制人，没有比毒品更完全、彻底的了。你可能认为你能控制住你自己，而实际上，你至多不过能控制你的手不伸向别人的钱袋，脚不迈进监狱的大门，眼睛不去摄人心魄，而你根本无法控制你的肝脏分泌多少酶，胰脏分泌多少胰岛素！更不要说你的心跳频率、大脑中的潜意识和血压了，而这些药物都能做到。"

汪静雯怜悯地看着郭小鹏："你要是把你的才华，都用到正地方，该有多好！"

郭小鹏冷冷地说："看来我讲了半天，都是白讲。都是在对牛弹琴。"他突然变得很激动："我绝不会贡献，我只要报复！最大程度的报复！"

汪静雯："好多事情，都是时代造成的。"

郭小鹏愤怒地挥动双手，致使镣铐发出很大的声音："可你让我上什么地方找时代算账去！它只是人们虚拟的一个概念。反正我被人害了，我就要害人，不管这个人是不是害我的人！"

汪静雯厌恶地说："我原来以为你作为一个受过高等教育的人，多少会有些理智，而理智则是人和非人的差别。像你这样反理性、反人类的，确实不多见。"

郭小鹏渐渐地平静下来，缓缓地说："我心里也曾经有过绿色，但它就和地球上的原始森林、湿地一样，迅速地萎缩。在一个月前，它已经彻底被沙漠吞没了。"

汪静雯当然明白他说的是什么，自然不会接茬。

天色渐渐亮起来。

郭小鹏把头扭到窗户方向，但这样并看不到真正的天空："我相信，此刻启明星已经出现了。"

汪静雯："你果真一点也不忏悔、不留恋吗？"

郭小鹏："人是什么？人不过是一封不知道从什么地方发出的，也不知道到什么地方去的电子邮件而已。来自虚无，归于虚无，有什么可留恋的？至于忏悔，我更不会了：我壮观的犯罪，已经在历史这根坚硬的柱子上，留下了如此之深的痕迹。这可不是一般人能做到的。太阳底下有啥新鲜事，下辈子就是再让我转世，我也不会同意。"

汪静雯起身："如果我有建议权的话，一定提出，不要让你这种什么都不遵守、什么都不敬畏的人再来到这个星球上。"

二十三 刑车上。日。内。

若干法警押解郭小鹏上刑车。

车厢内，荷枪实弹、头戴钢盔的十多名法警排成两排，相向而坐。

郭小鹏坐在中间。

郭小鹏："谢谢各位给我送行。"

法警严肃而紧绷的脸、蓝色的钢枪相互碰撞，发出有质量的声响，充分显示出法律的威严。

没人理睬他。

郭小鹏:"你们什么时候换的服装?"

仍然无人理睬。

郭小鹏透过极小的窗户,根据景物变换,发现刑场快到了:"是不是刑场快到了?"

无人理睬。

郭小鹏:"不管你们信不信,我真的一点不留恋。"

无人理睬。

郭小鹏哼起贝多芬《命运交响曲》的主旋律。

随着音乐的声音,郭小鹏的眼前的光,依次从天蓝变成红色,最后变成黑色。

然后这黑色分崩离析,呈星云爆炸状。

二十四　汪静雯宿舍。日。内。

汪静雯提起已经收拾的行李,最后看了一眼,关门出去。

她把一封信递给门口的警卫。

二十五　刑场。日。外。

一法警给郭小鹏戴上黑色头罩。

郭小鹏被押解下车。

押解刘眉的警车随后到。

已带上黑色头罩的刘眉喊叫:"小鹏!小鹏!"

近在咫尺的郭小鹏并不答应。

先期到达的强民问李新建:"去不去执行地?"

李新建没回答,拿出电话拨打。

清楚的话外音:"对不起。你所拨打的移动电话没有开机。"

李新建好像意识到什么,转身对一刑警说:"把车钥匙给我。"

二十六 海州国际机场安检口。日。内。

汪静雯递上机票和身份证。

检票员对照。

依旧是汪静雯那张美丽、平静的脸。

二十七 海州国际机场卫星厅。日。内。

汪静雯拿出一本英文版的《预防犯罪》阅读。

二十八 海州国际机场大门口。日。内。

李新建的吉普车风驰电掣地开过来,停在候机大楼门口。

二十九 海州国际机场卫星厅。日。内。

扩音器内广播:飞往北京去的旅客请注意。您所乘坐的八〇五八次航班,马上就要起飞了。没有登机的旅客请马上登机。

汪静雯似乎才听见,把书收起,走向登机口。

三十 海州国际机场安检口。日。内。

李新建急匆匆地抢在一位旅客前面,把警官证递给安检员:"紧急公务。"

安检员看了一下证件,挥手请李新建进入。

李新建大步流星地跑入卫星厅。

通过卫星厅的大落地窗,可以看见一架空中客车腾空而起。

全剧终
二〇〇一年

钟道新参与编剧的电视剧目录

一 《黑冰》 二〇〇一年
　　上海市公安局　上海市南汇区人民政府
　　上海蓝星广告传播有限公司　上海市文化发展有限公司
　　上海市东方电视台

二 《天娇》 二〇〇一年
　　中央电视台影视部　常州电视台　常州市广播电视剧

三 《苦菜花》 二〇〇二年　中国电影集团　北京华录百纳影视公司
　　世纪英雄电影投资有限公司

四 《智慧仇暴》 二〇〇三年
　　中央电视台　中国电视剧制作中心
　　同乐传媒有限公司

五 《天之云、地之雾》 二〇〇三年
　　南京电视台　上海市蓝星广告传媒有限公司
　　上海市文广新闻传媒集团

六 《角力》 二〇〇四年
　　中凯合亿　中凯文化

七 《山菊花》 二〇〇六年
　　北京华录百纳影视公司　天津盛世年华文化传播有限公司
　　天津市雅动达文化传播有限公司

八 《叶挺将军》 二〇〇七年
　　中央电视台　中国电视剧制作中心
　　中国国际电视总公司出版发行